# 현장에서 바라본 문학의 의미

이경재 문학평론집

**지은이 이경재**(李京在, Lee Kyung Jae) 숭실대학교 국어국문학과 교수, 문학평론가. 지은 책으로는 『단독성의 박물관』(2009), 『한설야와 이데올로기의 서사학』(2010), 『한국 현대소설의 환상과 욕망』(2010), 『끝에서 바라본 문학의 미래』(2012), 『한국 프로문학 연구』(2012) 등이 있다.

# 현장에서 바라본 문학의 의미—이경재 문학평론집

**초판 인쇄** 2013년 9월 23일 **초판 발행** 2013년 9월 30일

**지은이** 이경재 **펴낸이** 박성모 **펴낸곳** 소명출판 **출판등록** 제13-522호

**주소** 서울시 서초구 서초동 1621-18 란빌딩 1층

**전화** 02-585-7840 **팩스** 02-585-7848 **전자우편** somyong@korea.com **홈페이지** www.somyong.co.kr

값 25,000원    ⓒ 이경재, 2013

ISBN 978-89-5626-913-9  93810

이 책은 인천문화재단 문화예술지원사업에 의하여 연구되었습니다.

# 현장에서 바라본
# 문학의 의미

Understanding literature in the field

**이경재 문학평론집**

소명출판

**일러두기**

• 본문에 나오는 괄호 안의 숫자는 원문의 페이지 수임을 밝힙니다.

저는 문학을 생각할 때면, 늘 세 가지 층위의 공감을 생각해봅니다. 문학은 그 어떤 철학적 경구나 역사물도 할 수 없는 고유한 힘을 지니고 있습니다. 문학은 구체적인 형상성의 힘을 통하여 인생과 세계에 대한 보편적 진실을 전달해 줄 수 있는 것입니다. 여기서 방점은 '보편적 진실'이 아닌 '구체적 형상성'에 주어져야 한다고 생각합니다. 구체적 형상성은 공감을 통해 비로소 가능하며, 공감이 가져다주는 정서적 크기만큼이 바로 문학의 권능이라고 해도 과언이 아닐 것입니다.

첫 번째 공감은 작가가 세상과 맞부딪칠 때 생겨납니다. 오르한 파묵(『소설과 소설가』, 이난아 역, 민음사, 2012)은 소설을 정치적으로 만드는 순간은 소설가가 정치적 관점이나 소속 정당을 드러낼 때가 아니라, 문화, 계층, 성별 등에서 우리와 전혀 다른 누군가를 이해하려고 노력할 때라고 주장합니다. 오늘날의 문학이 작동시키는 공감과 동일시의 폭과 깊이만큼이, 오늘날의 문학이 직접적으로 선보이는 문학의 폭과 깊이에 해당할 것입니다.

두 번째 공감은 작가와 독자 사이의 공감입니다. 저의 비평은 한동안 이 언저리를 헤맸습니다. 등단하여 본격적인 평론 활동을 시작하기 전부터 저는, "진정한 비평적 사고의 귀착지라고 할 수 있는 독서 행위는 독자의 의식과 작가의 의식이라는 두 의식의 일치를 전제한다"(『비평적 의식』, 조한경 · 이현진 역, 지식을만드는지식, 2013)는 조르주 풀레의 비평적 명제에 충실하고자 노력했던 것 같습니다. 선생님 말을 경청하는 모범생처럼, 최대한 충실한 자세로 작품 속에 드러난 저자의 의식을 파악하고, 나아가서는 저자의 의식과 하나가 되고자 노력하였던 것입니다. 비평의 가장 큰 기쁨은 내가 아닌 다른 사람의 사유와 의식을 만나는 것이었고, 나아가 작가가 내 안에 머무는 일이었으며, 작품이 나를 가득 채우는 유일한 실체가 되는 순간이기도 했습니다. 이 시기 저에게 비평의식이 있다면, 비평가로서의 '나'를 내세우기보다는 최대한의 중립성과 개방성을 유지함으로써, 저자의 사유를 다시 한번 느끼고, 생각하고, 상상하는 것이었습니다. 궁극적으로는 작가의 의식과 나의 의식이 하나로 융화되는 순간을 최고의 이상적인 순간으로 추구한 것입니다.

말하는 비평이 아니라 듣는 비평, 주장하는 비평이 아니라 보여주는 비평이야말로 제가 생각하는 가장 이상적인 비평의 모습이었던 것입니다. 이러한 비평의식을 취할 때 저의 문체는 작품의 감각적 문체를 미메시스하는 또 하나의 감각적 문체일 수도 없으며, 이성과 논리만으로 가득한 투명한 수정체일 수도 없습니다. 다만 제 자신을 최대한 드러내지 않으며 작품만을 그 결대로 가장 잘 이해시키는 겸손한 문체를 취할 수밖에 없습니다. 이때 두 가지 태도만은 경계하고자 하였습니다. 작가의 의식을 말하는 척 하면서 나의 의식을 말하는 가식적 태도와, 작가의 의식과는 무관하게 나만의 의식에 도취되는 태도가 그것입니다.

지금까지도 저의 비평적 태도는 '독자의 의식과 자가의 의식이라는 두 의식의 일치'라는 명제를 기본 바탕에 깔고 있습니다. 그러나 문제는 제가 비평 활동을 시작한 2000년대 중반부터 지금까지 한국문단은 공감의 비평을 맘껏 향유할 정도로 풍성하지는 못 했다는 점입니다. 현재 발표되는 모든 한국소설이 저로 하여금 더 큰 의식의 기쁨을 위하여 저를 온전히 비우도록 만드는 것은 아닙니다. 또한 흔쾌히 저를 비울만큼 지금의 문학이 우리의 삶과 현실에 대하여 충분한 사유의 고도를 유지하는 것도 아닙니다. 때로는 저의 직접적인 사유와 의식의 고도에도 미치지 못하는 경우를 가슴 아프지만 발견하는 때도 적지 않습니다. 이런 경우 저는 선생님 말을 경청하고 열심히 필기하는 학생에 머물고 싶지만은 않습니다. 그렇다면 이 순간 저는 독자이기를, 비평가이기를 포기해야 할까요? 이러한 고민이 결코 엄살만은 아니라는 점은, 제가 비평가로 활동한 시기가 그 악명 높은 '문학의 종언론'이 하나의 상식으로 횡행하던 척박한 시절이었음을 고려해 주시기 바랍니다.

이러한 상황에서 제가 선택할 수 있는 길은 세 가지였습니다. 하나는 침묵입니다. 이때의 침묵에는 현재의 문학에 대한 야유와 무시로 일관하는 일련의 비평적 언설들도 포함됩니다. 두 번째는 나를 비우고 작가와 작품을 채우는 것만으로도 나의 의식보다 더욱 훌륭한 무언가를 세상에 던져주는 고전의 세계에 머무는 길입니다. 그것은 일견 고고하고 진정성 있는 문학 연구자의 길처럼 보이기도 할 것입니다. 마지막은 그럼에도 불구하고 현단계 소설에 대한 애정을 철회하지 않고 끝까지 운명을 함께 하는 태도입니다. 저는 세 번째 길만이 비평가의 윤리가 허락하는 유일한 길이라고 생각했고, 지금도 생각합니다.

이러한 상황에서 저에게 한줄기 빛처럼 다가온 것은 임화의 평론 「작가와 문학과 잉여의 세계—특히 비평의 기능을 중심으로 한 감상」(『비판』, 1938.4)이었습니다. 이 평론이 나오기까지 1930년대 중후반 임화가 펼쳐온 문학론은 눈물겨운 바가 있습니다. 부박한 자들이 뒤도 돌아보지 않고 떠나간 빈 터에서, 과거에 결박된 자들이 고집만 부리는 바로 그 자리에서 임화는 새로운 환경에 적합한 진보적 문학론을 일구어 내기 위하여 눈물겨운 고투를 펼쳐 보였습니다. 그는 사회주의적 문학이념의 상실이라는 시대적 상황 앞에서 '불가피하지만 불가능한' 혹은 '불가능하지만 불가피한' 윤리적 애도의 자세를 힘겹게 유지한 것입니다. 과정으로서만 존재하는 그 애도의 자세는 '위대한 낭만적 정신'으로, '엥겔스의 리얼리즘론'으로, '주체 재건론' 등으로 몸을 바꾸며 끈질기게 나타났습니다. 이러한 임화의 처절한 몸부림이 최종적으로 가닿은 지점은 '신성한 잉여'라는 명제입니다. 이를 통해 임화는 작품과 작가와 심지어는 시대마저 뛰어 넘는 문학의 가능성을, 문학에 대한 믿음을 잃지 않을 수 있었습니다. 저는 '신성한 잉여'에 대한 관심에서 비평적 돌파구를 찾고자 합니다.

임화는 작품에는 작가의 의도하지 않았던 결과가 잉여물로 남는다고 주장합니다. 작가의 지성과 감성(직관)의 차이로 발생하는 잉여물이란, 작가의 의도가 작품 형성 가운데 미치지 못한 틈을 타서 침입한 여분의 요소를 말합니다. 지성이 항상 감성이란 베일을 통하여 대상과 관계한다면 감성은 새로운 대상과 직관적으로 맞붙어 있기에, 지성과 감성의 대립으로 생겨나는 잉여의 영역은 작가의 지성이 정복할 수 없는 새로운 세계의 일폭이라 할 수 있습니다. 잉여의 영역이란 작가의 의도에 반하는 것이며, 의도의 의식성에 비하여 그것은 무의식성을 보입니다. 작가의 의도란 것이 작품 가운데서 현실을 구성하는 하나의 질서 의식이라면, 잉여의 세계란 작품 가운데 든 작가의 직관 작용이 초래한 현실이 스스로 만들어낸 질서 자체입니다. 비평가는 작가의 의도가 의식하지 않고 직관으로 초래한 잉여의 세계가 지닌 독립된 가치를 승인하고 나아가 그 존재와 성장의 가능성을 증명해야 한다고 임화는 주장합니다. 여기서 흥미로운 점은 잉여의 세계를 작가의 의도보다도 가치 있는 것이라고 승인하는 기준을 현실에서 끌어낸다는 점입니다. 그러므로 비평의 기능이 작품의 잉여세계를 발견하고 그 가치를 긍정할 능력이 되려면 적어도 새로운 세계와의 '공감력'을 갖지 않으면 안 됩니다.

이상으로 문학을 둘러싼 세 가지 공감의 층위에 대하여 살펴보았습니다. 첫 번째는 작가가 세상과 감성의 층위에서 직접적으로 행하는 공감의 영역입니다. 두 번째는 작가와 비평가가 작품 속에서 나누는 의식상의 영역이며, 세 번째는 작품 속에 존재하는 신성한 잉여를 해명하기 위해 비평가가 세상(현실)과 나누는 공감의 층위입니다. 말할 것도 없이 첫 번째는 비평가인 제가 직접적으로 관여할 수 있는 영역이 아닙니다. 저는 두 번째와 세 번째 층위의 공감에 대하여 관심을 가질 뿐이며, 시간이 지날수록 두 번째 층위보다는 세 번째 층위의 공감에 많은 관심을 기울이게 됩니다. 그것은 제가 문학비평보다는 문명비평으로, 해석이나 설명보다는 표현이나 형상으로서의 비평에 관심을 갖는다는 말이기도 합니다. 그러나 작품에 대한 중립성과 개방성을 상실한 현실과의 공감이란 '문학 이전' 혹은 '문학 이후'의 행위에 불과하다는 믿음 역시 확고합니다. 문제는 언제나 문학적 실천임을 기억하고 있습니다. 그렇기에 제 비평의 최근 관심사는 언제나 그렇듯이 중립성과 개방성 그리고 상수로서의 성실성일 수밖에 없습니다. 저의 세 번째 평론집인 『현장에서 바라본 문학의 의미』에는 공감과 잉여로서의 비평에 대한 제 문제의식이 조금이라도 스며들어 있기를 진심으로 바랍니다.

2013년 여름,
이경재

차례

# 1부

# 소설(가)의 자기 성찰

# 2000년대 소설의 기원과 그 특징

## 정이현 · 김애란을 중심으로

## 1. 1972년생 서울내기의 작가 탄생기

정이현의 두 번째 소설집 『오늘의 거짓말』(문학과지성사, 2007)은 첫 번째 소설집 『낭만적 사랑과 사회』(문학과지성사, 2003)보다 넓어지고 깊어졌다. 여기서 넓어졌다는 의미는 이렇다. 첫 번째 소설집에서 정이현은 위장의 방식으로 체제가 요구하는 여성의 존재를 연기함으로써 자기 욕망을 실현하는 영악한 20대 미혼여성들의 삶을 그들 내부의 시선으로 그려내었다. 그것은 여성을 주인공으로 삼았으되, 가부장적 질서로부터 벗어나려는 폭발적인 에너지로 가득했던 90년대 여성소설과는 매우 다른 모습이었다. 정이현의 소설에서 그들은 주어진 사회질서를 누구보다 완벽하게 내면화하고 있으며, 그러한 내면화에 따른 계산적 행위를 통해 자신들의 위선과 그보다 더 심각한 이 사회의 치부를 예리하게 드러내었던 것이다. 이번 작품집에서도 이러한 방식의 세태적 고발은 계속해서 이어지고 있다.

이번 소설집에 실린 작품들이 이전 소설들과 다른 것은 고발의 주체가 20대 미혼 여성에서 중년의 주부, 젊은 남성, 중년 남성 등으로 확대되고 있다는 점이다. 성별과 연령대 등의 전면적인 확대로 인하여 그의 소설은 흡사 "'기브 앤 테이크'의 계약으로 이루어진 거대한 네트워크"(「타인의 고독」, 34)인 2000년대를 형상화한 거대한 풍속화와 같은 느낌마저 준다. 이번 작품집에 실린 10편의 소설 중 「타인의 고독」, 「어금니」, 「그 남자의 리허설」, 「어두워지기 전에」, 「위험한 독신녀」 등이 여기에 해당한다. 이러한 넓어짐은 작가적 성숙을 증명하는 것이겠지만, 한편으로는 작가적 개성의 밀도를 희석시킬지도 모른다는 우려를 자아내기도 한다. 이미 선배 작가들을 통해, 현대 사회를 살아가는 개인들의 위선에 가득 찬 소외된 삶의 모습은 너무나도 많이 작품화되었기 때문이다.

이번 작품집이 주목을 끄는 이유는 그러한 넓어짐보다는 깊어짐에 있다. 여기서의 깊어짐이란 자신의 세대 나아가 자신의 소설쓰기에 대한 반성적 자의식이 드러난 점을 가리킨다. 어떤 세대나 자신들만이 짊어져야 할 고유한 영광과 상처가 있다고 한다면, 2000년대에 등단하여 맹활약하고 있는 젊은 작가가 스스로 내보이는 영광과 상처의 표정을 살펴보는 일은 흥미로운 일이 아닐 수 없다. 그러한 세대의식이 드러나는 작품은 「삼풍백화점」, 「오늘의 거짓말」, 「비밀 과외」 등이다.

「삼풍백화점」은 95년 2월에 대학을 졸업하고 취직을 준비하던 '나'가, 5년째 삼풍백화점에서 점원으로 일하던 고등학교 시절의 친구 R을 만나는 것으로 시작된다. '나'는 우연히 백화점에서 R을 만나게 되고, 둘은 급속히 친해져서 '나'는 R이 혼자 살던 집 열쇠까지 갖게 된다. 그러던 어느 날 삼풍백화점은 붕괴되고 R은 실종되어 버린다. 그런데 이 참사 앞에서 '나'는 R을 찾으려 하지 않을 뿐만 아니라 R이 준 "작고 불완전한 은색 열쇠를 책상 서랍 맨 아래 칸에 넣어둔 채, 십 년을 보"(66)낸다. 이 작품의 마지막 문장은 너무나 갑작스럽다. 작가지망생의 흔적이라고는 조금도 보이지 않던 '나'가 갑자기, "그곳을 떠난 뒤에야 나는 글을 쓸 수 있게 되었다"(67)라고 말하는 것이다. 이 문장으로 인해 이 작품의 전체 서사는 한 사람이 작가로 탄생하기까지의 과정을 그린 이야기가 되어 버린다.

마지막 문장의 '그곳'이란 삼풍백화점이 있던 자리이다. 그곳이 '나'에게 의미를 지니는 이유는 R이 바로 '그곳'에서 직원으로 일했기 때문이다. 결국 "그곳을 떠난 뒤에야 나는 글을 쓸 수 있게 되었다"라는 문장은 R을 잊은 후에야 자신은 글을 쓸 수 있었다는 의미가 된다. 이 작품에서 R은 고등학교만 졸업하고서는 백화점 직원으로 살아가는 불우한 미혼여성이다. 삼풍백화점이 붕괴되고 난 후, 한 여성명사가 쓴 "삼풍백화점 붕괴사고는 대한민국이 사치와 향락에 물드는 것을 경계하는 하늘의 뜻일지도 모른다는 내용의 글"(65)을 보고, '나'가 "그 여자(여성명사)가 거기 한 번 와본 적이나 있대요? 거기 누가 있는지 안대요?"(65)라며 분개하는 것에서 알 수 있듯이, R은 강남의 화려한 껍데기를 지탱하는 사회·경제적 의미를 부여하기에 적합한 존재인 것이다.

2000년대 이전의 소설이 주로 R과 R의 실종에 대하여 묻는 것이었다는 사실을 생각한다면, 그러한 R의 존재를 잊은 후에야 가능한 글쓰기란 그야말로 낯선 것일 수밖에 없다. 72년생 서울내기 정이현에게 강남의 화려한 외양을 떠받치는 그 지층에 대해 탐구는 존재하지 않는 것이다. 이때 작가의 관심사로 주어지는 것은 가족이나 애인과 같은 지극히 사적인 관계가 아니면 사회의 지극히 표피적인 풍속만이 남게 된다. 라캉의 용어를 빌려보자면, 정이현의 소설은 상징계가 소거된 채 상상화된 윤리만 남은 것이라고 할 수 있다. 그렇다면 왜 '나'는 R이 묻혔을지도 모를 그곳을 떠나야만 했을까?

「비밀 과외」는 1972년생 작가가 상징계와 결별하게 되는 내막을 은유적이지만 본격적으로 드러내고 있는 작품이다. 80년대를 소녀로 거쳐온 '너'는 두 명의 대학생들을 만나는데, 그들은 모두 운동권이다. 둘은 모두 나의 선생님인데, 가르치는 일보다는 '거국적인 가치'에만 주의를 기울이며, 아무런 예고 없이 사라져버린다는 점에서 유사하다. 소녀인 '너'에게 그들은 신뢰할 수 없는 대상들이다. 그러한 대학생들의 반대편에 소녀의 엄마가 있다. 소녀의 엄마는 '거국적인 가치'만 생각하는 대학생들과는 반대로 "화목한 부부와 귀여운 자녀로 구성된 4인 가족이 '포니 투' 자가용의 앞뒤에 다정히 나눠 타고 외식하러 나가는 그림엽서 같은 풍경"(161)만을 최우선으로 생각한다. 그리하여 개인과 가정의 행복을 위해서라면 불법과외나 밀수장사도 꺼리지 않는다. 그런데 이 작품에서는 운동권 선생님들이 그랬듯이 엄마마저 사라져 버린다. 소녀 주위의 모든 어른은 어찌된 일인지 모두 사라져 버리는 것이다. 이제 이 소녀 앞에는 그녀를 인도해줄 공적인 규범이나 사회적 가치체계가 모두 사라져버리고 존재하지 않는다. 「삼풍백화점」의 '나'가 자발적으로 상징계를 파묻어버렸다면, 「비밀과외」의 '너'는 수동적으로 상징계를 잃어버리고 만 것이다.

그러나 「오늘의 거짓말」에서는 상징계의 잉여 내지는 그림자가 설핏 모습을 드러냈다가 사라져 버린다. 사회적 규범이나 질서의 질긴 생명력을 보여주는 장면이 아닐 수 없다. 이 작품에서는 과거의 한 대통령이 '나'의 위층에서 선글라스를 쓴 채 러닝머신을 타고 있는 것으로 설정되어 있다. 그를 향해 '나'는 "당신, 도대체 누구야? 나는 왜, 당신이 아직도 여기 살아 있는 것처럼 느껴지는 거지? 왜"(123)라고 외친다. 72년생에게 총에 맞아 숨진 과거의 대통령이란 유년에 따라야만 했던 가치체계 그 자체의 인격화라 해도 모자라지 않을 것이다. 그가 제시한 조국근대화와 성장의 논리야말로 시대의 가치이자 윤리가 아니었던가? 이 작품 속에서 주인공이 인간관계를 맺는 엄마와 애인이 모두 "놀고먹는 인간을 혐오한다는 것과, 허투루 돈 쓰는 행위를 죄악으로 치부한다는 것"(101)에서 공통점을 보인다는 사실도 흥미롭다. 엄마와 애인이 지향하는 가치는 과거의 대통령이 추구한 가치와 일맥상통하는 것이다. 그러나 이 작품의 결말부에서도 위층의 노인이 사라져 버리는 것에서 알 수 있듯이, '나'에게 결정적인 영향을 끼치는 상징계는 존재하지 않는다고 볼 수 있다. 그러하기에 「오늘의 거짓말」이 그려 보이는 '지금―여기'는 온통 거짓말로 넘쳐나는 것이다. 정확하게 말하자면 진실과 허위의 구분이 불가능한 삶이 도래한 것이다. 그럼에도 불구하고 1972년생 정이현에게는 상징계의 흔적이 강하게 남아 있다. 정이현에게 그것은 사라진 것이 아니다. 그것은 단지 어딘가에 묻혀 있을(「삼풍백화점」) 뿐이어서, 서민아파트 위층에서 선글라스를 낀 채 러닝머신을 타고 있을지도(「오늘의 거짓말」), 어느 날 갑자기 나타나 과외비의 정산을 요구(「비밀과외」)할지도 모를 일이다.


## 2. 방 안의 가족 아니면 우주


김애란의 『침이 고인다』(문학과지성사, 2007)는 『달려라 아비』(창비, 2005)에 이어지는 두 번째 작품집이다. 이 작품집을 통해 김애란은 자신의 작가적 개성을 분명히 독자들에게 각인시키고 있다. 김애란 소설에는 뚜렷하게 두 가지 작품군이 존재한다. 하나는 출세작인 「달려라 아비」처럼 가족 로맨스에 바탕을 둔 작품들이고, 다른 하나는 이러저러한 방을 중심으로 이제 막 사회로 내팽개쳐진 불우한 청춘들에 대한 이야기가 그것이다. 이번 작품집에도 그 두 가지 계열의 작품은 공존하고 있다. 「침이 고인다」, 「칼자국」, 「플라이데이터리코터」가 전자에 속한다면, 「도도한 생활」, 「성탄특선」, 「자오선을 지나갈 때」, 「기도」, 「네모난 자리들」은 후자에 속한다고 말할 수 있다. 그런데 가족 로맨스와 사회적 불우의 문제는 분리해서 생각할 수 없는 문제이다. 이유는 우리가 사는 시대가 자본주의 시대 즉, 사회와 가족이 분리되는 동시에 포개지는 이른바 오이디푸스 구조가 출현한 시대이기 때문이다. 자본주의적 오이디푸스 구조(혹은 탈구조)에서는, 가족이나 가족해체에 연관된 무의식이 사회 질서나 변혁을 위한 근거로 작용하기 마련이다.[1] 김애란의 경우에도 작품의 심층적인 차원에서는 두 가지 문제가 동시에 작용하고 있음을 확인할 수 있다.

김애란의 가족 로맨스는 대부분 오이디푸스 구조에 저항하는 비오이디푸스적인 의식의 표출로서 시작된다. 출세작인 「달려라 아비」에서부터 김애란의 소설은 이전에 상상할 수조차 없었던 아버지상을 만들어내고 있었던 것이다. 잔디를 깎으며 주인여자의 성교를 물끄러미 바라보는 아버지(「달려라 아비」), 고향을 떠나는 딸에게 오토바이를 타고 울면서 빚보증 서지 말라고 외치는 아버지(「도도한 생활」), 내복 바람에 식칼을 들고 식구들을 다 죽여버리겠다고 소리치다가 잠드는 아버지(「칼자국」)[2]가 김애란이 그려낸 아버지인 것이다. 이러한 아버지의 모습은 법과 질서의 상징으로서 가족 구성원에게 절대적인 권위를 행사하는 아버지와는 얼마나 동떨어진 모습인가?

억압적인 오이디푸스 구조에서 벗어나고자 하는 이와 같은 김애란 소설의 시도는 독자들로 하여금 탈주의 쾌감을 불러일으킨다. 그러한 쾌감이 작가가 구사하는 간결하지만 세련되고 깊이 있는 문장에서 비롯되는 것임은 두말할 필요가 없다. 자본주의 사회에서 오이디푸스 구

---

1 들뢰즈 · 가타리, 최명관 역, 『앙띠 오이디푸스』, 민음사, 1994.
2 「칼자국」은 어머니 이야기이기도 하지만, 아버지 이야기이기도 하다. 어머니의 강단과 현실성과 생활력이 강조되면 될수록 아버지의 모습 역시 두드러져 보이기 때문이다.

조를 바탕으로 가족들을 얽어매는 가정과, 온갖 규율과 억압을 통해 사회 구성원들을 옭아매는 사회는 동전의 앞뒷면이다. 이때 아버지에 대한 비판이나 부정만으로 오이디푸스구조에서 벗어나는 것은 사실상 불가능하다. 진정한 오이디푸스 구조에서 벗어나는 길은 가족 성원 외부에 있는 이성과의 사랑을 통해 자율적인 공간을 만들어냄으로써 가능하기 때문이다. 그리하여 오이디푸스 구조의 파괴는 새로운 사회 질서의 창조에 버금가는 행위로서 의미부여가 될 수 있는 것이다. 총을 든 투쟁만이 혁명인 것이 아니라, 불꽃같은 사랑도 혁명이 될 수 있는 것은 이런 맥락에서이다.

　김애란의 소설에서도 주인공들은 예외 없이 연애를 시도한다. 그런데 그것은 늘 실패한다. 심지어는 소설 속 남녀는 그 흔해빠진 육체적 관계마저도 맺지 못한다. 연애 비슷한 감정의 미묘한 교류만 오고갈 뿐, 별다른 진전 없이 소설은 끝나버리는 것이다. 오누이가 맞이한 성탄절 이야기를 그린 「성탄특선」은 김애란 소설에서 연애관계가 어떤 식으로 종결되는지 보여주는 대표적인 경우이다. 오누이는 성탄절을 맞이하여 이성과 사랑을 나누고 싶어 하지만, 둘은 모두 실패한다. 그리하여 작품의 마지막에 오누이는 결국 한 방에 나란히 누워 잠이 들게 된다. 사랑을 나누어야 할 이성 간의 관계가 남녀관계가 애당초 남녀관계가 불가능한 오누이라는 근친적 관계로 변화되어 그 최후를 맞이하게 되는 것이다. 이처럼 오이디푸스 구조에서 벗어나려는 몸부림은 언제나 다시 재오이디푸스화 되어 버린 채 종결된다. 김애란 소설이 독자에게 현실에서 벗어나는 것과 같은 신선한 탈주의 느낌과 신선함을 주면서도, 근본적인 차원에서 이물감이나 불편함을 주지 않는 이유이다.

　그리고 이러한 남녀 간의 사랑이 실패하는 곡절이 형상화되는 대목에서야말로 작가의 사회학적 상상력이 발휘된다. 「성탄특선」에서 오빠는 연인과 자취방에서 몸이라도 섞을라치면, 골목에서는 "씹탱아! 그게 아니잖아! 저 새긴 항상 저래"(87) 따위의 말을 들어야 하고, 여동생은 남녀가 몸을 눕힐 방 하나를 찾아 온 밤을 떠돌아다니지만 돈이 모자라 끝내 찾지 못하고 만다. 탈주를 위해서는 사랑을 해야 하지만, 돈이 없는 그들에게 사랑은 불가능한 것이다. 여기에 비한다면 "치열은 계급이다"(「도도한 생활」)와 같은 말이나, 거의 언제나 등장하는 고학 이야기, 파산한 고향집 이야기 등은 지금 이 사회의 한 풍경일 수는 있을지언정 진지한 이 시대의 재현이라고 보기에는 여러 가지로 미흡하다.

청춘남녀들(김애란 소설 속 주인공들은 언제나 청춘남녀들이다)은 저항에도 사랑에도 언제나 실패한다. 누이 옆에 누워 "사내는 잠을 청하려 눈을 감"(114)을 수밖에 없는 것일까? 김애란의 소설은 이 대목에서 이전 소설처럼 사회적 전망과는 다른 새로운 모습을 보여준다. 우주적 상상력을 통한 초월의 모습이 그것이다. 이전의 소설에서 본 적 없는 참신한 이미지를 통해 김애란은 경쾌하게 도약한다. 그것은 상상을 통한 따뜻한 위안이다. 「도도한 생활」에서 물이 쏟아져 들어오는 반지하방에 쓰러져서 피아노 소리를 듣는 사내는 "어떤 꿈을 꾸는지 웃고 있"(42)으며, 「자오선을 지나갈 때」의 '나'도 7년이 지난 지금도 여전히 노량진을 지나며, 지하철에서 발이 밟히며 "우주 먼 곳 아직 이름을 가져본 적 없는 항성 하나가 반짝하고 빛"(148)나는 것을 보며, 「칼자국」에서는 어머니가 음식을 만들다가 죽고 난 후, 어머니 없는 부엌에서 사과를 깎아 먹으며 "사과 조각은 우주 멀리 날아가는 운석처럼 뱅글뱅글 돌며 내 안의 어둠을 여행하게 될 터였다"(180)라고 생각하는 것이다.

김애란은 일관되게 가족과 방이라는 지극히 사적이고 협소한 영역을 통해 이 시대의 억압과 그에 맞선 저항을 감각적이고 발랄한 목소리로 말해오고 있다. 김애란 소설에는 아주 가까운 인간관계(가족관계나 연애관계)나 우주만이 남아 있다고 말할 수 있을지도 모른다. 그녀에게는 그 중간에 위치하는 국가나 민족이나 계급과 같은 층위가 존재하지 않는 것이다. 상징계적 질서의 부재라는 같은 맥락에서 출발한 정이현에게 그러한 중간적 레벨이 지난날의 흔적으로라도 존재함에 비해, 김애란의 소설에서는 그러한 흔적조차 발견할 수 없다. 김애란의 소설 속 인물들은 현실의 어떠한 고통이나 모순을 접하더라도 그것에 의미나 가치를 부여하지 못 한다. 지극히 상상적인 인간관계에서의 좌절과 상처는 아무런 문제없이 저 먼 우주적 상상력을 통해 쉽게 위무받고 극복되어 버리는 것이다. 이것이야말로 김애란 소설이 독자에게 안겨주는 따뜻함과 명랑함의 정체이다.

# 소설가의 두 가지 행로

### 김이설·김애란을 중심으로

## 1. Welcome to the desert of the real!

김이설이 「환영」(자음과모음, 2011)에서 그려낸 인간들은 환영이다. 그들에게는 어떠한 자유의지도 없으며, 독자들에게 그토록 많은 정념을 불러일으킴에도 불구하고 환경의 조종에 따라 춤을 추는 꼭두각시에 불과하다. 「환영」은 건조한 문체로 가난이라는 환경이 한 여자의 삶과 세계를 어떻게 조형해내는지 보여준다. 이 작품은 물질이 정신을, 세계가 개인을 어떻게 압살하는지를 알려주는 냉정한 보고서이다.

윤영은 열일곱 살 이후로 단 한순간도 쉬어본 적 없이 돈벌이에 나섰다. 공무원 시험을 준비하는 남편 대신 아이를 낳은 보름 뒤부터 일을 했지만, 돈도 벌지 못하고 매춘을 주업으로 하는 백숙 집에까지 이르렀다. 이러한 과정은 우리가 인간이라 부르는 여러 가지 특징을 잃어가는 과정이기도 하다. 그녀는 모성을 잃어가고, 부성(婦性)을 잃어간다. 대신 그녀는 짙은 화장과 화려한 옷차장을 하게 되고, 남편에게 밥상을 뒤집고 남편의 얼굴에 흙을 뿌린다. 매춘과는 거리가 멀던 그녀는 백숙 집에서 매춘을 하고, 나중에는 백숙 집 바깥에서도 남자를 만난다. 그녀는 결국 왕사장의 아들인 태민과 그의 친구들 앞에서 수표 한 장에 벌거벗겨지기까지 한다. 그녀의 육체는 완전한 상품으로 전락한 것이다.

이처럼 윤영이 나락으로 떨어지는 과정에서 결정적인 역할을 하는 것은 남자들이다. 그녀에게는 무능하고 파렴치한 아버지와 남편, 그녀를 매춘의 길로 이끈 왕사장, 그리고 왕사장의 아들 태민이 있다.[1] 「감자」의 복녀가 중국인 왕사장에게 살해됨으로써 자신의 삶에 마침표를 찍었다면, 태민의 존재는 이전으로 돌아갈 수 없는 윤영의 상징적 죽음을 완성한다.

이 작품의 모든 등장인물들은 하나의 예외도 없이 돈에 의해서만 울고 웃는 환영들이다. 이러한 절대의 법칙에서 예외는 없다. 얼굴도 예쁘고 공부도 잘하고 리더십도 있어 온 집안의 기대이던 민영이 역시 "돈 때문"(173)에 죽는다. 보조적인 인물에 불과한 공판장 여자 역시 자신이 사기당한 돈을 찾겠다고 두 돌이 지난 아이의 목에 칼을 들이댄다. 그러나 돈의 지배를 받는다는 점에서는 왕사장이야말로 가장 완벽한 노예이다. 그는 처음 아내와 추어탕을 팔면서 작은 성공을 거두었고 나중에는 가진 돈을 모두 모아 지금의 자리에서 백숙 집 장사를 시작한다. 그러나 장사는 되지 않았고, 결국에 돈에 눈이 먼 왕사장의 방조로 아내는 몸을 파는 일까지 겸하게 된 것이다. 왕사장의 아내는 윤영이 그랬듯이 젖이 흥건하게 베인 옷을 입고 백숙 집에서 일을 한다. 나중에 돈을 많이 벌게 된 왕서방은 일하는 여자애들과 어울리고 아내를 거들떠보지도 않는다. 결국 그녀는 초등학교 5학년인 아들에게 "모

---

1  이 작품은 물질주의적 인간관과 결정론에 기초한 자연주의의 대표작으로 알려진 「감자」와 여러 면에서 유사하다. 「감자」의 21세기 버전이라고 해도 과언이 아닐 정도인데, 왕서방이라는 명칭은 이러한 관련성을 더욱 부각시킨다.

든 건 아빠 때문"(119)이라는 유서를 남기고 죽는다.

이 작품은 환경이 인간을 지배해 나가는 과정을 살펴보기에는 분량이 적다. 그럼에도 환경의 영향이 선명하게 느껴지는 것은 이 작품이 분산이 아닌 집중의 방법을 택하고 있기 때문이다. 이 작품은 두 개의 무대만을 중심으로 해서 이루어졌다고 해도 과언이 아니다. 하나는 오직 식욕과 성욕만으로 가득한 백숙 집이고, 다른 하나는 몰염치와 무책임만으로 가득한 옥탑방이다. 전자에서는 돈의 논리가, 후자에서는 가족이라는 명분이 절대적인 지배력을 행사한다. 이렇게 집중된 배경으로 인하여 인물들의 모습과 변화과정은 설득력 있게 그려질 수 있었다.

"참을 만큼 참아도 더 참아야 하는 건 가족"(46)이었다는 말은 윤영에게 있어 가족이 지니는 의미를 잘 드러낸다. 준영이나 민영이 끊임없이 돈을 요구하고, 남편이 밥만 축내면서도 밤이면 피곤에 짓눌린 마누라 위에 올라탈 수 있었던 것은, 그들이 모두 가족이었기 때문이다. 윤영의 엄마 역시도 예외는 아니다. 뒤늦게 새 남자를 얻은 엄마가 윤영에게 돈을 요구하며 하는 "지금 피붙이를 고발하겠다는 거야?"(184)라는 말은 가족주의의 잔인함을 압축해서 보여준다.

김이설의 「환영」이라는 세계에서 절대 발화되어서는 안 되는 단어가 있다면, 그것은 희망이다. 윤영을 철저히 파괴하는 것은 바로 그 알량한 희망이기 때문이다. 그녀가 처음 백숙 집에 나가게 된 것도, 아이를 위해 조금만 큰 집을 얻고자 하는 '희망' 때문이다. "그 희망이 이뤄지려면 남편이 시험에 붙어야 했다. 시험에 붙을 때까지는 공부를 해야 했고, 공부를 하는 동안은 내가 돈을 벌어야 했"(29)던 것이다. 돈을 떼먹고 도망가 가족 모두를 신용불량자로 만든 민영은 5년 만에 윤영의 앞에 나타나 돈을 요구한다. 윤영은 그러한 요구를 거절하지 못하는데, 그 역시 "가장 똑똑하고 가방끈이 긴 민영이 이 집을 이끌어갈 것"(54)이라는 철석같은 '희망' 때문이다.

김이설의 「환영」을 계급의식과 관련시키는 것은 조금 무리가 따른다. 물론 눈알이 빠지게 일을 해도 그들은 빚조차 갚지 못한다. 민영 역시 늘 눈 밑이 검어지도록 아르바이트를 하지만, 대출과 休學을 번갈아 해야만 했다. 이들이 겪는 극도의 빈곤과 고통의 원인에는 사회 구조적 요소가 분명 존재한다. 그러나 이 작품에는 우연적인 계기가 너무나 많이 등장한다. 계속된 사고와 병마가 특히 그러하다. 윤영 가족이 몰락하게 된 결정적인 계기는 아버지의 병마이며 윤영의 아이는 두 돌이 되어도 일어서지 못하는 장애를 지니고 태어난다. 또 하나 공무원 시험을 포기하고 돈을 벌기 위해 김치공장에 취직한 남편은 삼일 만에 사고로 심각한 장애를 입는다.[2]

이 세계에 출구는 없다. 대신 끊임없는 반복만이 있을 뿐이다. 윤영은 백숙 집 생활을 청산하고 사거리의 삼겹살집에서 건전하게 돈을 벌기 시작한다. 그러나 고비용의 치료를 요하는 아이와, 장애를 입은 남편, 자신이 떠안게 된 노모, 갑자기 나타나 사기를 치고 사라진 준영 등으로 그녀는 다시 왕백숙 집을 향하게 된다.

백숙 집 차원에서의 반복도 계속된다. 윤영이 설령 백숙 집 생활을 청산하더라도 백숙 집의 운영에는 아무런 문제도 없다. 윤영의 자리는 조선족 용선에 의해 빈틈없이 인수인계가 이루어지기 때문이다. 윤영이 왕서방의 잔소리를 듣고 여러 가지 교육과정을 거쳐 매춘의 길에 나섰듯이, 조선족 용선 역시 그러한 과정을 그대로 반복한다. 용선이 이러한 지옥도에 빠져 든 이유 역시 돈을 벌겠다는 욕망 때문이다. 마지

---

2  우연의 범람과 맥락을 같이 하는 것으로 극단적인 상황 설정을 들 수 있다. 이러한 두 가지 경향은 모두 메시지를 전달하고자 하는 작가의 강력한 의지에서 비롯된다. 처음 백숙 집에서 일하는 그녀의 앞가슴은 흘러내린 젖으로 흥건하고, 백숙 집으로 이동하는 차 안에서 왕사장은 히터조차 틀지 않는다. 백숙 집의 왕사장은 심지어 남아서 버리게 된 음식도 못 먹게 한다. 아버지에 대한 반발심에, "아버지 것은 모두 빼앗겠다"(134)며 아버지와 관계있는 모든 여자들에게 덤벼드는 태민의 행동도 그러하다. 윤영은 왕백숙 집에서 일을 하는 동안 누구의 씨인지도 모르는 아이를 임신하기도 한다.

막 문장 "다시 시작이었다"(193)라는 말 속에는 '시작'이라는 말이 지니게 마련인 어떠한 희망도 발견하기 힘들다. 김이설의 「환영」에는 사막과도 같은 삶의 고통스런 본질만이 온 힘을 다해 아가리를 벌리고 있을 뿐이다.

김이설의 「환영」은 우리가 살아가는 실재의 사막(the desert of the real)을 있는 그대로 보여준다. 이러한 근본적 장면을 마주하지 않기 위해 우리는 환영을 동원하고는 한다. 반대로 이 작품은 환영이 될 수밖에 없는 인간들의 진실을 어떠한 환영도 없이 있는 그대로 드러낸다. 「환영」에서는 어떠한 윤리적 상상력도 발휘할 수 없다. 심지어는 그 누구도 악인일 수 없다. 왕사장도, 백숙 집 이모와 언니도, 민영을 착취하기만한 엄마와 민영과 준영도, 무책임과 몰염치 덩어리인 남편도……. 그들은 모두 악이라는 이 세상에 던져진 하나의 부분들로만 인식된다. 니체는 데카당스가 '나는 더 이상 가치가 없다'라고 느끼는 대신 '삶은 더 이상 가치가 없다'라고 느끼는 삶의 태도라고 말한 바 있다. 이 작품을 읽으면, 끝내 모든 주체는 사라져 버린다. 그리고 남는 것은 '삶과 세상은 더 이상 가치가 없다'는 모종의 불쾌감과 지옥에서나 맛볼 수 있는 안도감이다.


## 2. 기필코 행복하리라.


김애란의 「두근두근 내 인생」(창비, 2011)에 그려진 현실의 기본조건 역시 「환영」에 모자라지 않는다. 열일곱에 아이를 낳은 부부는 학교를 그만두고 일찌감치 생계를 위한 전쟁터에 나서게 된다. 아버지는 "주유소 조끼, 편의점 조끼, 택배 조끼, 중국집 조끼"(154) 등을 입어 왔고 지금은 이삿짐센터에서 일한다. 더군다나 아이는 조로증이라는 희귀병을 앓고 있어 그들 앞으로는 "아무리 머리를 굴려봐도 도무지 답이 안 나오는 병원비 청구서"(13)가 날아오고는 한다. 그렇다면 과연 우리는 「환영」에서 경험한 지옥도를 「두근두근 내 인생」에서도 경험할 수밖에 없다는 말인가?

김애란의 소설은 이와 관련해 새로운 가능성을 제기하고 있다. 고통스런 현실에 대응하는 면에 있어서, 김애란의 「두근두근 내 인생」은 김이설의 「환영」을 거꾸로 세워놓은 작품이라고 해도 과언이 아니다. 「환영」이 도저히 벗어날 수 없는 쇠 우리(iron cage)와도 같은 불행의 막장을 보여주었다면, 「두근두근 내 인생」은 어떻게 해서든 행복하고야 말겠다는 강철같은 의지를 보여주고 있기 때문이다. 이러한 차이는 인물의 성격에서 가장 선명하게 드러난다.

「환영」의 인물들은 정도의 차이만 있을 뿐 모두 돈이라는 물신 앞에서 윤리 도덕 따위와는 담을 쌓은 모습이었다면, 「두근두근 내 인생」의 인물들은 모두가 법 없이도 살 수 있는 선량한 사람들이다. 아버지의 적성 카드에는 "취미―타협, 특기―타협"(20)이라고 써 있을 만큼, 아버지는 자기주장을 내세우지 않는다. 어머니가 생각하는 남편 한 대수의 장점은 "착하다"는 것이고, 단점은 "지나치게 착하다"(29)는 것이다. 아버지는 "누굴 제대로 이겨본 적 없는"(156) 사람이다. 무엇보다 죽음을 앞둔 열일곱의 소년임에도 늘 가족과 주위 사람을 생각하는 아름이의 모습은 팔십이 된 노인의 원숙함에서 우러나는 배려심을 떠올리게 할 정도이다.

그러한 인물들이 만들어 내는 가족의 성격 역시 다를 수밖에 없다. 「두근두근 내 인생」에서 가족은 사랑과 우애 속에서 숨을 쉬는 이상적인 공동체이다. 심지어는 구성원들 간의 일체화가 이루어지기도 한다.

이 작품은 바로 이러한 가족애에 기초해 쓰였다고 해도 과언이 아니다. 프롤로그의 다음 대목에서는 그러한 모습이 잘 드러나 있다.

> 아버지가 묻는다.
> 다시 태어난다면 무엇이 되고 싶으냐고.
> 나는 큰 소리로 답한다.
> 아버지, 나는 아버지가 되고 싶어요.
> 아버지가 묻는다.
> 더 나은 것이 많은데, 왜 당신이냐고.
> 나는 수줍어 조그맣게 말한다.
> 아버지, 나는 아버지로 태어나, 다시 나를 낳은 뒤
> 아버지의 마음을 알고 싶어요.
> 아버지가 운다. (7)

아버지의 마음을 알고 싶기 때문에, 아들은 아버지로 다시 태어나고 싶다 말한다. 아버지라는 타인을 향한 형언할 수 없는 이해와 공감의 의지라고 말할 수 있다. 또한 이러한 아들을 보며 아버지는 눈물로써 역시나 아름다운 공감과 이해의 마음을 표현하고 있다. 소설 속 소설인 아름이의 「두근두근 그 여름」에서 열일곱 살의 아버지는 꿈속에서 어머니와 대화를 나눈다. 어머니가 "당신은 왜 당신을 당신의 아버지라 불러?"(343)라고 말하자 "왜냐하면 나는 나의 아버지니까……"(343)라고 대답한다. 반대로 아버지가 "당신은 왜 당신을 당신의 어머니라 불러?"(343)라고 묻자 어머니는 "왜냐하면 나는 나의 어머니니까……"(344)라고 대답한다. 이러한 대목에서도 아버지 혹은 어머니와 자신을 동일시하는 이 소설의 독특한 상상력을 확인할 수 있다.

아름이의 가족 이외에도 모든 인물들은 무척이나 선량하다. 방송이

나간 후 한아름은 서하라는 이름의 소녀에게 이메일을 받고, 둘은 연락을 주고받는다. 열일곱 살 소녀라 밝힌 서하는 아름이에게 "나와 유일하게 비밀을 나눴던 아이, 태어나 처음으로 나를 설레게 한 아이, 나의 진짜 여름, 나의 초록, 나의 첫사랑, 혹은 마지막 사랑이었던 그 아이"(273)로 의미부여 된다. 나중 서하는 서른여섯 살이나 된 아저씨임이 밝혀진다. 그러나 이 관계는 결코 아름이에게 상처가 되지 않는다. 서하나 아름이는 서로를 위하는 절실한 마음으로 소통했기 때문이다. 그 속에 섞인 거짓말은 보통의 참말보다도 더욱 진실하다. 아름이는 서하와 주고받았던 편지와 그 속에 담긴 감정의 교류를 통해 비로소 자신의 글을 완성한다.

한아름이 출연한 기부 프로그램의 제작진 역시 마찬가지이다. 방송 프로그램 작가는 "이번 회, 대박날 것 같아요"(139)라며 좋아하기도 하고, 피디는 사람들의 관심을 끌 수 있는 말이나 행동을 계속해서 유도한다. 이것은 악의에서 비롯된 행동이라기보다는 타인을 돕는 것의 어려움과 관련된 인간의 숙명에서 비롯된 행동이다. 아름이와 많은 이야기를 나누는 장씨 할아버지 역시 선량함으로 가득하다.

「환영」이나 「두근두근 내 인생」은 모두 고통스러운 현실로부터 벗어날 수 없다는 점에서는 동일하다. 오히려 「두근두근 내 인생」은 불치병에 걸린 아이를 다루고 있다는 점에서 탈출의 가능성은 더욱 낮다. 주인공 아름이는 조로증을 앓고 있으며 현재 나이는 열일곱 살이지만 그의 신체 나이는 80세이다. 아름이는 부모가 자신을 낳았을 때의 나이인 열일곱에 이미 죽음을 앞두고 있는 것이다.

그럼에도 이 작품은 전혀 답답하다거나 절망적이지 않은데, 이유는 이 작품의 주인공이 보여주는 현실에 대한 절대긍정의 태도에서 비롯된다. 아름이에게는 온통 세상에 대한 긍정과 따뜻한 마음만이 가득하다. 차라투스트라가 이상적인 인간으로 말한 '최고의 곤란을 축제를 맞는 심정으로 기다리는 건강하며 발랄한 쟈'가 바로 아름이이다. 아름이는 인생의 매순간을 그 자체로서 긍정하겠다는 강력한 힘을 지니고 있다. 이러한 힘은 초월적인 의지로 자신의 삶을 설명하고, 그것으로부터 의미를 찾는 태도와의 결별을 통해 분명히 나타난다. 이러한 아름이의 태도는 다음의 인용문에 나타난 이웃 아주머니의 태도와는 무척이나 다른 것이다.

> 항상 성경책을 끼고 다니는 이웃 아주머니는 내게 이런 말을 하셨어.
> 모든 고통에는 의미가 있다고.
> 하지만 그건 위로가 되지 않았지.
> 내게 필요한 건 의미가 아니었거든. (266~267)

병이나 불행에 초월적인 의미를 부여하는 것은 인류가 고통을 다루는 일반적인 방식 중의 하나이다. 이것이 지니는 치유의 효과는 분명하지만, 이러한 방식을 받아들이는 순간 현실의 매순간은 그 자체로서의 의미를 잃어버리게 된다. 이 순간 우리는 하나의 환영이 될 수도 있는 것이다. 이와 달리 아름이는 그 어떤 외부의 것에도 의존하지 않고 온전히 자유롭고자 하는 의지를 지니고 있다. 아름이의 아버지 역시 성경책과 묵주를 들고 나타난 이웃 여자가 아름이의 병은 "메씨지"(48)라고 이야기하자, "쟤는 메씨지가 아니라 아름입니다. 한아름이라고요"(48)라고 말한다.

나아가 아름이는 자신의 상상을 통해 현실에 긍정적인 의미를 부여하고자 한다. 이때의 상상은 주로 자신의 기원을 새롭게 복원하는 글쓰기로 구체화된다. 소설의 마지막에 아름이는 "내가 아버지를 낳아드릴게요, 어머니를 배어드릴게요"(324)라고 말한다. 특히 소설 속 소설인 「두근두근 그 여름」은 자신이 잉태되던 순간의 삶을 복원하는 내용으로 이루어져 있다. 이것은 자신의 삶을 온전히 자신의 뜻 안에 담고자 하는 의지에서 비롯된 일이며, 아름이에게 글쓰기란 자신의 삶에 있어 철저한 주인 되기의 실천을 의미한다. 이러한 글쓰기는 "하느님은 왜 나를 만드셨을까?"(80)라는 질문에 답을 찾는 일이기도 하다. 이러한 대목은 김애란이 소설을 바라보는 작가적 자의식에 해당하는 대목으로 이해할 수도 있다.

물론 기원의 상상적 복원이 벽에 부딪히는 순간도 있다. 김애란의 「두근두근 내 인생」에서 이야기가 중단되는 것은 어머니가 자신을 지우려고 했다는 사실을 들었을 때이다. 아름이는 어머니와 아버지가 나누는 대화를 통해 어머니가 자신을 지우기 위해 임신한 상태로 운동장을 오래 뛰었다는 이야기를 듣고는 "몇 달 간 내게 설렘과 긍지, 그리고 기쁨을 준 원고"(113)를 삭제해버린다.

그러나 아름이는 끝내 이야기를 그만두지 않는다. 「두근두근 내 인생」은 어머니와 아버지가 처음 만나 아름이를 낳은 후부터 지금까지의 이야기를 담고 있다. 아름이의 유고라고 할 수 있는 「두근두근 그 여름」의 서사는 아름이가 태어나기 이전의 시간들에 대한 것이다. "오래전 어머니와 아버지의 이야기를 쓰는 것, 그리고 그걸 내 열여덟 번째 생일에 부모님께 선물로 드리는"(107) 것이 「두근두근 그 여름」의 창작의도였던 것이다. 이러한 '이야기'가 선물이 될 수 있는 이유는, 이야기야말로 아름이가 결코 자신의 삶을 원망하거나 무의미하게 여기지 않으며 무엇과도 바꿀 수 없는 유일무이한 의미로 받아들이고 있음을 증명하기 때문이다.

## 3. 실재와 환영 혹은 주인과 노예

　여기 두 명의 인간이 있다. 그들은 인간이 경험할 수 있는 고통의 극한에 서 있다고 해도 과언이 아니다. 한 명의 여인은 어린 시절부터 진저리나는 가난과 노동에 시달렸지만, 고통은 눈덩이처럼 그녀를 더욱 강한 무게로 짓누르기만 한다. 남편과 자식은 장애와 병으로 누워 있고, 다른 가족 역시 끊임없이 돈만을 요구한다. 사회가 그녀에게서 요구하는 것은 그녀의 왜소한 몸뚱어리뿐이다. 그 옆에는 열일곱 살의 소년이 있다. 그 아이는 조로증이라는 희귀병에 걸려 신체 연령은 죽음을 앞둔 노인의 나이에 해당한다. 신체의 기능을 하나씩 잃어가는 그의 옆에는 공기만큼이나 자연스럽게 죽음이 놓여 있다. 아이의 부모들 역시 일용직 노동자로 힘겨운 삶을 살아가고 있다.

　그러나 현실에 대응하는 태도는 사뭇 대조적이다. 「환영」의 그녀가 철저히 사회의 힘과 논리에 자신을 맡겨서 자신의 몸으로 사회의 문제와 악마적 속성을 미메시스하고 있다면, 「두근두근 내 인생」의 열일곱 살 소년은 사자와도 같은 강렬한 힘으로 끝끝내 행복하고야 말겠다는 불퇴전의 의지를 보여주고 있다. 그러한 의지는 아름답고 생명력 가득한 소설로서 그 결실을 맺고 있다. 칸트는 일찌감치 윤리란 '그럼에도 자유로워라'라는 삶의 태도임을 역설한 바 있다. 말할 것도 없이 소년은 그녀보다 윤리적이다. 그러나 이것만으로 모든 문제가 해결되는 것은 아니다. '상상의 구축(構築)'을 통해 개시된 행복' 속에서는 '환영의 배제를 통해 열려진 불행'이 지닌 현실의 쓰디쓴 질감이 사라질 수도 있기 때문이다. 김이설의 「환영」과 김애란의 「두근두근 내 인생」은 무척이나 상반되는 표정으로 '소설이란 무엇인가?'를 되묻게 하는 소중한 작품들이다.

# 위기와 소설
편혜영·김이설·박형서를 중심으로

## 1. 위기의 시대

21세기에 위기(crisis)는 이미 일상화되었다. 고위험사회라는 학술적 개념을 들먹이지 않더라도 작은 균열이나 실수만으로도 상상하기 어려운 파국이 우리를 기다린다. 상시적인 공황의 가능성에 빠져 있는 금융시장, 파국적인 결과를 가져올 수 있는 위험물질(대표적으로 핵)의 만연, 작은 사고도 대형 인명사고로 이어지는 고속 교통수단 등이 우리 주위에 널려 있는 것이다.

그러나 본래 삶과 세계는 언어화가 힘들 만큼의 불안과 공포를 내장하고 있다. 그 어마어마한 불안과 공포들은 보통 상징계적 틀과 각종 판타지를 통해 위장 내지는 은폐되어 있을 뿐이다. 그 순간은 언제나 덮어놓을 수만은 없으며, 삶의 전면에 떠오를 때가 있다. 이 계절에 창작된 편혜영의 「야행」(『문학과사회』, 2011년 여름호), 김이설의 「부고」(『창작과비평』, 2011년 여름호), 박형서의 「아르판」(『문학과사회』, 2011년 여름호)이 바로 그런 순간을 예리하게 포착한 소설들이다. 이러한 위기의 순간은 고통스럽지만 우리 삶의 본질을 질문한다는 점에서 무척이나 의미 있는 순간들이기도 하다.


## 2. 이미 무너진 재개발 아파트 혹은 그녀


편혜영의 「야행」은 너무도 오래된 재개발 아파트를 통하여 빈곤이 불러온 우리 사회의 파국에 대하여 말하고 있는 작품이다. 재개발이 예정되어 전기마저 들어오지 않는 아파트에 한 노인이 뒷물을 하다말고 비상 상황을 알리는 벨 소리에 마루로 나온다. 다리 통증으로 걷지도 못하는 그녀는 아랫도리를 닦지 못한 채 회전의자 위에 엎드려 있다. 그녀는 자신의 육신에 대한 통제력마저 잃어버려 수시로 오줌을 지린다. 소설 전체를 완벽하게 장악하고 있는 이 비상벨은 "어쩌면 철거를 알리는 경고"(81)인지도 모른다.

이 무너져 가는 재개발 아파트에서 그녀를 구원해 줄 수 있는 유일한 존재는 아들뿐이다. 그녀는 자신에게 있는 전부인 "지갑 안에 든 인감도장과 신분증, 사진 한 장"(91)을 챙긴 채 자신을 데리러 올 아들을 기다리고 있다. 그러나 아들이야말로 그녀가 겪는 파국의 진원지이다. 늘상 무슨 일인가를 시작하지만, 아들은 늘 실패한다. 그녀가 전화번호를 모를 정도로 아들은 전화번호를 자주 바꾼다. 실패할 때마다 아들은 노모에게 손을 벌렸고, 남편이 죽으면서 남겨준 재산을 매해 일정하게 토막 내듯 해치웠다. 마지막으로 아들이 그녀를 데려다 놓은 곳이 바로 재건축 시행일이 임박하고 엘리베이터도 없는 5층의 아파트이다. 그녀의 아들은 소설의 마지막 순간까지 끝내 오지 않는다. 베케트의 「고도를 기다리며」의 고도를 연상시키기도 하는 이 아들은 이토록 초라하고 왜소하다.

지금 그녀를 가장 비참하게 하는 것은 "아무리 되돌아봐도 일생을 통틀어 지킬 만한 비밀이 없는 시시한 인생이라는 것이 자신이 가진 유일한 비밀이라는"(83) 사실이다. 이러한 평범성, 달리 말하면 비존엄성은 남편의 경우에도 마찬가지이다. 그녀는 처음 남편이 죽었을 때, 자신이 남편의 고민이나 희망, 고통 같은 추상적인 것은 물론이고, 취향이나 습관, 버릇이나 성향 같은 구체적인 것도 알지 못한다고 생각한다. 그러나 남편이 남긴 모든 흔적들을 뒤지는 과정에서 알게 된 것은 "남편에게는 그녀 몰래 품고 있던 비밀이랄 게 없다는"(87) 사실이다. 그녀가 남편에 대해서 몰랐던 것이 아니라 남편은 본래 자신의 고유한 존재를 지니지 못했던 것이다. 그녀는 "자신과 마찬가지로 남편 역시 이렇다 할 비밀이 없는 인생이라는 것을, 열정이나 정념 같은 것과는 동떨어진 삶을 살아왔다는 것을 깨달"(88)았을 때, 말할 수 없는 실망감을 느낀다. 가족도, 돈도, 이웃도 없는 그녀가 "자신의 개별성"(79)을 인식하는 순간은 오직 통증을 느낄 때뿐이다.

남과 다른 자기를 확인해보지도 못한 채, 그저 생존만 하다가 사라지는 인간들. "잘 살아보려는 노력이 돌이킬 수 없게 되는 경우도 많고, 착실하고 소박한 노동의 대가로 비루한 생활이 주어지는 경우도 많"(85)았던 그녀에게 삶이란 "그저 오는 대로 받아들이는 수밖에 없다"(85)는 걸 온몸으로 깨닫는 과정에 불과하다. 그녀의 남편에게도 삶이란 바로 그러한 깨달음의 과정에 불과했다. 그들에게는 오직 끊이지 않는 통증(고통)만이 자신(존엄)을 확인하는 유일한 순간이다. 그렇다면 언제 철거당할지 모르는 아파트에 버려진 지금만이 그녀에게 위기라고 말하는 것은 진실을 은폐하는 것일 수도 있다. 그녀의 삶은 언제나 위기였던 것이다.

편혜영의 「야행」에서 진정으로 파괴되고 무너져가는 존재는 철거를 앞둔 아파트가 아니라 그녀이다. 이 작품은 "누군가 주저 없이 집 안으로 들어섰다"(92)로 끝난다. 그녀는 닦지도 못한 아랫도리로 회전의자 위에 엎드린 채, 이제 자신이 향할 곳은 어디냐고 우리에게 묻고 있다.

## 3. 유전자의 보존을 위해 고투하는 짐승들

김이설의 「부고」에서 화자인 '나'에게는 두 명의 어머니가 있다. 낳아 주었지만 곧 집을 떠난 어머니와 낳지는 않았지만 길러준 어머니가 그들이다. 길러준 어머니가 담담하게 "네 엄마가 죽었다"(113)는 전화를 하며 소설은 시작된다.

무엇보다 '나'가 하는 일에 주목해 볼 필요가 있다. 그녀는 학원에서 수강신청과 상담전화 받는 일을 하며, 부업으로 대필 논문 써주는 일을 한다. 다음의 인용문에 잘 나타난 것처럼 그녀의 일은 가짜를 양산하거나 가짜 노릇을 하는 것이다. 문제는 이러한 일을 통해 그녀가 자신이 '진짜'가 된 것처럼 느낀다는 사실이다.

> 논문을 쓰다 보면 그것이 내 논문 같고, 내가 석사 박사가 된 것 같았다. 학원으로 출근하다 보면 내가 학생들을 가르치는 강사 같았다. 상준과 누워 있으면 상준의 아내 같고, 여자를 엄마라고 부른 뒤로는 여자의 친자식 같았다. 그렇게 살다 보니 나는 아무 일도 없었던 사람 같았다. (130)

그러나 이 작품에서는 결코 그녀만이 가짜를 만들어 내고, 가짜 노롯을 한 것이 아니다. 이 작품 속의 모든 인물은 자기기만에 빠져 있는데, 그중에서도 가장 강도가 높은 사람은 그녀의 부모들이다. 부모들의 자기기만은 모두 하나의 목적을 가지고 있는데, 그것은 바로 자기 DNA의 보존이라는 과제이다. 그리하여 우리가 신주단지 모시듯이 떠받드는 모성이나 부성의 허구성은 이 작품에서 집요하게 해체된다.

'나'를 낳아준 어머니는 그녀가 예닐곱 살이 되었을 때에 집을 나간다. 초등학교 교사였던 아버지는 남매에게 책을 자주 읽어주었지만 "아버지의 낭독은 다분히 위악적"(120)이다. '나'가 골라온 책은 뒷전에 두고, 꼭 자기가 읽고 싶은 걸 읽었던 것이다. 책을 다 읽은 아버지는 늘 세상에 책 읽어주는 아버지는 흔치 않다고 공치사를 한다. 아버지가 그녀의 외로움에 대해 위로를 건네는 일은 없으며, 당연히 "엄마 없이 자라는 여자아이의 마음 따위"(121)는 신경 쓰지 않는다. 오빠는 법대에 가기를 바라는 아버지의 뜻과는 달리 미대에 진학한다. 이 일을 계기로 아버지는 "나도 이제 내 생각 하면서 살겠다"(121)는 말을 남기고, 새 여자를 데리고 온다. 아버지의 기만적인 인생은 다음과 같은 딸의 생각 속에 잘 나타나 있다.

> 아버지가 눈을 치켜떴다. 평생 교육자로 살았다는 자부심이 강한 사람이었지만 그건 자기 논리일 뿐이었다. 친척이나 친구들에게 이혼과 재혼을 철저히 숨긴 걸 투철한 자기관리라고 내세웠다. 자신의 외도로 집을 나간 사람의 죽음 앞에서, 저렇게 서슬 퍼런 영정 사진 앞에서 밥술을 뜨는 사람이었다. 불운을 겪은 딸을 위해 이사하고, 국적을 바꾸겠다는 아들을 막지 못한 것도 자신이 아량을 베풀었기 때문이라고 믿는 장본인이었다. (128)

'나'는 야간자율학습을 마치고 돌아오는 길에 남자아이들에게 성폭행을 당한다. 성폭행 현장에서 주모자인 아이는 "너 혼자 아버지를 갖

겠다고! 넌 공주처럼 키우고 난 쓰레기처럼 내팽개치겠다 이거지?"(124)
라고 말한다. 그 아이는 아버지가 바람을 피워 낳은 이복 남매였던 것
이다. 길러준 어머니는 이 사건을 신고하자고 말하지만, 아버지는 "내
새끼가 내 새끼를 해쳤다고 고발하라고? 나는 못해"(125)라며 한사코
신고하기를 거부한다. '나'를 성폭행한 아이 역시 아버지의 DNA를 물
려받은 생명체였던 것이다.

　길러준 어머니 역시 자기기만에서 예외가 아니다. 여자는 나와 오빠
에게 꼬박꼬박 존대를 하고, 한결같은 자세로 훌륭하게 어머니 역할을
수행한다. '나'가 성폭행을 당했을 때도, 길러준 어머니는 위로의 말을
건네며 눈물을 흘리는 따뜻한 모습을 보여주는 것이다. 길러준 어머니
는 낳아준 어머니의 뼈가루를 뿌리는 곳에서도 '나'에게 "네가 책을 만
들거나 글을 쓰는 사람이 될 줄 알았어. 그런데 거짓말을 하면서 살 줄
은 몰랐다. 나는 그게 속상해. 그렇게 살지 마. 비밀을 만드는 사람은
결국 외롭게 되어 있어"(132)라며 애정이 듬뿍 담긴 말을 건넨다. 그러
나 진짜로 거짓말을 하며 비밀을 만들어 온 것은 다름 아닌 길러준 어
머니 자신이었다.

　길러준 어머니는 '나'의 집으로 들어오기 전부터 이미 자식이 있는
여자였다. 아버지는 양육비를 대주는 조건으로 그 아이를 데리고 오지
못하게 했다. 길러준 어머니가 일 년에 한번, 일주일씩 집을 비운 것은
바로 자신이 낳은 자식을 돌보기 위해서였다. 결국 다음의 인용문처럼
길러준 어머니 역시도 자신의 유전자가 새겨진 낳은 자식을 기르기 위
해 철저히 연기를 해왔던 것이다.

　　엄마는 자신의 아이를 키우기 위해 남의 자식을 키운 셈이었다. 그래서
　나와 오빠의 이름을 부르는 걸 꺼렸고, 우리에게 존대를 쓰면서, 아버지 앞
　에서는 더없이 활짝 웃었다. 새 가정을 꾸렸던 건, 결국 자기 자식을 위해

서였다. 나를 위해 운 것이 아니라, 자기 자식 때문에 흘린 눈물이었던 것이다. 이 집에서 살아남기 위해 매일, 매순간을 거짓으로 일관했다는 뜻이었다. 부모의 본성이란 그런 것인가. 나는 치가 떨렸다. (135)

자기 자식이 죽었다며 남편에게 헤어질 것을 요구할 정도로, 길러준 어머니는 자기 유전자의 보존이라는 측면에서 가장 철저하다. 낳아준 어머니 역시 마찬가지이다. 낳아준 어머니는 평생 혼자 살았으면서도 죽음을 앞두고는 두렵다면서, 삼십 년 만에 집으로 돌아온다. 그리고는 얼마 되지 않는 돈을 '나'와 오빠에게 물려주기를 강력히 원한다. '나'는 이제 "아버지와 엄마에 관한 일들은 모두 내 몫이 될 것"(131)이라고 믿는다. 낳아준 어머니는 삶의 마지막 순간 자신이 물려준 DNA에 대하여 확실하게 소유권을 인정받고자 한 것이라 할 수 있다.

아버지는 두 아내와의 이별을 겪으며 "이참에, 나도 홀가분하고 싶다"(135)고 말한다. 동시에 "평생 자식만 생각하고 살았다. 그런데도 자식 셋 모두 내 뜻대로 되지 않았다. 남은 건 이제 너 하나다. 그 사람 사후처리까지 내가 다 끝냈으니, 남길 빚은 없다"(135)고 덧붙인다. 그리고 아버지는 자신의 외도로 태어난 아들도 작년에 사고로 죽었다고 고백한다. 이제 아버지는 DNA의 보존이라는 과제를 끝낸 것이다. 자신의 유일한 목적을 달성했으니, 아버지가 스스로 생을 놓는 것은 어찌 보면 당연한 일이다. 반전에 반전을 거듭하는 것이 이 소설의 묘미이다. 이를 통해 드러나는 것은 모두들 자기 DNA의 유지라는 본능에 충실한 짐승들이었다는 사실이다.[1] 비유 없는 날 것 그대로 이 사회의 폭

---

[1]  이러한 부모들과 반대되는 삶의 태도를 지닌 인물이 바로 '나'의 연인 상준이다. 그는 유전자의 보존 따위에 아무런 관심이 없다. 상준이는 '나'와의 동거에서 "사생활 존중. 일할 때는 방해하지 않기. 식사준비와 청소, 빨래는 번갈아가며. 생활비는 반반씩 지출"(128) 등의 간단한 규칙만 요구한다. 상준은 "결혼 같은 걸로 우리의 관계를 규정짓지 말자고"(130) 말한다. 결혼 따위에는 관심도 없는 상준은 책상 위에 몇 줄의 영문

력을 전시하는데 일가를 이룬 김이설은, 「부고」라는 작품을 통하여 가족이라는 신성한 이름 뒤에 감춰진 동물적 본능의 적나라한 드라마를 잔잔하지만 섬뜩하게 상연하는데 성공하고 있다.


## 4. 아르판과 나, 아르판과 아르판


박형서의 「아르판」은 작가의 글쓰기에 대한 자의식을 오롯하게 드러낸 작품이다. 그러한 자의식은 '이야기 자체의 즐거움을 추구하는 글쓰기에 대한 강조', '원본과 사본을 가르는 것의 무의미함 혹은 불가능함에 대한 자각' 등으로 정리할 수 있다. 이러한 자의식은 현 단계 한국문학의 중요한 자의식이라고 할 수 있으며, 박형서는 이러한 주제의식을 동남아의 고산지대마을을 끌어들여 문학적으로 형상화하는데 성공하고 있다.

작가인 '나'에게 창작이란 상식과 평범의 틀을 깨뜨리는 일에 해당한다. 그것은 일상의 평범한 삶과 그로부터 비롯되는 안정을 거부하는 일이기도 하다. 주인공이 그 젊고 뜨겁던 시절을 별 자극도 없는 오지의 적막 속에서 보낸 이유는 "남과 다른 삶, 남과 다른 생활이 바로 예술가의 임무"(94)라고 생각했기 때문이다. 그에게 예술가의 임무란 "초월에 대한 갈망"(95)에 충실한 것이고, 이 임무에 충실하고자 그는 와카족의 마을을 방문하여 아르판을 만나게 된 것이다.

작가로서 제대로 된 인정조차 받지 못하던 '나'는 아르판의 소설을

---

메모만을 남기고 아주 쿨하게 떠나버린다.

표절(번안)함으로써 간신히 작가로서 입신할 수 있었다. 소설의 제목이 기도 한 아르판은 태국과 미얀마 접경 고산 지대에 사는 와카족 마을 에서 유일하게 와카 글자를 사용하여 글을 쓰는 사람이다. 아르판은 이 작품에서 주인공이 생각하는 가장 이상적인 작가로서 그려진다. 아 르판은 "공동체의 언어를 가꾸고 다듬는 데 대가 없는 행복을 느끼는 진짜 작가"(100)로서, '이야기 자체의 즐거움'을 가장 중요시한다. 이때 '이야기 자체의 즐거움'은 두 가지 의미를 지닌다. 첫 번째는 아르판이 그러했던 것처럼 독자의 반응에 상관하지 않는 태도 즉, "아무도 들어 주지 않는 이야기를 써 내려가는"(101) 태도를 의미하고, 두 번째는 재 미있는 이야기를 만들어 내는 것을 의미한다. 실제로 '나'가 표절한 아 르판의 이야기는 "이야기 자체에 관한 이야기이면서 우리의 척박한 삶 에 왜 이야기가 필요한지를 말해주는 이야기"(108)이다.[2]

아르판이 제3세계작가축제 참석차 한국을 방문한다. 사실 아르판의 한국행은 '나'가 표절에 대한 죄책감을 덜고 자신을 합리화하기 위해 마련한 자리이다. 아르판을 향한 마음은 복잡미묘하다. '나'는 아르판 을 누구보다 사랑하지만 그 이면에서는 "형언할 수 없는 증오"(96)를 느 낀다. 그것은 "극복할 수 없는 원전(原典)을 향한 후대의 혐오와 비슷한 것"(96)으로, 오이디푸스 콤플렉스에 빠진 아들이 아버지를 대하는 마 음에 견주어 볼 수 있다. 주인공 '나'는 한국에 온 아르판 앞에서 다음 처럼 자신의 표절행위를 합리화하고자 하다.

비록 광동의 리듬을 차용했지만, 이 곡에는 자신이 거쳐온 네덜란드나 영국, 일본, 그리고 우리 한국의 고유한 향수가 모두 담겨 있습니다. 게다

---

2 박형서는 이미 「자정의 픽션」(『문예중앙』, 2010년 겨울호)이라는 제목으로 단편소설 을 발표한 바 있다. 이 소설 역시도 한 부부가 나누는 대화를 통하여, 재미있는 이야 기가 지닌 힘과 의의에 대하여 말하고 있다.

가 알려진 게 그 정도라 그렇지, 더 깊이 파고들다 보면 전혀 다른 지역으로까지 소급해야 될지도 모릅니다. 그러니 이 복잡한 노래의 마디마디에서 원작자를 찾는 건 불가능할 뿐 아니라 옳지도 않습니다. (…중략…) 인간의 예술은 단 한 번도 순수했던 적이 없습니다. 우리가 벌이는 모든 창조는 기존의 견해에 대한 각주와 수정을 통해 나옵니다. 그렇게 차곡차곡 쌓이는 겁니다. (107)

"물론 아, 르, 판, 하고 당신 이름을 쾅쾅 찍어 출판할 수도 있었습니다. 하지만 그러면 어떻게 되었을까요? 당신은 열댓 개의 문장을 발음하는 앵무새처럼 유명해졌겠지요. 딱 그 정도의 관심으로 끝이랍니다. 당신 혼자이잖습니까? 와카의 문자로 책을 쓰는 사람은 당신 혼자이잖습니까? 당신 뒤로는 한 명도 남지 않게 되잖습니까? 문명 세계는 와카의 문학을, 와카에도 문학이 있었다는 사실을 기억하지 않을 겁니다."

아르판이 뭐라 대꾸하기 전에 말을 이었다.

"그 이야기를 살리기 위해 내 이름을 붙였습니다. 어떤 결과가 나왔지요? 이것이 바로 체온으로 이루어진 공동체의 감각이라고, 농경과 정착의 문화가 빚어낸 아시아의 정신이라고 사람들이 말합니다. 이제껏 수십 개의 언어로 번역되었어요. 와카의 이야기는 이제 영원히 살아남게 된 것입니다." (110)

실제로 주인공의 우려처럼 아르판의 책은 한국의 독자들에게 철저하게 외면당한다. 주인공이 아르판의 책을 표절하여 쓴 「자정의 픽션」은 팔목이 저리게 서명을 해야 할 만큼 많이 팔린 것과 달리, 아르판의 책은 일곱 권만이 팔렸을 뿐이다. 또한 '제3세계작가축제'에 초청된 아르판이 책을 낭독하자 사람들은 "무자비한 우월감"(98)에 기초하여 웃기 시작한다. 그 무례함은 낭독이 끝나고 대화 순서가 되자 더욱 심해진다. 아르판이 수많은 현대인과 직접적으로 소통하기에는 많은 어려움이 따르는 것이 엄연한 사실인 것이다.

사정이 그렇다 하더라도 '나'는 표절에 대한 죄책감을 떨쳐버리지 못한다. 자신을 합리화하는 '나'는 마음 속 깊은 곳에는 자신을 부끄럽게 여기는 마음이 남아 있었던 것이다. 스스로 자신의 논리가 지닌 허점이 "문화와 예술의 차이를 구분하지 않은"(107) 것이라고 말하기도 하고, "옳지 않은 것을 설득하기란 어려운 일"(111)임을 스스로 인정하기도 한다. '나'는 "차라리 모든 것이 떠나가 주면 좋겠다고 생각했다. 말 없는 아르판도, 나를 가난과 질병의 고통으로부터 구해준 저 책도, 불멸을 향한 아찔한 기만도, 저주받을 욕망과 열정도, 죄의식에 억눌려 살아가야 하는 앞으로의 나날도 모두, 모두"(111)라고 말하는 것에서 알 수 있듯이, 끝내 자신을 합리화하는데 실패하고 만다.

이 순간 반전이 일어난다. 막상 피해자라고 할 수 있는 아르판이 "아무런 분노나 절망"(111)도 드러내지 않고, "여러 가지로 수고해주셔서 고맙습니다"(111)라는 말을 남기고 작별을 고하는 것이다. 나아가 아르판은 "도샤, 도미알라" 대신 "아리, 도미알라"(112)라는 인사말을 남긴다. '도샤'가 친구를 의미한다면 '아리'는 "내게서 생명을 받아간 자. 내게서 모든 걸 물려받은 사람"(113)을 의미하며, '아리'라는 호칭은 아르판이 '나'를 자신의 후계자로 받아들였음을 의미한다. 마지막에 아르판은 "제 정신의 DNA가 어떤 식으로 세상에 간섭했는지 확인한 뒤 자랑스럽게 허리를 펴 퇴장하는 아버지의 뒷모습"(113)을 보여주는 것이다. "바보야, 세상 모두가 와카라니까"(114)라는 「아르판」의 마지막 문장은 원본과 사본을 가른다는 것의 무의미함 혹은 불가능함을 말하고 있는 대목이 아닐 수 없다. 박형서의 「아르판」은 포스트모더니즘 미학이 지닌 빛과 그림자를 동시에 드러내고 있는 문제작이다.

# 메타소설의 변신

## 이기호 · 성석제 · 조현을 중심으로

### 1. 글쓰기는 판결문인가? 아니면 탄원문인가?

이기호의 「탄원의 문장」(『문학과사회』, 2011년 겨울호)은 진실의 발화가능성(파악가능성) 혹은 언어의 표상불가능성 등에 대한 진지한 물음을 담고 있는 소설이다. 이 작품의 주인공 '나'는 작가 자신을 연상시키는 지방대 교수이다. 어느 날 지나친 음주로 인해 박수희라는 2학년 여학생이 사망한다. 3학년 선배들이 2학년 후배들을 집합시켜 예절교육을 한다는 명목하에 음주를 강요하다가 사건이 발생한 것이다. 사건 발생 4개월 후 내려진 1심 법원 판결문의 내용을 요약하면 다음과 같다.

피고인 P와 K와 L은 같은 대학교 같은 학과 3학년 동기생들로서 같은 학과 2학년 후배들의 위계질서를 바로잡기 위하여 2학년 학생들을 학교 앞 호프집에 집합시킨다. 그리고는 공포분위기를 조성하고, 후배들에게 술을 강권한다. 특히 피고인 P가 맥주 글라스에 소주를 가득 따라주자 박수희는 취한 목소리로 "이 선배가 왜 이렇게 자꾸 술만 따라주실까?"라고 말하고, 이에 화가 난 피고인 P는 억지로 술을 더 마시게

해서 박수희가 의식을 잃게 만든다. 이후 박수희는 적당한 조치 없이 혼자 거주하는 원룸으로 옮겨졌고, 이후 과도한 음주로 인한 급성 호흡부전 내지 급성심부전 등으로 사망에 이른 것이다.

장례식장에서도 죽은 박수희보다 구치소에 있는 P를 더 많이 생각할 정도로, P와 절친한 사이인 '나'는 이 판결문이 진실과는 거리가 멀다고 생각한다. 변호사 역시 이러한 '나'의 생각을 뒷받침해준다. 1심의 판결은 국선변호사를 썼기 때문에 P에게 불리했으며, P가 술을 마시기 전 "각자 주량에 따라 알아서 마시라"고 주의를 준 점, 누군가 술에 취하면 자취방까지 데려다주는 것이 학생들 사이의 상식이라는 점을 들어 P의 억울함을 주장한다. '나'는 판결문에 "P가 그즈음 겪었던 실연과, 그로 인해 한 글자도 쓰지 못하고 지낼 수밖에 없었던 나날과, 치기와 분노와 우울의 기록들이 모두 빠져 있었기 때문"에 불편함과 답답함을 느낄 뿐이다. 그것들은 모두 "입증 불가능한 세계이니까, 법의 이름 아래 고려되지 않고 모두 배제된 것"이다.

변호사의 설명을 듣고 '나'는 "누군가의 죽음 때문에, 그 영향 때문에 차마 말하거나 볼 수 없었던 것, '사건'이 아닌 '사고'일 수도 있다는 가능성, 눈에 띄진 않지만 분명 존재하는, '사실' 이외의 세계들"을 확신하고, 그것을 드러냄으로써 P를 돕고자 한다. '나'는 변호사가 제안한 탄원서를 통해 '입증 불가능한 세계', '눈에 보이지 않는 세계', 그러나 '진실인 세계'를 드러내고자 결심한 것이다. 이렇게 하여 이기호의 「탄원의 문장」에는 겉에 드러낸 사실만으로 이루어진 판결문과 입증 불가능하지만 진실로 이루어진 탄원서라는 대립구도가 형성된다.

이제 나는 P의 진실을 입증하는 탄원서를 자신의 뛰어난 문장력으로 써내기만 하면 된다. 그러나 이 작품에서 그러한 시도는 결국 실패하고 만다. 실패의 원인 첫 번째는 탄원서 역시 "하나의 제도로서의 글쓰기"에 불과하다는 사실이다. 탄원서란 "판사들이 인정한 사실을 위배하지 않는 선에서의 글쓰기"이며, 그렇기에 기본적인 룰을 지키다보면 "입증 불가능한 세계? 실연? 치기? 우울? 분노? 그런 것들은 어쩌면 애초부터 입증 가능한 것들과 상대가 되지 않는 것들"로 보일 뿐이다.

두 번째는 '입증 불가능한 세계'는 그야말로 '입증 불가능한 세계'일 뿐이라는 엄연한 사실이다. 판결문에 쓰인 파렴치한 P가 아닌, 오랜 시간 자신과 오피스텔에서 동거를 했던 P, 문학을 위해 당당하게 아버지로부터의 모든 지원을 포기한 P, '나'가 글을 쓰는 것조차 힘들게 할 정도로 애틋하고 성실했던 P를 증명해내는 길은 존재하지 않는다. 보다 핵심적인 사항은 과연 P의 본질은 무엇인가라는 문제이다.

'나'는 우선 P와 오랫동안 사귀었던 최에게 탄원서 작성을 부탁한다. 며칠 후 최와 함께 커피 전문점에서 아르바이트를 하던 영문학과 학생이 최가 쓴 두꺼운 탄원서를 들고 '나'의 연구실에 나타난다. 의외로 영문학과 학생은 어떻게 언니에게 그런 일을 부탁할 수 있냐며 눈물을 흘린다. 영문학과 학생은 심지어 P를 "개자식"이라 부르며, "그 개자식이 종종 언니한테 손찌검했다는 것도 말하던가요?"라며 '나'를 원망한다. '나'에게 P는 그토록 성실하고 애틋한 인간이었지만, 그는 자기의 여자친구에게는 폭력을 행사하는 '개자식'이었던 것이다. 두 가지 모습 중에서 어느 것이 P라고 누가 단정할 수 있단 말인가?

또한 진실의 파악이나 그에 대한 발화는 언어로 이루어진다는 점에 주목할 필요가 있다. 언어는 과연 진실과 궁합이 맞는 도구일까? 최는 박수희가 던진 "이 선배가 왜 이렇게 자꾸 술만 따라주실까?"라는 말에서 '이'라는 말이 의미하는 바에 대해서 끝내 확신하지 못한다. 그것은 지시관형사일 수도 있지만, 고유명사일 수도 있기 때문이다. 지시관형사일 때와 고유명사일 때 박수희가 가졌을 P에 대한 생각과 느낌은 완전히 달라진다. 작품은 끝내 술에 잔뜩 취한 '나'가 귀가하여 아내로부터 "이 인간이 정말"이라는 말을 듣는 것으로 끝난다. 그 말에서 '나'는

"이, 이, 이, 이, 이"를 한없이 중얼거린다. 언어가 본시 커다란 균열과 구멍을 존재의 근본조건으로 내장하고 있다면, 진실의 파악가능성은 더욱더 불가능해질 수밖에 없다.

그렇다면 결국 남는 것은 판사가 써 내린 판결문의 건조한 문장뿐인지도 모른다. 그것은 진실과는 무관할 수도 있는 사실만의 세계일 수도 있다. 결국 '나'는 탄원서 쓰기를 포기하고 만다. 그리하여 이기호의 「탄원의 문장」은 "법도, 치기도, 우울도, 분노도, 제자도, 입증 불가능한 세계들도" 문장 속에 담을 수 있다고 생각했다가 곧 "그 모든 것들이 다시 문장 밖으로 빠져나가 침묵 속으로 사라져버리"기까지를 담고 있는 소설이라고 정리할 수 있다.

그러나 이기호의 「탄원의 문장」에는 마치 보석처럼 진실이 살짝 비치는 순간이 존재한다. 그것은 박수희가 남긴 "이 선배가 왜 이렇게 자꾸 술만 따라주실까?"에서 '이'가 의미하는 것을 알기 위해, 최가 박수희의 고향집에 가는 장면을 통해 나타난다. 박수희의 고향집 담벼락에서 최는 늙은 노부부가 죽은 외동딸을 그리워하며 나누는 애절한 대화를 듣는다. 그 절절한 대화를 들으며 최는 오랫동안 일어나지도 못한다. 그 엉거주춤한 침묵 속에 판결문에도 탄원문에도 존재하지 않았던 진실이 살짝 그 존재의 빛을 드리우고 있는 것인지도 모른다.


## 2. 이야기가 지닌 치명적인 매혹


성석제의 「홀린 영혼」(『창작과비평』, 2011. 겨울호)은 무수히 많은 이야기(거짓말)를 만들어서 나중에는 삶 자체가 하나의 이야기가 되어 버린 이주선이라는 인물을 중심에 놓은 소설이다. 이주선은 이야기꾼으로서의 소설가가 지닌 여러 가지 특징과 이야기가 지닌 치명적인 매력을 사유하게 만든다.

'나'와 초등학교 중학교 동기인 이주선이 그 장구한 이야기의 역사를 시작한 계기에는 그의 존재론적 상처가 자리 잡고 있다. 이주선의 아버지 이상조는 읍내에서 가장 부자였고 가장 비싸고 넓고 호화로운 집에 살았는데 그렇게 되기 전까지는 가난한 사기꾼에 지나지 않았다는 소문의 주인공이었다. 중학교에서 오랫동안 유지 노릇을 하며 살아온 집안의 자식들은 주선을 사기꾼의 아들, 또는 뿌리 없는 천민의 후예로 멸시했다. 이런 상황에서 주선은 자신의 조상이 지었다는 한시를 읊고 그 조상이 사귀었던 친구의 호와 이름을 주워섬기고는 했다. 이것은 "나름대로 살아남으려는 몸부림"이었던 것이다. 주목받지 않고 싶지만 주목받을 수밖에 없는 처지에서 자신이 무해하고 공격적이지 않다는 의미로 실속 없는 공상을 담은 "이야기"를 만들었던 것이다.

이 작품에서 주선과 '나'(오세호)의 관계는 소설가와 독자의 관계에 해당한다. 주선이 중학교 때 다른 아이들보다 오세호를 특별히 대접한 이유는 "내가 그의 이야기를 끝까지 들어준 유일한 사람"이기 때문이다. 오세호와 이주선이 서로 다른 고등학교로 진학하여 헤어지게 된 후에도 둘은 편지로 교류를 계속 해나간다. 다른 동창들이 이주선을 "노가리군, 뻥쟁이, 거짓말쟁이"라고 불러도, 오세호는 주선이 그저 이야기하기를 좋아할 뿐이며, 문제라면 "기왕 이야기를 할 바에는 남들의 이목을 끌 만하게 가공한다는" 것뿐이라고 말한다.

「홀린 영혼」에는 비교적 건강한 소설가와 독자의 관계라고 할 수 있는 이주선과 오세호의 관계 이외에도 병적인 소설가와 독자의 관계 역시 존재한다. 이주선과 윤미애의 관계가 여기에 해당한다. 대학입학 예비고사를 망치고 고향에 돌아온 주선은 시내 중심부에 있는 호수다

방에서 DJ로 활동한다. 그는 빼어난 진행솜씨로 인근에 사는 처녀들의 인기를 독차지한다. 주선은 오세호에게 읍내에서 가장 부유한 집안의 고명딸인 윤미애를 소개해준다. 주선은 오세호를 "장차 전 세계의 미술계를 이끌어나갈 탁월한 재능을 지닌 예술가"라는 식으로 과장되게 소개하고, 윤미애는 주선의 말을 철석같이 믿는다. 나중 오세호가 자신의 모습을 있는 그대로 이야기해도 그녀는 결코 주선의 말을 의심하지 않는다. "그녀는 자신이 믿고 싶은 것을 믿는 것"이다.

주선이 '나'에게 들려준 이야기(허풍)들은 실로 휘황찬란하다. 고등학교 시절에는 당시 모든 청소년들이 선망하는 음악전문 다방에서 DJ를 했고, 다방 인근의 폭력조직에도 가담했다. 주선은 본래 서울의 국공립대학 중에서도 가장 합격점수가 높은 학과에 진학할 수 있었지만, 억울하게 부정행위 누명을 쓰고 진학을 포기했다는 무용담도 있다. 군대에서도 일반 남자들이 자신의 군대 생활에 대해 과장하는 것과는 비교도 안 되는 이야기를 만들어낸다. 육군 보병이라는 신분은 위장된 것이고 실제로 주선은 군 통수권자의 특명으로 창설된 특수기관에서 훈련을 받았다는 것이다. 이후 적지를 무시로 출입했으며 주요 화학무기 생산시설과 미사일기지를 포착, 폭격을 유도함으로써 전쟁을 막았다는 무용담이 덧붙여진다.

주선의 이야기꾼으로서의 능력은 점점 커져만 간다. "그는 이미 참과 거짓을 자유자재로 뒤섞고 가공해 거대한 벌집처럼 복잡한 허구의 세계를 거의 완성하고 있었기 때문"이다. 주선이 쓰는 기술에는 "시간과 창조의 착종, 오해, 백일몽 같은" 것까지 포함된다. 주선은 실로 이야기의 달인이 된 것이다.

흥미로운 것은 이러한 이야기 속에서 주선의 실제 삶은 점차 희미해져 간다는 사실이다. 대학을 졸업한 오세호가 주선을 다시 만난 것은 서른 살이 되어서이다. 중견기업 홍보실에 디자이너로 취직한 오세호는 부산으로 출장을 갔다가 북방외교(사업)를 한다는 이주선을 다시 만난 것이다. 주선은 한국과 러시아 사이에 국교가 수립되기 전부터 중고 전자제품과 과자, 라면 같은 식품이며 소비재를 수출하고 그 대금으로 낡은 선박을 받아서 고철로 파는 사업을 한다고 말한다. 그러나 러시아가 불황에 빠지면서 그 사업이 어려워졌고, 러시아 쪽에서는 마피아가 관여된 인신매매를 제안했다고 덧붙인다. 이후 이주선은 공부를 시작했고, 3년 뒤에는 오키나와에 있는 대학의 고대 교류사 관련 세미나장에 나타나기도 하였다. 이후에도 오세호는 동창들을 통해 이주선의 파란만장한 삶에 대하여 듣는다. IMF 위기 이후에는 외교 경제 분야의 자문역, 마약범죄 척결을 위한 정책수립 자문위원, 남아메리카 원유탐사 자문위원, 해적 소탕을 위한 파병 자문위원, 국제적인 컴퓨터 사기범죄 관련 자문위원을 맡았다는 것이다.

"그림자가 그러하듯" 이주선의 행적은 "어둠의 세계, 그중에서도 흥미롭고 드라마틱한 분야와 연관"이 있었다. 이주선은 이야기에 모든 것을 바친 인간이고, 끝내는 인생이 곧 이야기가 되어 버린 것이다.

성석제의 「홀린 영혼」이 오세호의 아버지가 죽는 것으로 끝난다는 것은 의미심장하다. 앞에서도 살펴본 것처럼 오세호가 이야기를 시작한 근원에는 아버지의 존재가 놓여 있었기 때문이다. 주선 아버지의 부고를 받고 오세호는 장례식장에 찾아간다. 주선의 평소 말대로라면 아버지의 장례식장은 유명대학 병원 영안실이여야 하지만 실제 장례식장은 서민들이 주로 이용하는 시립 장례식장이다. 일반실보다 두배쯤 큰 공간에 이주선은 형제도 가족도 친척도 없이 혼자 앉아 있다. 흥미로운 것은 백 개가 넘는 화환들 중에 일반적으로 볼 수 있는 "교회, 국회의원, 대학이나 중고등학교 동창회 명의의 화환"은 없고, 대신 검사장, 경찰청장, 지방법원장, 대기업 회장, 대학 총장 등의 화환이 대부분이라는 것이다.

이러한 화환들의 모습 역시도 그림자와 같았던 그의 삶이나 이야기와 너무나 흡사하다. 이것을 보며 오세호는 "그 모든 것이 조작되고 연출된 가짜일 수 있"으며 "그의 아버지의 몰락, 심지어 죽음조차" 가짜일 수 있겠다고 생각한다. 빈소에서 그의 모습은 특히나 늙어 보인다. 그의 주름은 "환상과 이야기라는 흡혈귀에 자신의 시간을 너무 많이 빨려 생긴 것"이라는 느낌을 준다. 작품의 마지막은 "주선은 그동안 밀린 이야기를 다 하려는 듯 쉴 새 없이 이야기를 늘어놓았다. 향연과 촛불을 배경으로 그 역시 무엇인가를 허공에 피워올리고 있었다"로 끝난다. 성석제의 「홀린 영혼」에서 이주선이 평생을 걸고 만들어낸 이야기는 촛불이나 향연처럼 부질없는 것이다. 그러고 보면 이주선이야말로 이야기가 가진 치명적인 매혹에 의해 가장 큰 피해를 당한 사람인지도 모른다.


## 3. 자각몽 혹은 소설쓰기의 위대함


조현의 「은하수를 건너―클라투행성 통신1」(『현대문학』, 2011년 11월호)은 소설(가)의 존재방식과 의미를 탐문하는 메타소설이다. 이 작품의 한복판에는 꿈을 꾸면서 그것이 꿈이라는 것을 인식하고 나아가서는 그 꿈을 조절할 수 있는 자각몽(自覺夢, lucid dream)라는 낯선 소재가 놓여 있다. 소설 역시 의식을 갖고 허구의 세계를 만들어 나간다는 점에서, 자각몽은 소설을 의미한다고 보아도 큰 무리는 없다.

'나'는 클라투행성의 지구 주재 특파원이다. 주요 임무는 "평범하게 지구에서의 일상을 살아가되 대신 밤에는 인간의 모든 고결하거나 추악한 것에 대해 꿈을 꿀 것. 그리고 그것을 클라투행성으로 전송"하는 것이다. 클라투행성은 이미 천 년 전에 원자력시대를 넘기고 지금은 자연친화적인 문명을 구가하고 있다. 이곳에서는 아무도 생계를 위해 노동에 종사하지 않으며 누구나 생의 의미를 탐구하며 살아간다. 이런 저런 종류의 미학적 성취와 지적 모험이 삶의 중심에 있으며, 이들은 우주에서 발견한 수많은 문명을 탐구하며 인생을 보낸다. 우주의 각 문명권과의 직간접 교류는 클라투행성 외계문명접촉위원회 소관이고, 주인공은 이 위원회에 속해 있다. 주인공이 수집한 정보를 클라투행성 으로 전송하기 위해서는 전송하고자 하는 내용에 대한 자각몽을 꾸기 만 하면 된다.

'나'는 2679번의 의뢰공지를 받는데, 그 임무는 "김채원의 「초록빛 모자」(1979)에 제목만 등장하는 시를 찾아 그 내용을 전송"하는 것이다. 김채원의 소설 「초록빛 모자」에서 김호라는 예명을 가진 남장 시인이 쓴 「은하수를 건너」의 내용을 찾아 전송하는 임무가 주어진 것이다. 이를 위해 '나'는 자각몽을 통해 소설의 시공 속으로 들어가 소설의 등 장인물이 썼다는 시의 내용을 찾아내려고 한다.

평범한 지구인이었던 주인공이 이 특이한 일을 시작한 때는 스물세 살에 클라투행성에 대한 꿈을 꾸고 난 다음부터이다. '나'는 스물세 살 에 휴학하고 광화문 쪽에서 아르바이트를 하던 무렵 말기 암으로 친구 가 사망하자 생의 의미에 대해 번민한다. "다른 존재로 나아가는 성장 통"이었던 것이다. 이 시절 '나'는 중고 레코드점의 매니저 형을 통하여 그룹 클라투를 알게 된다.[1] 죽은 친구의 기일에 '나'는 처음으로 클라투

---

1 이 록그룹의 이름은 로버트 와이즈 감독의 1951년 작 〈지구가 멈추는 날〉의 우주 메신 저 이름인 클라투에서 가져온 것이다. 클라투는 지구로 와서 평화를 호소한 우주인이 다. '클라투 바라다 닉토'는 클라투가 로봇 고트의 지구 파괴 프로그램을 멈추기 위해 사용한 암호이다. 이 말은 '나'가 이동통신을 켜거나 끌 때 사용하는 주문이기도 하다.

행성에 대한 꿈을 꾸고, 그 꿈을 통해 자신이 지구인이 아니라 클라투라는 먼 행성에서 왔음을 자각한다. 인간은 생의 어떤 순간에는 막막한 고독과 커다란 비애, 무시무시한 공포와 전율을 느끼며, 그 순간 어떤 이들은 "그런 난해한 문제를 통해 자신이 인간이 아니라 머나먼 별에서 온 존재"라는 깨달음을 얻는 것이다. '나'에게는 스물세 살이 바로 그때였다.

이 작품은 김채원의 「초록빛 모자」(『현대문학』, 1979.6)와 긴밀한 상호텍스트성을 지닌다. 「초록빛 모자」에는 두 자매가 등장한다. 아름답지만 한 쪽 손가락이 없는 언니는 수차례의 자살 시도 끝에 죽고 만다. 어린 시절 어머니는 언니에게 초록색 모자를 만들어 줬는데, 그 모자는 바람에 날라 가서 낯선 남자의 손에 들어간다. 동생이자 남장시인인 김호는 "그 기억에서 언니와 내 인생의 어떤 암시"를 읽는다. 나아가 "언니의 죽음은 언니의 손가락에서 온 것이 아니라 벌써 그 이전 우리의 손이 닿지 못할 그 어떤 것에서부터 온 것이 아닐까. 그리고 지금의 나에게서 헤어 나올 수 없는 이 나 또한, 우리는 다만 운명이 조종하는 줄대로 살아 주고 있음이 분명한 게 아닐까"라는 의문을 갖게 된다. 삶의 너무나도 고통스러운 순간에 '운명이 조종하는 줄'을 강력하게 인식한 것이다. 이 작품의 마지막에 동생은 문득 다리 끝에서 초록색 모자를 쓴 남자를 다시 만나고, 혼신의 힘을 다하여 "끊어라, 저 줄을 끊어라"라고 외친다. 그렇다면 김채원의 「초록빛 모자」는 인간의 능력을 넘어서는 초월적인 힘의 존재를 인정하지만 궁극적으로는 그것을 넘어서고자 하는 의지를 드러낸 것으로 볼 수 있다.

「초록빛 모자」에서 동생이 느끼는 이 불가항력의 무력함과 운명론적 체념을 「은하수를 건너—클라투행성 통신1」의 주인공은 친구의 죽음을 계기로 느끼게 된다. 그런데 이 작품은 미묘한 상호텍스트적 관계를 통하여 끝내 그 불가사의한 힘을 만드는 것은 우리의 상상력이라는 메시지를 전해주고 있다. 언니의 모자를 쓴 초록빛 모자의 사내란 다름 아닌 수십 년 후에 루시드 드림을 통해 도달한 '나'이기 때문이다. 조현의 「은하수를 건너−클라투행성 통신1」에서는 초월적인 힘을 상징했던 초록빛 모자를 쓴 사내가 바로 '나'였던 것이다. 그렇다면 '운명이 조종하는 줄'은 바로 인간의 의지 즉, 의지적 몽상을 통하여 얼마든지 달라질 수 있는 것이 된다. '나'는 김호에게 초록빛 모자를 돌려주고, 그 대가로 김호는 「은하수를 건너」라는 시를 낭독해 준다. 이처럼 세상이란 인간의 의지적 몽상을 통해 새롭게 창조되는 것이다.

「은하수를 건너−클라투행성 통신1」에서 '나'는 처음 상상이 곧 존재라는 클라투행성 사람들의 말에 회의감을 느낀다. '나'는 "자각몽 속에서 내가 시의 전문을 알아내더라도 이건 어차피 꿈이란 말이지. 내 자신의 주관적인 꿈……"이라는 의문을 갖는 것이다. 이에 대한 본국행성의 답변은 간단명료하다.

상상하는 것은 존재하는 것임. 상상한다는 것은 존재의 가능성을 일깨우는 것이고, 상상이 치밀하고 구체적일수록 존재의 가능성도 높아짐. 모든 우주는 가능성의 총합이고, 귀하가 꿈으로 파악한 시 역시 어떤 평행우주에서는 현실로 실현된 것일 테니 문제없음.

상상은 존재의 가능성을 내포하는 것이고, 그것이 아무리 낮은 가능성이라도 어느 우주에선가 이뤄질 수 있는 개연성의 사건으로 인정된다는 입장이다. 시간이 지날수록 '나' 역시 상상의 힘을 믿게 된다. 나중에는 스스로 자각몽이 지닌 의의를 다음과 같이 강렬하게 주장한다.

왜 세상의 모든 작가들은 모르고 있을까? 자신이 기분 내키는 대로 지어내는 모든 운명들은 무한에 가까운 평행우주에서 실제로 존재할 수 있는 어떤 개연성의 사건이라는 것을. 왜 이 지구의 모든 사람들은 무언가를 떠올리는 것에는 온 우주만큼의 무게가 뒤따른다는 사실을 모르고 있을까? 자신들이 뭔가를 진지하게 생각하는 순간, 그게 현실로 벌어진 새로운 우주가 막 탄생한다는 것을.

조현은 글을 쓰는 것 즉, 의식을 지니고 꿈을 꾸는 것은 하나의 세계를 만들어 내는 것이라고 주장한다. 그는 정색을 하고서 한 작품의 탄생은 한 우주의 탄생이라고 소리치고 있는 것이다. 이 순간 소설 쓰는 일은 신의 천지창조에 버금가는 과업이 된다. 조현은 「은하수를 건너 ─클라투행성 통신1」에서 SF적인 의장을 가지고 와 한국소설계에 소설가의 새로운 존재론을 전달하는데 성공하고 있다.


## 4. 메타소설의 성과


인간이 동물과 구별되는 특징은 무수히 많다. 그중에서도 빼놓을 수 없는 것이 바로 자의식이다. 지구상의 생명체 중에서 인간만이 자신의 행동과 말에 대한 의식을 가지고 있다. 이러한 자의식으로 인해 인간은 인간으로서의 존엄을 지니기도 하지만, 한편으로 암흑과도 같은 심연에서 몸부림치기도 한다. 다른 것도 아닌 언어를 다루는 문인들이야말로 자의식이 고도로 훈련된 인간들이다. 그들이 소설을 쓴다는 것에 대한 자의식을 갖는 것은 너무나 당연한 일이다. 그리하여 대부분의 작가들은 소설에 대한 소설이라고 할 수 있는 메타소설을 창작하기 마련이다. 진정 위대한 작품은 장르와 사조를 불문하고 메타소설로서의 성격을 지니게 마련이다. 이번 계절에 창작된 이기호의 「탄원의 문장」, 성석제의 「홀린 영혼」, 조현의 「은하수를 건너ー클라투행성 통신 1」은 각기 고유한 개성에 기초해 소설 나아가 글쓰기의 의미에 대하여 탐문하고 있는 메타소설들이다.

이기호의 「탄원의 문장」은 소설만을 다루는 것이 아니라 그 범위를 넓혀 글쓰기의 근본적인 특성과 한계에 대하여 묻고 있다. 이 작품은 건조한 사실만으로 이루어진 판결문의 세계를 부정하는 것으로 시작된다. 그러나 마지막에는 그것의 불가능함을 설득하는 데로 나아가고 있다. 이것은 하나의 절망이라기보다는 진실로 나아가기 위한 하나의 과정으로 이해해야 할 것이다. 성석제의 「홀린 영혼」은 이야기가 지닌 치명적인 매혹에 대하여 이야기하고 있다. 이야기는 일차적으로 그 이야기를 듣는 사람들을 매혹시키지만, 궁극적으로는 그 이야기를 만들어 내는 사람을 겨냥하게 된다. 이야기가 지닌 매혹은 일종의 독이기도 해서 그것은 때로 인생 전체를 요구하기도 하는 것이다. 조현의 「은하수를 건너ー클라투행성 통신1」은 소설의 위상이 한참 쪼그라진 21세기에 신인다운 패기와 자신감으로 소설의 가능성을 한껏 과시하고 있는 작품이다. 조현의 오만방자하기까지 한 이 패기야말로 힘 빠진 한국소설계에 새로운 힘을 불어넣는 하나의 가능성이 될 것이다.

# 명명(命名)하는 자의 고통과 보람

### 이기호 · 구경미 · 김연수를 중심으로

## 1. 아버지가 딸의 이름을 '이정(而丁)'이라 지은 이유?

이기호의 「이정(而丁)」(『창작과비평』, 2012년 여름호)은 남로당 당수였던 박헌영의 호인 이정이라는 범상치 않은 이름을 중심으로 서사가 전개된다. 이 작품의 주인공은 '이정'이라는 이름을 지니고 있다.

이 작품에는 두 명의 아버지가 등장한다. 이정의 아버지와 이정의 아들이 아버지에 해당하는데, 그들은 모두 작명가이기도 하다. 아들 수환이 아버지인 사정은 이렇다. 수환은 아버지 없이 자랐지만 한 번도 원망이나 서러움을 내보인 적이 없는 "신중하고 반듯한 아이"(129)이다. 그녀는 가끔 "아들이 아버지처럼 여겨지기도"(129) 해서, 아들을 의식해 한 달에 한 번 있는 공장 회식에서 술은 입에 대지도 않고 아홉 시 이전에 집으로 돌아오고는 했다. 이정은 수환이 의식불명 상태에 빠졌을 때, "아버지 같았던 아들, 어미의 이름을 짓기 위해 노력했던 아들"(155)이라며 안타까워한다.

이정은 수환이 국립대에 붙은 순간부터 이정이라는 이름을 개명하고

자 한다. 더군다나 아들은 대학 진학과 동시에 ROTC 지원서를 내겠다고 말한다. 그러자 엄마는 수환의 장래를 위해 박헌영의 호와 똑같은 자신의 이름을 바꾸려고 더욱 노력하는 것이다. 엄마는 아들에게 이름을 지어달라고 부탁하고, 아들은 법원에 제출할 개명 사유를 생각하느라 골머리를 앓는다. 아들의 서랍에서 발견된 개명 신청허가서에는 "'한자의 뜻풀이가 시대에 뒤떨어지고 무거운바……' '과거 역사적 인물의 호와 동일한 이름으로 인하여 본인의 의사와는 무관한 오해를……' '부친의 정치적 색채가 지나치게 드러난 이름으로 인해……'"(133) 등의 완성되지 못한 문장들로 가득하다. 이처럼 완성되지 못한 문장들은 이정이라는 이름을 작명한 외할아버지의 복잡한 삶과 관련된다. "그녀의 아들은, 그 문장들이 필연적으로 논리를 갖출 수 없다는 점을, 논리에서 벗어날 수밖에 없다는 사실을, 알지 못했던 것"(133)이다.

스쿠터를 몰고 배달 일을 하던 아들은 어머니를 찾아 왔다가 교통사고를 당해 심각한 부상을 당한다. 이때 김명국이란 노인이 중환자실을 방문한다. 수환은 인터넷 검색을 통해 비전향장기수의 수기를 구술 형식으로 채집해 정리해둔 블로그에서 자기 외할아버지의 이름인 최근식을 발견하고, 최근식과 오랜 인연을 맺었던 김명국 노인을 알게 된 것이다. 철공소 견습공으로 사회주의 사상을 학습한 김명국은 박헌영을 숭배하여 월북하고 박헌영 학교라고 불리는 강동정치학원에 입학한다. 북한에서 남로당파와 강동정치학원의 신분이 위태로워진 이후 김명국과 최근식은 동기생들과 함께 다시 남쪽으로 침투된다.

최근식은 본래 열성분자였다. 레닌대학에 가겠다면서 러시아어 공부에 열성을 쏟고, 경북 의성에서 함께 인민위원회를 꾸리고 활동했으며, 9·28 때 아군과 끈이 떨어져 으스스한 서울 거리를 달빛에 의지해 빠져나오기도 했던 것이다. 그런데 남쪽에 침투했을 때 비트 안에서 보름 넘게 머물다가 남측의 군인과 경찰에 발각된다. 이때 최근식은 배신하고, 남한 사회에서 결혼도 하고 양조장에 취직해서 살아간다. 최근식과 달리 오랜 투옥 생활 이후 사회에 나온 김명국은 주의자로서 체념한 삶을 살고 있다. "분노도, 투쟁도, 의지도 없이, 가만히 돌덩이처럼 누워만 있는 삶"(149)을 살고 있는 것이다. 오랫동안 감옥에 함께 있던 형님의 장례식에 모두 여섯 명이 참석한 것을 보고서는 큰 좌절에 빠진다.

김명국은 수환에게 "걱정하지 마라, 넌 연좌제에 걸릴 염려 따윈 하지 않아도 될 거다"(153)라고 말한다. 하지만 동시에 "개명은 꼭 해라, 어디서 감히 그런 이름을……"(153)이라는 말을 덧붙인다. 김명국에게 수환의 외할아버지인 최근식은 악질적인 변절자이며, 그렇기에 그 후손이 연좌제를 걱정할 필요는 없다. 동시에 악질적인 변절자가 자신들의 청춘을 바친 지도자의 이름을 함부로 사용하는 것 역시 용납할 수 없는 일이다.

수환은 자신의 어머니는 외할아버지의 이력 때문에 이혼 당하고 평생을 혼자 사셨다며 반발한다. 그러자 김명국 노인은 수환의 어머니가 이혼한 것은 그것 때문은 아닐 것이라고, 다른 가족들은 몰라도 네 가족만은 연좌제의 고통을 피해갔을 거라고 말한다. 이 말 끝에 "그것이 네 외할아버지의 의지"(154)였다는 설명을 덧붙인다.

수환은 이러한 김명국에게 "무언가 착각일 수도 있다. 그렇다면 왜 굳이 그런 이름을 지었겠느냐? 배신자가 왜? 무엇 때문에?"(153)라고 대든다. 동시에 김명국 당신은 외할아버지가 보낸 편지를 읽어보지도 않고 찢었다고 하지 않았느냐고, 그러기에 그 편지에 무슨 내용이 적혀 있는지 어떻게 아느냐고 말한다. 수환의 입장에서 외할아버지 최근식은 위장 전향자일 수도 있는 것이다. 그리고 수환 학생이 큰 부상을 당한 지금 이정에게 "나도 잘 모르겠소. 딸 이름을 그렇게 지었다면, 어쩌면 그 친구가 더 괴로워했던 것인지도 모르겠소…… 스스로를 더 괴롭게 만들겠다는 의지 같은 것도 있을 수 있을 테니까"(154)라며 자신의 확신을 조금씩 의심하기 시작한다.

이정이라는 이름을 둘러싸고 한 가지로 수렴되는 두 가지 의문이 남는다. '최근식은 전향했는가? 하지 않았는가?'와 '딸의 이름을 이정이라고 지은 뜻은 무엇인가?'이다. 거기에 덧보태 '어머니가 이혼한 진짜 이유는 무엇인가?'라는 질문이 첨가된다. 과연 수환은 이러한 의문들에 대하여 어떠한 해답을 얻었을까? 그 답은 끝내 주어지지 않는다.

해결되지 않는 질문은 수환의 어머니에게도 남는다. 이정은 "그날, 아들은 무슨 말을 하려고 공장까지 찾아온 것일까?"(155)가 그것이다. 사고 당하던 순간 수환은 이정의 주민등록등본과 범죄경력증명서 이외에도 공란으로 남겨진 개명신청허가서가 들어 있는 서류를 입에 물고 있었던 것이다. 어머니는 "개명을 하지 말자고 말하려 왔던 것일까? 아니면 자기 아버지에 대해서 물으려 왔던 것일까? 아니 아니, 어쩌면 그냥 불현듯 엄마 얼굴이 보고 싶었던 것일 수도 있겠지"(155)라며 혼란스러워 할 수밖에 없다.[1]

이정(而丁)이라는 역사적 인물의 이름을 가운데 두고, 이기호의 「이정」은 진실의 파악(불)가능성이라는 물음을 제기하고 있다. 이 작품이 만들어 내는 수많은 의문들은 진실이 지닌 다채로운 빛깔을 암시하기에 충분하다. 더군다나 그러한 진실의 문제가 역사적 대사건과 조우했을 때, 그것은 둔중한 통증과 함께 더욱 심각한 의문을 제기할 수밖에 없다. 그리고 보면 '이정'이라는 이름의 본래 주인인 박헌영이야말로 한국현대사 최고의 의문점이라고 할 수 있다. 박헌영은 조선 최고의 공산주의자인가? 아니면 악질적인 미제의 스파이인가?[2]

---

1 이 노인이 던진 수수께끼는 그녀를 한동안 놓아주지 않을 것이 분명하다. 그녀는 본래 아들을 안락사 시키려고 했지만, 노인과의 만남으로 그 결정을 내리지 못한다. 이정은 아들 수환에게 자신을 찾아온 이유를 들어야 할 의무가 생긴 것이다.

2 이 작품의 곳곳에는 분단의 상처가 놓여 있다. 차일혁 총경을 소재로 한 것으로 보이는 예화에서도 이러한 특징은 잘 나타난다. 젊은 시절 좌익 계열인 조선의용대 소속

## 2. 산 자와 죽은 자 모두에게 이름을 돌려주기

구경미의 「그들이 무제야, 하고 불렀다」(『한국문학』, 2012년 여름호)는 삶의 핵심적인 문제를 유머러스한 어조로 다루는 구경미의 작가적 특징이 고스란히 드러난 작품이다.

쌍둥이 동생인 연화는 1995년 여름 가출한다. 쌍둥이로 태어나 언니인 연희와 늘 혼동되었던 연화는 "보통명사가 아니라 고유명사이고 싶어"(65) 가출한 것이다. 연희는 "생김새만 같을 뿐 우리는 지금도 고유한 존재야. 이름도 다르고 성격도 완전 반대잖아"(65)라고 말하지만, 연화는 "아무도 나를 나로 알아주지 않는데 나만 고유한 존재면 뭐하느냐 말이다. 낳아주신 부모님조차도 우리를 구별하지 못하는데"(65)라고 말한다.

연화는 이때 가출하여 청량리역에 앉아 있을 때 40대의 한 아저씨를 처음으로 만난다. 그 아저씨의 이름은 "오무제"(68)이고 나이는 마흔여섯이다. "제목이 없는 게 제목"(68)인 즉, 무제(無題)라는 이름을 가지고 있다. 그 아저씨는 계속해서 '넌 누구냐?'고 묻는다. 그것은 스무 해를 사는 동안 연화가 가장 많이 받은 질문이기도 하다. 사람들은 쌍둥이를 구별하기 위해 "넌 누구냐? 연희냐, 연화냐?"(68)라고 묻고는 했던 것이다. 화가인 아저씨는 "마침 부산 지하철역에 벽화 그려달라는 의뢰"(71)가 온 상태라며, 부산에 갈 것이라고 말한다.

---

으로 항일유격전 활동을 한 바 있는 주인공은 한국전쟁 발발 이후에는 경찰에 특채되어 빨치산 토벌에 혁혁한 공을 세운다. 그러나 휴전 이후 조선의용대 경력과 이현상의 장례를 치러준 일로 조사받은 후 좌천당한다. 그는 1958년 금강에 갔다가 〈볼가강의 뱃노래〉를 부르면서 강속으로 걸어 들어가 삶을 마감했으며, 그의 시신은 전쟁 때 침수된 인민군 탱크를 꼭 끌어안고 있었다 한다. 빨치산 토벌에 혁혁한 공을 세운 이 사람이 '인민군 탱크를 꼭 끌어안고 있었던 행동'은 또 어떻게 이해할 수 있을까?

그 해 가을에 가평으로 동아리 단합회를 갔다 오던 연화는 그 아저씨를 청량리역에서 다시 만난다. 이전과는 다르게 기운 없는 모습의 남자는 이해할 수 없는 말을 떠들어댄다. 이 아저씨는 올 한 해에만 삼풍백화점 붕괴사고로 507명, 대구지하철 가스사고로 101명, 부산 국제시장 화재사고로 수십 명이 죽었다고 말하는 것이다. 그러면서 "그 원혼들은 다 어디로 갔을까. 어디를 떠돌고 있을까"(76)라고 궁금해 한다.

무제는 열두 시부터 새벽 네 시 사이에 지하철 벽에 그림을 그리다가 자꾸 길을 잃어버리는 바람에 부산에서 서울로 돌아오는 길이었던 것이다. "언제부턴가 작업을 하고 있으면 나를 부르는 소리가 들렸"(77)으며, "불빛도 철길도 없는 어둠 속"(77)에 홀로 서 있는 자신을 발견하고는 했다. 그가 처음 자신의 이름을 부르는 소리 이전에 "새의 날갯짓 소리"(78)를 들었다는 것은, 이것이 그의 가출 계기가 된 까치의 죽음과 관련됨을 보여준다. 남자는 자신의 부주의로 집에서 기르던 까치가 처참하게 죽자 집에서 쫓겨났던 것이다.

무제가 발견한 '불빛도 철길도 없는 어둠 속'이란 바로 이 화려하고 거대한 문명이 은폐하고 있는 도시의 실재(the real)를 상징하기에 모자람이 없다. 그는 며칠 동안 작업을 중단하고 여관방에 틀어박혀 있다가 다시 지하철역에 나가본다. 무제가 작업하던 벽화는 "자갈치 시장의 생기와 즐거움"(79)으로 가득하며, 그것을 보는 그의 입가에는 슬그머니 미소가 번진다. 그는 자갈치 시장, 해바라기 밭, 해운대 등을 그린 벽화를 보며 "세상은 정말 이 벽화들처럼 따뜻하고 행복하기만 한 곳일까"(80)라고 자문한다. 그리고 그 순간 다음과 같은 생각을 한다.

그때 어떤 계시처럼 삼풍백화점 붕괴사고가 떠올랐다. 대구지하철 가스폭발사고가 떠올랐다. 부산 국제시장 화재사고도 떠올랐고, 1월의 고베대지진도 떠올랐다. 작년에는 성수대교가 무너져 수십 명이 죽었고, 또 지존

파라는 인간들이 무고한 시민들을 죽이며 사회를 공포로 몰아넣었다. 세상은 정말 따뜻하고 행복하기만 한 곳일까. 우리는 의도적으로 한쪽 눈은 질끈 감은 채 따뜻하고 행복한 것만 보고자 한 것은 아닐까. 억울하게 죽은 사람들을 너무 쉽게 잊는 건 아닐까. 병 걸려 죽었어도 젊다는 이유 하나만으로 이렇게 억울한데, 그 사람들은 얼마나 더 억울할까. (80)

무제는 부산을 떠나 서울로 돌아온 뒤 집에 틀어박힌다. 남자가 선택한 은둔은 문명이 짓고 있는 화사한 웃음 뒤에 감추어진 어두운 통곡을 바라본 자의 필연적 선택에 가깝다. 서울에 와서도 남자에게는 자신을 "부르는 소리가 시도 때도 없이 들"(80)려온다.

연화는 1996년 새해 텔레비전 뉴스를 통해 사내를 세 번째로 만난다. 벽화가 그려진 지하철역에서 새벽에 사고를 당해(혹은 자살로) 남자는 죽은 것이다. 이 순간 연화는 남자가 무수한 목소리들을 듣게 되었던 것처럼, "얼굴들. 수많은 얼굴들. 제각각의, 자신만의, 고유한 얼굴들"(82)을 보게 된다.

그 사고에 대한 뉴스를 보며 "징그러워"(82)라고 말하던 연희는, 곧 텔레비전에서 고개를 돌려 태연하게 "야, 물 끓어"(82)라고 말한다. 이러한 연희를 보고 연화는 "징그러운 건 바로 너 같은 사람을 두고 하는 말이야!"(82)라고 절규한다. 사람들의 죽음을 애도하지 못하는 동생 연희야말로 너무나 폭력적이기에 징그러운 존재인 것이다.

작품은 사고당하기 직전 오무제가 했던 일을 보여준다. 그는 지난 신문에서 필요한 자료들을 복사하여 부산행 기차를 탄다. 복사한 자료들에 있는 형체들은 질 나쁜 종이와 불량한 인쇄 상태에도 불구하고 각자의 개성과 고유함을 지니고 있다. "그에게는 희생자 한 사람 한 사람이 지금까지 자신이 그려온 그림만큼이나 특별하게 다가"(83)온다. 그는 부산 지하철에서 죽은 자들의 사진을 복사하여 가지고 간 것이다. 그리고는 마지막으로 자기가 하던 작업을 완성한다. 그 작업은 다음의 인용문에 나타난 것처럼, 수많은 사람들의 죽음과 통곡을 은폐한 채 화사하게 웃고 있는 벽화를 지워버리는 일에 해당한다. 이것은 문명이 만들어 놓은 환상의 커튼을 찢어버리는 일이기도 하다.

> 그는 흰 천 안으로 들어갔다. 스프레이건을 페인트로 채웠다. 벽화를 바라보았다. 구역질이 났다. 그것은 가식이고 위선이고 이기였다. 한쪽에서는 아직 채 눈물이 마르지도 않았는데 다른 한쪽에서는 벌써 웃음소리를 내고 있었다. 그리고 가식과 위선과 이기의 선봉에 그가 서 있었다. 이제는 선봉의 자리에서 내려와야 했다. 그는 심호흡을 했다. 스프레이건을 움켜쥐었다. 사다리로 올라갔다. 발판을 디딘 다리에 힘을 주었다. 드넓게 펼쳐진 백사장을 향해, 환하게 웃는 아이의 얼굴을 향해, 행복해 죽겠다는 표정의 가족을 향해 스프레이건을 힘껏 쏘았다. 가식이, 위선이, 이기가, 서서히 지워지기 시작했다. (84)

구경미의 「그들이 무제야, 하고 불렀다」(『한국문학』, 2012년 여름호)는 하나의 존재가 지닌 단독성의 범위를 산 자는 물론이고 망자에게까지 확장시킨 작품이다. 그러고 보면 한 인간의 고유성이 응축되어 있는 것은 바로 그 사람의 얼굴과 이름이라고 할 수 있다. 연화는 아저씨에게 "나 불쌍하죠? 아저씨는 이름이 없다고 하겠지만 난 누구나 다 있는 자기만의 얼굴이 없어. 쳇, 이게 뭐야. 사람들이 나라고 기억해줄 얼굴도 없다니"(81)라고 말한 바 있다. 그러고 보면 둘의 만남은 단독성에 민감한 자들의 본능적인 이끌림이었다고 보아도 틀리지 않을 것이다.[3]

---

3  구경미 소설의 장점은 서사의 본줄기와는 무관한 듯 보이지만 결코 무관하지 않은 깨알같은 재미가 많다는 점이다. 어머니의 신용카드를 들고 가출하는 모습이나 쌍둥이 언니 대신 데이트에 나가 분탕질을 친 이야기 등이 그렇다. 또한 연화가 아저씨와 처음 만나 하는 게임은 적지 않은 의미를 지니고 있다. 아저씨는 연화를 처음 만나 게임

## 3. 푸른색으로만 쓸 수 있는 글

　김연수의 「푸른색으로 우리가 쓸 수 있는 것」(『문학과사회』, 2012년 여름호)은 김연수의 오랜 문제의식이 녹아 있는 작품이다. 김연수는 소설집 『나는 유령작가입니다』와 장편소설 『밤은 노래한다』 등을 통해 진실의 파악(불)가능성, 현실의 재현(불)가능성이라는 문제를 오랫동안 진지하게 다룬바 있다. 시간이 지날수록 김연수는 차차 소통의 가능성에 조금씩 마음의 문을 열어 왔으며, 이때의 소통은 윤리에 대한 깊은 자의식을 동반한 것이었기에 더욱 미더웠다. 김연수는 거대담론이 사라진 자리에서도 여전히 진실의 재현(파악) 가능성을 조심스럽게 타진해온 대표적인 작가이다. 「푸른색으로 우리가 쓸 수 있는 것」은 조금은 말랑말랑해지던 최근의 소설적 경향과는 달리 오랜만에 진중하고 학구적인 모습의 김연수와 재회할 수 있는 작품이다.

　서른아홉의 소설가 '나'는 항암치료를 받게 된다. 이 작품은 처음부터 고통의 통약(불)가능성에 대한 아포리아로서 시작된다. '나'는 단테의 지옥 편에서 "어두운 숲에 처했었네"(87)라는 구절을 떠올리면서, "단테의 그 탄식은 내가 겪는 이 고통이 어쩌면 모든 인류의 삶에서 영원히 반복되는 고통일 수 있다는 사실"(87)이라고 생각한다. "나는 단테가 된 것"이고, "고통의 측면에서 오래전의 옛 사람과 같아"(88)진 것이

---

을 제안한다. 그것은 바로 배낭에서 동시에 물건을 하나씩 꺼내 상대편 것을 무용지물로 만드는 것이다. 그는 목탄을 꺼내고 연화는 지도책을 꺼낸다. 그는 지도책을 목탄으로 까맣게 칠하고서는 이제 지도책은 무용지물이 되었다고 선언한다. 그러자 연화는 지도책으로 목탄을 톡 쳐서 부러뜨린다. 그 과정을 아무리 반복해도 목탄은 목탄대로 지도책은 지도책대로 끝내 살아남는다. 나중에 그가 가위로 연화의 통장을 잘라버려도, 통장은 은행에 가서 다시 만들면 되기 때문에 무용지물이 되지 않는다. 그처럼 완전한 무용지물에 떨어지는 일은 일어나지 않는다. 존재가 지닌 파괴할 수 없는 가치(존엄)에 대한 비유가 되기에 충분하다.

다. 그런데 '나'는 암센터에서 항암제를 맞으면서 "설사 대화를 나눈다고 해도 말했다시피 세상에 흔하디 흔한 그 고통이 정작 당사자들에게는 너무나 개별적이고 구체적이라 3기와 말기가 서로 말이 통하지 않았다"(88)고 하여 고통의 통약불가능성에 대하여 말하고 있다.

'나'는 항암제를 맞기 위해 간 항암센터에서 정대원이라는 83세의 소설가를 만나고, 정대원은 평생을 들고 다녔다는 한 장의 사진을 보여준다. 그 사진 속의 정대원은 왼쪽 손바닥 위에는 방금 뽑은 24번 어금니를 올려놓고 오른손으로는 양복주머니 속의 스위스 칼을 만지작거리고 있다. 그 사진은 실연의 고통을 잊기 위해 생니(?)를 뽑고도, 실연의 고통에서 벗어날 수 없어 칼로 자신의 목을 찌르기 직전의 모습을 담은 것이다. 그날의 경험을 바탕으로 쓴 정대원의 「24번 어금니로 남은 사랑」이라는 글을 통해 추측해 보자면, 정대원은 실연의 고통이 너무나 심해 그것을 잊고자 생니(?)를 뽑았지만, 그가 알게 된 것은 "고통이란 단수"이며, "여러 개의 고통을 동시에 느끼는 경우는 거의 없다는 것"(92)이다. 생니(?)를 뽑은 고통도 온몸을 바쳐서 사랑했던 여자가 떠나간 고통에 비하면 아무것도 아니며, 실연의 고통에서 벗어날 수 없다는 절망감에 정대원은 스스로 자기 목에 칼을 겨누었던 것이다.

김연수의 「푸른색으로 우리가 쓸 수 있는 것」에는 검은색, 빨간색, 푸른색이라는 세 가지 색깔로 쓰인 「24번 어금니로 남은 사랑」이 등장한다. 검은색으로 쓰인 글은 우리가 체험한 것을 적는 '소설 이전의 글(nonfiction)'로, 정대원을 만난 지 한 달 후에 그로부터 받은 "「24번 어금니로 남은 사랑」의 집필과 뒤이은 절필의 과정을 서술한 작가노트처럼 보"(96)이는 원고가 해당한다. "생니를 뽑고 나서도 고통이 부족해서 목을 찌르고 난 뒤에"(95)라는 말로 시작되는 그 원고는 검은색으로 쓰여 있다. 정대원이 "검은색 볼펜으로 대학노트에 뭔가를 끄적였다면 그건 창작이라기보다는 스스로 치유하는 과정"(96)이었다.

다음으로 등장하는 빨간색으로 쓴 글이 바로 1965년 『현대문학』 9월호에 발표된 소설 「24번 어금니로 남은 사랑」이다. 검은색 문장들이 쓰지 못한 빨간색 문장들은 "사랑했던 여자의 귀밑 머리칼에서 풍기던 향내나 손바닥을 완전히 밀착시켜야만 느낄 수 있는 엉덩이와 허리 사이의 굴곡 같은 것들"(96)에 해당한다. 무정형으로 흐물거리면서 칼날처럼 날카로운 그것, 사람을 목 조르면서 태연히 흘러가는 그것, 파닥거리는 날 것이면서 곰삭은 침전물인 그것은 소설을 통해서만 드러날 수 있다. 그러나 논픽션으로는 다룰 수 없는 '엉덩이와 허리 사이의 굴곡 같은 것들'은 소설이라고 해서 막바로 그 모습을 드러내는 것은 아니다. 가능성이 주어진다는 것과 가능한 것 사이에는 심원한 거리가 존재하기 때문이다. 아무리 잘 쓴 문장도 실제의 경험에 비하자면, 빈약하기 이를 데 없기 때문이다. "작가의 고통이란 이 양자 사이의 괴리에서 비롯"(96)된다.

마지막으로 푸른색으로 쓴 원고가 존재한다. 정대원의 사진을 찍어주었으며, 자신의 목을 찌른 정대원을 석 달 동안 돌봐준 간호사는 「24번 어금니로 남은 사랑」에는 오해하는 부분이 있다고 말한다. 사실 정대원이 뽑았던 이는 멀쩡한 생니가 아니라 "뿌리부터 썩어 있었"(97)다는 것이다. 생니(?)를 뽑아도 고통을 느끼지 못할 정도로 고통스러워했던 것이 지난 사랑에 대한 진정성의 증거였다는 점을 생각한다면, 간호사의 말을 듣는 순간 "「24번 어금니로 남은 사랑」은 물론이거니와 어쩌면 나의 연애 전체가 거대한 환상에 기초하고 있을지도 모른다는 생각"(97)이 드는 것은 당연하다. 연애의 종말이 낳은 "고통 역시 거대한 환상"(97)이라면, 연애 역시도 "거대한 환상"(97)일 수 있기 때문이다. 그 순간 정대원은 파란색 볼펜을 집어 들고 자신의 작품이 실려 있는 『현대문학』을 펼쳐든다. 그러나 밤새도록 정대원은 단 한 줄의 파란색 문장도 쓰지 못한다. 정대원의 원고는 다음과 같은 깨달음으로 끝난다.

이 파란색 볼펜으로 내가 쓸 수 있는 것은 어떤 문장들일까? 그건 비 내리는 새벽, 아무도 없는 동물원을 가득 메운 침묵 같은 문장들일 것이다. 그날 동물원을 한바퀴 돌아 다시 홍화문을 빠져나온 이후로 나는 단 한 줄의 소설도 쓰지 않았다. 그로부터 33년이 지나, 조직검사 결과 가슴 엑스레이에 나오는 작고 검은 구멍이 암세포라는 확진을 받기 전까지 말이다. 그 구멍은 검은색 볼펜으로도, 빨간색 볼펜으로도 쓸 수 없는 비현실의 실체였다. (99)

파란색 볼펜으로 쓸 수 있는 문장은 "비 내리는 새벽, 아무도 없는 동물원을 가득 메운 침묵 같은 문장들"(99)일 뿐이다. 결국 정대원은 푸른색으로는 아무것도 쓸 수 없다는 사실에 절망감을 느끼고, 끝내 절필에 이른다. 진실을 담아낼 수 있는 언어는 존재하지 않기에, 당연히 푸른색으로 쓴 원고는 이 세상에 존재하지 않는다.

정대원이 인정한 소설가답게 '나' 역시 세상의 진실에 대한 언어화는 불가능하다는 것을 깨닫는다. '나'는 노무현 대통령의 분향소에서 "불가해하고 비현실적이어서 아무런 근거도 찾을 수 없는 슬픔"(100)을 느낄 뿐이다. 그곳에서 검은 블라우스를 입은 여자를 만나는데, 그 여자역시 아무런 말없이 울고 있을 뿐이다. 돌아오는 길에 '나'는 "대한문 앞에서 헤어진 그 젊은 여자의 눈물과 정대원 씨가 끝끝내 쓰지 못했던 파란색 문장"(100)을 동시에 떠올린다. '눈물' 역시 파란색 문장처럼 언어화 될 수 없는 세상의 실재를 표현하는 하나의 방법인 것이다. 그러고 보면 정대원이 미국으로 떠나기 전 서라벌예술대학에서 강의를 하면서 "눈 귀 코 입만으로는 부족해요. 온몸을 모두 사용해야만 하는 것이죠. 때로는 발이 어떤 상황을 더 잘 설명할 수도 있습니다"(90)라고 말하는 것은 파란색 볼펜이 가져다 준 깨달음임이 분명하다.

작품의 마지막은 조금 쓸쓸하다. '나'는 울기만 하던 그녀에게 작별

인사도 하지 못한 것에 후회를 하지만 "걸음을 멈추거나 돌아서는 일 없이, 나는 계속 오월의 밤을 향해 걸어"(101)간다. 세상의 진실은 결코 알 수도, 재현할 수도 없지만 그럼에도 그 가능성의 작은 실마리라도 찾아 애타게 헤매던 것이 김연수였다면, 소설가인 '나'는 더 이상 그녀에게 다가서지 않고 오월의 밤을 향해 걸어간다. 결코 언어화 될 수는 없겠지만, 그럼에도 함께 이야기를 나누고자 몸부림쳤던 세계. 그것이 한동안 우리를 감동 시킨 김연수의 세계였다면, 김연수는 이제 다시는 돌아서는 일 없이 밤을 향해 뚜벅뚜벅 걸어가고 있는 것이다.

진실의 재현(파악) 가능성이라는 주제와 관련해 이 작품은 기묘한 착종을 곳곳에 배치해 두고 있다. 작업실 책상에서 잠자던 정대원이 보낸 원고를 처음 읽은 날은 2009년 5월 23일이다. 그날 하필이면 '나'는 정대원의 부음을 알리는 문학평론가의 칼럼을 읽는다. 그 칼럼은 "어떤 잊혀진 소설가의 부음이 뒤늦게 문단에 알려진 걸 계기로, 4·19세대가 새로운 감수성의 혁명을 이끌며 등장하는 바람에 한국문학사에서는 졸지에 잃어버린 세대가 돼버린 1950년대 작가들을 회고하는 글"(94)이다. "그 칼럼에 등장하는, '인간에 대한 환멸과 인간 자체에 대한 냉소를 현대적인 필체로 형상화 했던 '전후의 문제 작가'가 바로 정대원 씨"(94)이다. 이 정대원 씨는 위에서 말한 문학적 특징이나 이후의 행적 등을 볼 때, 1950년대 대표작가인 손창섭을 연상시킨다. 그러나 정대원과 손창섭은 비슷하면서 다르고, 다르면서 비슷하다. 둘 다 평양 출신으로 나오지만, 정대원은 미국으로 망명했고 손창섭은 일본으로 망명했다. 정대원이 서울대 출신인 것도 손창섭의 이력과는 다른 점이다. 또한 손창섭이 사망한 날짜 역시 2010년 6월 23일로서, 노무현의 서거일인 2009년 5월 23일과는 차이가 난다.

## 4. 너의 무의식, 나의 무의식, 그리고 우리의 무의식

사사키 아타루는 "쓴다는 것, 읽는다는 것은 무의식적으로 접속한다는 것"[4]이라고 말한다. 카프카의 소설을 읽는다는 것은 거지반 카프카의 꿈을 자신의 꿈으로 본다는 것을 의미한다는 것이다. 따라서 독서의 과정에서 독자의 무의식에서는 읽을 수 없는 것처럼, 모르는 것처럼 검열을 하는 방어기제가 작동하게 마련이다. 이러한 맥락에서 기묘한 무료함이나 난해함을, 기분 나쁜 느낌을 느끼게 하지 못하는 것은 책이라고 부를 수도 없다는 단언을 덧붙인다. 이기호, 구경미, 김연수의 작품은 모두 고유한 작가의 정신세계를 보여주고 있다. 그럼에도 이러한 고유한 개성이 하나의 멜로디를 형성하고 있다는 것은 이들의 무의식이 하나의 사회적 의미를 지니고 있다는 의미이기도 하다. 수많은 작가들의 작품 중에서 이 세 편을 중심으로 이 계절의 계간평을 쓴다는 것은 또한 이들 작가들이 형성한 무의식의 세계에 필자 역시 깊이 공명했다는 의미임에 분명하다.

이들은 모두 명명한다는 것이 지닌 한계와 문제점을 예리하게 지적하고 있다. 이기호의 「이정」은 명명 행위의 진정한 의도를 해명하는 것의 불가능성과 그러한 불가능성을 역사의 문제로까지 확대시켜 살펴본 작품이다. 구경미의 「그들이 무제야, 하고 불렀다」는 고유한 존재의 의미를 갖는 것의 곤경과 의미를 죽은 자의 차원으로까지 확장시킨 작품이다. 이 작품에서는 진정한 예술은 사회의 고통에 달콤한 환상의 장막을 드리우는 것이 아니라 그 장막을 찢어 버리는 것이라는 구경미의 작가의식을 덤으로 확인할 수 있다. 김연수의 「푸른색으로 우리가 쓸 수

---

4  사사키 아타루, 송태욱 역, 『잘라라 기도하는 그 손을』, 자음과모음, 2012, 40쪽.

있는 것」은 세 가지 색깔을 도입하여 진실은 어떠한 색깔로도 쓸 수 없다는 인식을 드러낸다. 그것은 논픽션과 소설의 한계와 의미를 되짚어 보는 작업이기도 하다. 이기호, 구경미, 김연수는 진실의 파악(불)가능성과 관련하여 포스트모던한 인식을 공유하고 있으며, 그러한 인식에 기초해 각자의 스타일에 맞게 주제의식을 확장시키고 있다.

# 마르케스주의자의 변신

## 손홍규, 『톰은 톰과 잤다』(문학과지성사, 2012)

 

손홍규는 자타가 공인하는 마르케스주의자이다. 삼척동자도 알다시피 마르케스란 『백 년 동안의 고독』으로 유명한 대작가로서 마술적 리얼리즘의 창시자이다. 현실에 대한 날카로운 응시와 환상적인 기법이 버무려져 리얼리즘의 정신을 구현하는, 마술적인 일이 그의 소설에서는 일어났던 것이다. 손홍규의 작품에서도 이러한 마술은 곧잘 발견되었는데, 그의 출세작인 「이무기 사냥꾼」(『문학동네』, 2005년 여름호)이나 「뱀이 눈을 뜬다」(『내일을 여는 작가』, 2005년 겨울호)와 같은 작품을 대표적으로 들 수 있다.

「이무기 사냥꾼」에서 한국 사회의 민중이나 이주노동자는 모두 '죽은 자 노릇하기'를 통해서만 생존할 수 있는 존재들이다. 용태의 아버지는 여동생과 결혼을 했다고 하여 마을 사람들에게 이유 없는 매질을 당하고는 했다. 이때마다 아버지는 죽은 시늉을 하여 그 순간을 모면한다. 그러나 사실 용태의 아버지는 근친상간을 한 것이 아니라 빨치산 대장이었던 아버지 친구의 딸과 결혼을 했을 뿐이다. 그러나 좌익과 관련된 혐의가 근친상간이라는 패륜보다 나을 것이 없는 시절이었기에 용태의 아버지는 "개새끼맨키로 납작 엎져서 살"아야 했던 것이다.

이주노동자인 알리 역시 용태의 아버지처럼 죽은 시늉을 한다. 알리는 한국에서 지낸 두 해 동안 다섯 군데나 공장을 옮겼지만 어디에서도 제대로 된 월급을 받지 못하며, 나중에는 위조 여권마저 빼앗긴다. 알리 역시 용태의 아버지가 그러했듯이 죽은 시늉을 함으로써 간신히 살아간다. 용태의 아버지와 알리는 사회로부터 죽음을 강요받은 경계 밖의 존재들로서, 어찌 보면 용태의 생식기 근처에서 살기 위해 죽은 체하는 이 시대의 '사면발니'들이었던 것이다.

「뱀이 눈을 뜬다」는 비정규직 노동자의 동물화를 그리고 있다. 이 작품은 이 시대 비정규직 열전을 방불케 할 정도로 거의 모든 인물들이 계약직, 임시직, 일용직 등으로 전전한다. 주인공인 그는 계약직 보일러공에서 해고된 상태이고, 그의 아버지는 평생을 용역에 불과한 선로원으로 살았다. 사랑하던 여자도 구내식당 주방 보조로 일하다 해고되었고, 프레스 기사는 원치 않는 사내 하청을 받아들이고 결국에는 분신을 한다. 어느 순간 그는 자기 몸에 뱀이 살고 있음을 발견하고, 또 다른 순간 연인인 경숙은 자신의 엉덩이에 원숭이 꼬리가 생겼음을 발견한다. 이들이 지닌 동물의 흔적은 사회적 차별과 불평등으로 인해 생겨난 표지이다. 「뱀이 눈을 뜬다」는 '비정규직 노동자=동물'이라는 등식을 만들어내고 있다.

손홍규는 이처럼 환상적인 수법을 통하여 우리 시대의 가장 핵심적인 사회적 문제를 형상화하는 작가였던 것이다. 그랬던 손홍규가 『톰은 톰과 잤다』(문학과지성사, 2012)에서 큰 변화를 보여주고 있다. 그 변화의 핵심은 작가의 시선이 세계가 아닌 자기 자신을 향하게 된 것과 관련된다. 그리하여 이번 작품의 주요한 배경은 작가가 20대를 지냈던 1990년대이고, 주요 인물은 작가를 연상시키는 청년들이다. 거의 모든 작품들에서 주인공이 머무는 골방과 같은 작은 공간은 그들이 처한 불우한 현실을 의미하기도 하지만, 동시에 그들이 세상의 잡스러움과 거리를 두고 자기에게 집중하기 위한 일종의 수행처이기도 하다.

「마르께스주의자의 사전」은 과거의 세계에서 벗어나 새로운 세계로 나아가는 중간에 위치하는 작품으로, 작품집 『톰은 톰과 잤다』로 들어가기 위한 출입문에 해당한다. 「마르께스주의자의 사전」은 손홍규가 대학생 시절 일어났던 1996년 노수석의 거리 집회 중 질식사라는 사건과 그해 여름을 뜨겁게 달궜던 연세대 한총련 사건을 중심으로 엮어져 있다. 소설의 주인공은 기역부터 시옷까지 사전을 씹어 먹는 문학청년이다.

이 청년이 앞에서 말한 두 가지 사건의 한복판을 통과하게 되는데, 두 사건에서 상반된 깨달음을 얻는다. 노수석 사건에서는 사전 어디에서도 그 사건을 표현할 수 있는 말을 발견하지 못함으로써, 문학이 가진 한계를 깨닫는다. 두 번째로 연세대 한총련 사건을 겪으면서는 그 "어느 촌년이야! 광주라고? 이 새끼들 그때 씨를 말려버려야 했는데 그때 뒈지지 않은 걸 후회하게 해 주마……" 따위의 욕설들이 모두 사전 속에 있는 말들이었다는 사실에 괴로워한다. 이러한 괴로움은 사전으로 표상되는 언어의 폭력성을 깨달은 결과라고 할 수 있다. 이 작품의 마지막은 "나는 그의 공화국의 첫 번째 시민이 되고 싶었다. 나는 마르케스주의자. 그의 공화국에 존재하지 않는 유일한 산물은 사전이다"로 끝난다. 이것은 사전, 언어, 문학에 대한 한계의 지적인 동시에 자기만의 고유한 언어(문학)를 만들겠다는 비장한 자신감으로 읽을 수 있다.

「마르께스주의자의 사전」이 과거와 미래를 이어주는 중간 단계에 해당하는 이유는 이렇다. 이 작품에서 손홍규는 역사적인 사건을 다루지만 관심이 더 이상 그것에 연루된 약소자들의 고통에 한정되지 않는다. 그 사건 속에서 인식과 언어의 가능성과 한계에 대한 근원적인 통찰을 전개해나가고 있기 때문이다. 이것은 보다 넓어지기 위한 자기 침잠에 해당하는 일이고, 『톰은 톰과 잤다』에서 손홍규가 일관되게 추구하는 문제의식이기도 하다.

자신 있게 세상을 바라보던 자가 이토록 꼼꼼하게 자기 발밑을 바라보게 된 내막은 이 세상이 어느 순간 미로로 변해버린 것과 관련된다. 「무한히 겹쳐진 미로」에서 잊혀진 소설가였던 교수는 "우리는 미로의 입구를 통해 들어왔다가 길을 잃은 존재가 아니라 태어나는 순간 미로의 한가운데 던져진 존재"라고 말한다. 지도와 나침반을 잃어버린 상황에서 인간은 자기 발밑을 바라볼 수밖에 없다는 것이다.

그러고 보면 이 작품집에서 아버지들은 초라하기 짝이 없다. 「투명인간」에서는 생일을 맞았지만 가족들에게 투명인간 취급을 받고, 이에 복수하는 방법은 고작 자신이 당한 것처럼 가족들을 투명인간 취급하는 것뿐이다. 대부분의 소설에서 아버지는 죽고 없다. 「얼굴 없는 세계」에서 아버지는 억울하게 죽고, 「톰은 톰과 잤다」의 아버지는 갑자기 죽는다. 심지어 「증오의 기원」에 등장하는 아버지는 "시인이 되어달라"는 얼토당토않은 유언을 남기고 죽는다.[1] 이러한 상황에서 아무것도 가진 것 없는 20대의 젊은이들은 순심 하나로 세상의 미로를 헤쳐 나가야 했던 것이다.

미로 속을 살아가는 사람들에게 삶은 곧잘 역설과 아이러니로 체험된다. 그렇기에 이번 작품집은 역설과 아이러니의 전시장이라고 해도 과언이 아니다. 많은 작품들에서 삶과 세상은 칡덩굴처럼 여러 갈래로 얽히고설켜서 그 줄기를 가려내기가 쉽지 않다. 「증오의 기원」에서 '가면과 실제 얼굴이 일치하는 사람을 찾는 게임'에서 알 수 있듯이, "가면이 무언가를 은폐한다는 생각이 진부한 것처럼 가면이야말로 본질을 드러낸다는 생각 역시" 진부하다. 또한 집주인인 노부부가 첫 대면에서 거실 벽을 두드렸던 것은 "조용히 살아달라는 의미가 아니라 어쩌면

---

[1] 예외적인 아버지가 한 명 등장하는데, 그는 「증오의 기원」에서 천하의 속물인 데다가 비윤리적이기까지 한, 그래서 세상살이에 아무 거칠 것 없는 쁘띠의 아버지이다. 그는 "정확하고 빈틈없으며 실수를 용납하지 않는 불굴의 정신을 지닌 사내"이다.

위급한 일이 생기면 주저하지 말고 그렇게 벽을 두드려서 알려달라는 의미였을지도" 모르는 일이다. 표제작인 「톰은 톰과 잤다」에서 '나', 톰, 선아가 벌이는 수수께끼 같은 관계의 드라마에서도 마지막에 남는 것은 인생의 아이러니와 역설이 던져주는 인생의 묘한 맛이다.

「내가 잠든 사이」는 위에서 말한 인생의 묘한 맛을 치밀한 서사 전략으로 전달하고 있는 작품이다. 이 작품의 기본적인 스토리는 간단하다. 요약하자면 "'나'는 대학 시절 한 여자와 사귀었고, 졸업 후에는 짧은 기간이지만 동거도 한다. 그 후 헤어진 그녀는 '나'를 찾아왔다가 돌아가는 길에 사고로 죽는다'가 전부이다. 이처럼 간단한 스토리를 미학적으로 만드는 것은 다양한 서사 기법이다. 다양한 시간 층의 공존, 연대기적 진행이 아닌 역전적 구성, 사건들의 은유적 결합, 액자소설 기법 등을 통하여 독서를 끊임없이 지연시키고 혼란스럽게 한다. 이것은 타인의 이해불가능성이라는 이 작품의 주제를 구현하는 데 매우 효과적으로 기능한다.

타인에 대한 이해불가능성은 이 작품에서 여러 사례를 통해 반복적으로 드러난다. 대표적으로 안면근육마비가 일어나 눈을 부릅뜨고 있는 '나'를 오랜 이별 후에 찾아온 그녀가 바라보는 장면을 들 수 있다. 자신이 사랑했던 유일한 여자, 이별한 후에는 직장까지 그만두게 만든 여자가 모두 잠든 새벽에 '나'를 다시 찾아온다. 그녀는 배가 고팠을지도, 어딘가에 누워 깊이 잠들고 싶었을지도 모른다. 그 순간 나는 안면마비가 일어나 자신의 의지와는 무관하게 오른쪽 눈을 부릅뜨고 있었다.

'이별 후에 찾아와, 아무런 반응도 없이 부릅뜬 남자의 눈을 멍하니 바라보고 있는 여자'라는 이미지는 이 작품의 주제를 압축해서 보여준다. 이 장면은 두 가지 의미를 담고 있다. 첫 번째는 인간 사이에 발생하게 마련인 심원한 오해를 드러낸다. '나'는 안면신경마비로 의식 없이 눈을 떴을 뿐인데, 그녀는 '나'가 자신을 바라보면서도 모른 척했다고 느꼈을 수도 있다. 두 번째는 우리의 인간관계 전반을 실제 그대로 보여준다고 해석할 수도 있다. 우리는 눈을 뜨고 타인을 바라보지만, 결코 상대방의 진심은 제대로 볼 수 없는 것이다. 마치 주인공 '나'의 "내가 오래도록 맹시(盲視)였듯이"(117)라는 고백처럼 말이다.

이러한 심원한 오해가 극적으로 나타난 것은 그녀의 죽음이다. 남자 친구의 죽음과 뒤이은 낙태, 그리고 우울증 등으로 그녀는 늘 죽음과 가까운 상태였다. 그렇기에 둘의 관계에서 '나'가 그녀에게 가장 신경을 쓴 것은 그녀를 죽음으로부터 멀리 떼어놓는 일이었다. 작품에는 여러 번 '나'가 그녀에게 '죽음을 연상시키는 단어조차 조심'했다거나, '죽음이 그에게 전염될까 봐 두려웠다'는 표현이 등장한다. 이처럼 '나'는 그녀에게 죽음을 연상시키지 않기 위해 노력한다. 그러나 결국 그녀는 '나'의 결정적인 역할로 죽게 된다. 그녀가 '나'를 다시 찾아왔을 때, '나'는 그녀를 내쫓았고, 다시 돌아가던 그 길에서 그녀는 교통사고를 당했던 것이다. 사정이 이러하다면, 그녀와 둘의 사랑과 그녀가 지니는 의미는 하나의 커다란 구멍으로 남을 수밖에 없다.

다시 「무한히 겹쳐진 미로」에 등장했던 교수의 말을 경청할 시간이다. 그는 이 시대의 우리 모두가 '태어나는 순간 미로의 한가운데 던져진 존재'라고 말한 바 있다. 손홍규도 뒤늦은 깨달음인지는 모르지만, 누구보다 진지하게 교수의 가르침을 되새기고 있는 중이다. 결자해지도 필요한 법. 명색이 교수라는 사람은 이처럼 가련한 존재들에게 어떠한 출구를 제시할까? 그는 이어서 말하고 있다. "길을 잃지 않고 살아가는 사람들이 애틋하다네. 길을 잃어야 하네. 삶이 미로라면 그건 길을 잃기 위해 만들어진 거지 출구를 찾아 나가라는 의미가 아니네"라고. 손홍규는 지금 문학과 세상이라는 거대한 미로에서 그 출구 없음을 맘껏 즐기고 있다.

# 소설을 만들어 내는 교양의 힘

**박민규 · 김금희 · 김연수를 중심으로**

## 1. 발로 쓰는 소설, 머리로 쓰는 소설, 손으로 쓰는 소설

작가들이 소설을 쓰는 방법은 거의 무한대에 가까울 것이다. 그중에 대표적인 방식을 들자면, 발로 쓰는 방법, 머리로 쓰는 방법, 손으로 쓰는 방법을 들 수 있다. 발로 쓴다는 것은 작가의 절실한 체험에 기초하여, 육신의 피와 땀이 우러나오듯이 작가의 육화된 정신이 원고지 위에 우러나오는 경우를 말한다. 다음으로 머리로 쓰는 방법은 일정한 목표를 가지고 기획을 하여 소설을 쓰는 경우라고 말할 수도 있을 것이다. 마지막으로 손으로 쓰는 방법은 편집자가 그러하듯이 수많은 문헌들을 적당하게 자르고 갈라서 한 편의 글을 완성하는 경우라고 말할 수는 없을까? 물론 이러한 구분은 편의적인 발상에 불과하다. 비율의 문제이지 발과 머리와 손이 동시에 결합되지 않고 소설이 쓰여지는 경우는 없기 때문이다. 그러나 때로 그 비율은 단순히 넘길 수 없는 소설사의 중요한 지점과 관련된 경우도 많다.

한국문학사에서 명작이라 불리는 것들은 대부분 발로 쓰인 작품들인 경우가 많았다. 식민지 지식인의 암울한 내면을 어두운 분위기로 담아낸 염상섭의 『표본실의 청개구리』(1921), 일용 노동자의 고통과 연대 가능성을 따뜻하게 담아낸 황석영의 『삼포 가는 길』(1973), 남로당 아버지의 행적과 그가 남긴 상처를 들추어내고 있는 이문열의 『영웅시대』(1984) 등은 모두 육화된 체험의 힘으로 쓰인 작품들이라고 해도 과언이 아닐 것이다.

그러나 오늘날 많은 소설들은 더 이상 작가의 절절한 체험에 의존하지 않는다. 그것은 문학적 감동을 가져올 만큼 드라마틱한 체험이 줄어든 시대적 환경에서도 그 원인을 찾을 수 있지만, 중요한 또 하나의 이유는 고통스럽게 자신을 짜내지 않아도 우리 주위에는 이미 너무 많은 정보들과 간접경험들이 존재하기 때문인지도 모른다. 그것들은 이미 체험을 초과하는 극한의 '사이버─체험들'이라고 해도 과언이 아니다. 우리는 지금 문화에 대한 폭넓은 지식을 의미하는 교양 과잉의 시대에 살고 있는 지도 모른다.


## 2. 환상의 군함도


박민규는 매번 새로운 형식으로 독자들에게 충격을 주는 작가이다. 박민규의 「군함도의 별」(『현대문학』, 2013년 1월호) 역시 소설의 첫머리를 장식하고 있는 하시마 섬과 그 아래 달린 각주가 독자의 눈을 사로잡는다. 이 작품에는 모두 8개의 각주가 붙어 있는데, 이러한 각주들이 하는 역할은 논문에서와 같이 본문 중에 나오는 역사적 사건이나 인물 등을 설명해주는 것이다. 즉 이 작품은 수많은 역사적 교양에 기초해

서사가 이루어져 있다고 해도 과언이 아니다. 그럼 구체적으로 각주의 역할을 살펴보기 위해, 전체 서사의 틀거리 역할을 하고 있는 첫 번째 각주의 내용을 살펴보기로 하자.

일본 나가사키현 나가사키시에 있는 섬. 섬의 모습이 마치 군함과 비슷하게 생겼기 때문에 군칸지마(軍艦島, 군함도)라고 불린다. 19세기 석탄의 존재가 확인된 후 미쓰비시 그룹의 소유가 되어 인근 섬 다카시마와 함께 해저탄광으로 개발되었다. 미쓰비시는 축구장 두 개 너비 정도의 섬에 채광시설과 숙박시설, 특히 일본 최초의 맨션아파트를 건립했으며 학교와 상점, 영화관까지 설치, 하나의 작은 타운을 형성하였다. 특히 제2차 세계대전 중에 많은 조선인 노동자들이 동원되어 탄광일을 했는데 대부분 급료나 식사, 휴일과 같은 거짓된 조건에 이끌려 온 이들이 많았고 열악한 환경에서의 작업으로 인한 사고사, 병사도 다발하여 헤엄쳐 섬을 탈출하려는 이나 자살을 하는 이가 적지 않았다. 그러나 실제로 섬을 탈출한 예는 드물고 대개 익사하거나 감시직원에게 붙잡혀 살해당했다. (101)

위에서 길게 인용한 각주 1번은 역사적 사실의 서술이라고 말할 수 있다. 앞질러 말하자면 박민규의 「군함도의 별」은 그러한 사실 위에 그럴듯한 문학적 상상력을 덧붙여 완성된 소설이다.

조선인 노동자들은 "일하다 죽고 배고파 죽고 병들어 죽고…… 도망치다 죽고 물에 빠져 죽고 잡혀와 죽고 미끄러져 죽고 깔려서 죽고"(103)라는 말처럼, 중노동에 시달리다가 죽어 간다. 이들은 모두 연명을 위해 나오는 깻묵 한 덩이도 쇼와 천황의 은혜라고 생각하는 분위기 속에서 생활한다. 16시간 2교대의 중노동 속에서 밤의 숙소는 우는 소리와 앓는 소리로 가득하다. 어느 날 일본인 숙소에서 리에 상이 남자에게 강간을 당하고 자살하는 사건이 발생하고, 조선인들은 이 일로 인해 날이 밝으면 조선인 사냥이 시작될 거라는 두려움에 탈출을 시도한다. 그러나 곧 그들은 사부로를 대장으로 한 일본인들에게 잡히고 만다.

일본인 노동자의 대표격인 감독관 사부로는 일본정신의 화신이다. 그는 조선인 노무자들을 향해 "센징이고 뭐고를 다 떠나 너희들은 미쓰비시의 일꾼"(109)이며, 미쓰비시는 "메이지유신의 혼이 담긴 회사"(109)라고 일갈한다. 덧붙여 사부로는 "지금은 전시다! 멸사봉공, 견마의 충성을 다해도 모자랄 판에 고작 일신의 불평이 전부였더냐?"(111)며 조선인 노무자들을 나무라며, "대동아공영의 정신으로 너희들을 대할 생각"(112)이라고 큰소리친다.

그러나 이 작품이 '사악한 일본인 對 선량한 조선인'이라는 이분법적 도식을 반복하기 위해서만 쓰인 것은 아니다. 사부로는 조선인을 쫓는 데 열중하는 동료 일본인 쓰요시에게 "지긋지긋하지도 않냐고 이 새끼야"(117)라고 말함으로써, 자신 역시도 군함도에서의 전쟁놀이에 지쳐 있음을 우회적으로 고백한다. 이와 마찬가지로 조선인 노무자들도 일방적인 희생자로만 그려지는 것은 아니다. 그들은 「겐로쿠 주신구라」를 보고서는 눈시울이 붉어지기도 하는 것이다. 이어지는 사부로의 "태평양 전선이 넓어지고. 우리 대동아 진영이 더 확산된다면 센징들의 위치도 얼마나 격상되겠냐 이 말이다. 열심히 일할 자신이 있느냐?"(125)는 말에, "있습니다"(125)라고 힘차게 말하기도 한다.

사실 이 작품은 모호성으로 가득하다. 조선인 노동자들이 탈출을 결심한 리에 상의 죽음에 대해서도 일본인들은 아예 그러한 일이 없다고 말한다. 스스무와 이치로는 17호동과 18호동의 사람들이 모두 사라졌다고 증언하는데, 나중에 그들은 운동회에 나가 있었다는 사실이 밝혀진다. 그러나 "이⋯⋯ 야밤에 말입니까?"(119)라는 말처럼, 전기가 부족한 상황에서 사람들이 한밤중에 운동회를 한다는 것은 불가능한 일이다.

「군함도의 별」에서 가장 주목할 점은, 작품의 화자 '나'가 서사 속에

단지 두 번 등장한다는 사실이다. 그는 기술실에 근무하며 영화를 틀어주고, 전기를 공급하는 일을 한다. 그러나 1인칭 화자는 이 소설의 전반적인 서술상황을 도저히 감당할 수 없는 존재이다. 시공간적 제약을 받는 현실 속의 인물이 다른 인물들의 내면은 물론이고, 다양한 시공에 존재하는 인물들의 행적을 파악할 수는 없기 때문이다. 따라서 이 '나'는 인간이 아닌 유령적 존재라고 볼 수 있다.

마지막에 먼 바다에는 "너무 거대하고 선명하여 안개로도 가려지지 않는"(126) 정체불명의 물건이 떠온다. 이것을 보고 어떤 이는 김근우의 시체라고 생각하기도 하며, 또 어떤 이는 히카리란 여자라고 하기도 하고, 사부로는 무사시함과 야마토함이라고 외치며, 료타는 엔카 가수 오카 하루오라고 말한다. 모두는 각자 보고 싶은 것만을 보고 있는 것이다. 군함도 자체가 하나의 유령인지도 모를 일이다. 각자는 자신만의 환상(욕망의 프레임 혹은 이념의 프레임)에 갇혀 군함도라는 지옥 속을 걸어가고 있었던 것은 아닐까? 「군함도의 별」에서 군함도는 일차적으로 군국주의로 치닫던 1940년대 일제를 상징하는 것은 물론이고, 나아가 인간들이 각자의 환상에 따라 고통스런 삶을 이어가는 이 사바세계를 상징하는 것으로까지 그 의미가 확대되고 있다.


## 3. 드라큘라가 되어 가는 사람들


김금희의 「사북」(『현대문학』, 2013년 2월호)은 "그는 얼마 전부터 「드라큘라」를 읽었다"(90)라는 문장으로 시작된다. 카지노로 유명한 강원랜드가 있는 사북을 주요한 배경으로 삼고 있는 이 작품은 소설 「드라큘라」[1]와 밀접한 관계를 맺고 있는데, 그 관계는 주로 유비의 관계로 나타난다. 이 작품의 거의 대부분은 '드라큘라=그(들)', '드라큘라 성=사북'이라는 도식을 보여주는데 할애되어 있다.

　드라큘라 성은 나무가 빽빽한 숲으로 이루어져 있는데, 사북에도 "그렇듯 어둠으로밖에 표현되지 않는 숲"(90)이 있었다. 그가 반복해서 읽는 드라큘라 성의 모습은 "카지노 건물과 비슷"(91)하다. "「드라큘라」에 등장하는 것 모두 그가 사북에 들어서며 경이에 찬 눈으로 바라보았던 광경들"(92)이었다고 설명될 정도이다. 심지어 드라큘라는 그가 살고 있는 공간 속에 들어와 음식 그릇의 뚜껑을 열어 주기도 한다. 백작은 그가 사는 공간에 들어와 거울을 빼앗기도 하는데, 원래 드라큘라 성에는 "거울이 하나도 없었"(93)던 것이다.[2] 그가 손주의 돌잔치에 가기 위해 기차를 기다리는 장면에서, 서술자는 "도로, 철도, 뱃길 중 백작은 배를 선택했고 그는 기차를 탈 것이었다"(95)라고 말한다.

　그는 도박 중독으로 이혼을 당하고 "그림자 같은 존재"(100) 즉, '드라큘라'가 되어 사북에 머문다. 그는 출판사 사장을 하기도 하였으나 도박에 빠져 결국에는 가정까지 모두 잃어버리고, 사북의 편의점에서 아르바이트를 하며 간신히 살아간다. 그는 소설 「드라큘라」를 사북에서 우연히 구하게 되었고, 나중에 그 책을 식당에 놓고 온 후에도, "여사장이 돌려주겠지, 아니면 청년이. 찾지 못해도 상관은 없었다. 그는 그

---

1　주지하다시피 드라큘라로 대표되는 흡혈귀는 17, 18세기에 걸쳐 헝가리, 세르비아 트란실바니아 등의 동유럽에서 탄생한 존재로서, 악령에 영혼을 팔았거나 신의 저주를 받아 죽어서도 저승에 가지 못하는 귀신을 말한다. 영국의 괴기소설가 B. 스토커의 소설『흡혈귀 드라큘라』(1897)에서 최초의 문학적 형상을 얻은 드라큘라는 피를 마셔 삶을 유지하고 그에게 목이 물리면 같은 운명체(드라큘라)가 되고 그들은 마늘과 십자가를 싫어한다.『흡혈귀 드라큘라』는 새로운 사냥감을 찾기 위해 은밀히 영국에 잠입한 드라큘라 백작과, 그의 존재를 눈치 채고 퇴치하려고 하는 반 헬싱 교수와 그의 동료들의 싸움을 그리고 있다.
2　거울이 없다는 설정은, 기본적으로 사북이 자기 성찰의 부재와 관련된 공간임을 암시한다고 볼 수 있다.

책의 주인이 아니었으니까"(108)라고 생각한다. 이러한 장면들은 사북에 머무는 모든 이들이 드라큘라에 해당함을 보여주는 것이다. 사북에 머무는 이들은 자본주의 경쟁에서 낙오된 자들이기도 하다. 그는 도박 중독이 되기 이전, 이미 아내로부터 출판사 사장으로 성공하기 위한 자본가의 덕목에 대해 충고를 들을 정도로 무능력했던 것이다.

'드라큘라=그(들)'라는 유비를 성립시키는 가장 핵심적이 특징은 사북에 머무는 이들이 결코 그곳을 떠날 수 없다는 점이다. 소설 「드라큘라」에서 드라큘라 백작도 영국으로 진출하지 못하고 끝내 자신의 성에서 비참한 최후를 맞이한다. 소설 속 드라큘라 백작이 고립된 채 자신의 성에서 혼자 살아갔듯이, 주인공 그 역시 사북에서 어떠한 인간적 관계로부터도 고립되어 있다. 딸의 결혼식 날에도 사북의 카지노 테이블이나 슬롯머신 앞에 앉아 있었던 그는 딸과 기본적인 연락조차 하지 못한다. 딸은 단체 메시지를 발송하여 아버지에게 손녀의 돌잔치 소식을 알린다. 돌잔치에 갈 것인가를 고민하던 그는 끝내 서울로 가는 기차를 떠나 보내고, 딸에게 전화를 걸어 오늘은 자신이 원해서 사북에 남은 것은 아니라고 말하려 한다. 그러나 딸의 목소리는 여느 때와 다름이 없고, 태연하게 "별일은 없으시죠?"(106)라고 되묻는다. 딸은 결코 그를 초대할 생각이 없었던 것이다. 여기서 흥미로운 것은 그가 자신이 원해서 사북에 남은 것이 아니라고 생각한다는 점이다. 작품의 후반부에 미스 정은 "사실 우리 집은 안양이 아니라 안산이에요"(103)라고 고백하는데, 이 말을 듣고 "어디든 상관은 없었다. 우리는 사북에 있으니까"(103)라고 말하는 것에서는 영원한 현재로서의 사북이라는 '드라큘라의 성'이 지닌 비극성을 선명하게 보여준다.

그러나 이 작품에는 '드라큘라=그(들)', '드라큘라 성=사북'이라는 도식이 갖는 그 문제점을 흔적처럼 드러내는 구절이 존재한다. 어디까지나 사북은 결코 상상 속의 성이 아니라 엄연하게 자본의 지배를 받는 현실 속의 시공인 까닭이다. 이 거대한 돈놀이의 시스템은 사실 무지막지한 노동의 착취 위에 세워진 신기루이다. 여사장은 손주의 돌잔치에 가기 위해 그가 하루 쉬겠다고 말하자, 그에 대한 대응으로 이틀 치 일당을 제하겠다고 말한다. 사우나 카운터에서 일하는 미스 정은 사북에 머무는 이유가 "폐에 구멍이 나서 사북 병원에 있"(95)는 아버지를 돌봐줄 사람이 없기 때문이다. 진폐증으로 고생하는 미스 정의 아버지와 탄광촌 시절의 흔적이 고스란히 남아 있는 박물관의 존재는 사북의 기원을 되새겨보게끔 만든다. 따라서 '드라큘라=그(들)', '드라큘라 성=사북'이라는 도식을 우직하게 밀어 붙이는 것은 사실상 불가능한 일이다.

'드라큘라=그(들)', '드라큘라 성=사북'인 동시에 '드라큘라≠그(들)', '드라큘라 성≠사북'의 도식은, 그가 읽는 드라큘라 책의 몇몇 페이지들이 "뜯겨져나간 흔적"(93)에서 암시적으로 드러난다. 또한 그는 자신과 연인관계였던 여자가 자살한 모습을 보며, "여자의 마지막 얼굴이 드라큘라 백작과 같았으리라고 생각했다. 책에서는 상상도 못했던 평화로운 얼굴이라고 했지만 그렇지 않았을 거다"(110)라고 말한다. 사북에 머무는 드라큘라들에게는 소설 속 드라큘라에게 마지막으로 허락된 안식할 하늘도 준비되어 있지 않았던 것이다. 그만큼 사북의 숲은 드라큘라 성의 숲보다 짙고 어둡다.

## 4. 고전은 어떻게 소비되는가?

김연수의 「우는 시늉을 하네」(『문예중앙』, 2013년 봄호)에서 20년 전인 열네 살 때 부모의 이혼을 겪은 영범은, 현재 자기 자신이 이혼을 앞두고 있다. 이러한 상황은 당연히 이혼한 부모의 삶을 다시 한 번 떠올리게 한다. 영범은 자신의 생모인 윤경을 찾아 나설 생각을 하는 것이다. 이러한 과정은 부모의 이혼을 겪으며, "혈연에 대한 무관심, 벼락같은 사랑과 뒤이은 냉담, 타인과 자신에 대한 깊은 불신, 가장 행복한 순간에 가장 불행한 미래를 상상하기"(129) 등의 상처를 안게 된 영범이 자신의 상처를 치유하고 자신을 긍정하는 과정이기도 하다. 이 작품에서 영범은 이미 고인이 된 아버지와 당차게 이혼을 하고 새로운 남자를 만난 어머니 윤경의 대조적인 인생관을 거듭 확인한다.

영범은 아버지의 "뭐든, 그 순간 최선을 다하는 거지. 암튼 그 이야기는 그만하자"(128)는 말에, "최선을 다해도 안 되는 일이 이 세상에는 수두룩하다는 사실에는 변함이 없었다"(128)고 생각한다. 그리고 영범은 이미 아버지가 어머니와 재결합하기 위해 애쓰던 20년 전에도 그 사실을 알고 있었을 것이라고 확신한다. 영범은 "아버지가 엄마와 재결합하기 위해 어떤 노력을 했는지 바로 옆에서 지켜본 사람"(128)이기 때문이다. 아들인 영범이 이렇게 생각할 정도로, 영범의 아버지는 강렬하게 자신의 아내와 재결합하기를 원했다. 이토록 간절하게 재결합을 원한 이유는 지금 영범의 이혼 결심을 그토록 제지하려고 하는 것과 같은 맥락에서이다. 아버지는 중병에 걸린 몸으로 혼자 서울에 올라와 "제발 이혼만은 하지 말라"(135)고 얘기한다. 아버지는 자기 자신보다는 가족에, 자신의 행복보다는 사회적 시선에 더 큰 관심을 기울이는 사람이었던 것이다. 아버지는 마지막 순간까지 "세상에 자기 뜻대로, 원하는 대로 살아가는 사람 있으면 나한데 데려와봐라. 겉으로는 자기 마음대로 사네, 어쩌네 하지만 다들 속은 마지못해 살아가는 거야"(136~137)라고 아들에게 말한다.

그러나 윤경은 이와 매우 다르다. 아버지가 "그림자"(134)에 해당하는 삶을 살았다면, 윤경은 스스로 빛나는 "광원의 삶"(134)을 살았다. 아버지는 후회가 많았고, "자신의 인생은 실패한 것"(134)이라고 여겼던 것이다. 그러니까 아버지는 자신의 욕망에 충실하게 스스로의 삶을 선택하지는 못했던 것이다. 아버지가 영범의 이혼 소식을 들었을 때 배신감을 느끼는 것도 역시, 아들이 자신과 같은 '그림자'가 아닌 '광원'의 삶을 선택했기 때문이라고 볼 수도 있다. 윤경은 지금도 자신의 이혼 소식을 전하는 영범에게 "통영까지 내려와서 굳이 그런 말을 직접 나한테 하지는 말았으면 좋았을걸. 우리는 그때 이미 가족의 연이 끊어진 거야. 니가 어떻게 살든, 결혼을 하든 이혼을 하든 나하고는 아무 상관이 없는 거야"(136)라고 말한다.

　'사회의 시선에 충실한 삶을 살았던 아버지'와 '자신의 욕망에 충실한 삶을 살았던 어머니' 중에서, 영범은 어머니 윤경의 삶이 옳았다고 단정한다. "누구에게나 인생은 한 번뿐이리라. 한 번뿐인 인생 앞에서 도덕은 무엇이며, 또 윤리란 무엇일까?"(133)라는 의문을 던진 후에, 영범은 스스로 "하나뿐인 인생이라면 그 인생을 살아가는 당사자의 선택보다 더 무거운 도덕이나 윤리 같은 건 존재하지 않을 것"(133)이라고 결론을 내리는 것이다. 그런 점에서 윤경은 "자신의 삶을 스스로 선택했고, 끝까지 그 삶을 살아냈으니까."(134) "도덕적이고 윤리적인 삶"(134)을 산 것이라고 판단한다. 영범은 "나도 엄마와 의견이 같아. 아무리 가족의 진심이라고 해도 그런 걸 자식한테 강요할 순 없는 거잖아"(135)라고 윤경에게 말한다. 영범은 아버지를 '실패한 인생'(136)이라고 단정 짓는다.

　　윤경의 말이 옳았다. 가족이라고 해도 자신의 진심을 강요할 수는 없었다. 그런데 말이다, 그건 자기 자신에게도 마찬가지였다. 그토록 우스꽝스러울 정도로 평범한 진심이라면 자기 자신에게도 강요해서는 안 되는 일이었다. 그래서였다. 아버지의 삶이 실패하게 된 건 그 때문이었다. (137)

아버지 자신도 폐암으로 병상에 누워 천장을 보면서 스스로도 "자신의 삶은 완전히 실패했다고 중얼거"(137)린다.

여기서 주목할 것은 「늦여름」이라는 소설이 아버지와 영범을 이어주는 매개물로 등장한다는 점이다. 아버지는 폐암 진단을 받고 매주 월요일 오전 8시 20분에 도착하는 KTX로 상경했다가 금요일 오후 3시 40분에 출발하는 KTX를 타고 낙향하는 통원 생활을 한다. 영범은 주차 문제 때문에 금요일이면 서점에 가서 세계명작들을 구입하고는 했는데, 그중의 한 권이 아달베르트 슈티프터의 「늦여름」이었던 것이다. 「늦여름」은 두 권으로 나뉘어 2011년에 출판되었다. 어느 날 아버지는 서울역에서 대학병원으로 가는 길에 우연히 뒷좌석에 놓인 「늦여름」을 발견하고는, 자신이 옛날에 읽다가 만 소설이라고 말한다. 그 시기는 20년 전으로 영범이 열네 살 때 즉, 아버지가 엄마와 이혼하던 무렵이다. 나중에 아버지는 실제로 20년 전 『晩夏』라는 이름으로 1983년에 번역된 책을 읽었음이 밝혀진다.[3] 김연수의 「우는 시늉을 하네」의 마지막 두 페이지에는 『만하』의 인상적인 구절과 후반부가 길게 인용되어 있다. 이러한 인용이 갖는 의미와 한계는, 곧 오늘날 한국문학에서 고전이 활용(혹은 소비)되는 일반적인 의미와 한계에 해당한다고 보아도 무리는 아닐 것이다.

---

3　「늦여름」(1857년)은 괴테의 「빌헬름 마이스터의 수업시대」와 함께 19세기 독일 문학을 대표하는 성장소설로 평가받는 이 작품은 정밀하게 묘사된 아름다운 자연 풍광을 배경으로 인간 내면의 조화로운 발전 과정을 그려냈다. 인생의 '한여름'을 맞이한 청년 하인리히 드렌도르프라는 젊은 자연과학도가 자연과 사랑을 통해 세계와 인생의 아름다움을 배워나간다는 내용의 교양소설이다. 이 작품에서 인생의 '늦여름'을 맞이한 사람은 또 한 명의 주인공 노년의 리자흐 남작이다. 낯선 환경을 접하게 되는 보통의 성장소설과 달리 집을 중심에 두고 있으며, 가정에 뿌리를 두고 세상과 소통하는 인물들을 통해 전인적 인간의 모델을 보여준다.

## 5. 교양과 소설의 아름다운 만남을 위하여

소설의 중요한 기능 중의 하나는 독자들의 교양욕구를 충족시켜 주는 것이다. 독자들은 인간과 세계를 제대로 이해하기 위해서, 혹은 즐거움이나 쾌락을 얻기 위해서 소설을 찾기도 하지만, 소위 교양이라 불리는 문화적 소양을 얻기 위해 소설을 찾기도 한다. 1980년대 최고의 인기작가였던 이문열의 소설이 독자들의 교양 욕구를 충족시켜준 대표적인 경우라고 할 수 있다. 『사람의 아들』이나 『황제를 위하여』를 통독했을 때 얻게 되는 종교적 · 철학적 · 역사적 교양은 무척이나 풍족한 것이었다.

오늘날의 소설이 잃어버린 중요한 기능 중의 하나는 교양충족기능이라고 할 수 있다. 그러나 본문에서 살펴본 것처럼, 오늘날의 소설도 적지 않은 교양을 바탕으로 해서 창작되고 있다. 박민규의 「군함도의 별」은 군함도라는 역사적 소재가 작품을 이끌어나가는 근본적인 추동력이 되고 있으며, 김금희의 「사북」은 소설 「드라큘라」가 작품의 주제의식에 직접적으로 맞닿아 있다. 마지막으로 김연수의 「우는 시늉을 하네」에서는 모종의 세련된 분위기를 조성하는데, 서구 고전이 활용되고 있음을 확인할 수 있었다. 여기에서 마지막으로 확인하고 싶은 원칙은, 독자들이 소설을 통해 얻을 수 있는 진정한 교양은 서사 속에 육화된 인물과 사건을 통한 형상화의 힘을 통해서일 것이라는 점이다.

# 말할 수 없는, 그러나 말해야 하는

### 정찬, 『정결한 집』(문학과지성사, 2013) 論

## 1. 폭력(권력)과 인간 구원의 문제

정찬은 1983년 무크지 『언어의 세계』에 중편 「말의 탑」을 발표하며 등단한 이래 지금까지 끊임없이 작품을 발표해 오고 있는 중견작가이다. 소설집으로 『기억의 강』, 『완전한 영혼』, 『아늑한 길』, 『베니스에서 죽다』, 『희고 둥근 달』, 『두 생애』와 장편소설 『세상의 저녁』, 『황금 사다리』, 『로뎀 나무 아래서』, 『그림자 영혼』, 『광야』, 『빌라도의 예수』, 『유랑자』 등을 발표하였다. 정찬이 30년 동안 이룬 문학세계는 양과 질 모두에서 한국소설의 정상을 차지한다고 보아 무리가 없다. 이토록 광활한 문학세계는 권력 혹은 폭력에 대한 물음과 신(성)을 통한 인간 구원의 문제라는 두 가지 테마를 중심으로 이룩된 것이다. 두 가지 경향은 최근 소설집 『두 생애』(문학과지성사, 2009)와 『유랑자』(문학동네, 2012)에도 그대로 나타나고 있다.

정찬은 『두 생애』에서 인간이 경험하는 가지가지 폭력을 이야기하지만, 핵심은 폭력의 전시와 그에 따른 충격이 아니라, 그 음습한 속을 들추어 새로운 삶의 가능성을 탐구하는 것이다. 「폭력의 형식」은 우리 주위에 만연한 폭력의 기본적인 형식을 잘 보여준다. 불의의 사고로 부모를 잃은 광호와 영희 남매는 끊임없는 폭력에 시달린다. 이러한 폭력은 피해자들을 "없는 존재"(252), "아무것도 아닌 존재"(253) 즉, "유령"(260)으로 만든다. 비인간적인 폭력은 굴욕과 분노를 낳고, 그것은 또 다른 폭력을 낳는다.

『두 생애』에는 '폭력의 형식'에 대응하는 '평화의 형식'이 등장한다. 그것은 '슬픔의 정치학'이라고 이름붙일 만한 것이다. 이때의 슬픔은 약자들이 지닌 상실과 고통의 증표에 그치는 것이 아니라, 폭력을 품어 안아 순화시키는 강력한 힘의 표상으로까지 고양된다. 「희생」의 강희우는 1980년대 국가기관에 끌려가 고문을 당하고, 강간을 당해 아이까지 낳는다. 그러나 바로 그 슬픔을 통하여 가해자들을 용서하고, 자신을 긍정하며, 새로운 슬픔을 향해 손을 펼치는 것이다. 그러한 슬픔의 긍정적 힘은 강간으로 태어난 영서에게까지 전달된다.

『유랑자』(문학동네, 2012)는 환생이라는 키워드를 중심으로 기독교, 유대교, 이슬람교, 불교, 무속신앙 등이 한데 어우러져 장관을 이루고 있다. 초월적인 세계는 어떻게 인간 세계에 구원의 작은 틈새를 만들어 내는지 질문한다. 이 작품에서는 환생의 다양한 모습이 등장한다. 이처럼 다양한 환생은 두 가지 윤리적 의미를 지닌다. 첫 번째는 '그럼에도 자유로워라'라는 윤리의 기본 명제를 가능케 하는 인식론적 토대가 된다는 점이다. 환생은 오직 스스로의 힘으로 존재의 완성과 구원을 이루는 과정이기 때문이다. 두 번째는 현대 문명의 기본적인 문제인 소외와 단절을 극복하는 방법으로서 환생이 등장한다.

## 2. '침팬지 인간' 혹은 '인간 침팬지'가 된 이유

정찬의 일곱 번째 소설집인 『정결한 집』(문학과지성사, 2013)은 이전 정찬의 문학세계와 비교해 깊어졌다기보다는 넓어진 작품집이라고 할 수 있다. 이전에 다루어지지 않았거나 혹은 부분적으로만 다루어진 주제를 보다 심화시켜 다루고 있는 것이다. 구체적인 시대현실에 다가 간 작품들에서 이전과는 다른 새로움을 발견할 수 있는데, 「나비의 꿈」은 이전 세계에서 새로운 세계로 나아가는 중간단계에 위치한 작 품이라고 볼 수 있다.

「나비의 꿈」은 관념적인 어조로 역사적 비극의 원인과 그 화해에 대 하여 논하고 있다. 20세기 비극의 가장 큰 원인은 이분법적 사고이며, 그것을 극복하는 방법으로는 '만인의 죄인 되기'라는 발본적인 태도가 제시된다. 정찬 특유의 추상적인 분위기가 가득한데, 이것은 작가가 보다 근원적인 차원에서 인류사의 문제를 다루려 했기 때문에 비롯된 현상이다. 지금의 한국사회에 대한 구체적인 관심은 「흔들의자」에서 발견할 수 있다. 정찬은 「흔들의자」에서 70, 80년대 소설에서나 보았 음직한 선명한 이분법적 적대의 세계를 펼쳐 보이고 있다. 양 극단의 세계에는 최소한의 매개항마저 존재하지 않는다. 그러하기에 그 적대 의 결과는 죽음으로 연결된다. 현실의 구체적인 질감을 제거한 대신 흔들의자의 평화로운 흔들림을 통하여 지금의 시대적 흔들림이 지닌 폭력성을 유려하게 형상화하고 있다.

이번 소설집에서 무엇보다 주목되는 것은 「학술원에 드리는 보고」 이다. 이 작품은 박학한 교양을 바탕으로 작가가 생각하는 이상적인 작가상을 감동적으로 형상화하고 있다. 「학술원에 드리는 보고」는 말 할 것도 없이 프란츠 카프카의 「학술원에 드리는 보고」에 등장하는 말하는 침팬지에서 모티프를 가져온 소설이다. 이 작품에는 모두 네 마리의 유인원이 등장한다. 첫 번째는 프란츠 카프카의 「학술원에 드리는 보고」에 등장했던 원숭이이다. 빨간 피터라는 이름의 이 원숭이는 하나의 출구를 원했는데, 이 출구는 동물에서 인간으로의 존재 변이를 가능케 하는 통로를 의미한다. 빨간 피터가 발견한 출구는 다름 아닌 "말"이다. "말을 통해 원숭이의 본성을 버리고 인간으로 변신한 것이다. 그 결과 유럽인의 평균 교양에 도달하여 지금의 지위에 이르렀다는 것이 프란츠 카프카가 쓴 「학술원에 드리는 보고」의 기본내용이다.

여기서 중요한 것은 실제 카프카의 「학술원에 드리는 보고」가 어떤 내용을 담고 있느냐가 아니다. 실제 카프카의 글에서 빨간 피터는 '원숭이(monkey)'가 아닌 '유인원(ape)'이라든가 하는 문제제기는 별반 큰 의미가 없다. 중요한 것은 작가가 카프카의 「학술원에 드리는 보고」에서 동물과 인간의 결정적인 차이점을 '말', 바로 '언어'에서 찾고 있다는 점이다. 정찬의 「학술원에 드리는 보고」 역시 말하는 침팬지가 말하는 침팬지의 이야기를 하고 있는데, 말한다는 것은 침팬지와 인간을 구별하는 결정적인 기준이 되고 있다.

두 번째 유인원은 이 작품의 화자 유인원이 말하는 이야기 속에 등장하는 '침팬지 외젠'이다. '침팬지 외젠'은 여덟 살 때 아프리카 숲에서 사냥꾼들에게 포획당한 이후 서커스단으로 팔려가 공중그네를 장기로 삼아 연명하였다. 열세 살이 되었을 때, '침팬지 외젠'은 인간의 말을 스스로 터득한다. 침팬지가 말을 한다는 사실이 알려지면서 사람들이 구름처럼 몰려들었고, 서커스 단장은 언어학자를 고용하여 체계적으로 말을 가르친다. 그러나 공중그네 파트너가 추락사하자, 죽은 단원과 무척 사이가 좋았던 '침팬지 외젠'은 곧 침묵을 지키게 된다.

'침팬지 외젠'은 곧 오스트리아의 전설적인 장군인 외젠의 눈에 들어 그의 집에 동거하는데, 이 만남의 과정은 무척이나 인상적이다. 외젠

은 연합군 2만 2천 명, 프랑스군 1만 2천 명의 사상자를 낸 말플라케전
투를 치르고 깊은 후유증에 시달리고 있었다. 이후 외젠은 전쟁터에서
목격했던 시체들이 일어나 춤을 추는가 하면, 굶주린 늑대처럼 달려들
어 그의 몸을 뜯어 먹는 악몽에 시달린다. 결국 자살을 결심하여 방아
쇠를 당기려는 순간 외젠은 침팬지 외젠이 연주하던 트럼펫 소리를 들
은 것이다. 그 트럼펫 소리의 근원을 찾아간 외젠은 트럼펫을 불고 있
는 침팬지 외젠을 만난다.

그날 이후로 외젠은 침팬지 외젠을 자신의 집으로 데려와 함께 산
다. 그리고 침팬지 외젠을 위해 10년에 걸쳐 오스트리아에서 가장 아
름다운 벨베데레 궁전을 짓고, 궁전 안에는 세상에서 구할 수 있는 모
든 책을 구해 놓는다. 외젠은 자신의 이름을 침팬지에게 주고, 그 결과
'침팬지-외젠'이 탄생한다. 이 무렵 침팬지는 잃어 버렸던 말을 다시
하기 시작한다.

외젠 장군이 한갓 침팬지에게 이토록 황송한 대우를 하고, 그것도
모자라 자신의 이름을 부여한 이유는 침팬지에게서 신성(神性)을 느꼈
기 때문이다. 이 단계에서 침팬지 외젠과 장군 외젠은 동일시된다. "외
젠은 침팬지를 자신의 분신으로 생각"하였다는 말처럼, 외젠은 침팬지
를 자신과 동일시하는 것이다. '침팬지 외젠'의 트럼펫 소리를 들었을
때 외젠은 죽음 속에서 빠져나올 수 있었으며, 동시에 자신이 "신으로
부터 구원을 받은 것"이라고 느낀다. 따라서 이 작품에서 '침팬지=신
(성)'의 구도가 성립한다고 말할 수 있다. 외젠은 자신이 경험한 일련의
사건들을 "신의 섭리"로, 침팬지는 신이 어떤 목적을 위해 외젠에게 보
낸 "사자"로 받아들이기 때문이다.

외젠 장군이 침팬지에게서 신성을 느낀 장면을 이해하기 위해서는
조르주 바타이유(G. Bataille)의 신성에 대한 개념을 이해해야 한다. 우리
는 보통 '신성-인간성-수성(동물성)'으로 위계화 된 가치체계를 가지

기 쉽다. 그러나 조르주 바타이유는 진정한 신성은 인간이 불연속성의 고통에서 벗어나 세상과의 연속성에 돌입할 때 체험할 수 있다고 주장한다. 그는 연속성이라는 기준으로 '신성=수성' 對 '인간성'이라는 구도를 세우고 있는 것이다. 인간만이 불연속성의 고통에 시달릴 뿐, 동물 역시도 연속성의 세계 속에서 살아가기 때문이다.

외젠 장군은 침팬지를 통해 "신성에의 욕망을 이루려고 한 최초의 인간"이 된다. "최초의 인간"으로서 외젠 장군이 꿈 꾼 것은 "전쟁의 영원한 종식과 인류 평화"이다. 전쟁이야말로 모든 것이 적군과 아군으로 나뉘는 불연속성의 극단적 현장이라는 사실을 생각한다면, 외젠 장군이 침팬지를 통해 이루고자 하는 꿈이 '전쟁의 영원한 종식과 인류 평화'라는 점은 쉽게 수긍이 간다.

'침팬지 외젠'은 외젠 장군의 꿈을 이루기 위해 역사를 연구한 이들이 기록한 모든 책을 읽는다. 그리고는 이 세상의 모든 사건들을 낳은 궁극의 원인을 마침내 파악한다. 그것은 외젠 장군이 찾고자 한 "천국의 열쇠"이다. 그러나 그것은 또 다른 고통의 시작일 뿐이다. 외젠 장군의 꿈을 이룰 수 있는 방법을 찾기는 했지만, "그것은 인간의 언어로는 표현이 불가능한 형태"이기 때문이다. "침팬지의 눈"으로 볼 수는 있지만, "인간의 언어"로는 표현할 수 없는 것이 바로 외젠 장군의 꿈을 이룰 수 있는 궁극의 진리였던 것이다.

이러한 깨달음을 얻은 후에 '침팬지 외젠'은 음식을 끊는다. 그것보다 더욱 본질적인 사실은 '침팬지 외젠'이 말도 끊어 버린다는 사실이다. '침팬지 외젠'은 다시 침팬지로 돌아간 것이다. 이 상황에서 외젠 장군 역시 말을 잃어버린다. '침팬지 외젠'과 동일시되어 자신의 꿈을 이루려던 외젠 장군은 '침팬지 외젠' 혹은 '외젠 침팬지'의 모습으로는 자신의 꿈을 이룬다는 것이 불가능하다는 것을 깨달은 것이다. 이러한 상황에서 외젠 장군 역시 침팬지가 되기로 결심한 것으로 볼 수 있다.

그의 이러한 결단은 한때 '침팬지 외젠'이었던 침팬지의 죽은 시체를 남김없이 아흐레에 걸쳐 먹은 후 죽는 행위를 통해 완성된다.

이 작품의 서술자인 또 한 명의 말하는 침팬지는 스스로 '침팬지 외젠'이 되기를 꿈꾼다. 이 작품에서 인간들은 불연속성을 핵심적인 특징으로 삼는 존재들이다. 서술자 침팬지는 아프리카의 숲에서 잡혀와 인간들을 대할 때마다 자신도 모르게 "내가 누구지?"라는 강렬한 의문에 사로잡힌다. 이러한 의문은 아프리카의 숲에서는 한 번도 생기지 않았던 것이다. 인간을 통해 침팬지는 처음으로 '나'라는 고립된 의식을 갖게 된 것이다. 서술자인 침팬지 역시 인간의 언어를 습득함으로써 "인간으로 변신"한다. 서술자 침팬지는 "아프리카의 숲"에서 처음으로 신을 생각하지만, "신을 표현하는 언어들은 현기증이 날 정도로 많지만 정작 제가 그토록 궁금해 했던 신의 모습은 잘 보이지 않았습니다. 언어들이 신을 보여주는 척하면서 오히려 감추는 것이 아닌가, 하는 의구심"을 품는다. 이러한 서술자 침팬지의 고민은 '침팬지 외젠'이 이미 겪은 것이기도 하다.

이 상황에서 서술자 침팬지는 어떤 과정을 밟게 될까? 그것은 작품의 마지막에 다음과 같은 시적인 문장으로 형상화되어 있다.

> 저에 대해 제가 아는 유일한 사실은 침팬지의 시간과 인간의 시간 사이에서 가느다란 줄을 타고 위태롭게 왕복하는 존재라는 것입니다. 간혹 침팬지의 시간과 인간의 시간이 뒤섞일 때가 있습니다. 제가 영혼의 분열을 겪지 않는 유일한 시간이지요. 그림자가 분열되지 않는 그 놀라운 시간에 외젠이 나타납니다. 침팬지 외젠 말입니다. 그가 하는 이야기는 강물이 되어 제가 꾸는 꿈속으로 고요히 흘러 들어옵니다. 그런 저는 깨어 있으면서 꿈꾸는 자가 되어 강물에 누워 머나먼 하늘에서 어렴풋이 빛나는 별을 봅니다. 우리가 보았던 최초의 별을.

'침팬지 외젠'이 침팬지로 돌아가는 길을 택한 것과 달리 서술자 침팬지는 "침팬지의 시간과 인간의 시간 사이에서 가느다란 줄을 타고 위태롭게 왕복하는 존재"로 머물고자 한다. 그것은 '침팬지 외젠'의 고통스러운 상태로 영원히 남겠다는 다짐인 동시에 "깨어 있으면서 꿈꾸는 자"가 되겠다는 다짐이기도 하다. 그리고 '침팬지 외젠'의 상태야말로 정찬이 꿈꾸는 소설가의 모습이기도 할 것이다.

정리하자면, 카프카의 「학술원에 드리는 보고」에 등장한 원숭이(원작에서는 ape)는 원숭이의 상태에서 말을 배운 후 인간이 된다. '원숭이 → 인간'의 과정을 보이는 것이다. '침팬지 외젠'은 처음 침팬지였다가 말을 하는 '침팬지 외젠'이 되었다가 다시 침팬지가 된다. '침팬지 → 침팬지 외젠 → 침팬지'의 과정을 밟는다. 외젠 장군은 자신의 이름을 침팬지에게 부여하는 것에서 알 수 있듯이 자신을 '침팬지 외젠'과 동일시했다가, 나중에 침팬지의 몸을 먹는 행위를 통해 스스로가 침팬지가 된다. '외젠 → 외젠 침팬지 → 침팬지'의 과정을 밟는 것이다. 인간이 된 카프카의 원숭이는 끝내 동물로서만 가능한 신성의 경지를 체험하지 못하고 말 것이다. 이에 반해 침팬지가 되어 버린 '침팬지 외젠'과 외젠 장군은 끝내 자신들의 신성을 인간에게 전달하지 못하고 말 것이다.

이와 달리 서술자 침팬지는 마지막까지 '침팬지 인간' 혹은 '인간 침팬지'의 상태에 머물고자 한다. 침팬지가 되지 않고서는 신성에 이르는 길에 도달할 수가 없으며, 동시에 인간이 되지 않고서는 그것을 전달할 방법이 없다는 그 역설을 온몸으로 깨달은 결과이다. 이 서술자 침팬지는 그 역설이 가져다 줄 고통을 뻔히 알면서도 언제까지나 그 고통스런 지점에 머물고자 한다. 이 서술자 침팬지의 모습에서 우리는 정찬이 생각하는 이상적인 작가의 모습을 읽어낼 수도 있다. 말할 수 없는 그러나 말해야만 하는 그 처절한 작가의 숙명을.

# 2부

# 관계의 시학

# 세 가지 빛깔의 모성(母性)

### 이청준 · 이현수 · 박완서를 중심으로

## 1. 갯바위섬에 펄럭이는 모성(母性)의 신화

이청준의 「천 년의 돛배」(『현대문학』, 2006년 3월호), 이현수의 「추풍령」(『세계의 문학』, 2006년 봄호), 박완서의 「친절한 복희씨」(『창작과비평』, 2006년 봄호)는 모두 모성의 문제와 연관되어 있다. 주지하다시피 여성성의 하위범주라 할 수 있는 모성은 섹슈얼리티(sexuality)의 문제와 더불어 90년대 이후 한국문학의 소설이나 비평에 있어 핵심적인 개념이었으며, 여성을 둘러싼 이데올로기나 담론의 주요 논쟁점 가운데 하나였다. 이 글에서 다루려고 하는 세 작품은 각기 다른 서사적 특색을 바탕으로 해서 모성에 대한 다양한 해석과 입장들을 보여주고 있다.

이청준의 「천 년의 돛배」는 모성의 신화가 현재에도 면면히 이어지고 있음을 환상적인 방법을 통해 드러낸 작품이다. 바닷가 밭둑에서 어머니는 아들에게 바닷길 돛배 얘기를 해준다. 그것은 육지로 시집가서 끝끝내 만나지 못하고 죽은 가난한 모녀에 대한 이야기이다. 딸은 "새 며느리 노릇도 어렵고 뱃길도 너무 멀어" 섬에 두고 온 어머니를 찾아

오지 못하다가 결국 늦둥이로 아들을 하나 얻은 후 죽고 만다. 딸이 죽은 후 망자 생전에 늘 고향 섬 바다를 바라보며 한숨짓던 바닷가에 바윗돌로 된 큰 배 한 척이 떠오른다. 그 후 딸이 낳은 아이는 배를 저어 하나의 갯바위 섬에 불과한 돌배를 찾아가서는, 그 배가 어머니의 고향 섬으로 갈 수 있도록 자신이 저어간 나무배의 돛과 돛폭을 옮겨 세운다. 어머니에게서 돌배 얘기를 들은 아이는 건장한 젊은이가 되어서도 "이야기 속 옛 선대 어른의 청년 시절처럼 그 바다 뱃길의 돌배 이야기"를 누구보다 사실로 믿고 싶어 한다. 결국에는 직접 배를 저어 그 바위 섬까지 건너가는데, 거기에서 옛 모녀의 일을 잊지 못한 마을 사람들이 모녀를 위해 바위섬 곁 뱃길을 지나갈 때마다 새로 꽂아 꾸며준 "수많은 돛대와 색색의 돛폭들"을 바라보게 된다. 그 돌배는 지금도 여전히 딸의 혼령을 싣고 바다 건너 그리운 어머니에게로 먼 뱃길을 떠나는 것으로 소설은 끝난다.

이 작품에서 모녀가 보이는 생사를 초월한 사랑은 현대사회의 급속한 속도와 교환의 가치 속에서 갈가리 찢긴 우리의 영혼을 위로할 수 있는 영원한 안식처로서의 모성의 신화와 관련되어 있다. 딸의 행복을 위해 육지로 시집을 보내고는 딸이 보고 싶어 눈물짓는 어머니의 모습이나, 가족을 돌보느라 홀어머니를 보러 친정에 한번 가지 못하는 어머니의 모습은 우리의 가슴 속에 깊이 남겨져 있는 헌신적인 어머니의 모습에 해당한다. 그러한 모성은 그리운 고향이고, 잃어버린 과거로서, 삶의 온갖 고통을 감내한 자만이 닿을 수 있는 여성 성장의 최종적인 도착지로 인식되어 왔던 것이다.

이 작품은 어머니가 아이에게 말해주는 이야기 속의 환상적 시공간과 그러한 발화 행위가 이루어지는 아이의 현재 시공간으로 이루어져 있다. 그러나 아이의 현재 역시도 구체적인 현실의 시공간이라기보다는 환상적 시공간에 가깝다. 그 속에서 모녀가 보여주는 질긴 사랑에 대해서는 어떠한 논리적이거나 현실적인 탐구의 시선도 개입할 여지가 없다. 「천 년의 돛배」에서 모성은 조금의 의심이나 회의의 시선도 허용되지 않는 절대적이고 숭고한 대상인 것이다. 그리하여 이날까지도 바닷바람에 흔들리며 갯바위 섬을 돛배로 만들어 주는 "수많은 돛대와 색색의 돛폭들"은 계속해서 펄럭이고 있다.


## 2. 추풍령 감자탕의 비릿한 슬픔의 맛


　「추풍령」의 '나'는 모 경제지에 '맛집 탐방'이라는 칼럼을 쓰는 여성이다. '나'는 과부와 과부로 대를 이어온 권씨 집안의 여자 호주이다. 호주가 되는 게 죽기보다 싫은 일임에도, 집안의 여자 어른을 모두 젖히고 호주가 된 것은 권씨 성을 가졌다는 그녀의 원죄 때문이다. 그녀는 여자가 호주라는 것을 의아해할 사람들의 시선이 싫어서 취직을, 집안의 호적이 죽은 기록으로 남는 것을 받아들일 수 없어 결혼을 포기해야 했다. 그런 환경 속에 놓인 그녀에게 추풍령은 어머니의 신산한 삶을 나타내는 것이자, 삶의 많은 부분을 포기해야 했던 남성 중심 사회의 여자 호주로서 살아야 했던 자신의 한스러운 삶을 상징하는 것이다.

　일찍 과부가 된 그녀의 어머니는 "벌떡증이 생겼는지 그게 한 번 도지면 석 달이고 반년이고 친척집을 전전하며 유령처럼 떠"돈다. 경상남북도에 흩어져 사는 친척들의 집을 찾아가자면 어머니는 매번 추풍령 고개를 넘어야만 했기 때문에, '나'는 어머니를 '어머니'라 부르지 않고 '추풍령 어머니'라고 부른다. 그런 그녀의 어머니가 집에 올 때마다 무쇠 솥을 바깥에 내어 걸고 끓이는 것이 바로 감자탕이다. 어머니가 끓이던 추풍령 감자탕은 "욕망이나 욕정을 잠재우는 음식"이자 "상처를 치유하는 약"이다. 그녀는 추풍령을 애써 외면하려고 하는데, 그것은 그녀의 삶 자체를 차압해 버렸던 남성 중심 사회의 여자 호주로서 살아야 했던 한스러운 삶에 대한 회피이기도 하다.

'과부집의 여자 호주'라는 특수한 상황설정은 여자들로만 이루어진 권씨 집안의 비극이, 남성의 부재에서 비롯된 것으로 바라보게 할 수도 있다. 작가는 단순히 남성의 존재여부가 여성들이 겪는 비극의 원인만은 아니라는 것을 보여주기 위해 고등학교 시절의 유일한 친구 장혜련을 등장시킨다. 그녀의 아빠는 실질적인 가장의 역할을 하지 못해, 혜련의 어머니는 "머리 감을 시간이 없"을 정도로 힘겹게 살아간다. 혜련은 "남잔 있어도 불편한 존재야"라고 '나'를 향해 말한다. "나는 집안에 남자가 없어서 춥고, 혜련은 집안에 남자가 있어서 추웠"던 것이다. '나'가 겪었던 고통은 '남성의 부재'에서 비롯된 것이 아니라 '남성의 부재'이든 '남성의 현존'이든 남성이라는 기호를 중심으로 질서지어져 있는 사회에서 비롯되었던 것이다. 작품에 등장하는 순결과 청결을 병적으로 강요받던 여고생들의 모습이나 잘 때도 눈을 뜨고 자는 '나'의 어머니를 보며, 할머니가 겁간당할 염려가 없다며 좋아하는 모습 등은 남성중심 사회의 단면이다.

이 작품은 고등학교 시절 통학 기찻길에서 지나쳐야만 했던 추풍령을 "기를 쓰고 보지 않으려고 했"으며, "머리에 서리가 내리기 시작한 나이"가 되어서도 "추풍령이라면 가슴부터 덜컥 내려앉"으며 심란해 하던 그녀가, "이번 주 '맛집 탐방'을 추풍령 감자탕으로 결정"하는 것으로 끝난다. 어머니의 삶을 상징하는 '추풍령'을 외면했던 '나'가 결국에는 그것을 받아들이는 것으로 결론이 나는 것이다. 그렇다면 '나'는 '추풍령 어머니'와 권씨 집안 여자들을 "자신의 전 생애를 걸고 아득바득 살아 내"게 한 남성 중심 사회의 가치와 규범을 받아들이게 된 것일까? 그녀가 추풍령을 받아들인 것은, "단독 세대주이자 원룸의 주인인 내겐", 추풍령은 "사라진 지명이나 마찬가지"일 뿐이기 때문이다. 지난 시절 그녀들의 삶은 "수몰된 마을이나 바람에 날아간 헛간의 재처럼" 과거의 것이 되어 버린 것이다.

그렇다면, 현재 관점에서 권씨 집안 여자들의 삶에 대한 작가의 입장은 유보된 상태에 머문다고 볼 수 있다. 이러한 판단정지는 어머니의 삶을 '감자탕'이라는 음식에 비유한 것과 연장선상에 있는 것이다. 인생을 음식에 비유하는 것은 이 작품의 고유한 특징이며, 감자탕을 만드는 과정과 감자탕에 대한 생생한 묘사는 하나의 미학적 성취로까지 이어지고 있지만, 그것은 하나의 한계일 수도 있다. 감자탕의 그 "혀가 얼얼하도록 지독히 맵고 뜨거운데 먹고 나면 어쩐지 비릿한 슬픔이 느껴지는 뒷맛이 미끌한" 감자탕의 맛 즉, 논리적 판단을 초월한 미각이라는 감각 속에서 남성중심 사회에서 살아가는 어머니들의 삶의 지닌 의미에 대한 구체적인 탐구는 불가능하기 때문이다.


## 3. 생철갑과 함께 던져진 아편덩어리


「천 년의 돛배」와 「추풍령」이 각각 아들과 딸의 시선을 중심으로 모성의 문제를 바라보는 소설이었다면, 「친절한 복희씨」는 어머니 자신이 모성에 대하여 문제제기를 하는 소설이다. 주인공이자 화자인 '친절한 복희씨'는 자식들을 모두 길러내고 중풍이 걸린 남편과 함께 세를 놓아 살아가는 노년의 여성이다. 그녀의 삶은 밖에서 보이는 외면적 삶과 그녀 자신만 아는 내면의 삶으로 나뉘어져 있다. 외부에서 보여지는 그녀의 삶은 우리 사회에서 위대한 모성으로 칭송될 만한 요소를 두루 갖추고 있다. 시집 식구들에 의해 "벌레 한 마리도 못 죽이는 착한 여자"로 받아들여지는 그녀는 버스 차장이라는 목표를 가지고 단봇짐 하나를 싸가지고 도시로 나온다. 그리고는 방산시장의 잡화도매상에서 점원으로 일한 것을 시작으로 해서, 그 가게의 주인인 서른을 넘긴 띠동갑 홀아비와 결혼한다. 남편에게 딸려 있는 전처의 아들까지 포함한 오 남매를 대학에 보내고, 가난한 처가의 학비까지 보탠 그녀의 모습은 우리가 겪어온 근대화의 과정 속에서 위대한 모성으로 칭송되기에 모자람이 없다.

이 작품의 묘미는 '벌레 한 마리도 못 죽이는 착한 여자' 복희씨의 만만치 않은 내면이, '나'의 시점에서 비롯되는 철저한 심리묘사를 통해 스스로에 의해 부정되는 반전에 있다. 그녀가 "벌레 한 마리도 못 죽이는 착한 여자"가 된 것은 그녀의 계산된 행동에서 비롯된 것이었으며, "얼뜨게 구는 것" 역시 영악하게 잇속을 챙기는 시장 통에서 살아남기 위한 전술이었던 것이다. 남편을 위한 내조도 사실은 "그(남편)를 모질게 착취"하기 위한 방법에 불과하다. 손주가 남편의 귀에 대고 "할아버지 사랑해요"라고 말하는 것조차 견디지 못할 정도로 남편에게 애정을 느끼지 못하는 복희씨의 이면에는 자신마저 불안하게 할 정도의 남편을 향한 "잔인한 충동"이 감춰져 있다. 자식에 대한 태도에 있어서도 그녀는 냉정함을 잃지 않는다. 전처 자식과 자신이 낳은 자식을 차별하지 않으며 기른 이유도 "주위 사람들에게 그러하게 보이는 게 내 신상에 편하다는 걸 안 이상 전실 아이를 더 사랑하는 척이라도 못할 것 없었"기 때문이다. 둘째 며느리를 보며 "싸가지 없는 며늘년"이라 생각하지만 표 나지 않게 사랑의 저울질을 하며, "편애의 쾌감은 독하고 날카롭다"고 느낄 뿐이다.

계산과 증오로만 가득한 남편에 대한 감정의 저변에는 남편에게 당한 성폭력의 기억이 놓여 있다. 그녀는 성폭력으로 인해 임신과 결혼에 이르게 되고 '친절한 복희씨'로 새롭게 태어났던 것이다. 아니 태어나야만 했던 것이다. 성폭행의 순간에 그녀는 악을 쓰고 비명을 지르지만 집안사람 누구도 도와주러 오지 않는다. 이것은 가게 주인의 성폭행이 집안 구성원들(사회)의 암묵적인 동의하에 이루어진 것임을 증명하는 것이다. 이러한 남편과의 삶 속에서 분열되지 않은 이상적인 성격으로서의 모성이 존재한다는 것은 불가능하다. 그녀의 앞에는 이 사회가 강제한 이데올로기이자 담론으로서의 모성 즉, '친절한 복희씨'를 연기하는 삶의 방식만이 펼쳐져 있었던 것이다.

「친절한 복희씨」는 모성에 대한 우리 사회의 신화에 대한 통렬한 자기부정이다. 복희씨는 '잃어버린 총체성의 상징'이 아니라, 그 누구보다 냉철하게 자신의 삶을 경영해온 사람이다. 그녀가 남편과 자식들 사이에서 자신의 삶을 유지해나가는 방식은 비단 사업가의 냉엄한 경영의 방식에 모자라지 않는다. 이러한 모성의 신화에 대한 부정이 우리 문학사에서 낯선 현상은 아니다. 이미 1990년대 여성 작가들의 소설에서는 여성을 둘러싼 관념의 응결체라고 할 수 있는 모성에 얽힌 신화를 뒤엎는 작업을 활발하게 수행해 왔기 때문이다. 그런데 그러한 모성에 얽힌 신화를 부정하는 작업은 대개 딸의 시선이나 어머니를 둘러싼 제3자적 시각에서 이루어졌다. 그러나 박완서의 「친절한 복희씨」는 이제 노년에 접어든 '어머니' 자신에 의하여 그러한 신화의 가당찮음에 대하여 통렬한 부정을 행하고 있다는 점에서 그 새로움을 인정할 수 있다.

이 작품은 여약사로부터 점잖은 꾸짖음까지 듣게 된 복희씨가, 깊이 숨겨 두었던 아편덩어리가 담긴 생철갑을 가지고 나와 강물에 던져버리는 것으로 끝난다. 그 아편덩어리는 비상시의 구급약으로도 자살용으로도 혹은 살인용으로도 쓰일 수 있는 물건으로서, 작품 속에서 아편덩어리가 은장도에 비유되는 것에서 알 수 있듯이 복희씨가 자존을 지킬 수 있는 최후의 수단이었다. 성폭행을 당하고도 "고개를 빳빳이 들고 그 방을 물러날 수 있었던 것"도 바로 이 아편덩어리가 있었기 때문이다. 아편덩어리는 그녀의 자존을 지킬 수 있는 최소한의 조건이자 삶의 온갖 고통을 견뎌낼 수 있게 하는 하나의 "환상"이었던 것이다. 이 아편이 복희씨의 외할머니에서 어머니로, 다시 어머니에서 복희씨로 이어졌다는 것은, 이 땅의 여성들이 짊어져야만 했던 삶의 무게와 고통을 의미하는 것이 아닐 수 없다. 아편덩어리가 담긴 생철갑을 던지며 복희씨가 느끼는 "환희"는 다시는 아편덩어리라는 모성의 독을 간직하지 않을 것임을 선명하게 보여주는 행위가 아닐 수 없다. 우리 사회 모성의 변화과정에 관심이 있는 사람이라면, 아편덩어리가 든 생철갑을 던져 버린 이후의 복희씨가 보여줄 삶의 모습에 대하여 무척이나 궁금할 것이다.

# 스무 살의 윤리

김애란 · 박원 · 은희경을 중심으로

## 1. 누구에게나 추억은 있다

사람들을 무리지어 호칭하는 단어 중의 하나로 '세대'라는 것이 있다. 같은 시기에 살면서 공통의식을 가지는 비슷한 연령층의 사람들을 이르는 말일 텐데, 우리 사회나 문단에서도 적지 않게 쓰이는 단어이다. 4 · 19세대, 6 · 3세대, 5 · 18세대 등이 대표적이다. 여기서 의문 하나. 4 · 19야 갓 쓴 노인부터 이제 막 젖을 뗀 애기도 다 겪은 정치적 대격변인데, 우리가 '4 · 19세대'라 칭하는 일군의 무리는 왜 1960년에 스무 살 언저리였던 사람들만을 가리키는 것일까? 이러한 사정은 여타의 'XX세대'들에게도 모두 해당된다. 그것은 아마도 그 역사적 사건이 스무 살 무렵의 사람들에게 가장 큰 영향을 미쳤기 때문이라고 볼 수 있다.

또 하나 세대와 관련해 흥미로운 것은 한국에서 세대를 가르는 호칭에는 하나의 단절이 존재한다는 점이다. 그것은 90년대를 기점으로 나뉘는데, 그 이전에는 정치적인 대사건들이 세대를 가르는 핵심적인 호칭이었다면, 이후에는 서태지 세대나 X세대와 같이 문화적 아이콘이나 담론이 그 호칭의 기원이 된다는 점이다. 그것은 이제 한 인간의 정체성을 규정하는 핵심적인 요소가 정치적인 것으로부터 그 외의 다양한 분야로 중심을 옮겨갔다는 이야기도 될 수 있고, 우리 사회가 어느 정도 안정되어 한 인간을 지배할 결정적인 정치적 사건 등이 사라졌기 때문으로도 풀어볼 수 있다. 오늘날은 그러한 세대적 호칭 자체가 아예 사라지고 있다. 이것은 '집단의 한 일원으로서의 자신'보다는 '단독자로서의 자신'을 중요시하는 시대적 분위기를 반영하는 것이다. 이제 인간은 세대가 아닌 단지 '나'일 뿐인지도 모른다.

이 계절에는 말랑말랑한 진흙을 벗어나 가마 속에서 도기로 탄생하는 그 결정적인 순간을 다룬 즉, 스무 살 무렵의 삶을 대상으로 한 작품들이 여러 편 창작되었다. 김애란의 「너의 여름은 어떠니」(『문학동네』, 2009년 여름호), 박원의 「내가 사랑하는 모자」(『리토피아』, 2009년 여름호), 은희경의 「다른 모든 눈송이와 아주 비슷하게 생긴 단 하나의 눈송이」(『문학동네』, 2009년 여름호)가 그 작품들이다. 80년대생, 70년대생, 60년대생의 각기 다른 스무 살을 담고 있는 이들 작품은 모두 회고의 방식으로 서사가 짜여 있다. 이것은 "청년이란 사리나 이치가 아닌 동물적 감성으로 세계를 헤아리고, 온몸으로 자신의 행동을 설명하려고" 하며, "사리나 이치는 육체적 열광이 식어버린 후에 찾아오는 변명에 불과"[1]한 인생의 이치에서 비롯된 결과이다. 즉 스무 살 무렵의 삶은 이미 성인이 된 현재의 자기로부터 비춰질 수밖에 없는 것이다. 이들 세 작품은 사랑의 문제를 핵심으로 하고 있으며, 그것은 자연스럽게 관계와 윤리에 대한 사유로 우리를 이끈다.

---

1  후지와라 신야, 김욱 역, 『황천의 개』, 청어람미디어, 2009, 18쪽.

## 2. 너에게 질문하기 전에 생각해야 할 것

김애란의 「너의 여름은 어떠니」는 2000년대 문학의 한 상징이 된 작가의 특징과 역량이 응축되어 있는 작품이다. 이 소설의 묘미는 갓 대학생이 된 자가 한 이성을 가슴에 담게 되는 과정과 가슴에 담은 자를 다시 허공 중에 내려놓게 되는 과정을 실감 나게 그려내는 작가의 솜씨에 있다.

'나'는 대학 신입생 시절부터 한 선배를 좋아했다. 연모의 마음은 지금도 이어져서, "나는 지금껏 선배처럼 이상적인 남자를 본 적이 없"(278)다. '나'의 마음에 그 선배가 처음 들어온 계기는 모임에서 잠깐 빠져나왔을 때, 그 선배가 자신을 찾는 모습을 보면서이다. 이후 '나'는 누군가 내게 사랑이 무어냐고 물어왔을 때, "나의 부재를 알아주는 사람이라고 대답"(279)한다. 더욱 결정적인 것은 어느 무더운 여름밤 피서를 위해 에어컨이 있는 과방에 갔다가 선배를 만나게 된 일이다. 그곳에서 여러 사진들을 함께 보던 중, 둘은 '나'의 사진을 보게 된다. 이때 "황토색 인조가죽 가방"(285)이 촌스럽다고 싫어하는 '나'와는 달리 선배는 "여자의 '생활'이 보"(285)이는 바로 그 가방 때문에 그 사진이 좋다고 말한다. 이 일을 계기로 '나'는 선배를 진심으로 좋아하게 된다.

'나'와 '선배', 그리고 '황토색 인조가죽 가방'은 '김애란'과 '독자' 그리고 '김애란의 소설'로 그 층위를 옮겨볼 수 있다. 김애란 소설은 사실 요즘의 현란한 칙릿 소설에 비하여 어딘가 촌스럽고 구수한 정감을 지니고 있다. 그러나 바로 그 촌스럽고 구수한 정감 속에 지난 시절의 삶이 지닌 끈끈한 실감이 잘 묻어난다. 그것이 세대와 성별을 뛰어넘어 김애란의 소설이 사랑을 받을 수 있는 이유 중의 하나이다. 김애란 소설에는 감각만이 횡행하는 여타의 소설과는 구분되는 '생활'이 보이는 것이다.

혼자서만 선배를 좋아하던 '나'는 대학을 졸업하고 별다른 직장 없이 체중을 늘렸다 줄였다 하면서 지낸다. 이때 졸업 이후 2년 만에 케이블 방송의 AD로 있는 그 선배에게서 연락이 온다. 선배는 세계 핫도그 먹기 대회 일등 수상자이며 미모의 재미교포 여성인 수잔 리 옆에서, 뚱뚱한 '나'가 레슬링복을 입고 허겁지겁 핫도그 먹는 모습을 촬영하고자 했던 것이다. '나'는 "부모에게 상처를 주기 위해 일부러 자해를 하는 청소년"(292)처럼, 선배의 부탁을 그대로 받아준다.

집에 돌아온 '나'는 친구 장례식에 가려고 차려 입은 상복 차림 그대로 방에 눕는다. 방은 "습도 탓인지 깊은 물속에 들어와 있는 기분"(295)이다.[2] 일종의 가사상태에 빠진 그녀는 어린 시절에도 그런 기분을 느낀 적이 있었음을 기억한다. 익사당할 뻔했을 때, 그녀는 병만이의 팔뚝을 잡고 겨우 살아난 것이다. "아무도 내가 죽어가고 있다는 걸 모른다는 고립감"(296)에서 죽어가고 있을 때, 병만이의 팔뚝에 "멍"(296)을 남기고 살아난 것이다. 지금 선배로부터 쓰라린 일을 겪은 후에야, 그녀는 비로소 병만이의 아픔을 생각한다. 그것은 곧 "불현듯, 내가 살아 있어, 혹은 사는 동안, 어디선가 누군가 몹시 아팠을 거란 생각이 들었다. 나도 모르는 곳에서 나도 모르는 누군가 많이 아팠고, 또 견뎠을 거라고"(298)와 같은 커다란 깨달음으로 이어진다. 선배의 행동이 '나'에게 말할 수 없는 고통을 안겨준 것처럼, '나' 역시 산다는 것만으로 누군가에게 그만큼의 고통을 주고 있는 것인지 모른다는 깨달음을 얻게 된 것이다. 그렇다면 김애란은 이번 소설에서 매우 근본적이고 종교적인 시각에서 인간의 삶을 바라보았다고 볼 수 있다.

---

2  이와 같은 자궁으로서의 방은 「도도한 생활」과 같은 김애란의 이전 소설들에도 자주 출몰했다(이경재, 「갇힘의 사회학과 떠남의 존재로」(리뷰 좌담), 『문학동네』, 2007년 여름호, 526쪽). 이러한 방은 상처받은 영혼이 자신을 지켜내는 지상의 최저낙원으로서의 의미를 지닌다.

## 3. 이제는 모자를 벗을 시간

박원의 「내가 사랑하는 모자」에는 여러 개의 모자가 등장한다. 첫 번째가 아버지의 모자다. '나'는 늘 "다섯 누나들에게 당한 수모와 자존 감의 상처"(92)를 지니고 살아온 인물이다. '나'의 아버지는 이와 관련 해 더한 고통을 겪는다. 그는 "자기보다 십오 센티미터나 큰 어머니 앞에서 그리고 다섯 누나들 앞에서 늘 주눅이 들어 있"(95)었다. 결국 아버지는 어머니의 해법에 의해 "존재하되, 그 흔적은 집안 어느 구석에도 남아 있지 않아야 했"(95)다. 한 종교 방송국의 라디오 피디였던 아버지는 올곧은 선비형의 인물로서 회사를 살리겠다는 마음으로 자신의 집을 기부하고, 가난한 사람들을 위해 헌신하며 아들에게 "학자가 되라던"(104) 사람이다. 아버지의 모자는 "무조건 가족을 위해 지나치게 굽실거리거나 비굴하게만은 살지 않겠다는 아버지의 단호한 의지 같은 거"(95)다. 그러한 아버지를 보며 '나'는 "부자 아빠를 꿈꾼"(95)다. '나'는 모든 가족에게 무시당하는 아버지를 볼 때마다 "오로지 부자 아빠가 되는 것만이 남의 남성을 보장해 줄 유일한 구원의 메시지"(95)라고 생각한 것이다. 대학 4년간 "증권회사 입사 시험에만 몰두"(95)한 이유이기도 하다.

두 번째는 어린 시절 들은 이야기에 등장하는 모자이다. 다섯 살쯤 되는 소년이 아빠의 커다란 벙거지 모자를 쓰고, 나중에는 모자에 덧씌워져 질식하여 죽었다는 이야기이다. 소년의 모자는 머리에 쓰인 날부터 조금씩 자라고, 어느 순간부터는 "아이들보다 훨씬 빠르게 자라기 시작"(93)한다. 이때의 모자는 사회적인 존재로서 행세하기 위해 짊어져야 하는 의무나 체면 등을 의미한다.

세 번째는 '나'가 근무하는 증권회사의 방이 쓰고 다니는 모자이다.

그녀에게 모자는 "곤란한 상황에 처할 때마다 애교로 사용되는 무기"(91)이다. 그녀는 매사 제멋대로인데다 상관에게만 깍듯하다. 방의 모자는 어린 시절 소년을 짓누르던 누나들이 쓰던 모자와 같은 의미를 지니고 있다.

네 번째는 대학동창 소례가 쓰고 다니던 모자이다. '나'는 오랜만에 대학동창회에 나가게 되고, 그는 자신이 짝사랑했던 소례와의 일을 생각한다. "고액의 명품 만년필 같던"(97) 그녀는 "언제나 선망의 대상"(97)이었다. '나'는 컨닝 페이퍼를 만들어 주는 식으로 그녀에게 공을 들였는데, 입대를 앞둔 환송회에서까지 그녀는 "잘 다녀오라는 인사 외엔 아무 말도 건네지 않"(97)는다. "그녀가 나를, 나의 페이퍼를, 나의 존재를 무시해왔다는 사실"(98)을 깨달은 '나'는 "그녀의 부티 나는 빌로도 모자"(98)에 안주를 토해 버린다.

오랜 시간이 흘러 다시 만난 그녀 앞에서 '나'는 아무런 감흥을 느끼지 못한다. 그녀는 어느새 이혼녀가 되었고, 예전의 귀족적인 모습은 찾아볼 수 없다. 더욱 문제적인 것은 '나'가 "그녀와 인간적인, 너무나 인간적인 관계를 만들고 싶지 않"(100)아 한다는 점이다. "대학 때의 순정은 내겐 이미 지나가 버린 감정"이고, 회사에서 엮이게 되는 인간들과의 관계에만도 이미 충분히 피곤하다. 오직 "화폐로 유통할 수 있는 거래"(100)만이 '나'의 가슴을 뛰게 하는 것이다. '나'는 지금 애널리스트 홍과 협력하여 큰돈을 만지려고 한다. 이 일은 숟가락을 얹으려는 지점장의 협박에서 드러나듯이 합법과 범법의 경계에 놓여 있다. 그는 두 번 다시 그녀와 마주치지 않기를 바란다.

다섯 번째 모자는 '나'가 늘 꿈꿔오던 모자이다. 그것은 마술쇼에 나오는 것으로서, 무엇이든 감출 수도 있고, 무엇이든 나오게 할 수도 있는 만능 모자이다. 동시에 그것은 "나를 사라지게도 또 다른 나를 만들어내게도 할 수 있는 어떤 모자"(106)이다. 욕망의 대상으로서 결코 가질 수 없는 것이라는 점에서는 소례의 모자와 동일한 의미를 지닌다.

그러나 신입사원 수련회에서의 마술쇼가 실패했듯이, 그는 끝내 자신의 진실에서 도피하는데 실패하고 만다. 그리고 환송회에서 소례의 눈빛은 "작은 격려가 담긴"(106) 것이었음을 뒤늦게 깨닫는다. 이 소설은 "이제야 나는 그때의 이십대가 그립다. 비록 가난하고 서툴렀지만 그 시절의 소례를 다시 한 번쯤은 만나고 싶다. 나는 저장번호 05의 사진 파일을 천천히 불러온다"(106)로 끝난다. 이것은 소례와의 화해이자 과거와의 화해이고, 부자아빠가 되기 위해 외면해 온 본래적인 자아와의 화해라고 이름붙일 수 있다.

## 4. 다른 모든 연애담과 아주 비슷하게 생긴 단 하나의 연애담

「다른 모든 눈송이와 아주 비슷하게 생긴 단 하나의 눈송이」는 대학 입학을 앞둔 안나의 사랑 이야기를 은희경 특유의 감각적인 문체로 신선하게 다룬 작품이다. 이 작품은 선명한 이분법으로 이루어져 있다. 그것은 색채로 보았을 때는 흰색과 푸른색의 대비이고, 루시아와 준희의 대립이고, 크리스마스와 12월 25일의 대립이다. 일별하여 말하자면 이상과 현실의 대립이라 부를 수 있다.

안나는 눈이 내리지 않는 남쪽 바닷가에서 태어나 자란다. 이곳에 서울에서 나고 자란 루시아가 이사를 온다. 지역과 도시라는 공간적 위계는 둘 사이를 가르는 거대한 전선이다. 작품의 주요 서사는 안나와 루시아가 1976년 겨울, 서울의 유명 입시학원에서 총정리 수업을 받기 위해 상경하면서 이루어진다. 안나는 낡고 커다란 단층 양옥에서 하숙을 하고 루시아는 고모집에 머문다. "어린 시절을 서울에서 보냈고 방학 때마다 고모 집에 다녀갔던 루시아는 서울이 익숙했지만 안나는 아니었"(236)다. 학원 아이들과 쉽게 친해진 루시아와 달리, "남쪽 억양을 감출 수는 없었던 안나는 좀처럼 입을 열지 않"(237)는다. 안나는 "서울의 크기"(237)에 적응하지 못하는 것이다.

이런 상황에서 안나는 요한을 좋아하게 되는데, 그는 "어떤 남학생보다도, 서양나라에서 온 크리스마스카드 속의 양치기 소년과 모습이 가장 비슷"(239)하기 때문이다. 서울에서의 생활은 안나에게 자기만의 세계가 생기는 시간이기도 한데, "루시아에게 물을 수 없는 말이 자꾸 생겨나는 것"(240)이 그러한 변화의 증거이다. 요한에 대한 안나의 풋풋한 감정을 묘사하는 대목은 이 소설의 백미라고 할 수 있다. 두 페이지에 걸쳐(240~241) 안나가 요한에 대해 알고 있는 것과 알고 싶은 것을 열거하고 있는 대목이 특히 그렇다.

이 작품의 중심에는 크리스마스가 놓여 있다. 첫 번째 문장은 "열두 살, 크리스마스 정오 무렵에 안나는 루시아를 처음 만났다"(232)이다. 핵심적인 사건 역시 크리스마스에 이루어진다. 그 크리스마스는 "십대의 마지막 크리스마스였고, 스무 살부터는 그들에게도 다른 어른들처럼 바쁘고 따분한 삶이 기다리고 있을 것"(246)이기 때문이다.

'안나-요한-루시아'가 함께 만나기로 한 1976년 크리스마스 날, 루시아는 경찰인 고모부의 수갑에 장난삼아 손목을 집어넣었다가 풀지 못해 약속장소에 나타나지 못한다. 실제 연인은 요한과 루시아지만, 뜻밖의 사건으로 안나와 요한이 데이트를 하게 된 것이다. 이날은 화이트크리스마스여서 안나는 처음으로 눈을 보게 된다. "열아홉의 요안나는 요한과 함께 크리스마스이브의 눈 오는 거리를 걷고 있"(249)는 것이다. 그런데 그날 안나는 너무나 심각한 요의를 느껴 정신없이 도시의 밤길을 헤매기만 한다. 그는 그토록 사랑하던 요한을 내버려 두고 오줌 눌 곳만 찾아 헤맨 것인데, 화장실도 아닌 곳에서 요의를 해결한다. 그 때 "뜨거운 오줌이 찐득한 검은 액체처럼 천천히 발밑에 고이기 시작"(254)한다. 이 '찐득한 검은 액체' 역시 고향의 바다 빛이자 지영 언니의 그림 색에 이어지는 푸른색에 해당한다. 이 액체에 대해 안나는 "세실리아 언니가 몰래 낳아서 버리고 도망쳐버렸던 태아가 모습을 갖고 있다면 그런 모습일 것 같았다. 비밀과 더러움, 죄와 수치와 선택되지 못한 존재의 완결된 고독을 담고"(254) 생각한다.[3] 그것은 이 푸른색이 지닌 의미를 선명하게 보여준다.

이 작품에서 눈으로 대표되는 흰색이 꿈과 이상을 의미한다면, 푸른색은 현실과 인간으로서의 한계와 욕망 등을 의미한다. 그리고 흰색은 천상의 색으로서 상승지향의 상상력을, 푸른색은 지상의 색으로서 하강지향의 상상력을 드러낸다. 이혼녀로 힘든 세월을 견디던 지영 언니의 그림은 주로 '푸른색'이었다. 32년 뒤의 봄 안나는 유럽의 한 미술관에서 지영 언니의 카드에 있던 그림을 본다. 지영 언니가 프랑스로 보내려던 카드는 사실 전남편이 보낸 카드를 그대로 보낸 것이었다. 거기에는 "내 꿈은 당신의 칠십 세 생일에 축하편지를 보내는 것이다. 그리고 아내의 품에서 구십사 세에 죽고 싶다"(253)는 문구가 쓰여 있다. 지영은 그때 만약 코코슈카가 「바람의 신부」에 붙인 글귀, "이 지상에서 맺어질 수 없는 사랑이라면 비바람치는 밤하늘을 떠올리더라도 우리는 영원히 함께 있어야 한다"(253)는 글을 지영 언니의 전남편이 써보냈다면, 지영 언니는 카드를 돌려보내지 않았을 것이라고 생각한다. 이것은 서로를 향한 간절한 마음이 끝내 소통되지 않음을 의미한다.

---

3  세실리아 언니는 안나와 같은 성당에 다니며, 크리스마스 때마다 다른 도시에 가서 미사를 본다. 이유는 자신이 모르는 신부에게 가서 맘껏 고백성사를 하기 위해서다. 그녀는 유부남과 관계를 맺고, 아이를 지우고, 그 이후에도 계속해서 관계를 지속한다.

32년이 지난 지금 안나가 "고독한 사람에 대해서 사람들은 늘 오해한다. 그들은 강하지도 않고 메마르지도 않았으며 혼자 있기를 전혀 좋아하지 않는다. 그리고 혼자가 아니라 해도 사람은 늘 자기만의 고독을 갖고 있다"(253)며 '오해'에 대하여 생각하는 것도 마찬가지이다.

결국 이 작품에서 말하는 '다른 모든 눈송이와 아주 비슷하게 생긴 단 하나의 눈송이'란 개개 인간이 지닌 단단한 자아의 벽과 결코 도달할 수 없는 욕망에 대한 서글프지만 싱싱한 메타포라 할 수 있다.

# 관계의 시학

### 권여선 · 이호철 · 박금산을 중심으로

## 1. 관계를 먹고 사는 동물

인간은 관계 속에서 살아간다. 별이 혼자 빛날 수 없듯이, 누구도 홀로 오연할 수는 없다. 행여 홀로 빛나 보인다면, 그 오연함 뒤에는 다른 이의 피와 눈물이 숨겨져 있을 가능성이 높다. 따라서 문제는 언제나 관계의 형식 즉, 윤리의 문제로 이어질 수밖에 없다. 해답은 존재할 수 없기에 그 물음은 오늘도 계속 이어진다. 이 계절에는 권여선의 「웬 아이가 보았네」(『문학과사회』, 2009년 가을호), 이호철의 「오돌할멈 손자 오돌이」(『창작과비평』, 2009년 가을호), 박금산의 「우정을 과장할 때 떠오르는 치기를 무릅쓰고 정연에게 편지를 쓰다」(『리토피아』, 2009년 가을호)가 관계에 대한 질문을 집중적으로 제기하고 있다. 이들 작품에는 특수자와는 구분되는 단독자로서의 개인들이 등장하며, 각각의 작품들은 고유한 방식으로 독자들을 심문한다.

이 특수한 개인은 공동체의 입장에서 보면 일종의 타자라고 할 수 있다. 이때의 타자는 통약될 수 없는 차이로, 그 자체가 불안과 불쾌를 상처의 흔적처럼 공동체에 새겨놓는 존재이다. 그렇다고 해서 이러한 문제가 지니는 의미의 폭이 특수한 것으로 한정될 수는 없다. 고정된 관계가 존재할 수 없다면, 고정된 동일자와 타자 역시 설정할 수 없기 때문이다. 유동하는 관계 속에서 우리는 동일자와 타자의 역할을 번갈아 가며 맡을 수밖에 없는 숙명이다. 따라서 이들 단독자로서의 개인에 대한 탐구는 결국 인간 일반에 대한 탐구와 맞닿을 수밖에 없으며, 그 근원적인 지점에서 윤리에 대한 사유는 태어난다.

## 2. 왕따의 권능

권여선의 「웬 아이가 보았네」는 온갖 직종의 사람들이 모여 사는 예술인 마을이 배경이다. 이 무늬만 '예술인 마을'에 진짜 예술가가 들어온다. 여류시인이 그 주인공인데, 문제는 그녀가 범상치 않은 미모까지 소유하고 있다는 점이다. 그녀의 등장은 예술인 마을의 평형 상태를 깨뜨리고, 사건을 발생시킨다. 여류시인의 존재가 "예술인 마을의 비예술적 시민사회에 불러일으킨 반향은 실로 놀라웠"(111)으며, 사람들은 '나'의 어머니가 그렇듯이 그들 부부와 친해질 생각은 없지만, "그들 부부의 일거수일투족에 적지 않은 관심"(112)을 보인다.

이 작품의 서사는 결국 예술인 마을에 모여사는 '예술인도 아니고 잘나지도 못한 범부들'이 시인에다가 아름답기까지 한 이 여자를 어떻게 대하느냐로 모아진다. 그것은 말할 것도 없이 우리의 윤리를 시험한다. 범부들의 대응은 크게 두 가지 방향으로 나타나는데, 이유 없는 적대와 그만큼이나 이유 없는 환대가 그것이다.

이유 없는 적대는 주로 예술인 마을의 여자들이 보여주는 태도이다. 이러한 적대는 르네 지라르가 말한 모방적 욕망과도 맞닿아 있는데, 그것은 여류시인을 가장 미워하는 사람인 '나'의 어머니가 지닌 다음의 모습에서 확인할 수 있다.

> 내 어머니는 못생겼고 여류시인은 예뻤다. 그러나 극단적인 용모 차이에도 불구하고 그들은 하나의 특징을 공유하고 있었는데, 그것은 지나치게 자신의 외모를 의식하는 태도였다. (…중략…) 어머니를 점점 예쁘게 만들고 여류시인을 점점 추하게 만든다면, 딱 중간 지점에서 외모뿐만 아니라 성격까지도 쏙 빼닮은 쌍둥이 자매가 기적처럼 탄생할 법도 하였다.
> 따라서 등을 맞댄 샴쌍둥이처럼 다른 방향을 바라보도록 운명 지워진 두 여자는, 만나자마자 신비로운 육감으로 서로를 알아보았음에 틀림없다. (113)

어머니와 여류시인은 "외모를 의식하는 태도"를 똑같이 지니고 있다. 그들은 "샴쌍둥이"라는 적절한 비유처럼, 공통점과 차이점을 공유한다. 공통점에서 기인한 모방적 욕망은 차이점이라는 낙차를 통해 강한 에너지를 받게 된다. 다시 한 번 강조하건대, 어머니가 여류시인에게 민감한 이유는 어머니가 평소에도 "자신의 모든 불운을 철두철미 외모 탓으로 돌렸"(117)기 때문이다.

여류시인의 존재는 그동안 의식하지 못했던 공동체를 자각케 하는 동기가 된다. "뾰족집 부부가 이사 온 지 얼마 지나지 않아서"(114) '나'의 어머니는 그동안 이웃 여인들 중 젠체한다며 "가장 꺼려하던"(14) 이상건의 아내와도 부쩍 가까워진다. 그토록 가까워진 그들은 자신들의 적의를 정당화해줄 근거를 찾기 시작한다. 그것은 땅 짚고 헤엄치기보다도 쉬운 일로 실상 여류시인의 일거수일투족이 모두 해당된다. 그들은 결정적인 증거를 찾아내는데, 그것은 여류시인이 대화 중에 무심코 내

뱉은 "쇠뿔도 당기며 빼렸다"(114)는 말이다. 이 순간 '나'는 "나와 꼭 닮은 큰언니 같은 뾰족집 여류시인이 예술인 마을에서 그다지 오래 살지는 못하리라는 것을"(115) 분명히 깨닫는다.

맹목적인 적대를 드러내는 것이 여자들이라면, 남자들은 맹목적인 호의로 응답한다. 여류시인의 결정적 문제로 지적된 "쇠뿔도 당기며 빼렸다"는 말에 대해서 이상건은 "옳거니! 여보, 그런 게 바로 시라는 거요"(125)라는 상반된 평가를 내린다. 시간이 흐를수록 이상건 씨는 "뾰족집 여류시인이 젊은 나이나 어여쁜 생김새와 다르게 참으로 관대하고 어른스러운 성품을 지니고 있다는"(119) 식의 미덕을 온갖 사소한 것에서 발견한다. 나중에는 "저 귀엽고 예쁜 여류시인을 사로잡아 수중에 넣은 뾰족집 요리사에게 대관절 어떤 치명적인 매력이 있느냐"(121)는 것에까지 관심이 미친다. 이런 일들로 이상건은 "아주 큰 자유를 잃어가"(122)게 된다.

결국 '나'의 예상대로 뾰족집 여류시인은 어느 날 갑자기 사라진다. 여류시인이 사라지자 온갖 모함적인 소문과 낭만적인 소문이 동네를 떠돌아다닌다.

> 뾰족집 여류시인은 있을 때도 그랬지만, 사라진 뒤에도 마르지 않는 샘 같은 존재였다. 마르지 않는 샘은, 그 샘물을 달게 마시는 사람들 (이를테면 이상건 씨 같은 경우) 에게는 기적과 은혜의 대상이지만, 샘의 물을 다 퍼내고 그 바닥을 드러내라는 명령을 받은 사람들 (이를테면 내 어머니 같은 경우) 에게는 고역과 원망의 대상이었다. 뾰족집 여인을 대하는 마을 사람들의 태도도 그렇게 둘로 나뉘었다. (126)

이처럼 여류시인의 타자성은 그 존재가 사라진 뒤에도 없어지지 않는다. 공동체의 연대(?)는 이토록 질기고도 억센 것이다. 모두가 공동체의 폭력적 연대에 공모하는 것은 아니다. 애심이 엄마 같은 이가 작은 균열을 시도하는 것이다. 그녀는 "튀는 사람이 자기가 튀려고 해서 튀는 게 아니에요. 바탕이 튀게 하는 탓이 큰 거죠"(126)라는 말을 한다. 그러나 여류시인이 응징당한 것과 동일한 메커니즘에 의해, "뾰족집 여류시인에 대한 반감과 적의로 똘똘 뭉친 마을 여인들이 벌 떼처럼 들고 일어나 잉잉대고 공격"(126)하자, 결국 굴복하여 참회한다. 작가가 이러한 애심이 엄마에게 긍정적인 가치를 부여하고 있음은, 이 작품의 초점화자인 '나'에 의해 애심이 엄마가 "마을 여인들 중 누구보다 아름답고 숭고했다"(126~127)고 의미 부여되는 것에서 분명히 확인할 수 있다.

이 작품도 분명 타자와 윤리에 대하여 이야기하지만, 그 해결책은 '타자에 대한 환대' 따위의 상투화된 수사에 그치지 않는다. 마지막에 등장하는 "제가 결혼 전에 그 사람에게 한글을 가르쳤습니다"(130)라는 요리사의 말이 그것을 증명한다. 이 발언이 사실이라면 마을 여인들이 그녀의 결정적인 하자로 내세웠던 '쇠뿔도 당기며 빼랬다'가 단순한 실수나 시적인 표현이 아니라, 그야말로 여류시인의 근본적인 한계와 위선을 드러낸 징후일 수도 있기 때문이다. 그렇다면 타자를 향한 공동체의 폭력적 공모 역시 그렇게 어이없는 것만은 아니었을 가능성도 남게 된다.


## 3. 바보(?)의 힘


이호철의 「오돌할멈 손자 오돌이」는 타자가 가진 긍정적 권능과 의의를 한껏 드러내고 있는 작품이다. 이 작품의 오돌이는 그 무지와 엉뚱함으로 인해 타자성의 정도가 그 누구보다 심하다. 6·25 전쟁 중 치열

한 전투가 벌어지는 동부전선에 오돌이라는 고문관이 투입된다. 소대
장인 최소위에게 엉뚱한 질문을 던지는 것은 다반사이고, 심지어는 보
초를 서던 중에 잠자는 대대장을 깨워 담배를 빌리기도 한다.

오돌이의 가장 큰 특징은 공동체가 부과한 규범이나 도식에 얽매이지
않는다는 점이다. 대대장의 "어느 훈련교본에도 그런 것은 없었다"(210)
는 생각처럼, 오돌이는 어떠한 교본으로도 포착할 수 없는 고유한 개
성을 발휘한다. 그는 기본적으로 "낫 놓고 기역 자도 모르는 완전 문맹
자"(212)이다. "어찌보면 '고문관'이라는 뜻조차 전혀 모르는 것 같았지
만, 어떤 경우에는 그 뜻을 번연히 알면서도 그런 식으로 부러 능청을
떠는 것처럼도 보였다"(213)는 말에서 알 수 있듯이, 그는 타인의 시선
이나 제도적 질서 등에 전혀 개의치 않는다.

오돌이가 전선에 서게 된 이유에서 알 수 있듯이, 그는 사회적으로도
완전히 소외된 자이다. 정선의 "숯 굽는 화부 조수"(212) 노릇을 하던 오
돌이는 숯가마 주인 나리의 아들 대신 군대에 온 것이다. 그동안 오돌이
는 "제 나이가 몇 살인지 생일이 정확히 어느 달 어느 날인지조차"(213)
몰랐으며, 김가라는 성도 확실한 것은 아니었다. 오돌이는 생물학적으
로는 존재하되 상징적으로는 오돌이가 아닌 주인나리의 아들 박공규
인 것이다.

오돌이는 자신이 주인의 아들 대신 군대에 동원된 사실도 모른다.
오히려 "처음으로 넓디넓은 바깥세상 구경하는 재미"에 군대 생활을
"복불복"(214)으로 여길 뿐이다. 그러나 상징적으로 박공규가 되었던
오돌이는 특유의 무식과 뚝심으로 오돌이의 본래 모습을 회복한다. 그
의 기행들은 그가 상징적 틀을 뚫고 자신을 찾아가는 과정이라 볼 수
도 있다. 오돌이 스스로가 박공규라는 이름을 버리고, "부대생활 전 국
면에서 자연스럽게 본래의 오돌이로 행세"(215)한 것이다. 이것은 너무
나 자연스러워 부대 성원들도 그런 행태에 맞춰 준다. 오돌이는 스스

로 타자(추문)가 됨으로써, 자신을 타자(추문)로 만든 그 잘난 공동체를 심문하는 것이다. 월비산에 배치된 후의 허구한 날 벌어지는 일들은 오돌이에게 다음처럼 기이하게 여겨질 뿐이다.

> 같은 말을 쓰고, 같은 얼굴 생김새인 같은 나라에 산다는 사람들끼리 남과 북으로 갈려서 왜 이다지 죽기 아니면 살기로 피아간에 살육전을 벌여야 하는지, 도무지 알다가도 모를 일이었다. (215)

오돌이는 1952년 추석 전날 행방불명되어 전사자로 처리되었다가, 인민군 복장을 하고 백기를 흔들며 남으로 내려온다. 그는 북에 포로로 잡혀갔다가, 그쪽에서도 자기들 편으로 세뇌시켜 나름대로 활용하려고 애를 썼지만, 결국에는 아무 쓸모가 없다는 판단에 이르렀고, 죽이기에도 총알이 아까워 맞은편 국방군 측으로 돌려보내진 것이다.

그는 북에서도 끝내 성도, 나이도, 생일도 모르는 김오돌로 남은 것이다. 이 김오돌이 가지는 의미는 크다. 그것은 북쪽 부대장이 남쪽 부대장에게 보낸 "지금 남북을 통틀어 제정신 가진 제대로 생긴 조선사람은, 아마도 필경은 김오돌이라는 이 사람 하나뿐이 아닐는지요"(221)라는 말속에 잘 나타나 있다. 이호철은 오돌이라는 모든 질서와 체제로부터 벗어난 인물을 통해 발본적인 지점에서 한국전쟁이라는 전쟁 자체를 송두리째 들어서 패대기치고 있는 것이다.

마지막에 서술자는 자신의 맨얼굴을 내밀어 "남북이 분단된 후 남북간에 평화로운 모습으로 경계를 넘나든 그 첫사람이 바로 이 김오돌 하사가 아니었을까⋯⋯!!!"라고 말한다. 오돌이가 지닌 모자람의 강도는, 오돌이를 둘러싼 집단의 무지와 폭력이 지닌 강도에 정확히 비례한다. 오돌이의 무지와 엉뚱함은 집단의 무지와 폭력을 강렬하게 환기시키는 것이다. 그렇다면 김오돌은 모자란 성인(聖人)임에 분명하다.

## 4. 펭귄의 의미

박금산의 「우정을 과장할 때 떠오르는 치기를 무릅쓰고 정연에게 편지를 쓰다」는 서간체 소설이다. '나'는 어린 시절의 친구인 정연에게 편지를 쓰는데, 그 편지는 '나'와 정연, 그리고 형의 지난 삶으로 채워져 있다. 아버지의 심부름으로 술 사러 다니던 일, 친구 집에서 자며 여자 아이의 브라자 속으로 손을 밀어 넣었던 일, 신산했던 삶의 에피소드 등의 그 구체적인 서사의 육체이다.

이 작품의 중심에는 펭귄이 우뚝 서 있다. 그것은 세 가지 의미를 지니고 있다. 하나는 정연의 신체적 불구를 상징한다. 정연은 한 쪽 다리가 다른 다리보다 일점 오 센티미터 짧은 신체적 불구를 타고 났다. 이러한 장애로 인해 정연은 우수한 성적을 받았음에도 선원학교 신체검사에서 떨어져야 했다. 그 후 정연은 고등학교 시험도 안 보고 직업훈련원에 들어간다.

다음으로는 형에 대한 '나'의 미안한 마음을 상징한다. "사악한 펭귄들"은 "물속에 바다표범이 있는지 없는지를 확인할 방법이 없"(98)기 때문에 동료를 밀어뜨리는데, '나'는 가족을 위해 자신의 삶을 많은 부분 포기한 형을 보며, 자신이 "형을 바다에 밀어버린 것 같다"(98)고 느낀다. '나'의 형은 선원학교를 나와 배를 타다가 육지로 내려온다. 그러나 사업에 실패하고, 결국 아버지처럼 암에 걸린다. 형은 "학교엘 다니려 해도 돈이 들고, 병원에 가려 해도 돈이 드는, 이 땅에선 발붙이고 살 수 없는 고독한 개인"(85)인 것이다.

형이 배에서 내린 후 상경하여 "포클레인 조수, 선반 조수, 지하 봉재 공장에서 다림질 조수"(85)로 떠도는 동안, '나'는 대학을 다닌다. 그전부터 형은 가족을 위하여 "중학교 졸업하고 이강막 그물도 못 당길 나이에 오시케 어장을 보러 댕겼으니 얼마나 세상이 원망스러웠겠냐"(89)라는 말처럼, 많은 것을 포기해야 했던 삶을 살았다. "특허 있었던 형은 신용불량자라 은행에서 만 원도 못 빌렸는데 나는 대학원생 학생증 내밀고서 돈을 뭉텅이로 빌렸다"(101)는 말에서도 '나'의 형에 대한 부채의식은 발견된다.

그러나 이러한 부채감은 근원적인 지점을 향할 수밖에 없다. 동생이 형의 삶을 강제한 것일 수 없듯이, 우리가 존재한다는 것은 어찌보면 누군가를 바다에 떨어뜨림으로써만 존재할 수도 있는 것이기 때문이다. 이 작품을 지배하는 먹먹한 서글픔은 사회적 불평등이나 소외에서 비롯되는 것이 아니라, 존재의 근원적 존재 방식에서 발원하는 것이다. 그 서글픔은 삶의 본질적 국면으로서의 슬픔이고 체념이다. 몇 번 반복해서 등장하는 "살아가는 건 무슨 검사를 받아놓고 그 결과를 기다리는 그런 순간의 연속 아니냐?"(90), "정연아, 산다는 게 전부 이 모양으로 진단 결과를 기다리는 심정인 거냐?"(101)라는 말은 삶의 불가측성과 의존성을 암시한다. 어린 시절 가슴을 몰래 만지던 계집애의 후일담, "고등학교 졸업하고 그 애네 집들이에 갔었는데 가이가 애기를 낳아 키우고 있더라. 남편은 공단에 나가는 사람이라더라"(95)는 평범한 말에 묻어나는 서글픔도 인간의 비극적 본질에서 비롯되는 것이다.

펭귄의 세 번째 의미는 근원적으로 타자일 수밖에 없는 인간들이 나누는 따뜻한 공감과 우애의 몸짓을 상징한다. 그것은 '펭귄을 돌보는 펭귄'의 이미지를 통해 나타나고 있다. 앞에서도 말했듯이 펭귄은 첫 번째로 정연을 지시한다. 그런데 '나'는 "상상 속에서 넌(정연 — 인용자) 펭귄을 키우고 있는 청년"(101)이다. 이것은 형과의 관계에서는 "사악한 펭귄"(98)이었던 '나'가 바다로 밀려 떨어져야 했던 순간의 기억 때문이다. '나'는 어린 시절 아버지의 심부름으로 "어두운 길 더듬어 다니면서 외상술 받으러 다니던"(100) 아픈 기억이 있다. 그 시절 '나'는 이제 막 아내와 밤일을 치르려던 점방 아저씨의 문을 열고 들어가야 하는 식의 곤욕을 치렀던 것이다. 그 고통스런 긴 밤의 시간 정연은 술이 담긴 사이다 병을 담벼락 밑에 감춰둬서, 어린 '나'의 수치심을 다독거려 주었다.

박금산의 「우정을 과장할 때 떠오르는 치기를 무릅쓰고 정연에게 편지를 쓰다」에 등장하는 주요인물, 정연, '나'의 형, '나'는 뒤뚱거리며 빙판 위를 간신히 걸어가는 펭귄들이다. 나아가 우리 모두는 펭귄일 수밖에 없을 것이다. 이제 우리에게 남은 윤리는 어둔 밤 담벼락 밑에 술병을 숨겨둔 어린 정연이처럼, 펭귄인 서로를 보듬는 작은 우애의 행동이라는 것이 박금산의 편지가 우리에게 보내는 메시지이다.

# 인간은 노력하는 한 방황한다

### 현기영 · 한창훈 · 이상섭을 중심으로

## 1. 2000년대의 처음 10년

2000년대의 처음 10년이 지나가고 있다. 비평가나 문학사가들의 편의적인 분류일 수도 있겠지만, 한국 근대문학은 10년 단위로 뚜렷한 성격의 변화를 보여주었다. 그렇다면 편의적인 구분이 아니라, 실제로도 2000년대의 처음 10년은 1990년대와 구분되는 고유한 특징을 보였다고 말할 수 있을까? 다양한 답변이 준비되어 있을 것이다. 인접 매체와의 활발한 교섭과 융합이 있었고, 칙릿(chicklit)이나 팩션(faction)처럼 이전에 볼 수 없었던 하위 장르들이 탄생했고, 우주적 상상력과 같은 새로운 상상력의 약진이 있었으며, 백수와 같은 인물형이 소설의 핵심 인물유형으로 부상하기도 하였다.

2000년대 문학은 현실과의 대응이라는 측면에서도 여러 가지 변화된 모습을 보여주었다. 이러한 변화는 IMF 경제위기 이후 본격화 된 신자유주의의 광풍에서 비롯된 것이다. IMF 이후 한국은 가장 본질적인 차원에서 이전과는 다른 삶의 국면을 맞이했기 때문이다. 그 결과 의식적인 것은 아니더라도 현실주의적인 사유와 상상력이 문학의 갈피마다에 새겨지게 되었다. '개인'이나 '내면' 등이 키워드를 차지하던 1990년대 문학과는 달리 2000년대 문학에는 '윤리'나 '정치'와 같은 단어들로 갈무리되는 사유가 담론의 중심부로 육박해 들어온 것이다.

2009년 한 해 동안 발표된 작품들 중에서도 현기영의 『누란』(창비, 2009), 한창훈의 『나는 여기가 좋다』(문학동네, 2009), 이상섭의 『바닷가 그집에서, 이틀』(실천문학사, 2009)에 주목해 달라진 2000년대 문학의 특징을 살펴보고자 한다.

## 2. Living dead의 월드컵 참관기

현기영의 『누란』은 "리빙 데드, 산 듯 죽어 있는 자"(286)에 대한 이야기이다. 87년 6월 항쟁을 앞서 이끌었던 허무성은 남산에서 심한 고문을 당한 후, 자신을 고문한 김일강의 개로 다시 태어난다. 김일강의 "난 내가 만든 자를 결코 버리지 않을 것이다. 앞으로 너는 내가 될 것이다"(168)라는 말대로, 허무성은 김일강의 도움으로 일본 유학을 가고, 김일강의 사촌형이 이사장으로 있는 대학의 교수로 임용된다. 그 후에도 김일강은 국회의원이 되는 등 출세가도를 달린다.

허무성이 김일강의 '또 다른 나'가 되어 살아온 10여 년의 삶은 분열적인 것이다. 겉으로는 김일강이 깔아놓은 출세의 길을 충실히 걸어왔지만, 그의 내면은 김일강을 만나기 이전 불꽃같던 1980년대에 고정되어 있기 때문이다. 이처럼 분열된 삶은 허무성으로 하여금 "좌도 우도 아니고, 중도도 아니고, 그냥 좆돼버렸어요!"(175)라는 자학적인 말을 던지게 한다. "대학시절의 끝남과 동시에 끝난 거나 다름없는 나의 인생"(286)에서 벗어나 허무성이 온전한 주체로 태어나는 방법은 '김일강을 만나기 이전의 허무성'과 '김일강을 만난 이후의 허무성'이라는 두 가지 자아 중에서 하나를 포기하는 것이다. 결국 허무성은 작품의 15장부터 18장에 걸쳐 서술되는 김일강과의 긴 논쟁을 거친 후에, 김일강이 일관되게 주장하는 박정희 정신의 부활과 파시즘의 전면화를 거부한다. 허무성은 더 이상 "그자의 노예가 되기는 싫"(217)었던 것이다.

그러나 김일강과의 결별만으로 2000년대 현실을 허무성이 견뎌낼 수는 없다. 허무성에게 지금은 다음처럼 과거의 가치가 완전히 폐기되어 버린 시대이기 때문이다.

십 년 세월에 쏟아부었던 그 혼신의 정열은 다 무엇이란 말인가. 민중주의의 이름으로 주저없이 바쳐진 젊은 피와 지성, 담대한 용기, 뜨거운 동지애, 자기희생정신, 그 모든 것들이 신자유주의시장 속에 폐기처분되어버렸어. 아아, 아름다운 그 모든 것들이 더러운 시장에 맡겨져 폐기처분되어버렸단 말이야! 돈밖에 모르는 세상! 난 이제는 더 이상 민중도 시민도 믿지 않기로 했어. 용미야, 이제 난 이 군중을 믿지 않기로 했단다……. (281)

김일강과의 결별보다 더욱 중요한 것은 2000년대라는 시대 자체와의 결별이고, 더 이상 신뢰할 수 없는 군중과의 결별이다. 월드컵으로 광장에 모인 군중을 바라보는 태도에 있어 김일강과 허무성은 큰 차이점을 보인다. 김일강이 어떻게 해서든 "저 무대에다 죽은 독재자의 대형 초상화를 걸어놓을 꿈"(267)을 꾼다면, 1987년 6월을 살아가는 허무성에게 2002년의 군중은 가까이 할 수 없는 혐오의 대상이다. 월드컵의 열기 속에서 허무성은 "군중은 영혼이 없어. 생각이 없어"라고 한탄하며, "영혼이 없기 때문에 이 군중은 스스로는 아무것도 못해"(278)라고 열정적으로 말한다. 이러한 규정은 "구경꾼이 아니라 참여자"였으며, "자기 운명의 창조자"(278)였던 1987년 6월 광장을 메웠던 군중과의 대비를 통해서 가능하다.

시대와의 불화 속에서 허무성이 택한 결론은 "모든 관계를 칼같이 자르고 떠나버리는 것"(286)이다. 그것은 "시민권 포기. 서울을 버리는 것. 체제에서 벗어나는 것"(287)을 의미하며, 허무성은 구체적인 방법으로 노숙자가 된다. 최종적으로는 좀 더 완벽한 벗어남을 위해 조부모가 살았을 산속의 "작은 오막살이"(298)에 가서 살기로 결정한다.

허무성이 386이라는 상징을 팔아 성공한 정치인들이나 박정희의 부활을 열망하는 김일강에 대하여 보이는 태도는 상당 부분 타당하고 수긍할 수 있는 것들이다. 그러나 그가 지금 이 시대의 젊은이들을 바라보는 시각은 다분히 문제적이다. 7장과 8장은 교수인 허무성과 학생들의 문답으로만 이루어져 있는데, 이때 학생들은 사회에 대한 비판정신 없이 외국 것이나 모방하며 개인적인 이익만을 추구하는 교양 없는 젊은이들로 그려진다. 과연 이 시대 젊은이들의 삶과 고민이 그렇게 얄팍한 것인지 의문이다. 시나리오 형식의 차용도 386세대와 2000년대 젊은이들의 진지한 대화를 위한 것이라기보다는 허무성의 독백을 가리기 위한 수단처럼 보이기도 한다. 386의 막내인 허무성이 앓아온 "우울증의 원인"(291)이 전두환도 아닌 박정희라거나 2000년대의 대중문화를 상징하는 아이콘으로 서태지나 HOT가 등장하는 것도 조금은 어색하다.

이 작품에서 허무성이 긍정하는 2000년대 젊은이가 하나 있다. 그것은 그라피티 작업으로 자유와 반항 정신을 표현하는 학생 오용미이다. 그런데 이 작품에서 오용미는 허무성의 상상적 자아라고 할 정도로 별다른 체취가 느껴지지 않는다. 그녀는 1987년을 회상하는 허무성에게 "그때 얘기, 해주세요! 또 듣고 싶어요"(278)라고 말한다거나 "아 부럽

네요! 나도 그렇게 온몸이 부서지게 싸워봤으면!"(280)이라고 맞장구를 쳐주는 존재에 불과하다. 허무성이 오용미를 성추행했다는 무고에 걸리는데, 이때 오용미가 허무성에게 보낸 진술서는 "간절한 사랑의 마음을 담은 연서"(285)이다.

현기영은 6년여에 걸친 오랜 노력 끝에 지금의 현실에 대한 직정(直情)의 언어를 쏟아놓고 있다. 작품명인 '누란'은 월드컵 열기로 뒤덮인 이곳의 현실이 고비와 타클라마칸 두 사막 사이에 한때 크게 번창했다가 황사바람에 사라진 고대 왕국 누란(樓蘭)과 유사하다는 데서 비롯된 제목이다. 현기영의 『누란』은 현실과 대면하려는 정직하고 용감한 정신만이 창조해 낼 수 있는 창조적 성과임에 분명하다. 그러기에 그가 이번 작품을 통해 본 절망은 새로운 미래를 준비하는 투명한 절망이라 명명할 수 있다. "절망은 절망으로 끝나지 않을 것이다. 철저하게 절망하여 그 밑바닥에 닿으면 거기에서 새로운 정신, 새로운 자아가 탄생하고, 그때 우리는 바닥을 걷어차고 힘차게 수면 위로 떠오르게 될 것이다"(300)는 작가의 말처럼, 허무성이 도달한 그 허무의 끝에서 역사와 문학은 다시 시작될 것이다.

## 3. 오롯이 빛나는 쪽빛 바다

『누란』의 허무성은 결국 '허무의 단단한 성곽(虛無城)'에서 몸부림치다가 산 속의 작은 오막살이로 갈 것을 결심한다. 한창훈의 『나는 여기가 좋다』에 등장하는 한 남자는 산 속의 작은 오막살이가 아닌 바다 속의 작은 섬에서 세상의 일반적인 가치와 담을 쌓고 살아간다. 한창훈의 『나는 여기가 좋다』에 수록된 작품 중에서 「나는 여기가 좋다」, 「섬에서 자전거 타기」, 「아버지와 아들」에는 한때 선장이었다가 배를 팔아버린 남자가 주인공으로 등장한다. 이 남자는 자본이 지배하는 현실에 비해 나약한 인물로 보이지만, 실상은 자신이 추구하는 절대의 가치와 자신을 일치시켜 일로매진하는 의지적인 인물이다.

한창훈의 소설은 언제나 핍진한 현실의 구체로부터 출발한다. 표제작인 「나는 여기가 좋다」가 대표적이다. 말년으로 접어든 '나'는 20년을 넘게 산 아내로부터 결별의 통보를 받는다. 함께 섬을 떠나 육지로 가지 않으면, 자신만이라도 육지로 가겠다는 것이다. '나'는 빚을 내서 배를 사지만, 최근 몇 년간 어장이 죽어버려 선원들 인건비와 기름 값도 안 빠지는 상황에 봉착한다. "놀면 손해가, 움직이면 손해가 되었다가 가지고 있으면 있을수록 손해로 바뀌었"(12)던 것이다. 배를 팔지만, 그래도 잔금에 연체이자까지 갚으려면 배 한 척은 더 팔아야 하는 액수가 남아 있다.

이러한 상황은 "어장 안 돼 빚더미에 올라앉아도 좋다고, 이런 배 하나 못 부려보면 죽어서도 후회할 거라"(20)는 '나'의 말에서 알 수 있듯이, 본인도 예측했던 바이다. 그러나 '나'에게 바다에서 고기를 잡아 현실적인 이익을 내는 것은 안중에도 없는 일이다. 배가 완전히 남의 손에 넘어가기 전날 아내와 낚시를 하는 순간에도, '나'는 "이 맛에 어장을 해왔다"(19)며 즐거워한다.

이제 '나'는 이 섬에서 살아나갈 뾰족한 현실적 방도가 없다. 이제 '나'의 주위에 있던 것들은 "갑자기 모든 것이 약속이나 한 듯 떠나버린 것"(28)이다. '나'에게 바다란 "좋아서가 아니라 여기를 벗어나는 게 무섭고 싫은 것일 게다"(34)에서 알 수 있듯이, 선택의 문제가 아니라 생리의 문제이다. 그렇기에 바다의 의미는 오직 침묵 속에서만 발화될 수 있는 성질의 것이다. 아내의 "도대체 바다가 뭐요? 뭐냐고 당신한테"(30)라는 반복된 질문에, '나'는 침묵으로 답할 뿐이다. 바다와 뱃일이란 현실적인 타산이나 언어 따위로 갈무리하고 담아 두기에는 턱없이 숭고하고 아름다운 무엇인 상황에서, 무슨 수로 아내의 물음에 답할 수 있겠는가?

「아버지와 아들」은 「나는 여기가 좋다」의 '나'가 아들에게 못다 한 말에 대한 아들 쪽의 반응을 담은 소설이다. '나'의 바다와 배에 대한 집착은 내력이 깊다. 평생을 바다에서 보낸 아버지는 왼쪽 엄지발가락이 없다. 남태평양에서 다랑어를 잡을 때, 쥐가 갉아먹은 것이다. 그런 아버지의 유언은 "꼭 훌륭한 선장이 되어라"(22)였던 것이다. 아버지의 유언을 충실히 수행했으면서도, '나'는 자신의 삶을 아들에게도 권유할 엄두를 내지 못한다. 아내의 "아버님이 당신한테 했던 것처럼 영식이한테도 그렇게 말할라요?"(33)라는 말에, 말없이 고개를 저으며 "훌륭한 선장이 되거라. 그 말을 아들한테 할 생각은 물론 없다"(33)고 다짐할 뿐이다.

「아버지와 아들」에는 친아들인 영식이 대신 조카 용이와 매형이 '아들과 아버지'로 등장한다. 아버지와 아들의 작은 신경전으로 작품은 시작된다. 아버지는 새벽에 돔 낚으러 가자고 아들에게 일렀던 것인데, 아들은 만취가 되어 돌아와 늦잠을 잔다. 이로 인해 부자가 번갈아 가며 사발로 소주를 들이키는 해프닝을 벌이기도 하지만, 본질적인 갈등은 어떻게든 아들을 육지에 나가 살게 하고픈 아버지의 욕망과 육지를 버리고 와서는 바다에 정착하고자 하는 아들의 욕망 사이에서 일어난다. 아버지는 아들이 섬에서 사는 게 싫다. 어떻게든 육지로 다시 보내려는 마음에, 저 먼 항구에서 큰 수산물가공처리장과 사무실을 가지고 있는 신사장에게 온갖 정성을 기울인다. 그러나 용이는 "인연과 정 때문에 손해보는 이는 결코 사장이 못 된다는 것"(261)을 육지에서 이미 배워 알고 있다.

외삼촌에 대한 인식은 아버지와 아들이 서로 다르다. 아버지는 "미친 새끼가 겁도 없이 저렇게 큰 배"(247)를 샀다며, "늘그막에 마누라도 가버리고, 꼴좋다"(244)며 외삼촌을 비웃는다. 그러나 용이는 어렸을 때부터 외삼촌을 "진정한 바다의 사나이로 밑줄 그어놓고 좋아했던"(247) 것이다. 작품은 결국 아버지 역시 외삼촌과 다르지 않은 인물이었음이 밝혀지며, 부자가 사이좋게 뱃일을 하는 것으로 끝난다.

한창훈 소설의 주인공들은 바다라는 절대의 관념을 좇는 강한 존재성을 지닌 인물들이다. 그들에게 바다란 숭고하고 절대적인 것이어서, 세상을 지배하는 어떤 이념, 자본, 세력과도 맞설 수 있는 강력한 힘을 지니고 있다. 현실 저 너머에 빛나는 추상적 관념을 좇는 것과 외부에 쉽게 흔들리지 않는 강렬한 주체성을 낭만성의 핵심요소라고 한다면, 한창훈의 소설 역시 풍부한 생활의 실감을 고려하더라도 근본적으로는 낭만적이라고 말할 수 있을 것이다. 자신이 추구하는 가치에 대한 애정과 성실성만이 문제되는 절대 순수의 세계가 이 혼돈의 아마겟돈 위에 홀로 우뚝 솟아 있다.


## 4. (불)가능한 공동체의 (불)가능성


한창훈의 『나는 여기가 좋다』에는 얼핏 보기에 세상에 곧 무너질 만큼 약해 보이지만, 실제로는 절대적 의미를 지니는 신념으로 현실을 지배하는 힘에 맞서는 강력한 아버지들이 작품의 중심에 놓여 있었다. 이상섭의 『바닷가 그집에서, 이틀』에서는 아버지의 존재가 그야말로 희미한 실루엣 정도로 크게 약화되었다. 「아직 아직은」의 부모는 어린 시절 이혼했고, 함께 살던 아버지와 할머니도 죽고 없다. 「생각하니 점점」의 '나' 역시 엄마 없이 컸으며 아버지의 사랑을 받기에는 아버지의 직장이 멀리 있고, 그나마 할머니는 오로지 시장 통에서 노후를 보내는 중이다. 「바닷가 그집에서, 이틀」의 이상만과 혜주도 사별과 이혼으로 인해 편부 편모슬하에서 자란다. 「엄마가 수상해」의 아버지는 무능하고 의심이 많다. 「플라이 플라이」의 아버지도 장어 잡이 어선의 선장이었다가 지금은 아내가 운영하는 국수집 "주방 구석에 틀어박"(16)혀 지낼 뿐이다. 그나마 어머니는 짱짱한 생활력을 보여주는데, 그녀 역시 나중에는 자궁을 들어낸다.

이상섭 역시 한창훈처럼 바다를 배경으로 한 작품들을 창작해내는 이 시대의 몇 안 되는 작가였다. 이번 『바닷가 그집에서, 이틀』은 무게중심이 바다에서 육지로 수평 이동을 했고, 동시에 아버지 세대에서 자식 세대로 수직 이동을 했다. 그러나 바다이건 육지건, 아버지 세대이든, 자식 세대이든 이상섭의 산문정신이 투시해낸 삶의 곤궁은 변함이 없다. "한 번 비정규직은 영원한 비정규직"(14)인 세상 속에서 이들 젊은이들도 힘겹게 세상을 견뎌나갈 뿐이다. 엄마의 국수집에서 배달일을 하고, 희망 없는 교수지망생으로 살아가고, 구조조정으로 직장에서 쫓겨나고, 입대를 앞두고 퀵서비스 알바를 하고, 제대 이후 할 일 없이 새엄마의 뒷조사나 하는 것이 막막한 현실을 건너는 이들의 대응방식이다.

『바닷가 그 집에서, 이틀』이 새로운 것은 가족 드라마를 통한 새로운 윤리 혹은 새로운 공동체의 탄생을 보여준다는 점이다. 이번 작품집은 집요하다고 할 정도로 가족 관계를 중심으로 서사가 펼쳐지고 있다. 이상섭 소설의 주인공들에게 부모 세대는 따라야 할 대상은 물론이고, 부정의 준거조차 되지 않는다. 이러한 상황에서 자식들은 자신들만의 공간을 만들어나가는 것이다. 그것이 이번 작품집에서는 오누이 모티프로 반복해 나타나고 있다.

「아직 아직은」의 그녀는 몸이 마비되어 죽어가는 남동생과 단둘이 살아간다. 남동생 마야는 대소변도 못 가리고, 수시로 괴성을 질러댄다. 누나는 IMF로 은행에서 해고당했고, 사랑하던 사람은 떠나갔고, 전에 근무하던 봉제공장 사장에게 매춘 아닌 매춘을 하며 간신히 먹고 산다. 상황은 악화되기만 해서 관리비도 내지 못해 단전 단수가 예정되어 있다.

이 작품에서 동생과 누나의 관계를 오이디푸스 서사와 관련시키는 것은 위험하다. 물론 그렇게 볼 개연성은 충분하다. 부모가 이혼한 후 누나의 품에 파고들어 가슴을 만지기 시작하는 동생의 모습 등에서 오이디푸스 서사의 흔적을 발견할 수도 있다. 그러나 누나는 동생에게 있어 결코 소유할 수 없는 엄마의 대용물이 아니다. 동생은 어머니를 선택할 수 있는 상황에서도, "엄마한테 가면 누나랑 헤어져야 하잖아"(124)라며, 누나와의 이별을 거부했던 것이다. 동생에게는 그야말로 엄마와는 다른 수평적 관계로서의 '누나'가 절대적으로 필요했던 것이다. 이들의 관계는 '부-모-자'의 삼각관계가 만들어 내는 오이디푸스 드라마와는 무관하다.

이상섭의 작품에서는 남매가 의식적으로 자신들만의 새로운 공동체를 만들려고 몸부림친다. 이것은 그들을 빈곤과 타락으로 몰아넣은 기성 사회에 대한 복수이자, 새로운 윤리의 시작을 의미한다. 누나는 온몸이 마비되어 가는 마야와 마지막 섹스를 나눈다. 그것은 "어차피 죽을 거면 사랑은 한번 해보고 가야지"(126)라는 현실적인 이유가 담긴 행위이기도 하지만, 보다 본질적인 것은 동생의 마우스피스를 뽑아야 할 때가 "아직, 아직은 아니다"(126)라는 누나의 마지막 말에서 알 수 있듯이, 세상에 맞서는 새로운 공동체의 탄생을 알리는 일종의 의식이기도 하다. 시작의 절박함만큼이나 그것은 파격적이다.

"누나는"이라는 단어로 시작되는 「생각하니 점점」 역시 누나와 동생이 만들어나가는 우애의 공동체에 대한 이야기이다. 입대를 앞둔 '나'

는 퀵서비스 회사에서 아르바이트를 한다. '나'는 맞은편에서 파도 횟집을 운영하며 "택시비를 조금 아끼려 자신을 퀵서비스하는 여자"(221)인 준화 누나를 사랑한다. 그녀는 남편과 사별하고 두 아이를 돌보며 힘든 삶을 살아가고 있다. 이러한 상황에서 '나'는 누나를 조금씩 도와준다. '나'가 먹고 싶어 하는 무지개송어와 둘이 머문 무지개모텔은 그들의 관계가 도달하고자 하는 지향점의 비유적 표현이다.

이러한 우애의 공간이 동일성의 독단이나 폭력과 먼 거리에 있음을 보여주는 작품이 「바닷가 그집에서, 이틀」이다. 이 작품의 주인공 상만과 혜주는 동만에게 빌려준 돈을 받아내기 위해, 바닷가에 있는 동만의 집으로 찾아간다. 처음 그들은 "동만이를 못 만나도 상관없다. 어차피 녀석의 부모에게 받아내도 받아내고 말 테니까"(161)라는 비장한 각오로 나서지만, 이틀 동안 상만과 혜주는 주로 부모들로부터 비롯된 서로의 아픔을 공유하고, 나비로 표상되는 새로운 윤리적 지평을 열어나간다. 그들은 바닷가의 동만이 집에서 "뭔가 확 씻겨 내려가는 기분"(173)을 느끼는 것이다. 그들의 관계는 상만이의 "우린 통하는 게 많잖아"(173)라며, 그 근거로 제시하는 "우선 둘 다 부모 중 한 사람이 없다는 점이 그렇고, 이혼과 사별은 다르지. 둘 다 나이도 같고. 생일은 달라. 둘 다 사랑을 간절히 원한다는 점. 난 그렇지 않은데? 둘 다 꿈꾸는 중이고. 난 꿈도 꾸지 않는 애늙은이야. 엄마가 될 뻔도 했고. 그래도 다시 시작하고 싶다는 점은 같을걸?"(173)라는 말에 상징적으로 표현되어 있다.

결국 이상섭이 『바닷가 그집에서, 이틀』을 통해 보여주고자 한 이상적인 관계란 서로의 고유성은 인정하면서도 그 밑바탕에 놓인 보편성은 놓치지 않는 사유를 전제로 한다. 그러한 관계가 공동체의 맹목적 열정과 이익사회의 싸늘한 이기심을 넘어서서, 열정과 이성이 공존하며 그 위에 연대의 가능성까지 추구하는 새로운 공동체의 모습이라고 말한다면 지나친 과장일까? 그들은 부모 세대에 직접적으로 순종하거나 혹은 전도된 형태로 순종하는 낭만적 주체가 아니다. 부모들의 삶은 삶대로 바라보면서, 오누이로 표상되는 우애와 연대의 관계를 통해 작은 윤리적 지평을 만들어내고 있기 때문이다. 이 소박하지만 가능성으로 충만한 공동체 속에서 문학의 새로운 가능성은 다시 사유될 수 있을 것이다.

# 윤리를 시험하는 기억

### 최수철 · 백영옥 · 백가흠을 중심으로

## 1. 망각과 기억이라는 샴쌍둥이

최수철의 「망각의 대가들」(『문학과사회』, 2011년 봄호)은 기억과 망각의 미묘한 관계를 깊이 있게 탐구하고 있는 작품이다. '나'가 열 살일 때 어머니는 47세의 나이로 세상을 떠난다. 어머니는 마지막 순간 "걱정하지 마라, 너는 모든 걸 다 잘 잊으니까, 나도 곧 잊게 될 거야"(78)라는 수수께끼 같은 말을 남긴다. 이후 '나'의 삶은 이 말에 대한 탐구의 시간이라고 해도 과언이 아니다.

'나'는 어린 나이임에도 어머니의 유언을 계속 고민한 결과 "망각은 곧 망각 속으로 사라"(81)진다는 점에서, 결국 "망각이란 죽음과도 흡사하다"(81)고 생각한다. 죽음이 무엇인지 알게 되었을 때는 이미 살아있는 사람이 아닌 것처럼, 망각은 망각한 사실조차 잊게 만들기 때문이다. '나'는 어머니의 죽음보다 "내가 어머니를 잊게 되리라는 그 말마저 잊게 되리라는 것"(82)이 더욱 슬프다고 생각한다. '나'는 아무것도 잊지 않겠다는 다짐을 한다. 망각에 대한 거부와 기억에 대한 집착은 그렇게 시작되었다.

유호성 교수는 나와 반대로 '망각의 대가'이다. 유호성 교수는 모든 기억으로부터 벗어나려고 시도한다. 그는 고문실로 감옥으로 끌려 다닌 기억을 잊기 위해 "자발적으로 기억상실증에 빠지는"(90) 길을 선택한다. "무엇보다도 아무것도 기억할 필요도 없고 망각할 이유도 없는 삶을 사는 게 중요"(91)하다고 말한다. 이를 위해 그는 자기만의 달력을 갖고, 사물에 자기 마음대로 이름 붙이기를 시도한다. 이를 통해 "새 아담"(91)이 되어 과거의 모든 것들로부터 자유로워질 수 있다고 생각한 것이다. 유교수는 나중 한나절 밖에 기억하지 못하는 희귀한 증상을 겪게 된다. 이것은 모든 것을 기억하지 않으려는 시도의 귀결이라 할 수 있다. 유호성 교수의 망각술은 '나'의 기억술과 완전히 충돌하고 있는 것이다.

'나'는 어느 순간부터 과거를 모두 기억하는 삶이 눈꺼풀이 모두 잘려나간 상태와 비슷하다는 것을 깨닫는다. 모든 것을 보기 위해 항상 눈을 뜨고 있으면 결국 아무것도 보지 못하게 되는 것처럼, 모든 것을 기억하려는 시도는 결국 아무것도 기억하지 못하게 되는 결과로 끝나는 것이다. 그러고 보면 '망각의 대가'에는 유호성 교수와 한두조뿐만 아니라 '나' 역시 포함된다. '나'는 모든 것을 기억함으로써 어떤 것도 기억하지 않는 사람이었기 때문이다. 이러한 깨달음 이후 '나'는 이전에 기억에 집착하던 강도로 망각에 집착한다. "망각의 힘으로 기억이 지워지고 나면 그 자리에 새로운 것이 들어차게 될"(99) 것을 기대한 것이다.

이 작품에서 기억과 망각의 아포리아를 압축해서 드러내는 사람은 '나'의 친구인 한두조이다. 그는 처음 유호성과 마찬가지로 망각의 대가 행세를 한다. 한두조는 독재정권의 무도함이 최고조에 이르렀던 시기 술김에 군부에 의한 양민학살을 화제에 올렸고, 이후 모처로 연행되었다가 닷새 만에 풀려난다. 그는 이후 침묵으로 일관했던 것이다. "지금도 고통받고 있는 게 사실인데, 그런데도 기억나지 않는다는 것"(88)이 한두조의 대답이다. 그는 어떤 종류의 메모도 하려 하지 않는다. "무심코 쓰는 일상적인 글귀 한 줄이 그에게 과거의 일에 대한 고통스러운 각혈을 일으킬지도 모른다고 여기고 있는"(89) 것이다. 그러나 이후 한두조는 그 닷새 동안의 일을 결코 잊은 바 없다고 고백한다.

> 나는 고통스러운 기억을 말이나 글로 쓸 것인지, 아니면 다 잊어버리고 거리낄 게 없이 살아가기 위해 망각을 선택할 것인지 오래 망설였던 거야. 글이나 말이 과거의 고통을 사라지게 할 수는 없기 때문이었지. 그 반대로 그 고통을 생생하게 되살려서 그 상태로 고착시켜 놓는다고 하는 게 더 맞을지도 몰라. 하지만 언제부턴가 기억에 기대를 걸어야 하는지 망각에 기대를 걸어야 하는지조차 알 수 없게 되었어. 기억과 망각 사이에서 아슬아슬하게 균형을 잡으며 줄을 타고 있었는데, 그 줄이 끊어진 거야. (102)

고문이라는 고통스러운 과거의 사건 앞에서, 한두조는 말이나 글로 남기는 기억의 방식과 망각의 방식 사이에서 아슬아슬한 줄타기를 했다. 이것은 기억과 망각이 본질적으로 맞닿아 있기 때문에 비롯되는 현상이다. 우리가 망각하기 위해서는 말이나 글을 통한 기억이 반드시 필요하다. 일정한 상징화를 통해 과거 사건을 정리하지 않고서는 그것은 결코 망각되지 않기 때문이다. "다 잊어버리고 거리낄 게 없이 살아가"는 것은, 한두조의 고통스러운 삶이 증명하듯이 불가능한 시도일 뿐이다. 이를 깨달은 한두조는 망각을 위해 과거(여기에는 한두조가 고문을 당해 스승인 유호성 교수에 대한 허위사실을 말한 것도 포함된다)에 대한 고백을 시도한다. 그러나 유호성에게 고백을 결심했을 때, 유호성은 한나절 밖에 기억하지 못하는 사람이 되어 있다. 이것은 한두조가 발견한 기억의 방법이 지닌 커다란 구멍을 암시하는 것은 아닐까?

정리하자면 이렇다. 과거를 망각한 채 살아간다고 생각한 한두조는 어떠한 상징화도 거부한 채, '과거를 생생하게 되살려서 그 상태로 고착시켜놓는 것'은 아니었을까? 한두조는 과거를 기억한 것이 아니라 과거를 살아냈다고 말할 수도 있을 것이다. 그러나 자아 내부에 과거의 기억이 그 자체로서 충실하게 보존되면 될수록 그 기억은 자아로부터 분리된 채 자아와 아무런 연관성 없이 존재하게 되며, 따라서 더욱 폭력적으로 과거의 기억은 자아로부터 배제된다고 말할 수도 있다. 그리하여 한두조는 과거를 고백하기로 결정한 것이었음에 분명하다. 그러나 글이나 말로 과거의 고통을 기록하는 것은, 상징적으로 과거를 내면화하는 것에 다름 아니다. 이것은 곧 과거의 기억을 상징적 구조로 동일화하는 것을 의미한다. 이것은 기억의 타자성을 부정한다는 점에서 하나의 폭력이 될 수 있다. 요컨대 과거에 대한 기억은 불가피하지만 불가능하다.

한두조가 망각하기 위해서는 기억해야 함을 깨달았다면, '나'는 기억하기 위해서는 망각해야 함을 깨달았다고 볼 수 있다. 나는 "망각은 잘 기억하기 위한 수단이었다. 망각의 품안에서 잊혀야 할 것들은 잊히고, 내가 가장 나다운 존재가 되게 해줄 것들, 내가 원하는 그런 존재가 되게 해줄 것들은 살아남아, 내게 불멸의 추억을 선사하는 것"(105)이라는 깨달음을 얻는다. 나중 '나'는 유희의 얼굴과 어머니의 젊을 때 얼굴이 겹쳐진 것인지도 모른다는 생각을 한다. 그리고는 이렇게 어머니를 잊지 않겠다는 약속도 지킨 것이라고 여긴다. 어머니를 망각하고 유희를 기억함으로써, 그는 결국 어머니를 기억하게 된 것이다. 그렇다면 망각은 기억을 위한 전제이자 조건이었던 것이다. 그 순간 어머니의 장례식에 놓였던 국화꽃이 "어머니를 추모하고 기억하려는 게 아니라 어머니라는 존재를 잊어버리고 지워버리기 위한 것"(77)이라고 생각했던 열 살 소년은, "꽃향기는 고인의 향기이자, 고인의 삶이 남긴 강렬한 흔적 그 자체"(106)임을 깨닫는 어른이 된다.

## 2. 사이에 존재하는 기억

백영옥의 「난 정말 몰랐었네」(『문예중앙』, 2011년 봄호)는 스마트폰이 일상화된 정보화 사회에서 기억이라는 문제를 작가 특유의 발랄하고 감각적인 상상력과 문체로 다룬 작품이다. 그러나 그 주제는 매우 고전적이고 묵직하다. 인간 삶의 본질이란 그렇게 쉽게 변하는 것은 아닐 것이다. 다만 소설이 할 수 있는 일이란 그것을 새롭게 보여주고 이야기하는 것이 아닐까? 소설의 이와 같은 본질적 측면은 「난 정말 몰랐었네」에서 잘 증명되고 있다.

경수는 아내 수경의 가방에서 콘돔을 발견하고, 이메일을 통해 그녀의 밀회 사실을 확인한다. 경수는 지금 대학교 때의 친구인 소정을 칠 년 만에 만나, 아내가 바람피우는 사실을 고백하고 있다. 이 작품에서 소정은 경수를 한때지만 무척 사랑했다. 그녀가 지금 소설가가 된 이유도 수경, 경수, 자신의 관계 속에서 "무의미한 쉼표나 물음표로 추락하지 않으려는 발버둥"(297) 때문이었다. 소정은 복학과 휴학을 거듭하던 어느 해, 비로소 그들의 삶에서 완벽히 사라지고 만다. 소정의 첫 번째 소설의 여자 주인공 이름이 "겨우"(300)인 것처럼, 그녀는 경수와의 사랑으로부터 힘들게 벗어난 것이다.

"사실 모든 건 '스마트폰' 때문에 생긴 일이었다"(306)라는 문장처럼, 모든 일은 스마트폰과 함께 시작된다. 회사는 수경에게 업무효율성을 위해 스마트폰을 일괄지급하고 적극적으로 사용할 것을 권장한다. 수경은 여러 시행착오를 거친 끝에 작은 기계에 자신을 맞추어나가기 시작한다. 경수는 수경으로부터 생일선물로 아이폰을 선물 받는다. 아내 수경의 외도도 스마트폰 속에 탑재된 기능들, 예를 들면 문자메시지, 블로그, 페이스북, 트위터, 카카오톡 같은 것들 때문에 생긴 해프닝이었다. 이미 지워버린 전화번호가 자신의 핸드폰에 친구를 추천한다는 이름으로 버젓이 떠 있는 카카오톡의 친구추천 기능 때문에, 옛사랑 K와 마주치고, 그와 다시 사랑에 빠진 것이다. "미끄러지듯 자신의 손가락이 엉뚱한 사람의 이름을 누르고, 그것 때문에 그 사람에게서 문자가 오고, 미안하다는 말이, 한번 볼까란 속삭임이, 얼마나 오랫동안 서로를 보지 못했는지에 대한 회한이, 오고 갔을 것"(306)임을 예측할 수 있다.

이 작품은 기억의 타자의존성에 대하여 말하고 있다. 기억이란 나의 뜻만으로 존재하는 것이 아니라 타인과의 관계 속에서 드러난다. 과거의 기억들이 스마트폰이라는 첨단의 기술을 이용해서 내 앞에 불현듯 나타난 것처럼 말이다. 이 작품의 핵심은 "아무리 헤어진 애인의 전화번호를 지운다고 해도, 상대편이 자신의 번호를 지우지 않았다면 그 번호는 지워지지 않는 것"(306)이라는 사실이다. 스마트폰이란 "망각을 모르는 세계"(307)로서, "저 멀리 내 번호를 지우지 않고 기억하고 있는 사람이 있다는 자각"(307)을 늘 일깨워준다. 그러나 꼭 스마트폰이라는 첨단의 기술만이 과거의 기억을 불러내는 것은 아니다. 그것은 아내의 불륜 때문에 괴로워하던 경수가 7년 동안 냉동 칸의 야채처럼 핸드폰에 저장만 되어 있던 소정의 번호를 다시 누른 것으로 인연이 시작된 것에서도 알 수 있다. 기억이란 본질적으로 나의 것도, 너의 것도 아닐지 모른다. 그것은 '나와 너의 관계' 속에서만 존재한다고 말할 수 있다.

그렇다면 우리가 이제는 깨끗하게 마름질하여 관리할 수 있다고 생각하는 기억이란 타자를 배제한 동일시의 폭력을 통해 가능한 것이라고 볼 수도 있다. 그것은 마치 세트 설치 전문가인 경수가 "앞에서 보는 세계와 뒤에서 보는 세계가 전혀 달라. 앞은 깨끗이 페인트칠 되어 잇지만 뒤는 페인팅도 되어 있지 않고 휘어지고 튀어나온 못투성이니까. 앞이라고 해도 클로즈업 되는 곳과 클로즈업 되지 않는 쪽도 전혀 달라"(309)라고 말한 것과 유사한 현상인지도 모른다. '나'는 A라고 생각하는 기억이 너에게는 B일 수도 있는 것이며, B로 정리된 기억은 언제든지 '나'에게 도래할 수도 있는 것이다. 수경에게 옛사랑이 찾아온 것처럼.

## 3. 반점과 진물로 흐르는 기억

백가흠의 「통(痛)」(『창작과비평』, 2011년 봄호)은 제목처럼 강렬한 고통의 감각으로, 기억이 때로는 인간의 육체 속에서 얼마나 끈덕지게 살아남는지를 보여주는 작품이다. 원덕씨는 베트남전 참전의 기억 속에 갇힌 수인이다. 원덕씨는 두 가지 고통을 통하여 베트남전을 온몸으로 기억해내고 있다. 그의 몸을 가득 채운 고엽제의 후유증과 전선에서의 상관이었던 김중사와의 관계가 그것이다.

베트남전의 기억은, 고엽제의 결과로 원덕씨의 온몸을 가득 채운 붉은 반점, 돌기, 수포 그리고 억제할 수 없는 가려움증으로 도래한다. 그는 적정량의 진통제로는 감당할 수 없는 괴로움을 겪고 있다. 가려움증은 "칼을 들고 내 살거죽을 모두 벗겨내려"(312)는 생각이 들 정도로 강력하다. 그는 반평생 가려움 때문에 노동을 하지도 못했고, 햇볕을 쬐지도 못했다. 대신 온종일 파리채로 자신의 알몸을 때리기만 했던 것이다. 그가 서른다섯에 장가를 가서 낳은 아이들은 모두 선천적인 기형을 안고 태어나 곧 죽었다. 원덕씨는 상상 이상의 양을 복용해야만 가려움의 고통에서 벗어날 수 있고, 그 약은 그에게 환각과 죽음을 가져다준다. 작품에서 반복해 등장하는 환영 속의 "노랑 꽃잎과 잿빛 눈"(310)은 원덕씨가 정체도 모르고 온몸에 맞았던 고엽제를 상징한다. 이 환영 속에서 원덕씨가 느끼는 황홀함은 실제 고엽제의 처참함과 대비되어 원덕씨가 처한 현실의 처참함을 더욱 부각시키는 작용을 한다.

다음으로 베트남전의 기억은 군대 시절 상관이었던 김중사와의 관계를 통해 지속된다. 졸병들은 전쟁터에서 살아남는 것보다 그의 괴롭힘을 견디는 것이 힘들 정도로, 김중사는 성질이 포악하고 사람 됨됨이가 저질이었다. 원덕씨는 전쟁터에서 동향이자 동갑내기라는 이유로 김중사가 모의한 위악질에 끌려 다니고는 했다. 그는 김중사를 싫어했지만 거부할 수 없었다는 점에서, "피해자이면서 가해자"(318)였다. 그런 김중사가 찾아오자 "순식간에 이십 년 전 몸서리쳐지는 한때로 돌아간"(318) 듯한 기분을 느낀다. 동시에 그는 제대한 지 이십 년이나 흘렀지만 "천연덕스럽게 다시 선임의 자리로 들어오는 김중사를 밀어낼 수 없는 자신이 잘 이해되지 않"(318)는다. 고엽제의 기억이 그의 육신을 통해 지속되는 것처럼, 김중사와 심상병이라는 비틀려진 권력관계 역시 이성과는 무관한 근원적인 곳에 자리 잡고 있는 것이다. 김중사는 원덕씨를 이용하고 파괴한다. 아내가 집을 나간 후 돌아오지 않는 이유 역시 김중사와 무관하지 않다는 것을 짐작하면서도, 원덕씨는 김중사에게 물어보지도 못한다.

몇 년 후 다시 돌아온 김중사는 단체 결성에 열정을 기울이고, 후유의증을 앓는 참전 군인에게 나오는 지원금을 좋은 일에 쓰겠다며 가져간다. 그는 전우와 우리의 미래를 위해 쓰일 것이라는 김중사의 말이 꼭 필요한 일이라고 여기며, 생활비를 빼앗기고도 아무 말도 하지 못한다. 어느 날 심상병 원덕씨에게 임무가 주어진다. 그가 '필승'이라는 구호에 맞춰 경례까지 하고 "출정"(322)한 곳은 빨갱이 신문사를 때려 부수기 위해 모인 시위현장이다. 그곳에서 원덕씨는 연단 위에서 옷을 벗어 반점과 돌기와 수포로 가득한 육신을 보여줄 것을 강요당한다. 시위현장의 아수라장 속에서 그는 벌거숭이가 되는데, 이 모습은 '벌거벗은 인간(Homo Sacer)'으로서의 원덕씨가 지닌 사회적 정체성을 실연한 것이다. 그 후로 김중사는 알몸이 필요할 때만 간혹 원덕씨를 찾아왔고, 그때마다 그는 발가벗겨진다. 원덕씨 육체의 주인은 원덕씨가 아닌 김중사와 그가 관여하는 단체이다. 이것은 베트남전의 기억 역시 사회적 단체에 의해 전유되고 있음을 보여주는 것이다.

그런데 이 작품에서는 이러한 베트남전의 기억이 더욱 심층적인 기억과 맞닿아 있다는 사실이 드러나고 있다. 그것은 아버지로 표상되는 이데올로기의 상처이다. 전쟁이 나기 한 해 전에 사라졌다가 전쟁이 나자 돌아왔고, 다시 사라진 아버지는 발화될 수도 없는 존재이다. 아버지의 전력은 언제나 그와 여동생은 물론이고 사촌 동생의 앞길까지 가로막고 있으며, 그러하기에 아버지는 "여전히 현재인 이야기"(320)이다.

이러한 상황은 그로 하여금 끊임없이 아버지와는 다른 자신에 대한 존재증명을 요구했을 것이다. 월남에서 돌아와 집에 찾아갔을 때, 마당에 박혀 있는 "빨갱이 심원수의 집"(326)이라는 팻말을 봤을 때, 원덕씨는 "이런, 어떤 놈이건…… 뻘갱이라 하기만 혀. 나보다 뻘갱이 더 많이 죽인 넘 있음 나와보라 혀"(326)라는 혼잣말을 한다. 원덕씨는 '적의 적'이 되는 방식을 통해, 빨갱이가 아니라는 자기 정체성을 증명하고자 했던 것이다. 원덕씨는 자신의 정체성을 증명하기 위해 김중사로 표상되는 이데올로기에 과도하게 복종을 하게 된 것이라고 볼 수 있다. 그의 정신은 진물이 흐르고 반점이 가득한 그의 육체만큼이나 처참하게 이데올로기에 의해 분열된 상태이다.

마지막에 죽은 원덕씨를 발견하는 사람 역시 김중사이다. 선거가 다가옴에 따라 부쩍 많아진 집회에 그를 데려가기 위해 찾아온 것이다. 원덕씨의 죽음을 확인한 김중사는 어디론가 전화를 하여 "대대장님, 보고 드립니다. 심상병이 전사한 것 같습니다"(333)라는 말을 남기고, 그대로 나간다. 원덕씨는 '전사'했지만, "더욱 싱싱하게 살아 있는 것 같"은 "붉은 반점과 돋아난 돌기, 수포"(333)를 통해 결코 망각되지 않는 전쟁의 기억을 증언하고 있다.

## 4. 윤리를 시험하는 기억

세상의 본질은 불변인지 모르지만, 일상은 엄청난 속도로 변하고 있다. 한 밤의 골목에서 정체불명의 괴한에게 쫓기는 사람들처럼, 현대인들은 앞만 보며 전력질주를 하고 있다. 이러한 상황에서 뒤를 돌아본다는 것은 위험하거나 어리석거나 무용한 일로 보이기 쉽다. 그러나 이 계절에 창작된 작품들은 결코 지나온 과거의 것을 무시할 수 없다고, 앞을 향해 전력질주를 하면 할수록 우리를 잡아당기는 과거의 힘은 더욱 강력해질 뿐이라고 속삭이는 듯하다. 인간은 기억을 통해서만 자신이 누구인지 이해할 수 있는 존재이기 때문이다.

최수철의 「망각의 대가들」은 작가 특유의 사변적인 스타일을 한껏 발휘하여 기억과 망각의 관계를 집요하게 파고들고 있다. 이를 통해 망각과 기억의 (불)가능성이라는 아포리아를 제시한다. 백영옥의 「난 정말 몰랐었네」는 기억이 지닌 타자와의 깊은 연관성을 톡톡 튀는 감각으로 펼쳐놓고 있다. 그녀에게 기억이란 결코 '나' 혹은 '너'라는 개체 속에 존재하는 것이 아니라, '나와 너의 사이'에 존재한다. 그러기에 '난 정말 몰랐었'다 하더라도, 언제든지 기억은 내 앞에 당도할 수 있는 것이다. 마지막으로 백가흠의 「통」은 육체에 새겨진 기억을 미학적으로 형상화하고 있다. 원덕씨가 경험한 역사적 광기는 그의 고통 받는 육체를 통해 자신의 존재를 끊임없이 드러내는 것이다.

이들 소설을 통해 공통적으로 확인할 수 있는 것은 '기억의 수동성'이다. 기억은 주체의 의지와는 무관하게 우리를 습격한다. 기억은 갑작스러운 병리적 행동이나 떠나간 옛 애인과의 만남이나 끊임없이 밀려드는 가려움을 통해 불쑥 고개를 내미는 것이다. 기억의 현존에 의해 나의 자발성이 질문에 부쳐진다는 점에서, 기억은 우리의 윤리를 시험한다. 이러한 기억은 개인적 차원은 물론이고 공동체의 차원에서도 외면할 수 없는 과제로 우리 앞에 놓여 있다. 과거에 대하여 침묵하거나 외면하지 않는 것, 그렇다고 과거를 충분히 이해하거나 정리했다고 큰소리치지 않는 것. 그것은 말할 수 없는 고통이겠지만, 회피할 수도 극복할 수도 없는 그 고통 속에서만 우리는 인간일 수 있을 것이다.

# 신비주의의 오늘

### 오수연 · 정찬을 중심으로

## 1. 끝없는 지향성이 뒤에 남긴 것

돌이 말을 하고, 용의 화신을 찾고, 각종 예언이 난무하는 소설이라니? 더군다나 다른 작가도 아닌 한국 리얼리즘의 한 축을 담당했던 오수연의 작품이라는 생각을 하면 아연하기까지 하다. 주지하다시피 오수연은 민족문학의 경계를 넘어서 리얼리즘을 확장하고 있는 작가였던 것이다. 오수연은 이라크와 팔레스타인을 직접 다녀온 후 2004년 보고문『아부 알리, 죽기 마―이라크 전쟁의 기록』를 출판했고 2007년에는 이라크와 팔레스타인을 배경으로 한 소설집『황금지붕』(실천문학사, 2007)을 출판했다.

『황금지붕』에서 오수연은 "타자에 대한 이해와 재현"[1]의 문제에 관심을 기울였다.『돌의 말』(문학동네, 2012)을 처음 접했을 때의 난감함을 견디며 텍스트에 집중하다 보면, 이번 작품 역시 '타자에 대한 이해와

---

1  졸고,『끝에서 바라본 문학의 미래』, 실천문학사, 2012, 112쪽.

재현'이라는 문제의식에 연결되어 있으며, 이때의 타자는 우주적 시공으로 확장되었음을 알게 된다. '작가의 말'에서 하고 있는 "신의 말과 인간의 말 사이의 간극에 포착했다"(310)는 언급은 『돌의 말』이 '타자에 대한 이해와 재현'이라는 문제의식과 무관하지 않음을 웅변한다.

이 작품의 중심인물은 김정숙과 그의 동생인 화가 김정호, 그리고 김정숙의 후배인 이선미이다. 이들은 번갈아가며 초점인물로 등장해 서사를 이끌어나간다. 정호는 시골 농장으로 이사해 창고를 화실로 개조해 사용한다. 그 창고의 한복판에는 돌덩이 하나가 놓여 있고, 정숙은 돌의 말을 듣기 시작한다. 나중에 정숙은 복순이라 이름 붙인 돌의 혼에 빙의되어 돌의 말을 하며, 정숙과 선미는 계시를 받고 암환자를 치료한다며 소동을 벌이기도 한다. "이 소설의 인물들은 현실에서 신비의 영역으로 탈출 혹은 도피를 시도하다 도로 현실로 처박히기를 반복한다"(310)는 작가의 말처럼, 그 돌을 따라 2년 5개월여 동안 신비의 영역으로 갔다가 현실로 돌아오기를 반복한다.

이 돌은 용의 화현이다. 신라는 본래 용의 나라였으나, 불교의 공인과 함께 용신앙을 억압했다. 이차돈은 용의 호수에 천경림을 조성하고, 땅속의 물줄기와 지상을 잇는 거점을 봉쇄한 것이다. 그러나 용으로 상징되는 전통신앙을 억압한 것은 비단 신라만의 문제는 아니다. "자고로 하늘과 인간 사이에는 길이 통해 있어 일반 백성들도 오가면서 하늘에 호소하고 하늘의 뜻을 받들 수도 있었으나, 절대 권력자가 나타나서 한 첫 번째 일이 그 길을 막는 것"(155)이었다. 대표적으로 조선이 그러하다. "조선은 하늘과 함께 미래를 닫았다. 내부적으로 철통같이 가둬놓고 쥐어짜기만 하면서 세계사의 흐름으로부터는 고립되어 퇴행해 갔"(217)던 것이다.

이러한 과정을 거쳐 사람들의 영혼은 한없이 왜소해졌다. 이러한 시점에서 『돌의 말』은 현대인에게 새로운 존재의 가능성을 선언하는 작품이다. 돌(복순)은 고대의 신라정신에 그치는 것이 아니라 "창조 여신"(146)으로까지 그 의미가 확장된다.『돌의 말』에서 돌은 엘리아데가 생명의 원리, 생명의 최후 원천이라고 우주의 뼈라 부를 만하다.[2] 이 작품에서 돌은 '생명의 정수'라고 할 수 있다.

인간에게는 본질적으로 폐쇄되고 한정된 지금-여기에서 벗어나 또 다른 세계를 지향하는 종교적 심성이 있다. 이 작품은 그러한 종교적 심성에 기초한 작품이다.『돌의 말』은 얼핏 보기에 애니미즘적인 믿음을 바탕으로 한 낭만주의적 세계관에 기반한 것처럼 보이기도 한다. 돌이 말을 한다는 기본적인 설정은 만물에는 인간의 넋과 같은 영혼이 있으며, 세계와 인간이 통일성을 갖는다는 것을 의미하기 때문이다. 그러나 이 작품은 곳곳에 등장하는 "커서 알고 보니 그건 반쪽도 안 되는 우주였다. 우리가 경험하는 유형의 세계 이면에 무형의 세계가 있다. 현상 세계 너머에 이치의 세계가 있다. 둘을 합쳐야 진짜 우주이다. 이쪽 현상 세계는 저쪽 이치의 세계의 드러남, 화현(化現)에 불과하고 실은 저쪽이 우주의 본체다"(43)라는 식의 언급에서 알 수 있듯이, '지금-이곳'이 아닌 '저 먼 곳'을 향해 한 걸음 더 나아간다. 그리하여 독자로 하여금 이 세계와는 다른 곳을 끊임없이 떠올리도록 이끈다.

주지하다시피 오수연은 자유를 향한 투쟁에 줄곧 앞장서온 작가이다. 그의 시야가 한반도 차원을 벗어나 중동의 뜨거운 모래사막에까지 이어졌다면 이제 그의 관심은 '저 너머의 세계'를 갈구하는 넓은 의미의 상징주의적 세계관에까지 연결된 것이라고 볼 수도 있다. 이러한 갈구는 현실에 대한 절박한 이해에서 비롯된 것이다. 특히 '작가의 말'은 '지금-이곳'의 음울한 실제로 가득해, 작가의 깊은 절망과 환멸이 느껴진다. "이제 가난은 궁상도 아닌 장애, 혹은 어느모로 보나 용서받

---

2  나아가 뼈는 인간의 마음속에 있는 영원불변의 창조적 원천의 상징이며 영혼의 근원적인 구조이다(이부영,『한국의 샤머니즘과 분석심리학』, 한길사, 2012, 74쪽).

을 수 없는 죄악"(307)라는 말이나, "버젓한 회사원이나 안정된 자영업자 같은, 이 사회가 상정하는 보통 사람 되기가 많은 이들에게는 너무 어렵다. 실은 기적을 일으켜야 하는 것이나 다름없다"(308)라는 말이 그것이다. 선미는 자신이 잘되리라고 생각하지 않을 뿐만 아니라 "중산층은 붕괴하고 인구의 80퍼센트는 점점 더 실질소득이 낮아지리라는 식의 비관적인 예측"(45)을 위안 삼으며 찌들어간다. 그녀는 목이 쉬도록 학원 수업을 하고 참고서 문제를 출제하는 아르바이트까지 한다. 이러한 상황은 바로 '저 너머의 세계'에 대한 관심을 불러오는 기본 바탕이 된다.

이처럼 끔찍한 환멸과 절망을 위로하고 인간의 무한한 가능성을 열어줄 수 있는 방법으로 한국 고유의 토착신앙에 기초한 신비주의가 동원된 것이다. 새로운 세계에 대한 지향이라는 면에서 오수연은 자기 작업의 연속선상에 서 있다고 말할 수도 있다. 본래 신비주의는 자기 존재의 무한한 가능성과 자기완성의 길이 열려 있음을 암시하여 줄 뿐만 아니라, 현실 세계에서 자신을 정립하지 못하는 사람들에게 다른 세계가 있음을 설득하며 자기 확신의 신념을 갖도록 조언해 주기 때문이다.


## 2. 환생의 윤리적 의미


오수연의 『돌의 말』에서 초월적인 세계가 실제적인 차원에서 등장했다면, 정찬의 『유랑자』(문학동네, 2012)에서 초월적인 세계는 윤리적인 차원에서 등장한다. 이 작품은 환생이라는 키워드를 중심으로 기독교, 유대교, 이슬람교, 불교, 무속신앙 등이 한데 어우러져 장관을 이루고 있다. 이러한 장관은 무엇보다 정찬의 종교에 대한 박학에서 비롯된다.

『유랑자』에서 환생은 세 가지 모습으로 나타난다. 첫 번째는 폴란드계 유대인 아버지와 한국인 어머니를 둔 전쟁전문 기자인 케이가 이라크 전쟁 취재 중 만난 아랍인 청년 이브라힘을 통해 알게 된 환생이다. 이브라힘은 케이에게 자신의 전생 이야기를 들려준다.

1천 년 전 십자군 전쟁[3] 당시 케이는 십자군의 사제였고, 이브라힘은 이집트 총독의 기록관이었다. 이브라힘은 자신이 2천 년 전에는 예수의 아내였다고 말한다. 서사의 상당 부분은 십자군 전쟁 당시 사제와 기록관이 2천 년 전 예수의 행적을 쫓는 것으로 이루어져 있다. 이 과정에서 기록관은 자신이 체험한 인간으로서의 예수를 제시하고, 사제는 그러한 모습 앞에서 심한 혼란을 느낀다. 기록관이 경험한 예수는 여인을 사랑하여 아이를 임신시키고, 나병환자의 시신을 씻으며, 이교도들과 격의 없이 어울리는 모습이다. 그녀가 지켜본 예수는 "한 여자의 남편이 되어 평범한 목수로 살고 싶었다"(163)고 말하는 자이다. 무엇보다 기록관은 기독교 신앙의 누빔점이라고 할 수 있는 부활이라는 대사건마저 초혼(招魂)의 결과로 재해석하는 용기를 보인다. 사제는 끝내 기록관을 창으로 찔러 죽임으로써 메시아로서의 예수를 고집한다.

두 번째 환생은 무당인 케이의 어머니와 그녀의 신딸인 강희가 보여준다. 샤먼의 가장 큰 능력은 접신(接神)이며, 이러한 접신은 무당이

---

3  이 작품에서는 2003년 미국의 이라크 침공이 중요하게 다루어진다. 이 전쟁은 기본적으로 21세기판 십자군 전쟁으로 설명된다. 십자군은 "거룩한 주님의 땅을 이교도들이 더럽혔으니 그들의 피로 주님의 땅을 씻어야 함이 마땅하다"(90)는 논리로 남녀노소를 무차별적으로 죽였으며, 마라에서는 식인까지 행했다. 십자군이 아랍을 철저하게 유린했듯이, 미국의 이라크 침공으로 이라크의 박물관과 도서관 그리고 문화 유적들은 무참히 파괴된다. 부시는 9·11 테러 직후 "미국이 벌일 21세기 첫 전쟁은 십자군전쟁이다"(44)라고 선언했다. 또한 2008년 이스라엘의 가자 지구 공격 역시 십자군 전쟁의 연장선상에서 다루어진다.

"자신을 지울 때"(262) 가능하다. 한국의 샤먼, 무당들은 "내담자가 호소하는 '혼'의 고통 속에서 자기의 고통을 발견한다. 그는 그 혼과 하나가 되어 혼—이미 남의 혼이 아닌—의 삶을 사는 것이다. 죽은 자와 산자 사이에 한바탕 울음바다가 생기면 그곳에는 '나'와 '너'의 경계가 없다. 저승과 이승도 없다. 오직 경계 없는 하나의 세계가 존재"[4]할 뿐이다. 접신을 한다는 것은 자아를 버리고 "나와 타인이 하나가 된"(262)다는 것이고, 이것 역시 일종의 환생 즉, 다시 태어남이라고 할 수 있다.

마지막으로 사랑의 힘으로 가능한 환생이 있다. 이것을 보여주는 인물이 바로 이브라힘이 경험한 예수이다. 2천 년 전의 이브라힘은 해방노예의 딸로 태어나 이스라엘 법에 따라 "창녀"(101)로 간주된다. 그녀는 태어날 때부터 죄인이었으며, 죄의 쇠사슬은 그녀에게 하혈증과 두통을 가져다주었다. 그러나 예수는 "창녀가 하느님의 나라로 들어갈수 있으냐"는 그녀의 물음에 "하느님의 나라로 가장 먼저 들어갈 것"이라고 대답한다. 이어지는 "창녀가 사랑을 할 수 있느냐"는 물음에는 "사람이 짓는 가장 큰 죄는 사랑을 안 하는 것"(104)이라고 대답한다. 그순간 그녀의 하혈증과 두통은 사라진다. "자신의 몸이 갓난아기처럼 깨끗하게 되었"(104)다는 표현에서 알 수 있듯이, 이 순간 그녀는 다시 태어난 것이다. 그것은 사랑을 통해 가능한 진정한 "기적"(247)이고, 진정한 '환생'이라고 할 수 있다.

사랑으로 가능한 환생을 가장 극적으로 보여주는 인물은 십자군의 사제이다. 그는 "절대적 자유의 감각"(131)으로 온갖 만행을 일삼던 십자군의 지휘관이며, 메시아로서의 예수에게 집착하던 인물이다. 그는 처음 이브라힘이 증언하는 인간으로서의 예수를 계속해서 부인하지만, 예수가 걸었던 길을 그대로 따라 걸으며 예수를 자신의 온몸으로

---

4  이부영, 앞의 책, 30쪽.

체험하기 시작한다. 마지막에는 예수가 그러했듯이 롱기누스의 창으로 자신의 옆구리가 찔리기를 원한다. 예수의 삶은 완고한 중세의 사제마저 새롭게 탄생시키고 있었던 것이다.

이처럼 다양한 환생은 두 가지 윤리적 의미를 지닌다. 첫 번째는 '그럼에도 자유로워라'라는 윤리의 기본 명제를 가능케 하는 인식론적 토대가 된다는 점이다. 똑같은 신비를 끌어왔지만 정찬의 『유랑자』에서는 결국 인간을 주인공으로 내세우게 된다. 환생이라는 존재의 유랑이 궁극적으로 지향하는 바가 존재의 완성이고 구원이라면, 이것은 신의 역할과 충돌하게 된다. 본래 그리스도교가 로마제국의 국교가 되기 전까지 환생사상은 교회신학의 일부였다. 그러나 그리스도교가 제국의 종교가 된 이후 "스스로의 힘으로 구원을 추구하는 환생사상은 교회의 권력을 무화하는 강력한 사유체계"(139)이기 때문에 제거될 수밖에 없었다. 기독교가 인간의 삶을 천국과 지옥을 통해 심판하는 것이라면, 환생은 오직 스스로의 힘으로 구원과 파멸까지 이루는 과정인 것이다.

두 번째, 공감과 연대를 가능케 하는 기본바탕이 된다. 이 작품에서는 현대 문명의 기본적인 문제를 단절에서 찾는 시각이 나타나 있다. 문명은 시간을 끊임없이 분절해왔으며, 문명이 정교해질수록 인간의 삶도 정교하게 분절된다. "나와 내가 분절되고, 너와 내가 분절된다. 믿음과 믿음이 분절되고, 진실과 진실이 분절된다. 기쁨과 기쁨이 분절되고, 슬픔과 슬픔이 분절된다. 기억과 기억이 분절되고, 현재와 과거가 분절된다. 인간과 신이 분절되고, 신과 신이 분절된다"(336)고 설명되는 것이다. 이러한 단절을 극복하는 하나의 방법으로서 환생의 의의를 찾을 수 있다.

티베트에서는 신참 승려를 교육할 때 살아 있는 모든 것이 자신의 어머니라고 생각하는 과정을 거친다. 만약 우리의 삶이 무한의 시간 동안 끊임없이 환생한다는 것을 인정한다면, 모든 중생은 어느 시점에서 자신의 어머니였을 가능성도 존재하는 것이다. 시간에 '무한'을 도입함으로써 '나'와 모든 생명 사이에 유대가 창출되는 것이다.[5]

이 작품에서도 환생을 통하여 '나'와 타자 사이의 공통점이 크게 강조된다. 1천 년 전에는 이브라힘이 사실에만 충실한 기록관이었다면, 1천 년이 지난 현재에는 과거의 사제였던 케이가 사실에만 충실한 종군 기자이다. 케이는 미 국방부가 조직한 종군기자 프로그램에 참여를 거부한다. 이유는 그 프로그램의 목적이 "결국 기자의 시선을 미국군의 시선에 종속시켜 언론으로 하여금 미국이 원하는 전쟁 메시지를 세계에 알리게 하는 것"(20)이기 때문이다. 이토록 철저한 진실에의 헌신은 마치 이브라힘이 천 년 전 기록관으로서 자신의 목숨을 돌보지 않고 "기록관은 보는 자입니다. 보기 위해서는 남아야 합니다"(45)라며 예루살렘에 남던 모습을 연상시킨다. 환생이라는 시간상의 무한과 반복을 통하여 인간은 현대문명의 근본적인 문제인 단절을 극복할 수 있게 된다. 실제로 『유랑자』의 '나' 케이는 자신과 헤어지고 자살한 애니와 그 당시 애니의 뱃속에 있던 아이로 인한 상처와 적의로 고통 받았다. 그러나 평생 무당으로 살았던 어머니의 장례와 넋굿을 치르면서, 케이는 애니와 애니의 몸속에 있는 아이 앞에 무릎을 꿇고 진정으로 기도하고 싶은 충동을 느낀다. 이러한 충동이야말로 환생의 윤리가 낳을 수 있는 힘임에 분명하다.

---

5  나카자와 신이치, 김옥희 역, 『대칭성 인류학』, 동아시아, 2005, 165~171쪽.

# 모두이면서 하나인 이야기

김경, 『게임, 그림자 사랑』(문학나무, 2012)

## 1. 소설 쓰는 방

「소설 쓰는 방」은 의대생인 손수창이 우연히 '소설 쓰는 방'이라는 문구가 붙은 아파트의 초인종을 누르면서 시작된다. 그 집의 주인은 홍매자라는 노인이고, 그녀는 "소설 가르치는 곳은 아니고, 써 붙인 그대로 저기 저쪽 방에서 소설을 쓰라는 거유"라고 말한다. 그 노파는 자신의 이야기를 잘 듣고 소설로 써주기만 하면, 한 학기 등록금을 내주겠다고 제안한다.

처음 홍매자 할머니를 보았을 때 손수창은 "낯선 노파가 오직 할머니와 비슷한 연배라는 이유에서 우러나는 친근감"을 느끼지만, 곧 거리감을 느낀다. 홍매자 할머니는 젊은 시절 간호사로 일하다가 약대를 졸업하고 평생 약사로 살았다고 말한다. 이러한 홍매자 할머니를 보며, 손수창은 자신을 키우느라 고생만 한 "할머니와는 다른 차원의 삶" 즉, "풍요와 자유를 만끽하면서 여유롭게 삶"을 살았다고 예단한 것이다.

손수창의 할머니는 어린 시절 부모를 잃은 손수창 남매를 키우느라

온 정성을 바쳤다. 손수창의 부모는 그가 여덟 살이었을 때 병으로 세상을 떠났고, 할머니는 자신의 목숨보다도 손자의 목숨을 소중하게 생각하며 그를 길렀다. 할머니의 온몸은 손수창에게 "유일한 요람"이다. 손수창은 사춘기를 벗어나면서부터 "할머니의 가슴속에 화인처럼 박혀있는 아버지 어머니의 그림자"를 본다. 할머니가 앓고 있는 알츠하이머병 역시 "자식을 떠나보낸 아픔에, 또 역으로 자식에게서 버림받았다는 참담함이 할머니의 의식을 망가뜨린" 결과라고 생각한다.

홍매자 할머니는 주로 자신의 언니 홍화자 이야기를 한다. 홍화자와 자신은 쌍둥이 자매였고, 일제시대에 언니는 근로정신대로 끌려갔다는 것이다. 근로정신대는 위안부와 다르게 공장으로 끌려가 혹사당한 자들을 가리키는 말이다. 언니는 2차 대전 중에 나고야에 있는 미쓰비시 항공기 제작소에서 일을 하다가 전쟁이 끝나고 한국으로 돌아온다. 그러나 한국인들은 몸을 버린 여자라며 홍화자를 "위안부로 오해를 하고선 벌레 보듯"하고, 결혼까지 했지만 한 달도 안 돼 쫓겨난 홍화자는 농약을 마신다. 홍매자 노파는 자신의 언니처럼 소설책을 끼고 산 사람도 드물 거라며, 근로정신대를 따라간 이유도 소설가를 꿈꾸며 소설 공부에 욕심을 낸 결과라고 설명한다.

이 작품에서는 소설에 대한 작가의 생각을 엿볼 수 있는 대목이 직접적으로 등장한다. 그것은 바로 이 작품에서 인문학적 소양을 갖춘 천재인 ㄱ형의 입을 통해서이다. ㄱ형은 작품을 쓰기 위해 골몰하는 손수창에게 다음과 같은 조언을 던져준다.

임마, 고심할 일이 전혀 아닌데? 혼자 소설 다 써놓고서, 엄살은……. 방금 들려준 얘기가 더도 덜도 말고 한 편의 완벽한 소설 아냐? 소설이란 결국 내가 아닌 제2 제3의 인간, 즉 남의 삶을 훔치는 건데, 노파가 뼈와 살을 고스란히 헌납했으니 다 된 밥 아니냐구. 간단해. 일단 입으로 토한 그대로 써나가는 거다. 비비 꼬지 말고 물 흐르듯 정석대로…….

ㄱ형이 말한 소설쓰기의 핵심은 '남의 삶을 비비 꼬지 말고 물 흐르듯 정석대로 써나가는 것'으로 정리해 볼 수 있다. 손수창은 ㄱ형의 조언을 받아들여 노파의 입장을 철저하게 고수한 작품을 완성한다. 그것은 "손수창이라는 내 존재의 의미는 잊자. 오직 기능적인 구실을 위한 존재로만 남아 있자"는 말의 실천이기도 하다. 소설을 완성해서 '소설 쓰는 방'인 24동 206호에 들어섰을 때, 홍매자 노인은 더 이상 그곳에 없다. 그 사이에 홍매자 노인은 죽고, 그 집은 조카가 지키고 있다. 조카는 근로정신대를 다녀온 것이 홍매자의 언니인 홍화자가 아니라 홍매자임을 손수창에게 알려준다. 그 순간 "노파의 모습이 한 마리의 나비처럼 살포시 내 손등에 내려앉"고, 뜻밖에 "그 위로 할머니의 모습이 오버랩"된다. 할머니와는 거리가 먼 삶을 살았다고 생각한 홍매자 역시 할머니와 마찬가지의 약자였음을 깨닫는 순간이다.

그렇다면 홍매자 노인이야말로 '소설 쓰는 방'에서 진짜 자신만의 소설을 쓰고 있었던 것이라고 말할 수 있다. 홍매자 노인이 남긴 "꼭 글자로 써야만, 문장으로 표현해야만 글이 되는 건 아니라우. 내가 그대에게 한 얘기 그 자체가 소설이 될 수도 있고, 그대가 내 얘기를 듣는 것도 역시 한 편의 글이 된다우"라는 유서(遺書)가 진실이라면 말이다. 그러고 보면 그 노파가 자신의 대문 앞에 써 붙인 "소설 쓰는 방"은 문자 그대로 진실이었던 것이다.

## 2. 욕망의 삼각형

「게임, 그림자 사랑」은 소위 말하는 욕망의 삼각형이 만들어 내는 게임의 양상을 자못 정밀하게 추적한 작품이다. 르네 지라르는 욕망의 자율성이라는 환상을 낭만적 거짓에 불과하다고 본다. 욕망의 주인은 내가 아니라 타인에게서 빌려온 것에 불과하기 때문이다. 주체는 매개자의 욕망을 모방함으로써만 어떠한 대상을 욕망할 수 있는 것이다. 이때 주체와 매개자의 거리가 가까워질수록 둘의 경쟁과 갈등은 과도해지고, 서로는 서로에게 매개자가 되는 단계에 이른다. 이때의 주체와 매개자 혹은 매개자와 주체는 짝패라고 부를 수 있다. 이규진과 윤이문은 르네 지라르가 말한 짝패에 해당하는 인물들이다.

이문에게 이규진은 "언제까지나 동고동락할 친구이자 라이벌인 이규진 기자"이다. '나'는 잡지사 기자인데, 편집부장의 지시로 오랜 친구인 박이문을 취재하게 된다. 박이문은 대학로에서 연출가로 이름을 날리고 있다. 이문이 만드는 연극은 "관객을 위한 최소한의 배려도 보이지 않"는데, 이것은 이문의 성격적 특징을 그대로 반영한 것이다. '나'는 대학 시절에 "녀석을 그림자처럼 쫓아다"녔으며, '메아리'라는 연극 동아리에서 활동하였다. 이문은 심하게 절뚝거리는 소아마비 장애자다.

연극 동아리 메아리에 홍연주가 가입하면서, 둘이 벌이는 욕망의 드라마는 본격화된다. "이문에게 연주가 첫사랑이라는 것을 말이다. 하지만 그에 앞서, 나 또한 그녀가 첫사랑이었다. 나와 그녀와의 관계가 녀석을 자극해 그녀를 쟁취하에 만들었는지도 몰랐다"가 보여주듯이 그들은 연주를 사이에 둔 영원한 짝패들이 된다.

첫 번째 승자는 이문이다. 이문과 연주는 "펄펄 끓는 물이다 못해 활활 타는 불"같은 동거생활을 시작한 것이다. 그러나 이문은 동거 기간에 술 먹고 난동을 부릴 때마다 규진의 "이름을 불러대며 한바탕 날"뛴다. 이것은 이문이 규진과의 짝패의식에서 벗어나지 못하며, 이문은 "극심한 열등의식"을 느끼고 있음을 보여준다. 욕망의 삼각형에서 주체와 매개자의 거리가 가까울수록 주체는 매개자의 우월성을 인정하면서도 매개자를 증오하고, 자신에 대한 경멸감과 우월감 사이를 수시로 오가게 된다.

규진이 군대에 다녀온 이후에도 "그녀와 이문에 대한 묵은 감정이 내 의지와 상관없이 불쑥불쑥 가슴을 쳐댄다. 두 사람 사이에 내가 또다시 끼어 들어가는 미묘한 관계망……"이라는 말에서 알 수 있듯이, 셋의 관계는 지속된다. 이문은 결혼은 하지 않고, 연주와의 사이에서 아이만 낳고자 한다. 이에 반해 연주는 결혼은 원하지만 아이는 낳지 않으려고 한다. 이러한 갈등의 결과 연주는 두 번이나 이문 모르게 아이를 지운다. 연주는 자기처럼 엄마 아빠가 없는 아이를 낳고 싶지 않은 것이다. 이문은 끝내 동아리 2년 선배였던 내연녀 장원희와의 사이에서 수민이를 낳아 집에 데려온다. 처음 연주는 이혼을 원하지만 이문은 "자기 아버지와 똑같은 전철을 밟을 수는 없다"며 한사코 이혼을 거부한다.

이문 때문에 괴로워하며 결별하기를 원하는 연주를 보며 규진은 "연주야, 나와 봐. 이 환한 빛 속으로"라며, 그녀를 와락 껴안는다. 그러고는 길고 긴 연애의 드라마에서 자신이 승리했다고 생각하며 이문을 주인공으로 내세운 연극의 대본을 쓰기 시작한다. 그것은 이문의 문제를 파헤치고 자신의 승리를 선언하는 글이 될 것임에 분명하다. 바로 이 결정적인 순간에 규진은 이문이 교통사고로 숨졌다는 전화를 받는다. 이문의 장례식장에서 규진이 확인한 것은 연주의 이문을 향한 사랑이고, 쓰라린 패배의 확인일 뿐이다.

기다려, 꼭. 그곳에서도 기다릴 거지? 이제 모든 게 다 끝났어. 다 끝났으니 절대로 뒤돌아 보지 마. 그녀는 녀석의 볼에 자기의 볼을 비비대면서 속삭인다. 나도 모르게 그녀의 팔을 끌어당긴다. 그녀는 내 손을 매몰차게 내떨어 버린다. 그녀와 눈이 마주친다. 눈물 속에 잠긴 그녀의 눈동자. 나는 슬그머니 고개를 돌린다. 그녀는 짐짓 기신거리며 걸어간다. 그녀의 눈동자에서 쏟아지던 사랑의 빛깔, 그 끈질긴 사랑을 나는 보았다. 돌연 머리가 빠개질 듯한 통증이 찾아온다.

이문과 결별하기를 원한다고 생각했던 연주는 "사랑의 빛깔"로 가득한 눈을 가지고 이문에 대한 절절한 애정을 고백하고 있다. 연주는 죽음마저도 초월한 사랑을 보여주고 있는 것이다. 이러한 모습을 보며 규진은 "결코 녀석을 이대로 고이 보낼 수 없다"고 절규한다. 규진은 이문의 광기와는 거리가 먼 인물인 척 행세했지만, 사실은 모방욕망에 들린 또 하나의 이문에 불과했던 것이다. 마지막 순간 규진은 이문이 된다. 그것은 실재로서의 규진을 있는 그대로 실연하는 모습에 해당한다.

싫다. 밉다. 녀석이 정말 미치도록 밉다. 그러나 나는 알고 있다. 그 미움이 내쳐야 할 미움이 아닌, 끌어안아야 할 미움임을 말이다. 나는 떨리는 손으로 흰 천을 와락 움켜쥔다. 갑자기 한쪽 다리가 저릿저릿하다. 나는 다리를 절뚝거리며 영안실을 나선다. 그녀는 보이지 않는다. 텅 빈 복도를 부지런히 걸어간다. 내 발소리는 들리지 않고 녀석의 발소리가 끊임없이 나를 따라온다.

규진은 영안실을 나오면서 이문처럼 한 쪽 다리를 절뚝거린다. 그리고 그 다리가 내는 발소리는 "녀석의 발소리"가 된다. 이문에 대한 미움을 "내쳐야 할 미움이 아닌, 끌어안아야 할 미움"으로 받아들인 규진은 이제 자신의 고유성을 잃어버리고 이문이 되어 버린 것이다. 본래 모방 욕망의 끝은 차이의 소멸로 이어진다. 사람들이 고유한 정체성을 버려 두고 모방에 휘말리면서 의식하지 못한 사이에 서로는 동일한 인간들이 되어 가는 것이다. 사회적 쌍둥이 즉, 짝패였던 이문과 규진은 마지막 순간 실제로 하나가 되는 끔찍한 지경에 이르고 있는 것이다. 「게임, 그림자 사랑」은 인간 욕망의 심연을 시험한 한 편의 명작이다.


## 3. 가족이라는 심연


이번 소설집을 관통하는 하나의 키워드를 꼽자면 그것은 상처이다. 등장인물 모두가 치명적인 상처에 비틀거리며 원고지 위를 허우적거리는 것이다. 이번 작품집에 실린 김경의 소설은 철저히 '나'를 초점화자로 내세운 1인칭 시점으로 되어 있는데, 이러한 서술상황은 상처로 얼룩진 개인의 내면을 탐구하는데 매우 유용하게 작용한다. 주인공들이 앓는 상처는 대부분 가족으로부터 비롯된다. 마치 양친 부모 온전하고 평범하게 성장한 사람은 소설의 주인공이 될 수 없다는 듯이, 강박적이라 할 만큼 붕괴된 가정에서 성장한 인물들이 등장하는 것이다.

「게임, 그림자 사랑」에서 윤이문은 아버지가 재혼한 고등학교 1학년 때부터 집을 나와 혼자 지낸다. "병원장인 아버지, 계모, 생모의 재혼"은 이문의 삶을 규정하는 핵심요소이다. 홍연주는 부모에게 버림받아 법륜사의 혜주 스님 아래서 성장했다. 연주는 "나를 낳아준 어머니······ 어머니에 대한 그리움만은 절대로 놓지 못할 것 같거든"이라고 고백한다.[1] 이규진의 아버지는 승려였고, 어린 시절 늘 떨어져 지냈다. '나'는

"아버지에 대한 뜻 모를 원망에 시달렸다. 한순간도 자유롭지 못했다. 아버지의 존재를 부정하면서도, 아버지를 영영 잃어버릴까 봐 전전긍긍"하며 지냈다. '나'는 "사방팔방이 다 경계의 대상"이라 여기며 성장한 것이다. 「소설 쓰는 방」에서 손수창 역시 어린 시절에 부모를 잃었다.

「빈집」에서도 어린 시절 가족으로부터 커다란 상처를 받은 두 명의 여성이 등장한다. 상담사인 명과 명에게 상담을 받는 '여자'가 바로 그들이다. 명의 어머니가 새아버지와 재혼하면서 명은 새 오빠와 지내게 된다. 그때 명은 열 살이고 오빠는 중학생 나이였다. 그 당시 오빠는 "밀려난 생모에 대한 좌절감, 명의 어머니에 대한 증오심"에 불타고 있었다. 이십 대에 접어든 오빠는 어머니에게 "명이하고 결혼하고 싶어요"라고 말할 정도까지 둘의 관계는 밀착된다. 결국 둘의 결혼을 허락받지 못하고, 오빠는 "학교를 짓고 아이들을 모아서 가르칠 계획"을 가지고 캄보디아로 떠난다. 명이 "오빠가 원하던 대로 아기를 낳았다면, 명은 지금쯤 오빠의 설계도 안에 안착하고 있을"지도 모른다고 말하는 것에서 알 수 있듯이, 명이 지금까지 미혼인 것은 오빠와의 사랑에 실패한 결과라고 할 수 있다. 명은 지금 유부남인 닥터 윤과 불륜의 관계인데, 명에게 윤은 일종의 오빠로서 인식되고 있다. "말끔한 외모에 적당히 취기가 오른 닥터 윤의 모습, 명은 어느 틈에 오빠를 떠올리고 있었"던 것이다.

여자 역시 불행한 유년 시절을 보냈다. 어머니는 새아버지를 맞아들이지만, 새아버지가 이혼 서류를 내밀 정도로 둘의 관계는 순탄하지 않다. 어머니가 교통사고로 죽자 새어머니를 맞이한다. 새어머니는 여

---

1  연주와 이문은 이 점에서는 서로의 대칭점이다. "제발 그 뿌리 타령 좀 작작해라. 그 허깨비를 왜 찾아? 그 허깨비만 찾으면 네 진실, 네 진정한 자아도 찾아질 것 같냐구. 날 봐. 날 보란 말이야. 그 잘난 뿌리를 송두리째 안고 사는 날 보면서도 아직 모르겠어? 내가 그 뿌리 때문에 진실하게 살고 있냐구"라고 응대한다. 한 인간은 뿌리의 상실에 한 인간은 뿌리의 권능에 고통 받고 있는 것이다.

자를 학대했고, 여자는 늘 "용서해 주세요. 잘못했어요. 다신 안 그러겠어요"라고 빌어야만 했다. 결국 새아버지는 여자를 보육원으로 데려갔고, 여자는 이후 힘들게 대학을 졸업하고 유치원 교사로 일한다. 그러나 아이들에게 무리한 벌을 준 것이 문제가 되어 유아원에서도 퇴출당한다.

이러한 과거의 상처는 그녀를 행복 앞에서 줄곧 머뭇거리게 만든다. 그녀는 버림받았던 과거 때문에 남편 몰래 피임약을 먹으며 임신을 거부하고 있다. 비정규직이었던 여자에게 노조에서 맹렬하게 활동하던 남편은 태양 같은 존재였다. 여자는 남편의 환심을 사기 위해 자신의 어린 시절을 속였다. 이를 위한 알리바이로 일찍이 비행기 사고로 죽은 부모님과 얼마 전에 세상을 떠난 할머니를 등장시켰다. 물론 여자가 비정규직으로 입사하기 전에 보모 생활을 하다가 쫓겨난 경력도 흔적 없이 지웠다. 이러한 과정에서 여자가 터득한 삶의 방식은 "살아가려면, 살기 위해선 상대가 자기를 버리기 전에 자기가 먼저 상대방을 버릴 수 있어야 한다는 거다. 그 과정에서 필수 요건 중의 하나가 바로 거짓말"이다. 그런데 지금 남편은 회사의 여직원과 바람을 피우며, 남편은 이제 자신의 애인이 아이를 가졌다며 이혼해 줄 것을 여자에게 요구한다.

한 달 전에는 여자의 동생이 임신을 한 채 5년 만에 집에 돌아왔다. 동생의 대학생활은 운동권에서 시작해 운동권에서 끝났다. 여동생은 아이 아빠가 누구인지도 밝히지 않으며, 아이에 대해서는 더 이상 거론하지 않기를 바란다. 명과 오빠가 사랑하는 사이에 태어난 동생은 "수저와 젓가락처럼 한 묶음이 되어 휘청거리는 명과 오빠 앞에서" 엇나갈 수밖에 없었던 것이다.

이처럼 붕괴된 가정에서 성장한 인물들에게 과거는 "완강하게 외면해도 되는 시간대"이거나 "삶의 활력이라곤 한 치도 묻어나지 않는 메마른 얼굴"을 가지게 만든다. 과연 그들은 영원히 그 지옥 속에서 쳇바

퀴를 돌아야 한단 말인가?

　김경은 그 해결책으로 또 다른 모습의 가족을 내세우는 것처럼 보인다. 「빈집」에서 여자는 어느 순간부터 생의 활기를 찾고, 명은 "여자에게서 뭔지 모를 긍정적인 변화의 낌새"를 눈치 챈다. 그러한 변화는 여자의 작은 결단에서 비롯된다. 여자는 남자가 밖에서 낳아온 아이를 잘 키울 계획인 것이다. 그 이유가 참 묘하다. 여자는 자신이 임신을 했다며, 자신의 아기에게도 반드시 아빠가 필요하다고 말한다. 또한 "오빠와 동생의 관계로 두 아이가 만난다면 더 바랄 게 없을 것 같아요, 전 오빠 있는 친구들이 진짜 부러웠거든요"라며 남편이 바깥에서 낳은 아이를 데려와야 한다고 말한다. 그러한 여자를 보며 명은 "여자가 명을 찾아왔던 이유는 아이를 간절히 원해서였다. 여자는 그 바람대로 아이를 가졌다. 이제 여자에게는 어떤 도움도 불필요할 것이다"라고 말한다.

　과연 그렇게 해서 만들어진 가정은 과거의 상처로부터 그녀를 구원할 수 있을까? 사정이 그렇게 간단치 않다는 것은, 여자의 말을 듣는 순간 명의 온몸에 돋아난 소름이 잘 증명해 주고 있다. 지금 이 여자는 "명과 오빠의 관계"를 다시 재연하려는 운명의 신과 같은 모습을 하고 있기 때문이다. 그렇다면 이 소설의 맥락 속에서 여자가 만들어 놓을 가족이란 또 하나의 지옥을 예비한다고 밖에 이야기할 수 없을 것이다.

　명의 선택 역시도 여자와 마찬가지로 가족을 향한 것처럼 보인다. 명은 캄보디아에 있는 오빠를 찾아가기로 결심한다. 동생은 "도대체 오빠에게 언니 자신을 친친 동여매는 이유가 뭐야? 제발 언니 삶을 살아"라며 캄보디아 행을 말린다. 그럼에도 명은 공항에까지 나선다. 그러나 마지막은 의외의 결말로 끝난다.

　　명은 공항버스 정류장에 우두커니 서 있다. 공항버스를 두 대나 그대로 보내 버렸다. 명은 오후 세 시의 프놈펜 공항을 머릿속에 그려 본다. 그런데 제아무리 애를 써도 프놈펜 공항이 그려지지 않는다. 명은 먼 데 하늘을 한 번 올려다보고 고개를 숙인 채 도리질을 한다. 서서히 가방을 끌며 정류장을 빠져나온다. 집과 반대 방향으로 몸을 틀어 느릿느릿 발을 옮긴다. 보도블록에 맞닿는 가방 바퀴 소리가 끊임없이 명의 발소리에 달라붙는다.

명은 오빠에게 가기 위해 공항버스를 기다린다. 그러나 끝내 공항버스를 타지 않고 정류장을 빠져나온다. 이것은 오빠에게 가지 않는 선택을 보여준다. 동시에 명은 집과 반대 방향으로 향한다. 명은 가족 만들기와는 다른 선택을 향해 나아가고 있는 것이다. 그러고 보면 「게임, 그림자 사랑」에서도 가족은 해결책이 아니었다. 윤이문이라는 악령에 들려 만신창이가 된 홍연주는 아이들의 엄마가 됨으로써 다음과 인용문에서와 같은 깊은 안식을 얻는다.

난 이제 애들 크는 거 바라보는 재미로 살아. 우리 수민이나 법륜사의 애들이나……. 애 키우는 일도 누구나 누릴 수 있는 복은 아닐 거야. 그런 의미로 본다면 박이문도 참아내지 못할 인간은 아니지. 진작에 난 그 사람을 포기했어. 남자로나 남편으로나. 포기하고 나니 마음이 참 편해지더라.

난 이제 자신 있어. 그 사람이 어떤 짓을 해도 상관없어. 아이들, 내 곁엔 아이들이 있으니까. 아이들이 내겐 빛이야. 어둠을 밝혀주는 빛…….

그러나 2절에서 살펴본 바와 같이, 연주는 끝내 윤이문이라는 악령에서 벗어날 수 없었던 것이다. 이처럼 김경의 이번 작품집에서 가족으로부터 받은 트라우마는 가족의 구성이라는 단순한 방법으로 쉽게 해결되지 않는다.

# 4. 한데 모이지만 각각의 형체를 간직한 물방울

「물소리」 역시 두 개의 커다란 상처를 중심으로 서사가 진행된다. 하나는 외삼촌이 어린 시절 받은 상처이고, 다른 하나는 '나'가 결혼생활에서 남편으로부터 받은 상처이다. '나'는 일찍 아버지를 여의고 외갓집에서 자랐다. 초등학교 교사인 어머니는 한 달에 두세 번쯤 다녀갔기에, 외할머니와 이모가 어머니 대신이었다.

아들이 없었던 외할아버지는 외할머니가 아닌 다른 여자와의 사이에서 명준이 외삼촌을 낳아서 데려온다. 외삼촌인 명준은 영아보다 겨우 두 살이 많을 뿐이다. 특히 이모는 외삼촌이 "가족이 아니라는 것을 입증하고 싶어 안달"이다. 이모는 공부머리가 없는 외삼촌에게 말끝마다 "멍청한 놈 미련한 놈"이라는 말을 하고, 도둑 누명을 씌우기도 하며 외삼촌의 스케치북까지 찢어서는 기어이 가출하도록 만든다.

외삼촌의 전시회에 있는 '가족'이라는 그림에는 당시 외삼촌이 품고 있던 황량한 내면풍경이 잘 담겨져 있다. 바닥에 쪼그리고 앉은 소년을 중심으로 한 발 떨어져 무심히 하늘을 올려다보는 여인, 저만치 구석에서 고개를 떨치고 서 있는 사내로 되어 있는 그 그림의 모든 인물은 "제각각 뿔이 나 있"다. 그들의 속마음에는 "무관심, 증오, 멸시"가 가득하며 서로 소통하지 못한다. 이러한 삼촌의 '가족' 그림은 "곧 내 그림"이기도 하다.

'나'는 탁월한 외모의 일류대학을 나온 대학병원 의사와 결혼을 하지만 결혼 생활은 불행의 연속이었다. 남편은 오직 밤낮으로 "돈! 돈! 돈 타령"만을 할 뿐이다. 그 와중에 질러대던 종주먹과 격한 욕설이 그들의 결혼생활을 채우고 있다. 그러나 아침이면 남편은 멀쩡한 얼굴로 희희낙락하며 출근을 했다. 영아는 남편에게 끝도 없이 돈을 가져다가 바치지만, 남편의 돈에 대한 집착은 끝이 없다. 그녀의 결혼 생활은 "한바탕 토네이도나 쓰나미가 휩쓸고 지나간 뒤의 황량함, 폐허 그 자체"였다. 그녀는 이혼 서류에 도장을 찍고 친정에 돌아와서 자신의 뱃속에서 하나의 심장소리를 듣는다.

「물소리」에서는 예술이야말로 어린 시절 받은 상처의 치유수단이었던 것이다. 외삼촌은 "그냥 외톨이라는 존재감에, 존재의 무게 중심이 흔들렸다"고 말한다. 외삼촌에게 미술(예술)은 그러한 상처와 고통으로부터 벗어나는 유력한 치유의 수단이다.

> 난, 말이야. 상당히 마음이 불안정할 때, 그러니까 몸과 마음이 분리되는 느낌이면서 머리가 복잡하게 엉킬 때, 텅 빈 캔버스 앞에 앉으면 마음이 다 잡아지곤 하더라구. (…중략…) 거울은 몸만 비쳐주지만, 캔버스는 몸과 마음까지 죄다 보여주지 뭐냐. 언젠가 그런 생각이 들더라. 캔버스와 난 결코 뗄 수 없는 관계라는 것, 캔버스를 통해 내가 존재한다는 것, 캔버스와 난 한 운명이라는 것……. 그리고 캔버스에 작업을 하면서는 당면한 시간의 문제에 천착하게 되었는데, 다행히 깨닫긴 깨달은 것도 같다. 그러니까 과거나 미래가 아닌 지금 이 시간, 오로지 현재의 이 시간에 초점을 맞추고 열정을 불어넣었어. 달리 말하자면, 원인이나 결과를 분석하기보다는 항상 지금 있는 그대로의 처지가 최고의 가치를 지니고 있다는 걸 터득한 거지.

예술을 통해 자신을 추스린 외삼촌은 마지막에 "전시회 마치고 누님들을 뵈어야겠다. 널 만나고 보니 부끄럽기 짝이 없다. 그동안 내가 쓸데없이 고까워하며 응어리를 품고 살아온 것만 같아서"라고 말한다. 그리고 그 물줄기 위에서 여자는 자연스럽게 남편의 얼굴까지 떠올린다.

흥미로운 것은 이모와 외삼촌은 보란 듯 같은 길을 걷고 있다는 점이다. "멀쩡한 족보를 남의 피로 이을 수 없다고 앙앙거렸던 이모에게 외삼촌은 보란 듯, 이모처럼 그림을 그리고 있"다. 또한 둘 다 독신인 점도 닮아 있다. 과거 외삼촌이 고통 받던 시절, 이모의 캔버스에도 "절망과 암울함"이 가득했다. 김경은 결국 우리 모두는 같은 사람들이라는 인식을 보여준다. 이러한 공통점에 대한 인식이야말로 서로가 서로를 이해하고 용서할 수 있는 기본 바탕이 된다.

이것은 「물소리」에서 '나'가 남편을 이해하고 용서하는 과정에서 잘 나타난다. 시누이는 남편이 일종의 환자라고 말한다. 시누이와 남편은 어머니 없는 어린 시절을 보냈고, 시누이가 중학교 졸업을 앞둔 그 해 겨울 아버지마저 사고로 죽는다. 이로 인해 남자는 돈에 대한 말할 수 없는 집착을 가지게 된 것이다. 그러고 보면 외삼촌에게 한 푼의 재산도 물려주지 않은 어머니나 이모 역시 남편처럼 "돈에 관해서는 일가견이 있는 사람들"이다. 이러한 상황에서 '나'는 "과연 내가 받은 핏줄과 내가 몸담고 커왔던 그릇을 부정할 수 있는가. 부정할 수 없다면, 남편을 경멸할 수도 없는 일"이라고 생각한다. 남편, 어머니, 이모, 그리고 '나'는 모두가 돈에 집착할 수밖에 없는 똑같은 인간이었던 것이다.

그러나 타자의 타자성을 고려하지 않는 것이 엄청난 폭력이 될 수 있다는 것은 동일성의 거대한 폭력을 적나라하게 보여준 20세기를 거쳐 온 모든 이들에게는 하나의 상식이다. 이러한 상식을 김경이 모를 리가 없다. 「소설 쓰는 방」에는 타자를 함부로 동일시하는 것의 문제점이 여러 삽화를 통해서 나타난다. 해부 실습 시간에 카데바의 가슴을 열고 심장 근육을 절개하려는 순간에 간호학과 여학생이 졸도하는 사건이 벌어진다. 그러자 학생들은 그 여학생을 비난한다. 나중에 밝혀진 사실은 그 여학생의 아버지가 심장병으로 사망했다는 사실이다. 그 여학생의 입장에서 볼 때, 졸도는 너무나 당연했던 것이다. 또한 손수창과 그의 여자친구였던 ㄴ이 영화 '시'를 보며 나누는 대화에서도 이러한 인식은 잘 나타나 있다. ㄴ은 "타인을 완전히 이해한다는 건 죽을 때까지 불가능한 일일지도 몰라. 아냐. 확실히 불가능할 거야. 그렇더라도 미자 할머니처럼 끊임없이 노력해야 한다고 생각해"라고 말하고, 손수창은 이 말에 깊이 공감한다.

그렇다면 이제 정리를 해보자. 김경은 상처받은 자들에 대한 지대한 관심을 지닌 작가이다. 나아가 상처받은 자들이 그 고통을 극복해내는 모습을 '비비 꼬지 말고 물 흐르듯 정석대로 써나가는' 성숙한 작가이다. 상처의 극복은 무엇보다도 '우리 모두는 인간이다'라는 당연하지만 가끔씩 잊어버리는 보편성에 대한 뼈저린 인식을 통해 가능하다. 돈만 밝히는 남편도, 이복동생을 괴롭히는 이모도 결국은 우리와 같은 얼굴을 가진 인간들이었던 것이다. 동시에 김경은 그러한 보편성에 대한 확인이 동일성에의 강제로 이어져서는 안 된다는 섬세한 의식 역시 보여주고 있다. 그리하여 김경이 끝내 말하고자 하는 관계의 문법은 「물소리」에서 이모가 그린 물방울 그림에 잘 압축되어 있다.

수많은 물방울들은 한데 모여도 제각각의 형체를 저버리지 않고 있었다. 하나로 뭉쳐서 출렁이지 않고 방울방울 개체로써 뚜렷이 남아 있는 형상

이 물방울의 형상에야말로 관계의 문법이 잘 응축되어 있다. 이때 물방울에서 나는 소리는 단순히 "뚝뚝 떨어지는 소리가 아니라, 물방울이 서로를 위무하며 흐르는 소리"가 된다. '한데 모이지만 각각의 형체를 간직한 물방울'들이 만들어나가는 사회와 예술이야말로 김경의 손가락이 제시하는 창공의 달임에 분명하다.

3 부

# 현실과 정치

# 손녀의 무릎을 베고 누운 할아버지

### 김경욱, 『신에게는 손자가 없다』(창비, 2011)

김경욱은 여섯 권의 소설집과 다섯 권의 장편소설을 발표한, '진화하는 소설 기계'라는 말이 조금도 과하거나 모자라지 않은 한국문단의 부지런한 작가이다. 오랫동안 그의 소설세계는 절대적인 가치에 대한 부정, 거대이념이 아닌 문화담론에 대한 관심, 역사나 현실에의 참여가 아닌 일상에서의 유희 등으로 채워져 있었다. 그것들은 모두 포스트모더니즘적인 세계인식과 창작방법으로부터 그리 멀지 않은 자리에 놓여 있었다. 『신에게는 손자가 없다』에서도 한순간의 어긋남만으로도 삶 전체가 망가지는 모습을 그린 「허리케인 조의 파란만장한 삶」이나 인과관계가 분명한 조서(調書)의 세계로는 감당할 수 없는 애매모호한 죽음을 다룬 「하인리히의 심장」처럼 이전과 비슷한 경향의 작품들이 존재한다. 이와 같은 작품들뿐이라면, 김경욱에게 '소설기계'라는 호칭은 적당할지언정 그 앞에 '진화하는'이라는 수식어를 붙이기에는 망설일 수밖에 없다.

이번 작품집에서 '진화하는' 모습이 뚜렷하게 드러나는 경우는 지금의 현실과 보다 밀접한 관련을 보이는 작품들에서이다. 그러한 특징은 표제작이기도 한 「신에게는 손자가 없다」에서부터 선명하게 드러난다. 이 작품은 퇴행(regression)의 서사를 통해 지금-이곳의 끔찍함을 강렬하게 환기시킨다. 할아버지와 손녀는 재개발 구역에서 힘들게 살아간다. 그러던 중에 손녀는 부유한 집 아이들에게 성추행을 당하고, 이로 인해 심각한 후유증에 시달린다. 그럼에도 세상은 가해자들에게 아무런 처벌도 내리지 않으며, 몇 푼의 돈으로 무마하려고만 든다. 이에 사내는 군복을 꺼내 입고 자신만의 "심판"을 위해 나선다. 그러나 사내의 심판은 가해자들을 중심으로 구축된 이 지상의 질서에 작은 생채기 하나 내지 못한다. 이러한 상황에서 울던 손녀에게 "울면 안 돼. 울면 안 돼. 싼타할아버지는 우는 애들에겐 서언물을 안 주신대. 싼타할아버지는 알고 계신대. 누가 착한 앤지 나쁜 앤지"라는 노래를 불러 주던 할아버지는, 손녀로부터 똑같은 노래를 듣는 아이가 된다. 궁전이라는 아파트로 대변되는 자본주의 질서와 타협하지 않고, 성장의 역순을 밟아 아이가 되어버린 할아버지는 이 세계의 문제와 한계를 심문하는 '불편한 타자'가 된 것이다.

이러한 퇴행의 면모는 「아버지의 부엌」에서도 확인할 수 있다. 이 작품의 아버지는 아들이 법대를 나와 힘 있는 남자가 되기를 원한다. 이러한 목적을 이루는데 방해가 되는 것은 결코 용납할 수 없다. 세계 최고의 요리사가 되겠다는 아들의 꿈은 물론이고, 아들이 시집을 읽거나 여자 친구를 사귀는 것도 용납하지 않는다. 하물며 아들이 '미미의 부엌'이라는 장난감 세트를 몰래 사서 노는 모습은 상상할 수도 없는 일이다. 아버지는 돼지저금통을 털어 '미미의 부엌' 세트를 산 아들을 전봇대에 묶어 놓는다.

그랬던 아버지가 노인이 되어 아들과 함께 미술관에 간다. 그리고는 그곳에 설치된 실물 크기의 '미미의 부엌'에 앉아 꾸벅꾸벅 졸고, 그런 아버지를 위해 아들은 정성껏 식사를 차린다. 아들을 매개로 표출된 아버지의 폭력적이기까지 한 출세욕은 이 사회가 만들어낸 것인지도 모른다. 목수였다가 사다리에서 떨어져 다리를 저는 아버지는 암표를 팔며 간신히 살아왔던 것이다. 더군다나 아내마저 없어 그는 부엌일까지도 혼자 도맡았다. 그런 그가 법대를 나와 힘 있는 성인이 된 아들을 갈망한 것은 어찌 보면 당연한 일이다. 그러나 아버지의 욕망은 끝내 허용되지 않았고, 아버지는 마지막 순간 힘들었던 부담을 내려놓고 '미미의 부엌'에서 조는 아이로 되돌아간 것이라고 말할 수 있다.

「99%」에서 '나'가 세상으로부터 비롯된 위기에 대응하는 방법 역시 일종의 퇴행에 가깝다. 주인공이 다니던 광고회사에 미국에서 잔뼈가 굵은 국제통인 스티브 킴이 입사한다. 꽃미남에 뛰어난 매너까지 갖춘 스티브 킴은 누구나 인정할 수밖에 없는 광고 아이디어를 계속해서 제출한다. 그 결과 얼마 전까지만 해도 '나'를 회사의 재주꾼, 아이디어 뱅크라고 치켜세우던 사람들은 스티브 킴을 칭찬하기에 바쁘다. 이러한 위기 상황을 극복하는 방법으로 '나'는 과거로 돌아가는 길을 택한다. '나'는 고등학교 시절에 어려운 가정 형편으로 학비와 장학금을 받기 위해 인근 섬의 사립학교로 전학을 갔던 것이다. 그곳에서 '나'는 늘 1등이었고, 모두로부터 동경과 흠모의 시선을 받았다. 그중에서도 가장 강렬한 동경과 흠모의 시선을 보낸 이는 '나'가 입학하기 전까지 섬마을 고등학교의 수석이었던 김태만이다. 위기에 처한 주인공은 어느 순간부터 별다른 근거도 없이 '스티브 킴=김태만'이라는 허구적인 믿음에 절대적으로 의존한다. 마녀사냥에서 마녀로 지목된 이가 벗어날 수 있는 방법은 없는 것처럼, 이러한 믿음을 깨뜨릴 수 있는 방법은 존재하지 않는다. '김태만=스티브 킴'이라는 믿음은 본래 현실에서 자신이 느끼는 참담함과 왜소함을 은폐하기 위한 허구적 형상이기 때문이다.

김경욱의 이번 작품집에서 어른들이 사회 속에서 온전한 자리를 차지하지 못하고 어린 시절로 퇴행하는 모습을 보인다면, 같은 맥락에서 젊은 세대는 결코 온전한 성인의 자리에 도달하지 못한다. 「아버지의 부엌」에서 아버지의 폭력적인 출세욕에 휘둘렸던 아들은, 전봇대에 묶인 순간 "아버지에게 부탁 같은 건 하지 않으리라, 아버지의 기쁨을 위해 1등을 하는 일은 다시 없으리라 다짐"한다. 이후 그는 거절하지 못하는 사람으로 성장한다. 대학 동기의 자동차 구매 권유도, 수천만 원의 신용대출에 보증을 서달라는 친구의 부탁도 거절하지 못한다. 심지어 결혼도 과외학생이었던 아내의 요구를 거절하지 못했기 때문에 이루어진 것이다. 그는 자신의 의지와 욕망을 포기함으로써 한 명의 온전한 성인이 되기를 스스로 거부한 것이라고 볼 수 있다.

「태양이 뜨지 않는 나라」의 조부손(祖父孫) 삼대 역시 이 사회에서 제대로 된 자리를 차지하지 못한다. 할아버지는 일제시대에, 아버지는 자신의 아버지를 미워하던 어린 시절에 고착되어 있다. 주인공인 손자 역시 이 사회의 변두리만을 맴돌 뿐이다. 「러닝 맨」에서 취업 사수생인 주인공은 낙방을 알리는 이메일로 구겨진 기분을 달래는 방법으로 할 수 있는 것이 자위 밖에 없다. 강남에 살고 있는 과외 학생인 은재와 데이트를 하던 그는 자신의 뜻과는 무관하게 범죄자로 내몰린다.

이번 작품집에서 가장 많이 반복되는 요소는 엄마(모성)의 부재라고 할 수 있다. 「신에게는 손자가 없다」에서 아이의 엄마는 아이를 낳은 후 시름시름 앓다 죽었고, 아빠는 어디선가 궁전을 지으며 떠돈다. 「아버지의 부엌」에서도 어머니는 존재하지 않아 아버지가 부엌일을 도맡아야 했다. 「태양이 뜨지 않는 나라」에서도 엄마는 자신이 섬기는 신을 위해 세 명의 남자를 버리고 집을 나가버린다. 어머니는 가끔씩 아무 소리도 내지 않는 전화를 통해 자신의 존재를 알릴 뿐이다. 이러한 모성의 부재는 인물들의 성장을 더욱 어렵게 만드는 요소임에 분명하다. 김경욱의 『신에게는 손자가 없다』(창비, 2011)는 어른 되기의 불가능성 혹은 성장의 불가능성과 관련된 것으로 읽을 수도 있다.

김경욱의 이번 작품집은 씁쓸한 안도감을 선사한다. 이 작품에서 고통으로 가득한 지금의 현실을 벗어나는 방법은 존재하지 않는다. 「신에게는 손자가 없다」에서 사내가 심판을 내리기에 이 사회는 너무나도 견고하고 튼튼하기 때문이다. 부동산 중개업자 김형태, 기간제 교사 강지선, 아파트 관리사무소에서 일하는 고만석은 잠금장치가 풀려 있다거나 교실 문 자물쇠가 뜯겨 있다거나 관리사무소의 열쇠 구멍이 뚫려 있는 일을 겪지만, 그것들은 이내 곧 봉합되어 버리고 만다. 이러한 상황의 연장선상에서 사내가 겪는 일들도 이 사회의 견고한 벽에 균열을 일으키지 못하고, 이내 흡수되어 버릴 해프닝에 그칠 것임이 암시되고 있다. 이 상황에서 사내는 성장의 주체도, 성장을 지켜봐 주는 '누나'도 아닌 아이가 되어 버린 것이다.

　「러닝 맨」에서도 '나'는 팔뚝에 뱀 문신을 한 사내에게 이유 없는 불안감과 경쟁심을 느껴 그와 전력을 다해 레이스를 펼친다. 이러한 이유 없는 불안감은 오토바이 폭주족, 돌팔매질을 하는 아이들에게서도 계속해서 감지된다. 주인공은 별다른 이유도 없이 그들을 범죄자로 간주하고, 동시에 그들로부터 범죄자로 취급받는다. 이 만연한 불안과 불신은 어디서부터 비롯된 것일까? 그것은 도시를 가로지르는 계급적 구분에서 비롯된다. 강 건너에 성벽처럼 늘어서 있는 아파트는 "난공의 요새"(52)처럼 보이며, 강은 "성벽으로의 접근을 차단하는 해자"(52)이다. 이러한 계급적 장벽은 모든 인간들 사이에도 불신의 장벽을 높이 쌓아갔던 것이다. "이곳, 거대도시의 한복판에서 정체를 알 수 없는 놈에게 영문도 모른 채 린치를 당한다 해도 도움을 청할 사람도, 납득할 수 없는 불운을 증언해줄 사람도 없"(59)다. 자전거 대여소에는 강남 일대의 고급 주택가와 아파트단지에서 잇달아 발생한 부녀자 납치강도 사건의 용의자 사진이 걸려 있다. 그러나 용의자는 사진의 주인공에게만 해당되지 않는다. 강남 밖의 모든 이들은 언제든지 강남이 쌓아올린 부를 절취해갈지도 모르는 용의자이기 때문이다. 실제로도 과외를 하러 간 첫날 아파트 경비는 '나'를 향한 의심의 눈초리를 결코 거두지 않는다. 이 작품은 "강 건너는 아직 아득하기만 했다"(60)는 문장으로 끝난다. 지금-이곳에서 강을 건너는 것은 사실상 불가능하다.

「태양이 뜨지 않는 나라」에서 중학교도 졸업하지 못해 주유소 아르바이트 등으로 근근이 살아가는 주인공은 이제 습관처럼 사던 복권을 더 이상 구입하지 않는다. 이것은 복권으로 상징되는 최소한의 희망도 허락하지 않는 세상을 떠올리게 한다. 「99%」에서 자신을 지탱하는 방법은 고작해야 자기기만에 기초한 아큐식 정신승리법에 지나지 않았던 것이다.

대부분의 주인공들은 퇴행(regression)이나 고착(fixation)으로 인해 자신을 패배시킨 현실에 맞설 주체로서 온전히 서지도 못한다. 이로부터 씁쓸함을 느끼지 않기는 힘들 것이다. 한편 이처럼 씁쓸한 현실이 역사적 상황이 아닌 자연적 존재조건으로 그려질 때, 독자들은 묘한 안도감을 느낄 수도 있다. 어차피 이들이 겪어내야 하는 비루한 현실은 노력이나 의지의 범위를 벗어나 있어 그 누구에게도 책임을 물을 수 없기 때문이다. 김경욱은 현실이라는 거대한 문의 입구에 다가서고 있다. 이번 작품집에서 사회로부터 소외받은 자들에 대한 관심이 비교적 선명하게 드러나는 것도 이러한 변화와 관련된 것이다.[1]

---

1 「허리케인 조의 파란만장한 삶」의 주인공인 허리케인 조 역시 평생을 루저(loser)로 살다간 사람이며 「하인리히의 심장」에서도 유기견처럼 버림받은 자들이 반복해서 등장한다.

# 우리는 인간인가?

정용준, 『가나』(문학과지성사, 2011)

## 1. 인간의 최소 조건

정용준은 발본적인 지점에서 인간의 기본적인 존재 조건을 사유하고자 한다. 정용준식 막장 드라마를 가장 선명하게 보여주는 작품은 「벽」이다. 정용준의 「벽」은 염전에서 "완전히 마모되거나 부서지지 않는 이상"(318) 멈출 수 없는 강제 노역에 시달리다 죽어 나가는 사람들에 대한 이야기이다. 이 소설에서 '벽'은 최소한 두 가지의 의미를 지니고 있다. 하나는 신분증도 이름도 없이 죽음으로만 벗어날 수 있는 극단적인 노역에 시달리다 염전에서 죽어나가는 사람들 즉, "살아 있는 시체"(320)를 의미하고, 다른 하나는 이 사회에 강고하게 놓여 있는 그리하여 살인적인 노역을 하는 사람들을 벗어나지 못하게 하는 사회적 적대의 구분선을 의미한다.

이 작품에 등장하는 구분선은 인간과 비인간을 가로지르며 놓여 있다. 이 작품은 과연 '인간은 무엇인가'라는 근원적인 질문을 던지고 있다. 그 질문은 네 가지로 세분화된다. ① 인간은 동물과 구분되는 생물학적 종을 의미하는가? ② 인간은 최소한의 의식주가 보장되는 삶을 의미하는가? ③ 인간은 어떠한 일이든지 하며 무언가를 생산하는 상태를 의미하는가? ④ 인간은 최소한의 윤리와 도덕을 지닌 상태를 의미하는가?

남자는 노숙을 하며 지내다가 "〈이웃을 사랑하는 시민연대〉 총무 한연주"(309)에게 오십만 원을 받고 신분증과 명의를 빌려준다. 어느새 남자는 삼천만 원을 대출받은 사람이 되고, 그것을 빌미로 한 청년의 봉고차에 실려 염전이 있는 굴도에 끌려간다. 굴도에 끌려온 사람들은 대부분 신원이 불분명하고, 신원이 밝혀지더라도 그것을 증명해줄 가족이나 근거를 찾기 힘들다. 더욱 문제적인 것은 이러한 조건의 사람들 즉, 일꾼이 될 사람이 "소금 더미만큼이나 많이 널려 있다"(318)는 점이다. 그곳에서 남자는 자신과 함께 끌려온 사람들과 "존재 자체가 완전히 부정되는 끔찍한 감정"을 느끼게 되는 폭력을 당하고, 몸에 번호가 새겨지고, 왼쪽 발목의 사분의 일이 잘려나간다. 그것은 노역에 투입되기 전에 거치는 과정으로서, 청년은 "인간"(316)을 만드는 과정이라고 담담하게 말한다. 청년이 말한 인간은 ③에서 언급된 인간의 조건과 관련된다. 노숙을 하며 무위도식하던 남자는 굴도의 염전에 와서 비로소 무언가를 생산하는 존재 즉, '인간'이 된 것이다.

이제 남자의 목에는 21이라는 붉은 숫자가 선명히 새겨진다. 끌려온 일꾼들 사이에도 엄밀한 구분선이 다시 한 번 그어진다. 일꾼들은 다른 일꾼들을 관리하는 반장, 보통의 일꾼, 벽의 세 종류로 나뉘는 것이다. 벽은 반장이 되려는 일꾼이 자신의 능력을 증명하기 위해 효용성이 가장 떨어지는 다른 일꾼을 폭행해 만들어 놓은 "살아 있는 시체"이다. 보통의 일꾼들은 반장이 되기 위해서 혹은 벽이 되지 않기 위해서 "낙오하지 말자, 규칙을 어기지 말자, 누구보다 열심히 일하자, 살아남아야 한다"(320)며 전의를 불태운다. 반장, 일꾼, 벽은 인간으로서 다음의 조건들을 충족시킨다. 반장이 ①, ②, ③의 조건을 충족한다면, 일꾼은 ①과 ③의 조건을, 벽은 ①의 조건만을 충족한다.

21로 살아가던 남자도 18과 9를 벽으로 만들고 반장 21이 된다. 반장 21은 결국 죽어버린 벽들을 바다에 던지며 "이것은, 사람이 아니다. 이것은, 사람이 아니다. 이것은…… 사람이 아니다"라고 주문처럼 되뇌인다. 분명 이들은 시체가 된 일꾼들을 향한 말이기도 하지만 동시에 반장21 자신을 향한 것이기도 하다. 반장21의 삶은 ④번과 관련된 인간의 조건에는 턱없이 모자라는 것이기 때문이다. 이 무간지옥에서는 인간으로서의 품격이랄까 기본을 지키는 존재 즉, ④를 충족시키는 인간은 존재할 수 없는 것일까? 다행히도 9가 존재한다. 그는 ④와 관련된 인간의 조건을 충족시키는 윤리적 존재이다.

자신의 일꾼 시절을 아는 9를 볼 때마다 "기묘한 수치심"을 느끼던 반장 5는 9에게 일꾼이 될 기회를 제공한다. 9는 의례적 절차로 18을 벽으로 만들면, 그 힘든 노역에서 벗어나 관리직이 될 수 있다. 이때 9는 자신이 벽이 되는 길을 택하고 끝내 18을 벽으로 만들지 않는다. 그렇다면 9는 ④의 조건을 충족시킨 유일한 존재라고 할 수 있다. 그러나 ④의 조건을 충족시킨 결과, 9는 곧 ①의 조건만을 충족한 벽이 되어버린다. 그렇다면 이 작품에서 마땅히 인간이 갖추어야 할 4가지 조건은 단 한번도 동시에 구현되지 못한다. 이 작품에서 인간은 언제나 결핍된 상태일 수밖에 없는, 비인(非人)이다.

이 작품이 더욱 문제적인 것은 염전의 상황이 이 시대의 특수태가 아닌 보편태일 가능성을 보여준다는 점이다. 동료 일꾼을 벽으로 만들라는 주인의 명령을 듣고 21은 아주 짧은 동안 갈등을 느낀다. 그 갈등은 "지금 나는 불행한가? 불행하다면 염전에 오기 전, 나는 불행하지 않았었나?"(326)라는 생각으로 이어진다. 그렇다면 굴도의 염전은 경계 밖의 특수구역이 아니라 이 시대 가장 전형적인 공간이라고 말할 수도 있을 것이다. 정용준의 「벽」은 지옥도 속에서 인간과 비인의 경계는 어디인지, 우리는 과연 한번이라도 정녕 인간이었던 적이 있었는지 등의 쉽지 않은 질문을 던지는 소중한 작품이다.

「굿나잇, 오블로」에서도 죽음보다 못한 삶이 그려지고 있다. "비대한 몬스터의 실물, 그 자체"(106)인 오블로는 텔레비전에 출연할 정도로 거대한 몸과 경이적인 몸무게를 지니고 있다. 꼬프라는 이름을 지닌 오블로의 아버지는 TV에 출연해 눈물을 흘리며 후원받는 돈을 늘리는데 골몰하지만 곧 후원금을 도박과 유흥으로 탕진한다. 꼬프는 방송에 전화해서 자신의 딸을 한번만 촬영해 달라고 애원 내지는 협박하는 것이 가장 큰 일이다. 무엇보다 꼬프는 딸을 밤마다 심하게 학대하여, 오블로는 그러한 아버지를 괴물로 인식할 정도이다.[1] 어머니마저 집을 나가 버린 이 가정에서 그나마 오블로를 돌보는 사람은 동생인 스끼 뿐이다. 스끼는 아버지에게 제발 이제 그만 오블로를 병원에 보내서 치료하자고 말한다. 그러나 돈만이 목적인 꼬프는 이를 거부한다. 소설 「오블로모프」에서 오블로모프는 자신을 사랑하던 부인이 떠나가자 부인이 남긴 편지를 안고 죽는다. 스끼는 오블로에게 "오블로모프는 죽을 때 어땠을까? 죽는 것이 슬펐을까? 아니면 이 무력감에서 벗어나는 것이 행복했을까? 난 그것이 궁금해…… 어떤 죽음은 어떤 삶보다 차라리 행복할 수도 있을 것 같아서"(130)라고 묻는다. 이 질문은 사실 오블로가 아닌 독자들에게 묻는 것이나 마찬가지다. 과연 이

---

[1] 오블로, 꼬프, 스끼라는 이름은 모두 스끼가 지은 것이다. 스끼는 우연히 〈고독한 예술가들의 땅, 러시아〉라는 다큐멘터리를 보게 되었고, 거기서 그들이 존경하는 작가들은 모두 이름의 마지막에 '스끼'라는 이름을 지니고 있었다. 오블로는 곤차로프가 쓴 「오블로모프」라는 작품에서 비롯된 것이다. 오블로모프는 "게으르고, 무감각하고, 열정이 없고, 심지어 슬리퍼에 발가락을 집어넣는 것도 귀찮아서 가만히 앉아서 하인들에게 먹을 것을 가져오게 하고 똥, 오줌까지 받게 했어. 숨 쉬는 것조차 귀찮았을지도 몰라"(115)라고 불리는 인물이다. '꼬프'는 체호프의 소설 「관리의 죽음」에 등장하는 '체르뱌꼬프'에서 나온 이름이다. 그는 소심하고 작은 인간의 전형이다.

가족의 삶, 그중에서도 오블로의 삶은 죽음보다 나은 것이라고 말할 수 있을까? "오블로는 오늘, 자신을 괴롭혔던 존재들과 처음으로 즐겁게 지낼 수 있었다"(131)는 문장은, 오블로에게는 삶보다 차라리 죽음이 행복했음을 증명한다.

「가나」의 '나'는 본래 고향에서 돌을 깨는 노역장에서 일을 했지만, 마을은 곧 자급자족할 능력을 상실했다. 마을 청년들은 돈을 벌기 위해 마을을 떠났고, '나' 역시 아이의 이름도 짓지 못한 채 브로커와 함께 국경을 넘었다. 처음 그는 일 년에 한두 번은 고향에 갈 수 있을 줄 알고 국경을 넘었지만 고향을 떠난 이후 한 번도 다시 고향을 밟을 수는 없었다. 배를 타고 나서도 이방인으로 겪는 그의 곤란은 끝나지 않는다. 작은 항구에 이틀간 머물렀을 때 사람들은 "이방인인 나를 시종일관 호의적이지 않은 눈빛으로 쳐다봤고 입술을 비틀고 묘하게 웃으며 키득"(57)거렸다. '나'는 바다에 떨어져 죽지만, 그의 죽음은 "신원 미상. 아랍계 외국인 노동자로 추정. 해당되는 실종 신고 없음"(65)이라는 간단한 몇 마디 말로 정리된다. 이후 남자는 행려병자로 분류되고 화장터로 옮겨진다. 그의 죽음은 그렇게도 간단하게 처리되고 마는 것이다. 「먹이」의 '나'도 다른 사람들과 마찬가지로 자신의 삶이 죽음보다 낫다고 확신하지 못한다. "때로는 사망신고를 해버리고 유령처럼 살면 좋지 않을까,라는 생각을 수도 없이 했죠. 물론 그러지 못하고 여전히 이렇게 살아 있지만 말입니다"(172)라고까지 생각하는 것이다.

정용준의 이번 소설에서는 언어장애자가 유독 많이 등장한다. 「가나」의 '나'에게는 "여자가 아닌 아이"(47)에 가까운 하비바라는 아내가 있다. 하비바 역시 "들을 줄만 알고 말은 못하는 벙어리"(47)이다. 「굿나잇, 오블로」에서 "오블로는 말하고 싶었다"(108)고 표현될 정도로, 오블로 역시 말하지 못하는 자이다. 「구름동 삼거리」에서 농 역시도 "니, 니, 니들이 불쌍해서 아, 아깝기도 하고……"(140)라고 말하는 정도의 심각한 말더듬이이다. 이것은 단순한 장애를 의미한다기보다는 이들이 처한 사회적 상황 즉, '말할 수 없는 자들'이라는 상징적 위치를 보여준다.

이러한 특성은 정용준의 「떠떠떠, 떠」에 잘 나타난다. 사랑을 나누는 두 남녀는 모두 정상인과는 다른 신체상의 특징을 지니고 있다. '나'는 "혀끝이 입술에 부딪치지 않고 발음되는 단어들, 입천장에 혀가 닿지 않고 태어나는 부드러운 언어들, 입술 사이에 암초처럼 걸려 빠져나오지 않는 커다랗고 단단한 단어들"(186)을 제대로 발음하지 못한다. 여자는 갑자기 발작을 하며 잠에 빠져드는 기이한 모습도 자주 보여준다. 그러나 진정한 장애는 사회에 의해 탄생한다고 말할 수 있다. 아무도 제3의 초월적인 지점에서 정상과 비정상 사이에 구분선을 그릴 수는 없기 때문이다. 그들의 특이한 신체적 특징을 장애로 만들어 버리는 것은 정상만을 용납하는 사회의 폭력적인 환경 때문이다.

이 작품에서는 '나'가 겪은 두 가지 사례를 통하여 정상을 자처하는 사회의 폭력을 선명하게 드러내고 있다. '나'는 열한 살이었을 때, 담임선생님으로부터 매달 27일만 되면 "한 문장씩. 또박. 또박. 또박"(189) 교과서 읽기를 강요받는다. 그는 아이들이 놀리고 괴롭히는 것조차 지루해질 때까지 "떠, 떠, 떠, 떠, 떠"(190)를 반복해야만 했다.[2] '나'가 결정적으로 벙어리가 되기로 결심한 것은 열여섯 살 때이다. '나'는 마지막이라는 심정으로 "'저는 말을 더듬습니다. 꼭 고치고 싶습니다. 용기를 얻기 위해 이 자리에 섰습니다'"(194)라는 글귀를 적어 목에 걸고 선다. 그러나 사람들은 화살처럼 박히는 싸늘한 눈빛만을 던지고, '나'는 이제 벙어리가 되기로 결심한다. 정용준 소설에 등장하는 언어장애는 이

---

[2] 그 비참한 책읽기를 끝마칠 수 있었던 것은 바로 여자아이가 발작을 했기 때문이다. 여자아이는 갑자기 "인간으로서 도저히 취할 수 없는 포즈로 온몸을 꼬고 끔찍한 소리를 질러"(191)낸다. 이후 여자아이는 다른 학교로 전학을 가는데, 그녀 역시 사회로부터 배제되고 소외된 존재임을 알 수 있다.

처럼 절실하게 사회적 문제의식을 원경으로 거느리고 있다.


## 2. 시(詩)가 탄생하는 순간


「떠떠떠, 떠」에서 벙어리가 될 수밖에 없었던 남녀는 결국에는 동물의 탈을 뒤집어쓰기로 결심한다. 동물이 됨으로써 그들은 다시 한번 인간이 되고자 하는 것이다. 남자는 차라리 벙어리가 되겠다며 사자 머리를 뒤집어쓰고, 여자는 수시로 찾아오는 잠으로부터 자신을 지키는 방책으로 판다 머리를 뒤집어쓴다. 무엇보다 그들은 "동물"(192)이 될 때만, 일하는 것이 가능해진다. 말을 바꾸자면 그들은 동물이 될 때만, 이 사회에서 용납된다. "동물은 인간의 언어가 필요 없"(192)는 까닭에, 사자가 된 순간만큼은 남자에게 언어장애는 아무런 문제가 되지 않는 것이다. 남자가 사자의 탈을 뒤집어쓰고 있으면 아무도 그에게 질문하지 않는다. 이러한 사정은 여자에게도 마찬가지이다. 그녀가 판다의 탈 뒤에 숨었을 때는, 사람들이 갑작스럽게 찾아오는 발작 역시 귀여운 연기로 인식하기 때문이다. 그들에게 사자와 판다의 탈은 비로소 사회의 한 구성원이 될 수 있는 정체성을 부여해주는 마법의 가면인지도 모른다. 그리하여 가면을 벗은 순간, 그들은 인간도 동물도 아닌 "정체불명의 생물로 기묘하게 변태"(200)한다.

이들은 동물이 됨으로써만 인간이 된다는 아이러니한 상황에 빠져 있는 것이다. 그렇다면 여기서 두 번째 질문이 도출된다. '동물의 모습을 하고 사람들로부터 동물 취급을 받는 인간은 과연 인간일 수 있는가?'가 그것이다. 물론 그들은 더 이상 어마어마한 사회적 폭력에 노출

되지는 않지만, 탈을 쓴 순간에 그들은 동물로 인지된다는 점에서 그들을 인간이라고 부르기는 어려울 것이다.

그렇다면, 이제 마지막 질문에 도달했다. 그것은 바로 이 '두 남녀를 끝까지 인간이 되지 못하게 만드는, 우리들은 과연 인간인가?'라는 의문이다. 장애도 없고, 동물의 탈도 쓰고 있지 않지만 과연 우리는 최소한의 윤리와 도덕을 지닌 진정한 의미의 인간이라고 말할 수 있을까? 소설 속 남녀의 삶이 인간의 그것과는 멀어질수록, 그들을 둘러싼 일반인들 역시 참된 인간의 자리에서는 멀어진다고 말할 수밖에 없을 것이다.

정용준은 인간의 최소 조건을 끈질기게 탐구한다. 인간으로 성립하는 최저선을 질문하는 정용준답게 이 작품집에서는 끊임없이 인간과 동물이 비슷한 존재로서 그려진다. 그렇기에 「떠떠떠, 떠」와 마찬가지로 그의 많은 작품들에서는 실제와 비유의 차원 모두에서 인간이 동물의 경계에까지 이른다. 「먹이」는 서사의 전체가 어린 시절부터 유난히 약하고 두려움이 많아 외톨이로 줄곧 따돌림을 당한 주인공이 자신의 야성을 잃어버리고 동물원에서 시들어가던 검은 표범이 되어 가는 과정을 그리고 있다. 동물원의 검은 표범과 함께 생활하던 '나'는 "먹이처럼 행동"하고 "먹이와 같아졌어요"(176)라고 말하는 단계를 지나 먹이에게 자신의 몸을 다 주고, 나중에는 먹이가 곧 자신이 되는 단계에 이른다. '나'는 "돈을 벌고 살아야 하는 것, 그래서 누군가와 함께 끊임없이 겨루고 싸워야 하는 삶"(171)을 두려워한다. "사회라는 거대한 야생"(172)이 죽도록 두려운 '나'는 결국 동물원의 표범과 하나가 된 것이다.

「여기 아닌 어딘가로」는 전쟁이 터진 가상의 세상을 다루고 있다. 이 작품은 지금의 세상과 유사한 하나의 이미지를 위해 쓰였다고 해도 과언이 아니다. 길가에 버려진 어항에 햄스터 암수 한 쌍을 사온다. 그랬더니 햄스터들은 틈만 나면 교미를 한다. 이제 햄스터들은 먹이도 먹지 않고, 막 태어난 새끼들을 물고 씹고 뜯는다. 주인공은 처치곤란에 처한 어항을 해결하기 위해 어항에 불을 붓는다. 전쟁으로 댐이 폭파되자 세상은 바로 그 어항 속과 비슷해진다. '어항=세상'이라는 등식이 성립하는 것이다. 본래 인접성의 원리에 따라 구성되는 소설의 기본적인 특성과 달리 정용준의 소설은 유사성에 따라 결합되는 시의 특징을 보이는 경우가 많다. 정용준의 소설에는 여러 은유가 사용되는데, 특히 인간과 동물을 관계 맺는 은유가 가장 빈번하다. 「구름동 수족관」에서도 송은 "우럭의 해진 주둥이가 목욕탕 거울에 비친 자신의 입술과 닮았다고 생각"(146)하고, 농은 광어를 보며 "구름이의 얼굴과 닮았다는 생각"(154)을 한다.

「가나」의 마지막 12장은 죽은 나가 화자로 등장하여 아내인 하비바에게 보내는 편지형식으로 되어 있다. 그는 아이의 이름을 노래라는 의미를 지닌 "가나"(67)라고 짓자고 말한다. 이 작품에서 사람은 죽어 노래(소리)가 된다. '나'는 죽은 후에 "당신이 좋아했던 노래가 되었다"(67)고 아내에게 말한다. 하비바 역시 "엄마가 죽었습니다. 엄마가 좋아하는 노래입니다. 엄마가 죽었습니다. 나는 노래하고 싶습니다"(50)라고 말하는데, 하비바의 사랑하는 어머니도 노래(소리)로 남는다. 마지막으로 "아이의 울음소리만큼은 잊지 않았다. 그 소리를 어찌 잊겠는가"(67)라는 말에서 알 수 있듯이, '나'가 떠올리는 아이의 마지막 모습 역시도 소리이다. 이처럼 언어가 아닌 소리를 지향하는 순간에 그의 소설은 음악을 지향하게 된다. 이 순간은 정용준의 소설이 다루고 있는 대상과는 무관하게 시의 영역으로 월경하는 시간이기도 하다.

## 3. 그대 진정 사랑해본 적 있는가?

이토록 처참한 현실에서 벗어날 수 있는 가능성을 제시하고자 애쓴다는 점에서 정용준의 소설은 요즘의 일반적인 소설과는 매우 다르다. 그렇다면 죽음보다 못한 삶을 사는 이 벌거벗은 인간들이 이 지옥보다 못한 이승에서 벗어나는 방법은 무엇일까? 정용준은 조건 없는, 그리하여 진정 윤리적인 사랑만이 우리를 구원할 수 있다고 말한다.

「떠떠떠, 떠」는 두 남녀의 뜨거운 사랑 고백으로 끝난다. 이들을 인간과 멀어지게 하는 보통 사람들 역시 인간과 거리가 먼 존재들이라면, 참된 인간은 끔찍한 운명을 공유한 신인류의 연대를 통해 가능할 것이다. 「떠떠떠, 떠」의 남자가 여자에게 하는 "떠, 떠떠, 떠떠, 떠떠떠, 떠, 떠, 아아, 아아아하아아, 아아아, 아, 사, 사, 사아, 아, 아아, 아아아, 라라, 라라라라, 라, 라라라, 아, 아아앙, 해"(206)라는 고백에는 기존의 모든 의미와 질서에서 벗어난 새로운 관계의 모습이 흐릿하게나마 나타나 있다.

「구름동 삼거리」역시 벌거벗은 자들의 따뜻한 공감과 연대에 기초한 사랑을 제시한다. 횟집의 주인인 농은 구름이를 혼자 키우며, 창녀인 작부집의 송은 구름이에게 관심을 갖는다. 농의 아내는 심각한 기형의 얼굴인 구름이를 낳다가 죽었다. 농은 아내의 목숨을 앗아간 구름이를 죽이려 했지만, 구름이의 부드럽고 따뜻한 침과 심장박동을 느끼고 마음을 고쳐먹는다. 기형의 아이를 혼자 키우는 농의 삶은 말할 것도 없고, 싸구려 작부집의 송의 삶 역시 피폐하기 이를 데 없다. 별의별 남자들의 원초적 욕구를 받아내는 것이 송의 삶이기 때문이다. 송은 틈만 나면 횟집에 와서 구름이에게 애정을 표한다. 이것은 송이 애비가 누구인지도 모르는 아이를 사산했던 경험에서 비롯된다. 농 역시

"송의 나이가 죽은 아내와 비슷할 거라고 생각"(154)하는 것에서 알 수 있듯이, 송에게서 자신의 죽은 아내를 본다. 이 작품은 "벚꽃이 매달린 나뭇가지가 들어 있다. 구름 횟집에 봄이 온다"(161)라는 마지막 문장에서 알 수 있듯이, 사회의 궁지로 내몰린 자들의 공감과 연대가 얼마나 아름다운 가능성을 지닌 것인지를 암시하며 끝난다.

「사랑해서 그랬습니다」는 공감과 연대를 넘어선 보다 본질적인 지점에서의 사랑을 이야기하는 작품이다. 정용준이 말하는 사랑이 얼마나 뜨겁고 대담한 것인지를 증명하기에 모자람이 없다. 이 작품에서 사라는 이유 없이 헛구역질을 하고 아랫배가 나온다. 사라의 어머니는 여자의 직감과 경험으로 사라가 임신했다고 확신한다. 그러나 남자와 관계를 맺은 적이 없는 사라는 이러한 어머니의 판단을 절대 부인한다. 임신 테스터에서 임신을 의미하는 신호가 나타났을 때도 사라는 결코 자신이 임신했다고 생각하지 못한다. 사라는 도대체가 남자와 관계를 가진 바 없기 때문이다. 그러나 딱 한번 그녀는 의식불명 상태에서 동생의 친구에게 강간당한 적이 있다.

나중 사라는 병원에서 자신이 임신했음을 알게 되지만, 끝내 자신과 관계한 남성이 누구인지는 알지 못한다. 사라의 부모는 사라에게 낙태할 것을 온몸으로 절규한다. 그러나 사라는 "배 속에서 똑, 똑 노크"(274)하는 소리를 들은 이후, "누군가 너를 죽인다면 나도 죽을 거야"(275)라는 다짐을 한다. 사라는 배 속에 들어 있는 것이 무엇이든지 "배속에서 자라고 있는 이것을 아주 오래전부터 사랑하고 있었다는 확신"(275)을 느낀 것이다. 어떠한 조건이나 이유 등을 떠나 존재(생명) 그 자체를 무조건적으로 받아들이는 것이야말로 정용준이 말하는 사랑인 것이다. 작품의 마지막에는 사라의 숭고한 사랑이 나름의 응답을 받는다. 이번에는 배 속에 든 바로 그 '무언가'가 사라에게 다음과 같이 반응하는 것이다.

안다는 것은, 누군가를 가장 많이 또 깊이 안다는 것은 얼마나 슬픈 일인가, 많이 생각한 마음이다. 내 모든 것을 지금 멈추겠다. 사라를 사랑하기 때문이다. (284)

배 속의 무언가는 바로 죽기를 스스로 결심한다. 배 속의 무언가는 "자신의 배 속에 자라고 있는 정체불명의 생명을 무서워하는 어린 여자의 진심"(284)을 누구보다 잘 알고 있으며, 출산 이후 "사라가 어떤 일을 겪게 될지"(284)를 너무나 잘 알고 있기 때문이다. 사라가 자신의 삶을 걸고 아무런 조건 없이 생명체를 받아들였다면, 생명체는 바로 그 상대방을 위하여 자신의 생명을 건 것이다. 이러한 사랑의 절대성 앞에서 현실의 부정성은 녹아내릴 수 있을 것이다. 정용준이 그려낸 세상은 끔찍하지만, 그곳에는 작은 빛의 통로가 존재한다. 그 통로의 이름은 누구나 쉽게 말하지만 누구도 쉽게 행하지는 못 하는 그 흔한 말 바로 사랑이다.

# I'm fine, thanks

정찬 · 정미경 · 박민규를 중심으로

## 1. 흔들의자와 타워팰리스 맞바꾸기

정찬의 「흔들의자」(『문학사상』, 2012년 1월호)는 특유의 관념적인 필치로 한국사회의 핵심적인 문제에 육박해 들어간 작품이다. 이 작품은 선명한 이분법으로 이루어져 있다. 먼저 두 개의 고층 건물이 선명한 대비를 이룬다. 하나는 한국 부유층을 상징하는 69층의 타워팰리스이고, 다른 하나는 남편이 오랫동안 농성을 했고 끝내는 목숨을 던진 공장 굴뚝이다. 그녀가 일하는 타워팰리스 66층의 한 채 값은 44억 원이고, 그녀가 10년 가까이 살았던 사원 아파트에서 쫓겨났을 때 받은 돈은 3원이다. 그녀는 타워팰리스에서 가정부 일을 하며, 주인집 식구들이 느끼지 못하는 흔들림을 느낀다. 혼자만 느끼는 흔들림을 통해 "자신이 주인집 사람들과 근본적으로 다른 종류의 사람이 아닐까, 하는 생각"(89)을 하는 것에서도 알 수 있듯이, 지금 이 사회의 양극화가 가져온 고통은 온전히 그녀만의 몫이다.

자살하기 사흘 전 남편은 "어떻게 그런 약속을 깨뜨릴 수 있지?"(96)

라며 "그들은 나를…… 더럽혔어"(96)라고 말한다. 남편은 회사와 타협이 이루어져 35일 만에 굴뚝에서 내려왔지만, 회사 측이 모든 약속을 뒤집는 바람에 남편은 감옥에서 8개월이나 머물다가 돌아온다. 그녀 역시도 집을 불법 점거하고 있다는 내용의 등기우편을 받았을 때 "더럽혀졌다"(96)는 감정을 느낀 경험이 있다. 집의 소유주는 회사였지만 불법 점거라는 말은 끔찍한 모욕이었던 것이다. 남편은 감옥에서 나온 지 보름 만에 굴뚝에 올라가 자신이 만든 교수대를 이용해 자살한다. 더러워진 자신을 씻는 방법은 교수대에 목을 매는 방법밖에 없었던 것이다. 누군가에게 필요한 물건을 만들면서 평생을 살았던 남편이 만든 교수대는 유일하게 "온전히 자신을 위한 것"(97)이었다.

그러나 노동자들에게 죽음은 사자(死者)의 것만은 아니다. 해고자를 "죽은 자"(98)라 부르고, 비해고자를 "산 자"(98)라고 부르는 것에서 알 수 있듯이, 노동자들에게 죽음은 삶의 일부이다. 노동자들은 산 자와 죽은 자들 사이를 유령처럼 떠도는 존재들이다. 그러하기에 실재적 죽음의 공간인 빈소는 그들에게 자신들이 유령이 아님을 일깨워주는 고마운 장소이다.

이토록 끔찍한 현실을 극복할 수 있는 가능성은 「흔들의자」에서 전혀 제시되지 않는다. 종교적 초월의 가능성마저 주어져 있지 않다. 그녀는 성당에서 "그분의 숨소리를 들은 적이 없었다. 한번이라도 들었다면 어느 날 갑자기 들이닥친 삶의 시련이 그토록 힘들지는 않았을 것이다"(91)라고 생각할 뿐이다.

이 끔찍한 사막에서 벗어날 수 있는 작은 틈새는 재생을 담보한 죽음뿐이다. 이때의 재생은 환상적인 이미지 속에 어렴풋이 드러난다. 이 작품은 딸과 함께 사는 지하방에 물이 차오르는 것으로 끝난다. 마흔 번째 생일을 맞이한 그녀는 차오르는 물속에서 남편이 십자가 대신, 그녀가 평소에 간절히 원하던 흔들의자를 만드는 모습을 본다. 흔들의

자는 그녀에게 특별한 의미가 있다. 초경을 경험한 열네 살의 그녀는, 환영 속에서 담이 낮아 안이 훤히 보이는 집의 뜰에서 한 여자가 흔들 의자에 앉아 있는 것을 본 적이 있다. 흔들의자에 앉아 있는 여자는 그 녀의 여섯 살 때 죽은 엄마인 동시에 먼 훗날의 그녀이기도 하다. 그녀 는 아이를 임신하고 있는 미래의 자신을 슬픔과 기쁨이 뒤섞인 눈으로 바라본다. 그날 이후 흔들의자는 그녀에게 꿈의 물건이 된 것이다.

그러한 꿈의 물건을 남편이 지금 환영 속에서 만들고 있는 것이다. 그녀는 흔들의자를 본 순간 열네 살 아이의 몸으로 변해서는 "물고기 처럼 날렵하게 환기창을 빠져"(106)나간다. 그녀는 타워팰리스에서처 럼 흔들림을 느끼지만, "남편이 만들어 준 흔들의자 때문"(106)에 "그전 처럼 두려움에 사로잡히지 않"(106)는다. 한국사회의 양극화가 가져온 흔들림은 환상 속의 흔들림을 통해서만 간신히 견딜만한 것이 되는 것 이다. 그렇다면, 이때의 차오르는 물은 파국과 재생, 추방과 완성이라 는 신화적 의미를 지닌 홍수임에 분명하다.


## 2. 벌레보다 못한 인간에서, 인간보다 나은 벌레되기


정미경의 「달콤한 게 좋아」(『창작과비평』, 2012년 봄호)는 오늘날 많은 이들이 직면한 가난이라는 문제를 정통적인 방법으로 형상화하고 있 다. 어떠한 변화도 주지 않고 오직 묵직한 속도만으로 독자를 압박해 들어오는 돌직구 같은 작품이다.

추는 지금 엄마에게 오백만 원을 빌려 달라고 말한다. 추는 친구인 강의 꾐에 빠져 프랜차이즈 커피점에 돈 삼천만 원을 투자했다가 모조리 날린 것이다. 이천만 원의 투자금에는 해약한 정기예금과 대출받은 칠백만 원 그리고 애인인 민혜가 쌍꺼풀 수술을 하기 위해 모아둔 삼백만 원도 포함되어 있다. 민혜의 돈은 땀내에 전 캐릭터 인형을 뒤집어쓰고 춤을 추느라고 생리불순에 냉증까지 얻어가며 번 것이다. 엄마에게 오백만 원을 빌린다면 우선 민혜에게 준 차용증을 찢어버리고, 육개월의 상환유예를 받을 수 있다.

그러나 허름한 3층 건물에 세를 주어 먹고 사는 추의 엄마는 아들의 부탁을 냉정하게 거절한다. 추의 엄마는 오래된 집을 허물고 그 자리에 빚을 얻어 간신히 집을 지었던 것이다. 남편은 새 집을 짓는 와중에 죽었고, 한 푼이라도 아끼기 위해서 자신이 직접 벽돌을 나르다 늑막염까지 걸렸다. 엄마로부터 거절당하자 추는 자살을 하기 위해 옥상으로 올라간다. 추는 자기의 삶을 정리하며, 자신이 쌓아온 인간관계의 전부인 민혜, 엄마, 강 세 명을 떠올린다. 그리고 차례로 전화를 건다.

제일 처음으로 자신의 돈을 모두 날린 강에게 전화를 걸어 자살하겠다고 말하지만 강은 너무도 태연하다. 추는 그동안 강이 저지른 악랄한 행각을 피로 적어 공개하겠다며 울분을 토하지만, 강은 너무도 태연히 "좀 이따 전화할게. 지금 거래처에 나와 있어서. 그리고, 네가 연예인이냐. 누가 네 일기장에 관심을 가지겠어"(197)라고 응답한다. 민혜는 전화를 받지 않는 대신 "누구세요?"(200)라는 문자를 보낸다. 물론 더 큰 사기를 위한 것이었지만 강으로부터 처음 수익금을 받은 날, 추와 민혜는 작은 방에 지폐를 흩날리며 기쁨을 만끽한 기억도 있다. 그러나 곧 모든 것이 사기로 판명되자 민혜는 추를 "모자란 사람"(203)으로 취급하고, 연금은 나오지만 배는 나오지 않은 사장과 바람까지 핀다. 어렵게 민혜와의 통화가 연결되고, 추는 "민혜야, 마지막으로 한번은 봐야 되지 않겠어? 너 이러면 후회한다"(206)고 간절히 애원한다.

결국 경찰차까지 좁은 시장골목을 지나 건물 앞에 당도한다. 그러나 자신의 유일한 지인들에게 전화를 걸어 달려오라고 말하는 것에서 알 수 있듯이, 추는 애당초 죽으려는 사람이 아니었다. 그럼에도 추는 주위의 모든 사람들이 자신이 뛰어내리는 것을 기정사실화하는 것에 큰 실망감을 느낀다. 엄마는 의외로 "뛰어내려"라는 말을 무려 다섯 번이나 반복한다. "이놈아, 뛰어내려.", "뛰어내리라니까", "어서 뛰어내려. 아, 못 뛰어?", "이노므 자슥아, 뛰어내리란 말이다, 응?", "너, 오늘 못 뛰어내리면 내 손에 죽는다"라며 아픈 노인이라고 볼 수 없는 우렁찬 목소리로 외친다. 민혜 역시 "동조"(210)하는 몸짓으로 시어머니가 되었을지도 모를 여인의 발악을 지켜보고 있다. 공사판의 진씨 아저씨 역시도 "기왕 뛸 거면 어서 뛰어내려"(210)라고 우렁차게 외친다. 이 세상 전부는 그가 뛰어내리기만을 안타깝게 바라보고 있었던 것이다. 이러한 상황에서 옥상에 올라와 그를 붙잡아준 경찰의 품에서 추가 훌쩍이는 것은 너무도 당연하다. 추는 "조금만 더 그 품속에 기대어 있고 싶다는 생각에 아이처럼 흐엉흐엉"(212) 운다.

마지막 장면은 인상적이다. 평소 추가 엄마 집에서 하던 유일한 일은 카스테라를 사가지고 가서, 엄마가 기르는 벌레들에게 먹이는 것이었다. 엄마는 그 벌레들이 늑막염의 후유증에 특효약이라며 자식보다도 더욱 사랑했다. 추는 마치 자신이 벌레라도 된 것처럼, 그토록 혐오하던 벌레들이 너무도 맛있게 먹는 카스테라의 한쪽을 떼어 혀 위에 올려놓는다. 그리고는 "이렇게 달콤하구나"(213) 하고 감탄한다. 어느새 그는 스스로 벌레되기를 선택한 것이다. 이때의 벌레가 지닌 의미는 결코 만만치 않다. 추는 엄마의 방에서 "엄마, 벌레들이 떼지어 밥을 먹는 건, 공포 때문이래. 사랑이나 연대감이 아니라, 알지 못하는 세계와 다가오는 시간이 불안해서"(212~213)라고 말한 바 있기 때문이다. 그렇다면 이 벌레들은 인간 따위와는 달리 다가올 시간의 공포를 이겨내기 위해 본능적으로 무리 지을 줄 아는 사회적 존재들이라고 부를 수도 있을 것이다. 이러한 벌레들의 본능이야말로 추가 다시는 옥상 위에 올라가지 않을 수 있는 유일한 방법인지도 모른다.


## 3. 그냥, 저녁 한 끼를 위해 지불한 172만 달러


「버핏과의 저녁식사」(『현대문학』, 2012년 1월호)는 그야말로 발본적인 차원에서 자본주의를 비판하고 있는 작품이다. 오늘날의 자본은 부권적 권력이 아니라 모권적 권력에 가깝다. 그것은 힘과 폭력에 바탕한 강제적이며 외적인 지배가 아니라 우리 내부에 깊이 침투하여 마치 우리 자신이 그것을 바라는 것과 같은 방식으로 우리를 지배하는 것이다. 부성적 지배는 규범과 법을 통해 이루어지며, 그 과정은 오히려 아버지 살해를 충분히 가능하게 한다. 그러나 모성적 지배는 어머니와의 신체적 동일화에 의해 이루어지기 때문에 모친살해는 불가능하다. 따라서 자기 안에 스며든 자본의 논리로부터 벗어날 때 진정한 시대의 밤은 가능한 것이라고 말할 수 있다.

「버핏과의 저녁식사」는 이미 우리와 한 몸이 되어 있는 자본주의적 욕망과의 결별을 추구한다는 점에서 이전의 저항서사와는 그 모습이 판이하게 다르다. 이 작품은 말할 것도 없이 '버핏과의 점심식사'에서 그 모티프를 가져온 작품이다. 오마하의 현인으로 불리는 억만장자 버핏은 세계에서 가장 빼어난 실력을 자랑하는 주식투자 전문가로서, 금융자본주의의 첨단에 선 인물이다. 그는 가끔 수백만 달러를 기부한 사람과 점심식사를 함께 한다. 이 자리는 투자의 달인인 버핏이 수백만 달러의 식사값에 해당하는 정보를 전달해주는 자리이기도 하다. 어찌보면 자본주의의 교환가치로부터 가장 거리가 먼 것처럼 보이는 이 자리야말로 가장 자본주의적인 만남의 장소라고 부를 수도 있다.

이 작품에서 버핏은 실제로도 그러하듯이 자본주의의 역사 혹은 그 자체라고 부를만 하다. 버핏은 대여섯 살 때 껌을 팔고, 피를 말리던 대공황과 전쟁, 그리고 오일쇼크까지 겪었다. 회사를 처음 인수했을 때도, 처음 기부를 했을 때도, 『타임』지와 『포춘』지의 커버를 장식했을 때도, 요크셔 해서웨이의 현판을 걸었던 일도 떠올린다. 자신은 "위대한 투자의 시대를 살았"(184)으며, "그 시대는 아직 끝나지 않았다"(184)고 생각하지만, 한편으로는 "이미 단물이 빠져버린 세기의 일들을 여전히 해오고 있는 게 아닌가"(184) 하는 생각도 한다.

경매를 통해 어렵게 버핏과의 식사 권리를 획득한 사람은 이전의 낙찰자들과 매우 다른 모습을 보여준다. 172만 달러를 지불한 올해의 낙찰자는 'Ahn'이라는 성을 가진 28세의 한국인이며, 프로필에는 단지 '시민'(185)이라고 쓰여 있을 뿐이다. 낙찰자는 맥도날드의 빅맥을 먹고, 과거에는 오직 백인들만 출입하던 유서 깊은 레스토랑에 트레이닝 복장으로 나타난다. 그 트레이닝복은 "동양의 예복"(193)과도 거리가 먼 "후드가 달린 나이키"(193)일 뿐이다. 경매규정엔 낙찰자에게 일곱 명의 동료를 합석시킬 수 있는 권리가 있음에도 그는 혼자 참석한다.

안이라는 낙찰자는 "스미스 앤 월런스키 속에서의 트레이닝 차림"(195)처럼 이전의 낙찰자들과는 모든 면이 이질적이다. 172만 달러는 노숙자와 빈민들에게 연간 100만 그릇의 식사로 돌아가지만 그 식사자리는 투자의 달인에게 귀중한 정보를 듣는 자리이기도 하다. 그러하기에 172만 달러는 '기부'가 아닌 '투자'(191)인 것이다. 버핏은 본래 식사자리가 그러했듯이, "몇 군데의 투자처와 그것을 암시해줄 좋은 표현들"(190)을 고민한다. 그러나 안은 과거의 낙찰자들과 달리 야망이 없으며, 버핏이 아는 한국의 경제인들과도 아무런 연관이 없다. 심지어는 명함 한 장을 지니고 있지 않다. 어떤 사업을 하고 있느냐는 버핏의 질문에, 청년은 2 대째 가업으로 "편의점 알바"(196)를 한다고 쿨하게 대답한다. 이 청년은 "저는 투자에 관심이 없습니다. 남은 돈도 없구요"(198)라는 말까지 태연하게 덧붙인다.

　이 청년은 복권에 당첨되었고, 당첨금 전부를 버핏과의 점심자리에 쏟아 부은 것이다. 버핏의 "도대체 왜"(198)라는 질문에 청년은 "같은 테이블에서 식사를 한다는 건 좋은 일이니까요"(198)라고 대답한다. 심지어 이 청년은 그 유서 깊은 고급 레스토랑의 음식마저도 버핏에게 계속해서 양보를 하고 있다. 비자본주의적인 방식으로 위장된 진짜 자본주의적인 식사 자리에서 안이라는 청년은 비자본주의적인 욕망과 태도로 자본주의의 위선을 철저하게 까발리고 있는 것이다. 마지막으로 버핏이 "혹시 투자를 배워볼 생각은 없습니까?"(200)라고 질문하자, 청년은 통역도 거치지 않고 다음처럼 간명하게 대답한다.

> 안은 직접
> I'm fine, thanks, 라고 말했다.
> 심지어는
> and you?라고도 물었다. (200)

　이 작품은 청년과의 식사가 끝나고 돌아오는 길에 떠오른 버핏의 "시대가 저무는 느낌의 밤이었다"(201)라는 문장으로 끝난다. 만약 안과 같은 사내가 한 개인이 아니라 집단이라면, 버핏의 발언도 결코 호들갑만은 아닐 것이다. 이 작품에서는 그와 같은 가능성이 강하게 드러나 있다. 버핏이 본래 계획처럼 점심식사가 아니라 저녁식사를 하게 된 이유는 갑자기 미국 대통령이 그를 백악관으로 호출했기 때문이다. 대통령은, 버핏이 "그들에게도 돈", "즉 화폐라든가 가치의 개념"(183)

이 있는지 물어볼 정도로 자본이 강제하는 욕망과는 다른 내면을 가진 "그들이 오고 있다"(182)고 말한다. 버핏이 백악관에서와 마찬가지의 혼란을 느끼는 것에서 알 수 있듯이, 안이라는 청년은 미국의 대통령이 말한 '그들'과 관련된 존재라고 말할 수 있다. 또한 버핏이 저녁 식사를 향해 가는 거리는 반(反)월가 시위로 엄청난 교통체증이 발생해 있다. 박민규는 「버핏과의 저녁식사」를 통해 모성적 권력이 되어 가는 자본에 대한 가장 발본적인 차원에서의 비판을 행하고 있는 것이다. 모든 이가 수백만 달러 앞에서 너무도 태연하게 "I'm fine, thanks"를 외칠 수 있다면, 그 어떤 굉장한 철옹성도 부드럽게 녹아내릴 수밖에 없을 것이다.

## 4. 시대가 저무는 느낌의 밤

모든 인간은 자기가 살고 있는 시대를 전환점이자 과도기라고 여긴다. 기성의 것은 무너져가지만 새로운 것은 도달하지 않았다는 인식은 사람들에게 곧 위기의식으로 다가온다. 2012년은 그 어느 시대와도 비교할 수 없을 만큼 현실에 대한 불만과 새로운 것에 대한 갈망으로 끓어오르고 있다. 그것은 지난 20여 년간 한국을 전일적으로 지배해 온 신자유주의에서 비롯된 반응이라 할 수 있다.

정찬은 「흔들의자」에서 70, 80년대 소설에서나 보았음직한 선명한 이분법적 적대의 세계를 펼쳐 보이고 있다. 양 극단의 세계에는 최소한의 매개항마저 존재하지 않는다. 그러하기에 그 적대의 결과는 죽음으로 연결된다. 작품을 지배하는 죽음과 묵시록적 분위기는 이와 무관치 않다. 현실의 구체적인 질감을 제거한 대신 흔들의자의 평화로운 흔들림을 통하여 지금의 시대적 흔들림이 지닌 폭력성을 유려하게 형상화하고 있다. 정미경의 「달콤한 게 좋아」는 그야말로 정통적인 방식으로 이 시대의 현실에 막바로 육박해 들어간 작품이다. 20세기 한국문학을 지배해온 리얼리즘적 규범이 오늘날에 그대로 재림한 느낌을 준다. 그럼에도 작품의 처음과 마지막을 꿈틀거리며 지나가는 벌레들을 통하여, 인식적이며 정서적인 환기력을 한층 배가시키는데 성공하고 있다. 박민규의 「버핏과의 저녁식사」는 이전의 성공작인 「루디」에 이어지는 작품이다. 두 작품은 모두 알레고리적인 상황을 통하여 자본주의의 핵심을 찍어 올린 작품들이다. 특히 이 작품은 우리 스스로 원하는 방식으로 우리를 지배하는 지금의 자본주의적 작동원리를 예리하게 드러내고 있다. 나아가 그것을 넘어설 수 있는 가능성마저 제공하고 있다. 이러한 가능성이 억지스럽거나 시대착오적으로 느껴지지 않는 것은, 작가적 인식의 새로움과 작가적 기량의 빼어남에서 비롯된 것임에 분명하다.

　세 명의 작가들은 모두 문턱에 서 있는 느낌을 공유하고 있지만, 그러한 문턱을 넘는 방법은 각기 다르다. 자살하기와 벌레되기와 태연하기가 그것이다. 현실에 굳건히 자리 잡으면서도, 새로운 미학적 가능성을 실험하는 소설들을 통하여 지금의 한국문학은 한층 풍요로워질 수 있을 것이다.

# 이분법의 예각

이장욱 · 천정완 · 권여선를 중심으로

## 1. 기록의 사명

이장욱의 「아르놀피니 부부의 결혼식」(『문학과사회』, 2012년 가을호)은 소설가의 역할에 대한 오래된 명제를 새로운 형식으로 전달하고 있는 작품이다. 이 작품의 주인공은 히키코모리 기질이 농후한 서른세 살의 이혼녀이다. 아이큐는 140을 상회하며 현재 가사도우미와 불법적인 호객 행위로 생계를 이어가고 있다. 이런 그녀가 당신에게 무언가를 고백하는 형식으로 이 소설은 전개된다. 그녀에게 가장 인상적인 특징이 있다면 그것은 휴머니즘과는 거리가 먼 사고방식을 보여준다는 점이다.

나는 인간의 생명이 가치 있다고 생각하는 이들의 뇌를 해부해보고 싶어 하는 축에 속해. 인간이라는 종의 생명만큼 가치가 과대포장된 게 있을까? 공부께나 한 인간일수록, 사회적 지위가 높은 인간일수록, 마치 인간의 가치가 세상에서 가장 중요한 것처럼 말하지. 조금만 생각해봐도 그게 얼마

나 허무맹랑하고 어이없는 거짓말인지는 금방 알 수 있을 텐데. 그들 자신
이 이 우주의 모든 것들과 마찬가지로 그저 우연한 존재라는 걸 모르는 걸
까? 종족을 보존하려는 본능을 휴머니즘이라는 알량한 가치로 포장하는
게 얼마나 우스운 일인지 모르는 걸까? (…중략…) 나는 모든 면에서 현명
하고 건전한 여자들이 태연하게 또 하나의 인간을 생산하는 걸 이해하지
못해. 모두들 당연하다는 듯이 결혼을 하고 수컷을 사랑하고 아이를 낳는
다니까. 아무리 생각해도 신기한 일이야. 그 모든 것이 유전자의 명령과
사회적 압력의 결과인데도, 그걸 위대하고 신비로운 생명의 탄생 운운하
며 과장하다니. (124)

그녀는 종족을 보존하려는 찌질한 인간들의 본능과는 무관하게 자
신이 가사도우미로 활동하는 집의 독거노인과 결혼식을 올릴 계획이
다. 1801호 남자는 "수컷의 번식 욕망"(128)을 지니지 않았으며, "이 삶
과 세계에 대해 어떤 의지도 욕망도 가져본 적이 없는, 영안실 관리
인"(135)이었던 것이다. 그녀는 마지막으로 내일이 자신의 결혼식이라
면서 자신이 고백하고 있는 상대인 '당신'을 초청하고자 한다. 이토록
쿨하고 냉소적인 그녀가 "작가라는 당신"(138)을 초청하고자 하는 이유
는, "모든 것은 증언의 문제니까. 모든 건 기록의 문제니까. 당신이 나
와 그이의 모든 걸 기록"(138)해 주기를 바라기 때문이다. 그러고 보면,
무척이나 새로운 외양을 지닌 이 작품에서 작가란 '기록자'에 다름 아
니었던 것이다. 이 계절에도 우리 삶의 여러 풍경들을 자기만의 방식
으로 기록한 작품들이 적지 않게 발표되었다. 그중에서 가장 대표적인
기록의 표정 세 가지를 살펴보고자 한다.

## 2. 육식동물에게 잡아 먹히지 않는 법

천정완의 「육식동물」(『문학나무』, 2012년 가을호)는 신인다운 패기가 거의 직선적으로 원고지에 표현되고 있는 작품이다. 이 작품의 처음과 마지막에는 다음과 같은 구절이 반복되어 있다. 더군다나 서두와 결말에서의 반복이라는 사실이 주지시키듯이, 이 구절이야말로 이 작품의 알파와 오메가이다.

초식동물을 상처 내지 않고 잡는 방법은 그물밖에 없다. 하지만 초식동물은 경계심이 많다. 다가가면 특유의 경계심을 발휘하는데 초식동물이 위협을 느끼기 시작하는 대부분 방식이 바로 냄새다. 냄새를 지움과 동시에 자신을 잠시 지우는 것이다. 인간이 초식동물의 경계심을 허무는 방법은 초식동물의 오감이 실체를 절대 의심하지 못하게 해야 한다. (151)

이처럼 이 작품은 '육식동물 / 초식동물'이라는 선명한 이분법으로 이루어져 있다. 초식동물이 누군가를 헤치지 않고 홀로 자신의 생명을 이어가는 다수의 평범한 사람들을 의미한다면, 육식동물은 누군가를 헤침으로써만 자신의 부와 명성을 이어갈 수 있는 이 사회의 강자들을 의미한다. 그리하여 이 작품의 육식동물을 특정 정치인으로 좁혀 생각하는 것은 이 작품의 의미를 축소시키는 일에 해당한다.

육식동물의 대표적인 철칙을 정리하면 이렇다. ① 자신을 철저히 위장해서 초식동물의 경계심을 허문다. ② 치명상을 입은 짐승은 반드시 추적해야 한다. 만약 치명상을 입은 짐승을 놓친다면 그 짐승은 경쟁자의 먹이가 되고, 그것은 경쟁자의 몸집을 불리게 되기 때문이다. ③ 동료를 경계하는 만큼이나 동료를 믿는 척 해야 한다. ④ 웃음을 아끼고 냉철해야져야 한다. ⑤ 자신을 마음대로 포장할 수 있어야 한다. ⑥ 상대가 목을 보이면 물어야 한다.

이 작품에서의 이분법과 육식동물의 행태를 보며 많은 사람들은 우리 사회의 여러 문제점들을 떠올릴 수 있을 것이다. 이 작품은 스마트소설이라는 장르에 걸맞게 간단하고 명료하다. 지루한 묘사나 애매한 상징을 길게 펼쳐놓을 여지가 없기에 간결한 대사와 압축적인 서술을 통해 핵심으로 직핍해 들어가는 것이다. 당연히 이 작품에서 '육식동물'을 상대하는 '초식동물'의 자세 등에 대한 것은 단 한마디도 들을 수 없다.

그러나 그 명징한 육식동물의 특징 속에는 이미 육식동물을 이길 수 있는 방법이 비교적 선명하게 드러나 있다. 서두와 결말에서 반복되는 것에 잘 나타나 있듯이, 육식동물이 초식동물을 사냥하는 가장 핵심적인 방법은 자신을 철저히 속여서 초식동물의 경계심을 허무는 것이다. 따라서 초식동물이 당하지 않는 최선의 길은 최대한 예민한 시각을 가지고 육식동물의 실체를 냉정하게 응시하는 것이라고 말할 수 있다.

## 3. 올림머리와 탄머리 사이에서

권여선의 「길모퉁이」(『현대문학』, 2012년 9월호)는 작가의 이전 작품과는 조금 성격을 달리하는 작품이다. 권여선이 인간관계가 만들어 내는 심연을 겨울날의 찬물처럼 날카로운 문장으로 드러내는데 일가를 이루었다면, 이 작품에서는 세세한 관계의 심연은 후경으로 물러나고 그러한 인간관계를 낳는 기본적인 토대에 더욱 관심을 집중시키고 있기 때문이다. 미용사인 주인공이 일하는 미용실을 묘사하는 것으로 시작되는 이 작품에는 쇼윈도를 배경으로 한 절묘한 상징이 배치되어 있다.

예나의 출입문은 정확히 길모퉁이의 꼭짓점에 있고 출입문 양쪽으로 뻗어 나간 직각의 측면은 전면 유리로 되어 있다. 주택가로 통하는 오른편 유리에는 '올림머리' '신부화장'이라는 글자가 세로 두 줄로, 그 밑에 '예약'이란 글자가 가로로 코팅되어 있다. 전철역으로 통하는 왼편 유리에는 '녹은 머리' '탄머리'가 세로 두 줄로, 그 밑에 '재생'이 가로로 되어 있다. (107)

길모퉁이의 꼭짓점에 놓여 있는 출입문은 인생의 기로를 의미하기에 모자람이 없다. 출입문을 기준으로 양쪽 유리가 직각으로 나뉘어져 있는데, 오른편에는 '올림머리', '신부화장', '예약'이라는 글자가 왼편에는 '녹은머리', '탄머리', '재생'이라는 글자가 새겨져 있다. 오른편에 새겨져 있는 말들은 모두 긍정적인 의미로 가득하다. '올림머리'란 인생의 경사가 있을 때 주로 하는 헤어스타일이며, '신부화장'이란 말할 것도 없이 결혼식을 위한 미용 행위인 것이다. 예약이라는 말 역시 뭔가 미래에 대한 기대를 가득 안고 있는 말이라고 할 수 있다. 이에 반해 왼편에 있는 '녹은머리'나 '탄머리'는 훼손되고 잃어버린 상태를 의미한다. 그러나 왼편 역시 완벽한 절망만은 아닌데, 그 밑에는 '재생'이라는 말이 엄연히 놓여 있기 때문이다.

이 작품은 출입문을 기준으로 나누어진 오른편과 왼편처럼, 인생의 반환점에 서 있는 '나'가 주인공으로 등장한다. 그녀는 지금 굳이 따지자면 왼편의 상태이다. 예나 미용실에서 실력에 비해 턱없이 모자라는 돈을 받으며 고시원에서 하루하루 버텨 나갈 뿐이다. 무엇보다 "은행에도 동사무소에도 인터넷에도 내 흔적은 사라진 지 오래"(119)였다. 한마디로 법적인 존재로서의 자기를 완전히 지워버린 도망자의 신세이다. 그렇기에 주급은 훨씬 전에 올랐어야 마땅하지만 사장은 턱없이 싼값에 그녀를 부려먹는다. 그녀는 철저히 세상으로부터 자신을 단절시킨 상태이기 때문에 고시원에서 소란이라도 벌어지면 "화가 나기보다 누군가와 얘기하듯 책을 읽을 수 있어 기"(119)뻐한다.

그녀의 과거를 환기시키는 한 명의 인물이 등장한다. 고등학교 시절부터의 친구인 상미가 그 주인공인데, 그녀는 3년 만에 나타나 "빚쟁이"(109)처럼 '나'를 만나고자 한다. 상미에게는 분명 '나'에게 받아야 할 빚이 있다. '나'와 상미와 은찬은 젊은 시절의 한 때를 함께 보냈는데, 그 시절 은찬은 상미의 남자친구였지만 '나'의 든든한 친구이기도 했다. 정확한 사정은 안 나와 있지만 '나'는 물건 파는 일을 시작했고, 곧이어 은찬이도 그 일에 동참하게 된 것이다. '나'는 지금도 미용실 손님을 보며 무자각적으로 물건 파는 것을 생각할 정도이다. 상미는 "너 아니었으면 그 자식이 잘 다니던 회사 때려치우고 그딴 걸 팔러 다녔을 리가 없잖아? 사채 끌어다 쓸 일도 없었을 거고"(125)라고 말하는 것에서 알 수 있듯이, 은찬이의 망가진 인생에 '나'의 책임도 작지 않은 것이다.

이로써 '나'가 예나 미용실의 오른편에서 왼편으로 건너온 삶을 살고 있다는 점은 어느 정도 설명이 되었을 것이다. 그렇다면 마지막으로 남은 '재생'이란 그녀에게 가능할 것인가? '나'가 명시적으로 드러낸 바는 없지만, 그녀 역시 재생을 간절히 바란다. 그것은 그녀가 잠들기 전에 늘 새로운 곳에서의 새로운 삶을 시작하는 상상을 한다는 것에서도 어느 정도 드러난다.

아무도 모르는 낯선 지방에서 지금까지와는 전혀 다른 삶을 사는 상상이 주는 매혹은 강렬했다. 나는 간단한 짐만 들고 기차역이 있는 소도시나 시외버스 터미널이 있는 시골 읍내 같은 곳에 도착한다. 무뚝뚝하지만 친절한 사람들이 내게 잠자리를 제공하고 일자리를 준다. 나는 어디에서 왔는지, 어디로 갈지 모르는 신비한 여인으로 살아간다. 성실하고 듬직한 공무원도 만나고 우수에 찬 예술가도 만날 것이다. 어쩌면 재산이 많은 중년 남자의 구애를 받을지도 모르고 반항심과 울분에 가득 찬 청년의 마음을 사로잡을 수도 있다. 그러다 어느 날 나는 간단히 짐만 챙겨 그곳을 떠날 것이다. 무성한 소문과 아련한 상처와 한 다발의 추억만 남긴 채 홀연히. (120)

'나'는 상미가 예나 미용실에 다시 찾아왔을 때에도 세면실에 들러 "기차역이 있는 작은 도시나 터미널이 있는 작은 읍내에 도착한다. 그곳 사람들은 친절하고 나는 그곳에서…… 새로운 삶을…… 살 것이다……" (122)라고 중얼거린다. 새로운 삶 즉, 재생에 대한 욕망이 가슴 아프게 반복적으로 드러나는 것이다. 그 새로운 삶이란, 상미와 '나'가 미용학원에 함께 다니며 은찬과 함께 지내던 시절의 재생에 다름 아니다. '나'는 미용학원에서 돌아와 고시원 원룸에서 컵라면을 끓여 먹고 각자 자기 마네킹에 싸구려 가발을 씌워 미용기술을 연마하던 그 시절, "막연히 불안했지만 막연한 희망도 있었던 그날들을"(128) 너무도 간절히 그리워하며 지내왔던 것이다. 상미가 화를 내며 예나 미용실을 나설 때, '나'는 사장에게 돈 칠만 원을 받아서는 상미를 급하게 쫓아나간다. 그리고는 다음의 인용문처럼 다시 '올림머리'와 '신부화장'의 시절로 돌아갈 것을 결심한다.

> 이제 우리 뭐든 팔러 다니는 앵벌이짓은 하지 말자고, 둘이 손잡고 뭐라도 같이 해보자고 말해야 한다. 3년 전으로 돌아가 둘이 함께 살자고, 은찬과 셋이 밤바다도 보러 가고, 결혼할 때 서로 올림머리와 신부화장도 해주자고 말해야 한다. (127)

그러나 이 작품에서 '재생'은 결코 간단하게 이루어지지 않는다. 앞에서도 말했듯이, 상미는 그냥 온 것이 아니라 '빚쟁이'로 온 것이기 때문이다. 그 빚이 해결되지 않은 이상, 아무 일도 없었다는 듯이, 크리스마스 날의 선물처럼 재생이 '나'의 앞에 놓일 가능성은 거의 없다. "3년 전에 이미 나는 올림머리 신부화장 쪽에서 길모퉁이를 돌아 녹은머리 탄머리의 세상으로 옮겨 왔다. 재생이라니, 그건 간단한 만큼 불가능한 개소리였다. 상미가 나를 못 믿는 만큼 나도 그녀를 못 믿는다"(127)는 '나'의 생각처럼, '나'도 상미도 모두 변했으며, 과거로 돌아간다는 것은 '불가능한 개소리'일 뿐이다.

'나'는 상미도 자신의 연락처를 알아낼 수 있었다면, '놈들' 역시 자신을 찾을 수 있을 것이라고 생각한다. "놈들에게 잡히면 손가락을 잘릴지 모른다. 설사 잘리지 않더라도 손가락이 부러질 만큼 펌을 말아도 다 갚을 수 없는 빚을 떠안게 될 것"(128)이다. 그렇기에 상미는 새로운 곳을 향해 도망치기로 결심한다. 이제 '나'의 앞에 놓일 삶은 다음의 인용문처럼 암담하다.

그렇다. 도박을 하지도, 사치를 하지도 않았다. 로또를 바란 것도 아니었다. 그저 열심히 돈을 벌고 싶었을 뿐이다. 그런데 단 한 번 잘못 든 길모퉁이로 나는 내 인생과 은찬의 인생을 한 큐에 엿먹이고 말았다. 어쩌면 상미의 인생까지도. 내가 알지 못하는 사이에 빚은 계속 불어나겠지만 내가 명백히 느끼고 있는 것처럼 내 삶은 점점 줄어들 것이다. 나는 아무도 믿지 못하고 누구와도 사귀지 못할 것이다. 남은 내 삶은 고시원의 방보다 좁아지고, 내가 앉아 있는 이발관 앞 평상보다 좁아지고, 내가 겨우 끌고 다니는 짐 꾸러미보다 작아지고, 마침내 내가 들고 있는 앙상한 닭의 목뼈 같은 롯드만 하게 줄어들 것이다. 그건 살아보지 않아도 알 수 있는 일이다. 이 롯드가 제일 가느다란 12호라는 사실 만큼이나 분명한 일이다. (129)

이러한 암담함이 권여선의 즐겨 그리는 것처럼, 현대의 병리를 가장 극심하게 앓는 예외적 개인에게만 해당하는 문제일 수는 없다. '나'의 인생이 거느린 그림자의 폭과 깊이만큼 권여선의 소설은 넓고 깊어졌음에 분명하다.


## 4. 가죽 소파에 대한 명상


김언수의 「소파 이야기」(『문학동네』, 2012년 가을 호)는 두 개의 소파를 통해 인생의 근원적 허무 혹은 인생의 근원적 행복이라는 서로 상반된 메시지의 공존을 보여주고 있다. 앞의 작품들처럼 이 작품 역시 선명한 이분법적 구조를 보이고 있다. 그 구조의 명징성만은 「육식동물」이나 「길모퉁이」보다 치밀하다고 말할 수 있다. '이태리제 물소가죽 소파 / 싸구려 인조가죽 소파'의 이분법이 그것이다.

'나'와 친구 안이 있다. '나'의 아내는 "당신이랑 같이 사는 거, 이제 좀, 지치네"(196)라는 말을 남기고 집을 나갔다. 그 이후 '나'는 극심한 불면증에 시달린다. 새벽 네 시에 친구 안은 전화를 걸어온다. 다름 아닌 미용실 앞에서 주워온 '물소가죽 소파' 때문이다. 안은 그 물소가죽 소파를 가져온 이후 모든 게 엉망진창이 되었다고 말한다.

이 소파는 내 삶을 무질서하게 만들고 있어. 조금씩, 조금씩 내 삶을 파괴하고 있는 거지. 이 소파 때문에 나 며칠째 잠을 전혀 못 자고 있어. 무겁긴 얼마나 무겁고 또 덩치는 어찌나 큰지 이 망할 놈의 소파가 방을 점령해 버려서 일도 전혀 못 하고 있고. 난 말이지. 이 물소가죽 소파가 점점 무서워져. 오늘밤 새로 이 소파를 처리하지 못하면 난 정말 미쳐버릴지도 몰라. 내 마음이 얼마나 참담한지 알겠지. (198)

안은 이십대 중반부터 명동 밖으로는 한 발짝도 나오지 않는 삶을 살고 있다. 안에게는 "교통카드도, 자동차도, 운전면허증도 심지어 자전거조차도 없"(200)다. 안은 엄마가 물려준 집에서 그림을 그리며 생계를 해결한다. 그에게 그림은 "예술적 야망"(201)과는 무관한 것으로서 그야말로 '생계'를 위한 하나의 호구책에 불과하다.

명동에만 콕 박혀 사는 명동백작 안에게 십일 년 만에 외출하는 일이 발생한다. 다름 아닌 여권을 만들고 비행기 표를 예약하기 위해서이다. 애인인 진희가 남아프리카 공화국에 발령을 받았고, 처음 안은 그곳에 함께 갈 생각을 한 것이다. 이 외출이야말로 안에게 어느 날 굴러 떨어진 이태리제 물소가죽 소파에 해당하는 일이라고 할 수 있을 것이다. 그러나 안은 이태리제 물소가죽 소파를 버렸듯이, 진희를 따라가는 것을 포기한다. 그리고는 자신의 이전 삶으로 복귀한다.

물속가죽 소파를 버리고 안은 너무도 편안한 단잠을 잔다. 그 모습을 보며 '나'는 "지구가 점점 온난해지는 것은 사람들이 점점 더 외로워지기 때문"(210)이라고 생각한다. 돌아가는 길에 '나'는 자신이 깨뜨렸던 어항을 대신할 새 어항을 사오고, 드디어 그 오랜 불면의 고통에서 벗어나 단잠에 빠진다.

거실 한쪽에 소파가 있었다. 안의 집에 있던 이태리제 물소가죽 소파에는 비할 수도 없는 볼품없는 소파였다. 싸구려 인조가죽에, 소리가 나는 스프링에, 낮잠이라도 한숨 자고 일어나면 어김없이 허리가 아픈, 그 소파에 나는 드러누웠다. 그리고 자이 들었다. 몇 달 만에 자보는 깊고 깊은 잠이었다. (211)

우리의 삶이란 '싸구려 인조가죽 소파' 같은 것이라는 것. 그러나 가끔씩 '이태리제 물소가죽 소파'가 주어지기도 한다는 것. 그것을 숭배하느냐 버리느냐는 개인의 선택이라는 것. 이 선택은 어떤 경우에도 장단점이 있다는 것. 그러나 '나'와 안의 단잠은 아무래도 싸구려 인조가죽 소파의 힘에 작가가 점수를 주고 있음을 드러내는 것은 아닐까? 여기서 남는 마지막 의문. 그렇다면 '나'에게 아내란 '이태리제 물소가죽 소파' 같은 것이었을까? 그 이전에 아내에게 '나'는 과연 어떠한 소파였을까?

# Real에서 Reality로

최민우 · 한창훈 · 최윤을 중심으로

## 1. 실재(the Real)가 아닌 현실(reality)

최민우의 「[반:]」(『자음과모음』, 2012년 겨울호)은 불법 상품 판매현장이 주요 배경이다. '나'는 등록금 때문에 휴학한 채 아르바이트를 세 개나 뛰고 있다. 사업을 하던 아버지는 부도가 나면서 갑자기 쓰러졌고, 식당에서 일하던 어머니는 손님과 눈이 맞아 야반도주를 했다. 현재는 할머니와 반지하 셋방에 살고 있으니 정상적으로 학업을 이어간다는 것 자체가 무리이다. '나'는 아버지를 죽음으로 몰고 간 파생상품을 공부하다 포기했으며, 등록금 때문에 학교는 휴학한 채 아르바이트를 세 개 뛰고 있다.

햄버거집에서 아르바이트를 하다가 유통판매회사의 사장인 홍사장을 우연히 만난다. 갑자기 의식을 잃고 쓰러진 홍사장에게 인공호흡을 한 것이 인연이 되어 홍사장의 눈에 들게 된 것이다. 할머니의 "니 애비가 그렇게 가서 그런 기술을 배운 거냐?"라는 말이 암시하듯이, 아버지의 가난과 갑작스러운 죽음이 '나'를 홍사장의 사업에 연결시켜 준 것이라고 말할 수 있다. 홍사장은 자신이 하는 일을 '유통 판매업'이라 소개하고 '고객 관리 매니저'로 '나'를 채용하겠다고 제안한다.

홍사장이 말한 유통 판매업이 사기라는 것을 깨닫는 데는 하루도 걸리지 않는다. 유통 판매업은 아줌마라 부르기에도 할머니라 하기에도 애매한 나이의 여자들을 행사장에 불러들인 후, 그 여인들의 몸을 이곳저곳 주무르며 솜씨 좋게 건강식품 등을 판매하는 일을 일컫는다. '나'는 현장의 강연에 혹해서 할머니에게 주려고 약을 사겠다고 말하지만, 주변에서는 그런 '나'를 보며 박장대소를 할 정도로 판매상품은 모두가 불량이다. 울먹이며 환불을 요구하는 아주머니를 보며, '나'는 "그때 그만뒀어야 했을까?"라고 후회하기도 한다.

이 작품의 핵심에는 '선(線)'이라는 문제가 놓여 있다. 이 선에 대한 감각이 이 소설을 새롭게 만들어주는 힘이 된다. 이 작품의 주인공은 불법적인 일에 개입하며, "선만 넘지 않는다면 더 오래 할 수도 있을 것"이라고 자위하지만, 곧이어 "그 선이 어디 그어져 있는지는 모르지만,"이라는 의문을 덧붙인다. 비루한 사회 현실을 다룬 작품들은 그동안 적지 않게 창작되었다. 이러한 작품들은 대부분 선과 악, 혹은 빼앗는 자와 빼앗기는 자라는 이분법에 기초한 것이었다. 이러한 이분법에는 하나의 기준 즉, 선이 존재하게 마련이다. 최민우의 「[반:]」은 '그 선이 어디쯤에서 그어질 수 있는 것인지?', '그 이전에 지금의 이 사회에서 그 선이라는 것인 존재할 수나 있는 것인지?' 등을 묻고 있다.

'나'는 처음 본격적으로 유통판매업에 나선 사람들과 자신을 구분 짓는다. 자신은 선의 안쪽에 있다고 생각하는 것이다. 양팀장은 "네가 여기서 일하는 한 달 동안 너 우리한테 제대로 말이나 붙여본 적 있냐?"고 불평한다. 주인공은 "여기가 내가 있을 곳이 아니라는 티를 온몸으로" 내었던 것이다. 마음이 이러하니 실제 일에 있어서도 문제를 일으키는 것은 당연하다. '나'는 행사장의 분위기에 도취되고 팀장과 반장들의 눈길을 견딜 수 없어 충동적으로 고객을 뒤에서 껴안는다. 타이밍이나 분위기 등이 모두 어긋난 과도한 행동을 무마하기 위해 양팀장은 그 고객에게 세탁기를 선물로 준다. 이 일로 '나'는 온몸을 얻어맞고, 사무실 바닥에 머리까지 박는다. 나중에 방송국 카메라와 형사들이 들이닥쳤을 때, '나'는 "구원받은 기분"(170)을 느낄 정도이다.

그러나 '거미'가 된 어머니를 통해 '나'는 선을 넘어선다. 거미는 고객 유치와 관리를 맡는 사람을 일컫는 은어로서, 거미들은 자기가 데려온 고객들이 상품을 많이 살수록 더 많은 수수료를 챙기기 때문에 고객들의 연락처가 들어 있는 작은 수첩을 생명처럼 챙긴다. 경찰서에서 풀려난 후 어머니를 만났을 때, '나'는 어머니에게 "어디 할 게 없어서 거미 짓이나 하고 있느냐고 지랄을 할까. 같이 도망간 잘난 개새끼는 어따 두고 왔냐고 소리라도 지를까"(171) 하고 고민을 한다. 그러나 고객의 명단이 적힌 어머니의 파란 수첩을 보고, 명치와 심장 사이가 짜르르 흔들림을 느낀다. 그것은 "이 수첩을 채우는 동안 어머니가 겪었을지도 모를 이런저런 풍파에 대한 연민일 수도, 동종업계 종사자로서 갖는 공감일 수도, 아니면 태어나서 처음 경찰서에 다녀온 충격의 여운"(172)일 수도 있다. 그토록 미워했던 어머니나 그토록 혐오했던 자신이나, 생존이라는 절대적인 문제를 해결하기 위해 행사장 주변을 얼쩡거리기는 마찬가지였던 것이다.

애당초 나와 정팀장 사이에 선 같은 것은 존재하지 않았는지도 모른다. 윤리적 단죄 이전에 그들 역시 삶이라는 절대적 명제 앞에 서 있는 똑같은 존재들이었기 때문이다. 정반장 어머니는 치매이며 그 병의 치료를 위해 사채까지 쓰고 있다. 오반장 동생은 폭행 사건으로 감옥에 들어가 있다. 실제 직업 현장에서도 어렵기는 마찬가지이다. 정반장은 빚 때문에 자살한 동창의 빈소에 가는데, 사장은 "바로 튀어오든가 내일부터 나오지 말든가!"(155)라고 위협한다. 정반장이 사무실에 도착하자마자 홍사장은 정반장의 뺨을 후려갈긴다. 이 지옥 같은 먹이사슬에서 홍사장 역시 예외는 아니다. 홍사장이 '나'의 인공호흡으로 간신히 살아난 것처럼, 그 역시 늘 죽음이 어른거릴 정도로 과로에 시달려야 했던 것이다. 그렇다면 엉터리 상품을 산 고객들은 피해자였을까? 그 역시 쉽게 대답하기는 어렵다. 고객들은 홍사장네 팀이 경찰서에 잡혀가자, 탄원서를 써들고 와서는 "이 행사장에서 정말로 가족처럼 즐거운 시간을 보냈다. 친자식과 친손자들에게서도 이런 대접은 받아본 적이 없었다. 아무 죄도 없는 사람들 가두는 법이 어느 나라 법이냐. 빨리 풀어주라고"(170) 항의한다. '나'나 정반장 등이 경제적 궁핍에 시달렸다면, 고객들은 정서적 궁핍에 시달렸던 것이다.

이 작품은 "고객은 소중하다"(172)는 말과 함께 주인공이 어머니를 따라 어머니의 고객을 향해 힘차게 달려가는 것으로 끝난다. "고객은 소중하다"(172)는 자본의 논리 앞에서 그 누구도 깨끗한 손을 가졌다고 주장할 수는 없다는 사실을 깨달았기 때문은 아닐까?

무엇보다 이 작품에서 인상적인 것은 유통판매업 현장에 대한 생생한 묘사이다. 불법 상품 판매현장의 묘사야말로 박진감이 넘친다. 오랜만에 맛보는 밀도 높은 현실감으로 가슴이 두근거릴 정도이다. 대표적인 장면 몇 가지만 소개하면 이렇다.

미리 입을 맞춰둔 바람잡이가 나와 이 약을 먹게 된 뒤로 구부러졌던 무릎을 다시 펼 수 있게 됐다며 앉았다 일어서다를 반복하더니 만세를 불렀다. 그러자 손님들 속에 앉아 있던 거미 중 한 명이 손을 번쩍 들고 물건 두 박스, 아니 세 박스를 현찰 박치기로 사겠다고 외쳤다. 그리고는 그 자리에서 돈을 꺼내 오반장에게 건넨다. 오반장이 박수를 치며 외쳤다. 여사님께서 210만 9천 원 결제하셨습니다! 반장들이 따라했다. 210만 9천 원! 다른 사람들도 따라했다. 210만 9천 원! 210만 9천 원! 최면적인 열광이 행사장을 휩쓸었다. 사람들은 210만9천 원을 결제하지 않으면 멀쩡한 무릎이 구부러지기라도 할 것처럼 물건을 구입했다. 30분 뒤 양 팀장이 최종 스코어를 선언했다. 3872만 원! 오늘 3872만 원이 결제되었습니다! 반장들이 큰절을 올렸다. 손님들은 자기 일인양 기뻐하며 박수를 쳤다. (164)

사람들이 공포에 질려 있는 동안 반장들은 사람들 틈을 돌아다니며 부지런히 고객들을 안심시켰다. 저 선생님 오늘 말씀 독하게 하시네. 어깨. 오늘 다 털어놓으려고 작정하셨나 봐요. 팔뚝. 우리끼리 하는 말인데 실은 저도 한 장 샀어요. 허벅지. 손주한테 선물하시겠다고? 아이고 어머님, 제가 정말 감동받았습니다. 가슴. 아유, 총각. 어머님. 제가 정말 어머님 같아서 그렇습니다. 가슴. (165)

이 작품의 처절한 현실인식이 역설적으로 건강하게 느껴지는 것은, 현실에 대한 그 끈적한 실감이야말로 한국문학의 유일하고도 새로운 통로처럼 느껴지기 때문이다. 오랜만에 맛보는 이 밀도 높은 실감은 최근 한국문학에 가장 결여된 요소와도 맞닿아 있다. 2000년대 소설의 주요한 특징 중의 하나는 '실재(the Real)에 대한 강박'을 들 수 있다. 소위 말하는 리얼리즘 소설에 대한 반발로 시작된 이러한 경향은 나름의 의미를 지니고 있었다. 그러나 실재에 대한 지나친 강박 역시 현실(reality)에 대한 물신화된 거부로 이어질 수 있다는 점에서 문제가 될 수 있다.[1] 주관적인 유토피아적 꿈을 포함한 객관적 현실 묘사에서는 세상이라는 실제적인 영역에서의 객관적인 꿈이 빠져버릴 수도 있는 것이다.

---

1 라캉은 현실(reality)과 실재(the Real)를 다음과 같이 구분한다. 현실은 실제 인간들이 상호작용과 생산과정에 참여하는 사회 현실인 반면, 실재는 사회 현실 속에서 일어나는 일을 결정하는 자본의 냉혹하고 '추상적'이며 유령 같은 논리이다(슬라보예 지젝, 주성우 역, 『멈춰라, 생각하라』, 와이즈베리, 2012, 185쪽). 실재에 대한 강박은 심리적 사실주의에 대한 지나친 경도이기도 하다.

이 작품은 최민우의 등단작이다. 작가는 수상소감에서 "다만 글을 쓰는 동안 미망에 빠지지 않고, 타인의 불행을 무심히 이용하지 않으며, 삿된 설교를 즐기지 않도록 노력하겠습니다"(151)라고 말한 바 있다. 어찌 보면 당연한 이야기겠지만, 최민우는 이 작품에서 자신의 문학적 순심이 무엇인지 훌륭하게 보여주었다.

## 2. 욕망, 충동, 본능, 그중에 제일은 본능이어라

한창훈의 「그 여자의 연애사」(『실천문학』, 2012년 겨울호)는 「그 남자의 연애사」(『문학동네』, 2011년 봄호), 「그 악사(樂士)의 연애사」(『창작과비평』, 2012년 봄호)에 이어지는 연작소설이다. 이 연작은 우리 시대의 사랑을 다양하게 담고 있는 일종의 연애사 연작이라 부를 수 있다. 한창훈은 시대를 초월하여 본능 차원에서 작동하는 사랑의 모습을 보여준다.

「그 여자의 연애사」의 첫 문장은 "이 이야기는 새벽 네 시 십칠 분, 대문 앞에서 부부가 만나는 것으로 시작한다"(211)이다. 두 부부는 각각 혼외정사를 즐기다가 새벽 대문 앞에서 마주친 것이다. 소설의 스토리 시간은 집에 들어온 여자가 몸을 씻고 욕실 밖으로 나오기까지의 짧은 시간이다. 이들 부부의 관계는 새시로 만든 화장실 문이 내려앉아 문을 열 때마다 삐걱거리는 것처럼 서로 어긋난다. "둘이 헤어지지 못한 것은 법원이나 대서소, 이런 것이 모두 육지에 있어서"(217)이며, 여자는 "세상에서 가장 어려운 일은 아마도 남편을 사랑하는 것일 게다"(218)라고 생각할 정도이다. 몇 년 째 남편과 몸을 섞지 않은 여자는, 이 새벽까지 포장마차의 단골인 박선장과 관계를 맺다가 귀가하는 길이다.

여자의 내면이 초점화되는 이 글에서는 주로 여자가 경험한 사랑 이야기가 소개된다. 여자가 경험한 사랑이란 거의 비슷하다. 육체관계를 맺기 전까지는 귀찮을 정도로 따라 다니던 남자들은, 관계를 맺은 후에는 "군대에 가야 해. 개학 때가 되어서 학교에 가야 해. 돈 벌러 외국으로 배 타러 가야 해. 멀리서 친구가 동업을 하자고 불러서 가야 해"(215) 등의 이유를 대면서 떠나갔다. 단 한 명 떠나지 않은 사람이 지금의 남편이고, 대신 남편은 삼십 년 동안 달라붙어 밥을 얻어먹고 용돈을 받아서 쓴다.[2]

남자들이 원했던 것은 "딱 두 개, 가슴과 아랫도리"(222)였다는 것에서 알 수 있듯이, 그녀는 남자와의 관계에서 철저히 몸, 심하게 말하자면 성기로만 존재한다. 여자에게 사랑은 철저히 육체와 본능의 수준에 머무는 것이다. 다음의 인용은 첫사랑을 회상하는 대목인데, 여자가 경험한 사랑의 특징이 잘 드러나 있다. 남자와의 사랑이 그녀에게 가져다주는 것은 몸의 발견뿐이다.

그 전까지 그곳은 그저 오줌 나오고 생리를 하는 귀찮은 곳이었다. 그 외에는 봐서도 안 되고 말해서도 안 되고 만져서도 안 되는 곳이었다. 그런데 그 선배는 중독된 사람처럼 그곳을 찾아들었다. 시간 장소 상관없었다.

모른 척, 없는 척해야 했던 곳이 가장 재미있는 곳으로 변하는 게 그녀는 놀라웠다. 더군다나 자신은 거기를 그렇게 만들기 위해 노력한 게 하나도 없었다. 일해서 받은 것도 아니고 벌어서 산 것도 아니다. 화투해서 딴 것은 더더욱 아니다. 화투로 딸 수 있는 거라면 그녀는 지금 주렁주렁 달고

---

2 여자는 멀고 먼 섬 구석에서 포장마차를 하면서 가족을 부양한다. "어제 떠나지 못한 것을 오늘 후회하는 삶을 살아"(212)온 여자는 "저 통발배처럼 자기도 어딘가로 가버리고 싶은 심정"(212)이다. "돈 벌었다니까, 돈. 이 징그럽고 드러운 돈 벌었다고 몇 번 말해야 돼"(217)라거나 "싫으면 당신이 나가서 돈 좀 벌어 와보던가"(217)라며 남편에게 돈을 뿌리는 것에서도 알 수 있듯이, 그녀는 생활에 지쳐 있다.

있을 것이다. 그냥 있었을 뿐인데도 남자가 좋아하는 곳이 있다는 것, 그게 몸이었다. (223)

스무 살이 되었을 때 의상실에 취직하여 바다를 건넜고 이 년 뒤 항구에서 돌아왔을 때, 어머니는 그녀에게 "당장 나가, 이 걸레 같은 년아"(221)라고 말한다. 흥미로운 것은 어머니가 "누가 니 아부지 딸 아니랄까 봐 동네방네 다 대주고 다니냐?"(221)는 말을 덧붙인다는 사실이다. 여자의 아들 역시도 자신의 성욕을 주체하지 못해 술집의 담을 넘는다. 항구의 고등학교를 마치고 귀향하여 시간을 보내던 아들은 새로 온 술집 아가씨에게 반해, 한밤중 뒤채로 잠입을 했다가 주인아주머니에게 봉변을 당하기도 한다. 여자의 성욕은 아버지에서 자신을 거쳐 아들에게 이어지는 것으로 그려지는 것이다. 이때 이들의 연애에는 그것을 둘러싼 고유한 역사적 의미는 사라지고, 모든 생명체의 영구불변하는 속성인 본능만이 남게 된다.[3]

「그 악사의 연애사」에서도 사랑은 자연스러운 본능의 차원에서 존재하다. 이 작품의 주요 인물은 총인구가 서너 명에 불과한 섬마을에서 사는 그와 '나'이다. 그는 야간 업소 건반주자였지만, 노래방이 생겨나자 일이 점점 줄어들어 섬마을 경로잔치를 끝으로 폐업하였다.

그는 각각 〈호텔 캘리포니아〉, 배호의 노래, 〈꽃다지〉로 기억되는 세 명의 여자들에 대해서 이야기한다. 〈호텔 캘리포니아〉와 배호의 노래로 기억되는 두 여자는 한창훈의 연애사 연작에서 다루어지는 자연화 된 여자의 범주에 들어간다. 〈호텔 캘리포이아〉로 기억되는 업소

---

3 그러나 이러한 연애의 자연화는 여자에게만 해당하는 일은 아니다. 여자가 나온 욕실에서 남편도 샤워를 시작한 것이다. 이 작품의 마지막은 "솔직히 말해, 이 시간까지 그 관광객 여자들이랑 뭐했어?"(228)라는 아내의 일갈이다. 이제 '그 남편의 연애사'가 시작될 것이다.

여자는 자기 생일이라며 돈 이천 원을 주고 〈호텔 캘리포니아〉를 신청한다. 그들은 그 밤 그 노래를 반복해서 들으며 "말이 잘 섞이고 시간이 잘 섞이고 입술이 잘 섞였다"(223)고 표현되는 관계를 맺는다. 배호의 노래를 부르던 업소 여자는 배호 노래를 부른 날은 악사 품으로 오거나 손님과 외박을 나간다. 배호 이미테이션 가수를 사랑했던 그녀에게 배호의 노래는, 그녀가 몸과 마음을 놓아버리는 신호나 통로 같은 것이다. 그녀는 "근데 씨발, 뭐가 좋다고 나는 취했다 하면 그 노래를 부르고 자빠지는 몰라"(227)라고 한탄할 정도이다.

마지막으로 만난 〈꽃다지〉를 부른 여인은 본능의 차원을 벗어났다는 점에서 한창훈의 연애사 연작에서는 가장 특별한 모습이다. 그녀는 손님이 외박 나가자는 걸 거부하다가 손목을 긋기도 한다. 그가 안으려고 할 때도 그녀는 "딱 부러지게 싫다"(233)고 말한다. "나뿐만이 아니라 끝까지 외박 한번도 안 나"(223)간 것이다. 그녀와의 유일한 육체적 관계는 "헤어질 때 키스를 하긴 했어. 아주 깊게. 그리고 그게 끝이야"(234)라고 표현되는 정도의 수준에 머문다. '키스'라는 단어 자체가 한창훈의 소설에서 육체관계를 가리키는 다른 단어와는 크게 구분된다. 이 여성의 이러한 모습이 〈꽃다지〉에 담긴 정치적 의식과 관련된 것이라면, 「그 악사의 연애사」는 새로운 모습의 후일담 소설이라 볼 수도 있을 것이다.[4]

한창훈의 연애사 연작에서 남녀 간의 사랑은 자연(동물)의 수준에서 존재한다. 이것은 작가가 남녀 간의 성관계를 나타내기 위해 사용하는 표현에서도 선명하게 드러난다. "남편이 자신에게 몸을 붙인 것은 오

---

4    그녀가 부른 꽃다지의 가사는 "그리워도 뒤돌아보지 말자. 작업장 언덕 위에 핀 꽃다지. 나 오늘밤 캄캄한 창살 아래 몸 뒤척일 힘조차 없어라. 진정 그리움이 무언지 사랑이 무언지 알 수 없어도. 퀭한 눈 올려다본 흐린 천장에 흔들려 다시 피는 언덕 길 꽃다지"(231)이다.

래되었다"(217), "몸에서 내려온 다음"(215), "달라붙어 자식을 낳게 하고"(215), "대주고 다닌 것도 자랑이냐"(226)라는 표현이 대표적이다. 「그 악사의 연애사」에서 '나'와 그가 등장하는 것만큼이나, '나'가 기르는 고양이와 그가 기르는 개가 등장하는 것 역시 사랑의 자연화와 그 맥락을 같이 하는 것으로 이해할 수 있다.


## 3. 행복한 동행을 위한 조건


최윤의 「동행」(『문학과사회』, 2012년 겨울호)은 한동안 우리 문단을 장악했던 윤리 담론과 관련한 소설 텍스트의 완결판이라고 해도 과언이 아니다. 세계적인 무용가인 '나'는 동시통역가인 남편과 아들 하나를 두고 평범하게 살아간다. 나름 평화로운 이 가정에 남편을 "단 하루만에 폭삭 늙어버"(224)리게 만들 만한 사건[5]이 일어난다. '나'가 두 대륙이나 멀리 떨어진 곳에서 공연을 하는 동안 아들 지훈이 새벽에 투신자살을 한 것이다. 남편은 "지훈의 몸이 바닥에 부딪히면서 나는 '퍽' 소리를 들은 '것 같다'고 말"(227)한다. 남편은 그 사건 앞에서 "것 같다"(227)라고밖에 말하지 못한다. 더욱 큰일은 아들이 '왜' 죽었느냐는 점이다.

이 불분명함이 이 부부를 고통 속으로 몰아붙인다. "그는 그 자리에 있었다는 단 하나의 사실만으로 범인이 되었고, 나는 그 자리에 있지 않았다는 한 가지 사실로 죄인이 되었"(231)던 것이다. 그 고통은 아들

---

5    바디우식 용어로는 사건이라 말할 수 있으며, 파스칼의 용어로는 기적이라 말할 수 있다. 이때의 사건은 불가능한 실재가 우리의 일상적 현실에 침입하여 순간적으로 현실의 인과관계가 중단되는 순간을 말한다(슬라보예 지젝, 앞의 책, 233쪽).

의 죽음 자체보다도 차라리 더 견디기 어렵다. 경찰이 "어떻게"에 집중한다면 '나'와 남편은 "왜"(229)에 초점을 맞춘다.[6] '어떻게'가 형식 논리에 기초한 법의 문제라면, '왜'는 윤리에 기초한 죄의식의 문제와 맞닿아 있다. 이 죄의식과의 싸움이야말로 '나'와 끝까지 동행하는 핵심적인 문제이다. 따라서 그들이 피의자의 자격으로 조사를 받을 때 다음과 같이 생각하는 것은 자연스러운 일이다.

> 그들의 의심이 사실이 되기를 은근히 바랐다. 지훈이 다니던 학교가 어린 학생을 죽음으로 모는 부도덕한 학교이기를, 아들을 은밀히 괴롭히던 교사나 친구나 깡패라도 모습을 드러내기를, 그, 혹은 나, 또는 우리 둘 다 친자살해혐의로 감옥에 갇혀 영원히 빠져나오지 못하기를, 이 모든 것을 동시에 열렬히 갈망했다. (228)

이처럼 그들은 어떤 대가를 치르더라도 아들의 죽음이 가져다 준 죄책감 즉, "'왜'의 수사. 지훈이가 도대체 왜?"(229)라는 지리한 심문에서 벗어나고자 몸부림친다. 이러한 심문이 타자에 대한 질문과 맞닿아 있는 것은 당연한 일. 나중에는 "미래의 언젠가를 위해 우리는 지훈이 남긴 모든 것을 사진 찍어 파일에 담"(232)고, 파일 명을 J라고 정한다.

얼마 후 이 가정에 겨우 이름만 기억날 뿐인 동창부부가 여자아이를 데리고 나타난다. 이 여자아이는 아들과 같은 또래이고, 아들의 이름과 첫 글자가 같다. J라는 여자아이를 본 순간부터 '나'는 "무엇이 갑자기 이 광증에 가까운, 이례적인 에너지를 만드는가. 그건 분명 J라는 애와 연관이 있었다"(236)고 할 만큼, 강력한 에너지를 느낀다. 식사를 하면서 '나'는 동창에게 고맙다는 말을 건네고, 아이는 처음으로 "뭐가

---

6   그들은 '왜'에 대한 답을 찾아 맹렬하게 돌진한다. 학교에 매일 출근하다시피 하고, 아이의 컴퓨터를 분해하다시피 한다.

고마운데요?"(237)라고 대답한다. '나'는 "글쎄 무엇이 고마웠을까. 아마도 너 때문이라고, 네가 내 아들 또래의 아이여서라고"(237)라고 생각한다. '나'는 J에게서 지훈을 발견한 것이고, 이 발견은 '나'에게 신경안정제 없이도 잠들 수 있는 평화를 가져다 준 것이다.

어느 날 동창부부는 J만 남겨두고 사라지며, 그로부터 열흘이 지났을 때 J의 말문이 트인다. 아이는 도저히 상상할 수 없는 욕설을 내뱉으며, 자신들의 부모가 사기꾼이라고 말한다. 아이는 엄마가 이런 식으로 자기를 내버려 두고 사라진 것은 처음이 아니며, "아주 버리면 좋겠는데 그것도 아니라 똥 씹는 맛"(241)이라고 말한다. 아이는 자기 엄마 얘기를 할 때마다 온몸을 뒤흔들며 폭죽처럼 터져 나오는 "지독한 쌍욕"(241)을 계속 한다.

그러고 보면 정도의 차이만 있을 뿐, '나' 역시 자신의 아들에게 J의 어머니와 같은 존재였을지도 모르는 일이다. '나' 역시 1년에도 몇 번씩 아들의 학교로 달려가서 애를 불러내 놀이동산이나 공원으로 놀러 다니는 것을 상상했지만, 매번 더 급해 보이는 일이 생겨서 한 번도 그러지 못했음을 회상한다. 남편도 마찬가지이다. 지훈이 죽던 날 남편은 평화로운 저녁을 아들과 함께 보냈지만, 그는 이어폰 속으로 아들의 "먼저 잘게요"(230)라는 말을 간신히 들었을 뿐이다. 그 때 아이는 자신이 벌써 아버지를 네 번째 불렀다고 말한다. 그것은 아들의 마지막 말이었다. 그는 지훈이 방문을 열고 나와 거실을 가로질러 베란다가 가는 동안 음악을 듣느라고 그 소리를 듣지 못했던 것이다.

이처럼 부모와 자식 사이에도 해소할 수 없는 간극이 존재한다. 그 안타까움은 아이가 엄마로부터 도착할 메일을 밤늦게까지 졸면서 기다리는 사이에 '나'는 아들에게 수취인 없는 이메일을 수없이 보내는 장면을 통해서도 상징적으로 드러난다. 누군가는 보내고 누군가는 기다리지만, 결코 그것은 서로 접속하지 못한다. J와 5개월을 보냈을 때,

J는 책상 서랍 속에 넣어둔 "J라고 이름 붙인 아들에 대한 자료 파일"(242)만을 들고 사라진다. 그리고 J가 떠난 후에야 '나'는 "아들이 우리를 영원히 떠났다는 것을, 그것은 돌이킬 수 없는 사실"(243)이라는 것을 받아들인다.

그리고 J가 떠난 지 얼마 후 '나'는 강도를 당한다. 주동자가 J인 이 강도단의 행위는 J의 마술과 나란히 작품 속에 서술된다. 한겨울, 한밤중에 여자 아이 두 명과 남자 아이 네 명이 눈만 겨우 드러난 털모자를 쓰고 침입한 것이다. 아이들은 '나'를 묶어서는 자신들이 가져온 커다란 가방에 넣는다. 동시에 J의 마술에서는 한 여인이 노랑과 황색의 물결무늬가 그려진 화려한 관 속으로 들어간다. 강도단은 '나'를 굵은 가죽의 느낌을 주는 어떤 것으로 침대에 묶은 채 밖으로 나간다. 그때 J로 짐작되는 여자 아이는 "뭐해. 임마! 그냥 나오면 어떡해. 찔러. 새꺄! 찌르라니까! 야, 너 죽고 싶어!"(244)라고 외친다. 그 말에 누군가 방 안으로 들어와 허벅지를 서너 번 내리꽂고, TV 속 마술에서는 J가 여인이 들어간 관을 날카로운 칼로 찌른다. 이어서 관 속의 여인은 피를 흘리는 대신 노란색 날개를 달고 관 옆의 커튼을 젖히고 나온다. J의 칼질은 죽은 아들 지훈에 대한 '나'의 모든 생각을 뒤흔들어 놓기에 충분하다. 지훈을 이해한다는 것은 결코 인간의 영역이 아니었던 것이다.

이 작품에서는 시종일관 '지훈=J', '나=J의 엄마'라는 것을 알려주기 위해 섬세한 노력을 기울이고 있다. 한국을 대표하는 여성 마술사가 된 J의 마술쇼와 '나'의 회상이 나란히 등장하는데, 마술을 하는 J는 의상도 예전 "어릴 적 아이가 즐겨 입던 비슷한 모양의 칠부 상의"(233)이며, 심지어 '나'는 "J가 저렇게 아름다운 것은 그 애가 살아남았기 때문"(226)이라고 생각할 정도이다.

허벅지에 상처를 입은 채 결박되어 사흘을 혼자 누워 있으면서, '나'는 "한 번도 겪어보지 못한 놀라운 평화를 경험"(245)한다. 이 일을 겪은 후에 '나'는 오히려 "J, 나는 아무렇지도 않아. J, 네 덕분에 내 인생에 불필요한 것들이 쓸려가 버렸으니 오히려 너한테 고맙다고 해야 하지 않을까"(245)라는 말을 J에게 해주고 싶어 한다. 흥미로운 것은 이러한 아이의 반응에 '나'는 "이상하게도 나를 편안하게 해주었다"(241)거나 "아이의 욕은 듣는 사람 속이 다 시원해지는"(241)이라고 표현된다는 것이다. 아들은 자기를 칼로 찌를 수 있는 존재일지도 몰랐다는 것. 아들을 이해한다는 것은 인간의 영역이 아니라는 것을 온몸으로 깨달은 결과라고 할 수 있다.

그런데, 안타까운 점은 이 깨달음이 부부를 결코 사건 이전의 평화로 이끌지는 못한다는 점이다. 그러고 보면, 아들을 이해한다는 것의 불가능함에 대한 깨달음은 그 이전에도 온 적이 있었다. 아들의 모든 것을 정리하여 파일을 만들었을 때도, "우리는 '왜'의 부재, 그것이 바로 '왜'의 답이라는 것을 감지"(232)한 바 있기 때문이다. 작품은 "그러나 황량하고 견고한 시멘트 바닥에 육체가 부딪치며 내는 둔중한 소리와 동행하는 사람들에게 웬만한 쓴맛은 차 한잔에 넘겨버릴 수 있을 정도로 가벼운 것이 된다"는 문장으로 끝난다. 이 문장은 타자를 이해한다는 것의 불가능함을 온몸으로 깨달은 후에도 끝나지 않을 고통과 번민에 대한 암시일 것이다.


## 4. 나가며


최민우의 「[반:]」은 라깡적 의미의 실재를 환기시키는데 골몰했던 최근 한국 소설에 일종의 경고를 울리는 작품이다. 이 작품은 사회 현실 속에서 일어나는 일을 결정하는 자본의 냉혹하고 '추상적'이며 유령 같은 논리를 넘어서서, 사람들이 상호작용과 생산과정에 참여하는 사회 현실을 박진감 넘치게 묘사하는데 성공하고 있다. 한창훈의 「그 여자의 연애사」는 연애의 중요한 한 측면을 보여주고 있다. 사랑이란 본래 욕망(desire), 충동(drive), 본능(instinct)이라는 세 가지 차원에서 작동하게 마련이다. 우리가 일상에서 겪는 사랑의 실상은 이 세 가지가 보로메오의 매듭처럼 얽혀 있을 것이다. 한창훈이 이 중에서 본능이라는 한 가닥을 끄집어내서 전면화시키는 것은 이 작품의 장점인 동시에 한계일 것이다. 최윤의 「동행」은 타자의 이해라는 윤리의 근본명제를 심문한다. 내 핏줄조차 이해한다는 것은 불가능하다는 것. 그러나 그 깨달음만으로는 결코 행복도 평화도 불가능하다는 것. 그렇기에 이 작품은 윤리의 주장인 동시에 윤리의 비판으로도 읽어야 할 것이다.

# 불행의 기원

이승우 · 김영하 · 이기호를 중심으로

## 1. 문학에서의 힐링

세상이 온통 '힐링'이라는 외국어로 들끓고 있다. 책도 강연도 모두 힐링이라는 단어를 달고 있어야 사람들의 주목을 받고, TV의 예능 프로그램까지 힐링이라는 간판을 달고 있는 실정이다. 이것은 지금 우리가 살고 있는 사회가 힐링을 그토록 갈구할 만큼 고통스럽다는 증거임에 분명하다. 노인, 장년, 청년, 소년 할 것 없이 모두가 자기들의 고민으로 앞이 보이지 않을 정도이다. 그리하여 모든 사람들이 경쟁하듯이 힐링을 주문한다. 이러한 열풍은 문학장에서도 예외는 아니다. 힐링을 전면에 내세운 소설과 시가 쓰이는 것은 물론이고, 최근에는 냉철한 판단을 그 본령으로 하는 평론에 있어서마저 힐링을 내세우고 있는 실정이다.

말할 것도 없이 문학은 인간 영혼과 병든 사회에 대한 치유의 기능을 가지고 있다. 이러한 기능이야말로 문학이 인류와 먼 옛날부터 지금까지 운명을 함께 해올 수 있었던 근원적인 힘이다. 그러나 그 치유의 방법은 솜사탕같이 따뜻하거나 감미로운 말을 던지는 것은 아닐 것

**현실과 정치**
불행의 기원 | 231

이다. 문학에서의 치유는 결코 아큐식의 정신승리법이 될 수는 없기 때문이다. 고통을 만들어 내는 분명한 원인이 존재하는 상황에서, 막연하게 상처를 어루만지기만 하는 것은 또 하나의 자기기만에 이를 수도 있다. 문학에서의 진정한 힐링은 인간과 세상의 고통을 치열하게 바라본 후에, 그 고통을 가져온 원인을 적나라하게 드러내는 과정을 통하여 자연스럽게 고통의 극복 방안까지 제시하는 방식일 것이다.

이 계절에 창작된 이승우의 「신중한 사람」(『현대문학』, 2013년 1월호), 김영하의 「최은지와 박인수」(『문예중앙』, 2013년 봄호), 이기호의 「나정만 씨의 살짝 아래로 굽은 봄」(『한국문학』, 2013년 봄호)은 모두 문학에서의 치유가 본래 어떤 것이어야 하는가를 보여주는 작품들이다. 이들 작품은 무엇보다 인간의 고통 혹은 불행이 어디서부터 비롯되는가를 치밀하게 보여준다. 그리고 이를 통해 참된 삶에 이르는 길을 자연스럽게 전달해 주는 명작들이다.

## 2. 신중함이 감추고 있는 자기기만

이승우의 「신중한 사람」은 우리가 흔히 긍정적으로 평가하는 신중함이 어떻게 이 세상의 악을 키울 수 있는지 꼼꼼하게 추적하는 작품이다. 신중(愼重)이란 '가볍게 행동하지 않고 조심스러운 태도'를 말한다. 이 태도에 내재된 자기기만의 문제야말로 이 작품의 참주제에 해당한다. Y의 성격이 '신중하다'는 말은 거의 잊을만하면 등장할 정도로, Y의 성격을 특징짓는 핵심은 그가 '신중하다'는 것이다.

Y는 서른 살 때부터 서울을 벗어나 한적한 곳에 집을 짓고 사는 생

활을 꿈꾼다. 그 꿈은 "도시의 소음과 먼지와 속도와 안하무인과 무질서를 견"(206)디게 하는 힘이 되어 주었다. 7년간 공들여 단월에 지은 전원주택은 그에게는 완벽하다. 그의 농촌 생활을 유일하게 도와주는 사람은 40대 중반의 이웃집 남자로서, 그는 Y에게 먼저 와서 인사하고, Y가 물어보지 않아도 농촌 생활에 필요한 여러 가지를 알려준다. 어떤 때는 Y의 밭에 퇴비와 물을 뿌려 주기도 하며, 둘은 날로 친해져서 밤 늦게까지 상추와 고추를 곁들여 밤새 고기와 술을 먹기도 한다.

그렇게 수십 년 된 Y의 꿈이 무르익어 가던 어느 날, Y는 아프리카 지사에 발령을 받는다. 3년의 회사근무를 마치고 돌아오면 단월에 살 계획이기에, Y는 서울의 아파트를 판다. 단월의 새집은 전세를 줄 작정이지만, 한국을 떠날 때까지 아무도 그곳에 들어오려고 하지 않는다. 결국 Y는 친절한 이웃 남자에게 단월에 있는 집을 맡기고, 그 집을 관리해주는 대가로 매달 약간의 돈을 부쳐주기로 약속한다.

3년간의 외국생활을 마쳤을 때, 그는 혼자 귀국한다. 아내는 영국에 유학중인 딸을 뒷바라지하기 위해 유럽에 남은 것이다. 그가 유일하게 거주할 집인 단월의 새집으로 갔을 때, 그곳은 엉망이 되어 있다. 그토록 공들여 만들어놓은 잔디밭에는 두껍게 덮인 연탄 부스러기들이 가득하며, 잔디밭 한 켠에 만들어진 정자에는 정리되지 않은 농기구들이 널려 있고, 물이 빠져나간 연못은 오리우리로 변해 있다. Y는 남의 집을 엿보는 사람처럼 자기 집을 기웃거릴 뿐이다.

Y를 보고, 단월집에 사는 낯선 사람은 "누구요?"(215)라고 퉁명스럽게 묻는다. Y가 말려 들어가는 목소리로 간신히 자신이 집주인이라고 말하자, 남자는 퉁명스럽게 수기로 된 임대차계약서를 내민다. 그 계약서에는 전세보증금 5천만 원, 계약기간 2년, 임대인 장팔식, 임차인 황철수라는 단어가 투박하게 적혀 있다. Y는 마을 이장을 통해 임대인 장팔식이 바로 Y가 집의 관리를 맡겼던 이웃 남자임을 알게 된다. 그

러나 그 남자가 어떻게 그 집에 살게 되었는지, 장팔식과 어떤 관계인지를 아는 마을 사람은 아무도 없다.

결국 Y는 "그 집으로, 무조건 들어가라"(220)는 이장의 충고를 받아들여, 자기 집을 점유하고 있는 남자에게 하루에 만 원씩의 숙박비를 내고 뾰족한 지붕 아래 있는 옥탑방에 머무는 계약을 한다. 어처구니없는 이 모든 일은 아래의 인용문에서처럼, Y의 "신중한 성격"(221) 때문에 일어난 것이다.

> 주인이 자기 집에 들어가 살기 위해 돈을 지불해야 하는 건 사리에 맞지 않고, 또 감정적으로도 내키지 않은 일이었으니, 자기 집을 놔두고 자기 집이 없는 사람처럼 다른 데서 사는 것은 더욱 사리에 맞지 않은 일이며 감정적으로도 내키지 않은 일이라고 애써 타이르며 자신을 다스렸다. 그는 신중함 때문이라고 생각했지만, 신중함 때문에 비겁해지고 있다는 사실은 애써 인식하지 않았다. (222)

그러고 보면 그의 이름 Y는 무조건적인 순응을 의미하는 Yes의 줄임말이라고 볼 수도 있다. 이 소설에서 신중함은 비겁함의 다른 이름에 불과하며, 그러한 신중함이야말로 죄가 싹틀 수 있는 기본적인 토양이 되고 말할 수 있다. 그것은 다음과 같은 진술들을 통해서도 확인 가능하다.

> 신중한 자는 저지르거나 부수거나 걷어차지 못한다. 신중한 자는 보수주의자여서가 아니라 신중하기 때문에 현상을 유지하며 산다. (207)

> 그는 늘 억지와 불합리와 막무가내를 거북해했다. 억지와 불합리와 막무가내를 겪지 않고 산 것은 아니지만, 겪을 때마다 거북해하고 못 견뎌 했

다. 못 견뎌 하면서도 견뎌낸 것은 견뎌내지 않을 때 닥쳐올 또 다른, 어쩌면 더 클 수도 있는 억지와 불합리와 막무가내에 대한 예감 때문이었다. 부자연스러운 것을 꺼려 하는 사람이, 꺼려 하면서도 부자연스러운 것을 내치지 못하고 받아들이게 되는 공식이 그래서 성립한다. (214)

'현상유지를 최우선으로 하는 태도', '더 큰 억지와 불합리와 막무가내를 막기 위해 지금의 억지와 불합리와 막무가내를 용납하는 태도', Y의 표현대로 하자면 '신중한 태도' 때문에 Y의 삶은 각종 곤경에 처한다. 대학생인 딸이 서울에 오피스텔을 얻어주고 두 부부만 단월에 가서 살라고 했을 때도, 딸이 학비를 댈 부모 형편은 생각하지 않고 런던에서 다시 대학을 다니겠다고 했을 때도, 귀국 무렵 아내가 딸과 함께 영국에 더 머물겠다고 했을 때도, Y는 바로 그 '신중한 태도' 때문에 그 모든 부당한 요구를 받아들일 수밖에 없었던 것이다. 그러나 지금까지 Y의 신중한 태도는 그의 삶을 뒤흔들 만큼 치명적인 것은 아니었다. 그러나 낯선 사람이 주인행세를 하는 단월집의 현재 상황은 가히 치명적이라 부를 만하다.

결국 Y는 다락에서 악취를 맡으며, 되도록 숨도 멈추고, 남자의 아내가 건네준 꾀죄죄한 담요를 덮고 잠을 잔다. 자신의 소파, 식탁, 전신거울, 책상 등을 남자가 사용하는 것을 구경만 하며 노숙인 같은 생활을 하는 것이다. Y는 자신의 '신중한 성격'대로 계약에 의해 그 집의 일부가 되었다는 사실에 곧 익숙해진다. 대신 Y는 틈나는 대로 훼손된 자기 왕국을 복구하는데 시간을 쏟는다. Y는 집의 소유권을 되찾는 것보다 집의 원형을 회복하는 것이 더 중요하고 급한 일인 것처럼 행동하고, 집을 원상태로 되돌리는 것이 집을 찾는 길이라고 진심으로 믿게 된 것이다. 낮에는 피곤해질 때까지 일을 하고 밤에는 여전히 좁고 어둡고 더럽고 악취가 나는 방에서 숙면을 취한다. 그러면서 Y는 그 단월집을 "자주 '자기 집처럼' 느꼈"(229)다. 그의 전도된 의식은 마지막

대목을 다음과 같은 어이없는 감격으로 끝나게 만든다.

아내가 아주 가끔 전화를 걸어오면 Y는 복잡하고 시끄럽고 먼지투성이
고 안하무인이고 철면피한 도시를 피해 완벽한 평화의 공간인 전원에 자
신의 왕국을 꾸민 50대 중반 남자의 벅찬 행복에 대해, 혹시 안방의 남자와
여자가 들을까봐 신경을 쓰며 아주 작은 목소리로 이야기했다. 그 때문에
속삭이는 것처럼 들렸다. (229)

이 작품은 조금 억지스럽다. 이장이 Y가 집의 진짜 소유주라는 것을
확인해주어도 남자는 전세계약서만을 내밀며 아무런 반응도 보이지
않는다든가, 대기업의 중역 정도 되는 사람이 이렇게 어처구니없는 상
황에서 단순히 성격상의 이유로 공권력의 힘을 빌리지 않는다든가 하
는 것이 자연스러워 보이지는 않기 때문이다. 이러한 억지스러움은
"그는 다른 사람에게 폐를 끼치지는 않았지만 다른 사람과 마음을 터
놓고 지내지도 못했다. 손가락질 받을 짓을 하고 살지는 않았지만 칭
찬받을 일을 하고 살지도 않았다"(224)는 그의 신중함이 만들어낸 현상
유지적인 비겁함의 어두운 측면을 폭로하고자 하는 작가의 강렬한 의
도가 만들어낸 작품의 그늘이다.


## 3. 위선이여, 안녕


이승우의 「신중한 사람」이 '신중함'으로 미화되는 현상유지적인 태
도가 가져온 삶의 불행을 강렬하게 드러냈다면, 김영하의 「최은지와

「박은수」는 인간의 위선이 가져올 수 있는 불행(허위로 가득찬 삶)을 날카롭게 보여주고 있는 작품이다. 거대담론이나 이데올로기적 환상에 휘둘리지 않은 채 날 것 그대로의 인간을 보여주는데 일가를 이룬 김영하적인 특징이 고스란히 드러나고 있다.

「최은지와 박인수」의 핵심인물은 최은지와 박인수, 그리고 주인공 '나'이다. 출판사 사장인 '나'에게 어느 날 직원인 최은지가 비혼 싱글맘이 되겠다고 찾아온다. 아이가 너무 갖고 싶어 대학 동창에게 '부탁'을 해서 아이를 가졌고, 아이를 가진 후에는 대학 동창에게 아무런 말도 하지 않았다고 당당하게 고백한다. 최은지는 아이를 낳은 후에도 계속해서 회사를 다니고 싶으며, 결혼하지 않은 사람도 출산휴가를 쓸 수 있냐고 묻는다. 기존의 도덕이나 규범을 가볍게 뛰어 넘은 최은지는 자신의 이런 결정에 '나'가 응원군이 되어 주기를 원해 찾아온 것이다. 최은지는 남들보다 앞서가는 결정을 내린 자신이 왕따가 될 것이 두렵다며, '나'에게 정신적으로 "아이의 대부"(157)가 되어 달라고 말한다. 최은지는 말끝마다 "정자를 준 동창에게도, 그리고 나에게도"(157) 부담은 주지 않겠다고 말하지만, 이미 '나'는 "엄청난 부담을 느끼고 있"(157)다. 결국 '나'는 "최은지가 낳을 아이의 대부"(157)가 된다.

이러한 결정은 "최은지 말 믿어주는 직원은 거의 없"(172)을 정도로 고립된 최은지의 회사 내 상황으로 인해, '나'에게 여러 가지 고통을 가져다준다. 회사 직원들은 최은지의 아기 아빠가 사장일 것이라고 쑥덕거리고, '나'의 아내마저 최은지와 남편의 사이를 의심하기 시작한다. 회사에서는 최은지만이 생기로 가득하고, '나'의 질문에 직원들은 "무성의한 단답"(169)만 던질 뿐이다. 이러한 상황에서 '나'는 '나쁜 소문', '리더십의 상실' 등을 겪게 되고, 반대의 대가로 '개인의 결정', '노동법', '새로운 시대의 윤리'를 자신이 존중했다는 만족감을 얻게 된다. 편집주간의 말처럼 "정치적 올바름"(167)에 집착하여 최은지의 부탁을 들어

준 결과, '나'는 회사와 집 모두에서 고통을 겪게 된 것이다.

그러고 보면 '나' 역시 자기기만에 익숙한 인물이다. 직원들은 출판사 사장을 "예쁜 여자들만 편애한다. 눈빛이 느끼하다. 엄청 짠돌이다. 민주적인 척하면서 직원들 의견은 하나도 안 받아들인다. 잘난 척이 심하다. 회의 때도 혼자 떠든다"(168)고 평가해왔음에도 불구하고, '나'는 스스로를 출판사 사장으로서 최소한의 금도를 지켜오면서 기업을 운영해온 꽤나 괜찮은 출판사 사장으로 자부해 왔던 것이다. 또한 최은지를 향한 '나'의 배려 속에는 "작고 갸름한 하얀 얼굴"의 "말수가 적고 요염한 기운을 풍기는 여자"(163)인 최은지의 매력 역시 중요한 몫을 하고 있었을지도 모를 일이다.

「최은지와 박인수」에서 '나'의 태도가 위선적임을 누구보다 날카롭게 꿰뚫어 보고 있는 이는 다름 아닌 암으로 인해 살날이 얼마 남지 않은 박인수이다. 박인수는 '나'와 15년 동안 출판 분야에서 함께 일해 온 동료이자, 적이자, 친구이다. 그는 최은지의 이야기를 듣고는 "너한테 수작 부리는 게 벌써 수상해"(148)라거나 "그 여자나 조심해. 생은 짧아"(149)와 같은 충고를 한다. 그는 마지막 유언으로 '나'에게 "좋은 소리 들으려고 하지 마. 그럴수록 위선자처럼 보여"(177)라는 말을 남기기도 한다.

흥미로운 것은 "사람들은 죽을 날이 다가오면 모든 것을 용서하고 뭐 그럴 줄 아나본데, 천만의 말씀"(162)이라는 말을 던질 정도로, 위선 따위와는 거리가 먼 듯한 박인수야말로 위선의 극치를 보여준다는 점이다. 출판사 사장인 박인수는 만약 암이 치료된다면 "대학원 다닐 때 참 좋아했던 여자"(162)를 만나고 싶다 말한다. 그 여자와 사귀다가 박인수는 먼저 이별을 선언했는데, 결별의 이유는 여자에게서 얻은 성병 때문이었다. 박인수 입장에서는 "날 속인 건 그 여자인데 내가 악역이 돼버렸"(163)던 것이다. 박인수는 자신이 "세 번이나 결혼에 실패한"(164) 것도, "괜히 남한테 좋은 사람 노릇하기 시작한 기원"(164)도 그 여자에게 있다고 생각한다. 박인수는 죽기 전에 반드시 "그 일부터 좀 바로잡고 싶"(164)다고 말한다.

나중에 '나'의 연락을 받은 그 여자는 박인수의 병실을 찾았다가 돌아간다. '나'는 박인수에게 "병 얘기"(174)를 했냐고 묻지만, 박인수는 한마디도 하지 못 했다고 말한다. 오히려 "균, 그 여자한테 옮은 성병균이 아직도 거기 있을까 하는 생각"(175)을 할 정도로, 위선을 뛰어넘는 병적인 감상을 선보인다. 친구의 일에 대해서는 한 꺼풀의 허위의식도 없이 날카롭게 판단하던 박인수이지만 자신의 일과 관련해서는 끝까지 위선의 모습을 조금도 벗어나지 못 했던 것이다. 박인수는 "그냥 감당해. 오욕이든 추문이든. 일단 그 덫에 걸리면 빠져나갈 방법이 없어. 인생이라는 법정에선 모두가 유죄야"(177)라는 말을 죽기 전에 마지막으로 남긴다. 이것 역시 자신의 본심을 속이고 현실과 타협하는 자세라고 말할 수 있다. 그러고 보면 최은지와 박인수는 똑같은 위선자들이었던 것이다.

작품의 마지막에 이를수록 '나'와 최은지가 관련되었다는 오해는 더욱 증폭된다. 마침내 회식자리에서 만취한 남자 영업자는 최은지를 사랑한다며, '나'에게 "개새끼"(178)라고까지 소리친다. 그러자 '나'는 다음 날 그에게 회사를 그만두라고 말한 후에, 서랍 속에서 백지를 꺼내 "위선이여, 안녕"(178)이라고 쓴다. 백지에 쓰인 말은, 얼마 전까지 자신의 진정성과는 무관하게 '정치적 올바름'과 '새로운 시대의 윤리'에 집착하던 과거의 '나'에게 보내는 결별선언문임에 분명하다.

## 4. 잠적의 (비)윤리성

　이승우의 「신중한 사람」과 김영하의 「최은지와 박인수」가 개인 차원에서 이루어지는 불행의 근원을 파고들었다면, 이기호의 「나정만씨의 살짝 아래로 굽은 붐」은 사회적 차원에서의 고통이 비롯되는 근거를 탐구하고 있는 작품이다.

　이기호의 「나정만 씨의 살짝 아래로 굽은 붐」은 언론 보도 등을 통해 이미 널리 알려진 용산참사와 관련된 사실에 기초해 있다. 주지하다시피 2009년 1월 20일 새벽 6시에 남일당 건물에 경찰특공대가 전격 투입되었다. 실제 현장에서는 100톤짜리 크레인 한 대와 특수 제작된 컨테이너 한 대가 동원되었는데, 경찰의 본래 계획은 100톤짜리 크레인 두 대와 컨테이너 두 대를 이용하여 한쪽은 망루 지붕을 걷어내고 다른 한쪽은 출입문 쪽으로 진입하는 것이었다. 검사 측 증인으로 나온 경찰특공대 1제대장의 증언에 의하면 그날 두 대의 크레인이 투입되었다면 참사를 면하거나 피해자를 크게 줄일 수 있었다. 하지만 당일 새벽, 약속한 한 명의 크레인 기사가 잠적하는 바람에 작전은 수정될 수밖에 없었다.

　「나정만 씨의 살짝 아래로 굽은 붐」은 바로 그 새벽 잠적(?)해 버린 크레인 기사 나정만 씨가 자신을 찾아온 소설가의 질문에 답변하는 형식으로 되어 있다. 기본적으로 이 작품은 나정만의 행위에 대한 가치판단을 요구한다. 나정만의 크레인이 용산 현장에 투입되었다면 희생을 줄일 수도 있었을 것이기 때문이다.

　크레인 기사 나정만은 돈 많은 건설업자도 아니고, 권력이 많은 고위 공무원도 아니고, 완력이 강한 조직폭력배도 아니다. 그렇다고 해서 거의 재산을 강탈당하다시피 한 채 쫓겨난 재개발 지역의 세입자도 아니다. 그는 다만 2009년 1월 20일 새벽 6시에 용산을 바라보던 대한민국의 필부필녀 중의 하나일 뿐이다. 이 작품의 핵심은 나정만이라는 평범한 인물에게 용산참사와 관련한 책임을 물을 수 있는지? 나아가 수화자(narratee)인 소설가와 한국 사회에 사는 대부분의 사람들은 2009년 용산으로부터 자유로울 수 있는지를 묻고 있다.

나정만은 충청도에 있는 전문대를 다니다가 그만두고 아버지를 따라 카고 트럭을 몰았다. 경쟁이 심해서 카고 트럭을 모는 일은 "차를 사서, 차로 돈을 벌어서, 차를 위해서 쓰는"(51) 것에 불과하다. 1톤짜리 쌀가마니를 나르는 일을 하다가 나정만이 그중에 한가마니를 빼돌렸다는 누명을 쓰자, 결국 나정만의 아버지는 카고 일을 정리한다. 이후 나정만은 현대자동차 중동 대리점에서 자동차 세일즈 일을 한다. 그곳에서 나정만은 한 달에 자동차 한두 대를 파는 영업맨인 '012부대'의 일원이었고, 넉살도 서비스 정신도 없었기에 그 일도 얼마 못 가 그만둔다. 이후 산업인력공단에서 운영하는 학원에 들어가 기중기 자격증을 따고, 2년 동안 월급 백만 원을 받는 부기사로 지내다가 2009년 초가 되어서야 정기사가 된 것이다. 이러한 나정만의 이력은 자본의 변두리로 내몰리는 이 시대의 장삼이사들을 대표하기에 모자람이 없다.

사회적 지위뿐만 아니라 의식에 있어서도 나정만은 우리 시대의 평범한 소시민들을 대표하는 존재이다. 나정만은 자신이 투입되기로 되어 있는 그 전날에 용산 남일당 근처를 부기사와 답사한다. 그곳에서 그는 용역회사들 직원이 있는 모습, 옥상 위 망루 근처에 있는 철거민들을 바라보며, "철거민들이 버틴다고 언제 안 쫓겨난 적이 있던가요? 그냥 다 부질없이 보이고…… 끝도 빤히 보이는데 떼쓰는 것 같고…… 그게 전부죠, 뭐. 사정이야 뻔한 것일 테고…… 에이, 어디 눈을 마주쳐요?"(56)라는 반응을 보인다. 나중에 나정만은 자신의 모든 말이 녹음되었다는 사실을 알고서는 기어이 수화자인 소설가의 아이폰을 깨뜨리고야 만다. 자신이 한 증언을 결코 부인하는 것은 아니지만, "그 말을 한 사람이 내가 아니기만 하면 된다구"(62) 생각한 것이다. 혹시라도 내부고발자로 찍혀 자신과 가족의 삶에 문제가 생길까 염려하는 나정만의 모습은 전형적인 소시민의 모습이다.

이토록 평범한 나정만이 잠적한 것은 물론 대의에 따른 결단의 행위는 아니다. 단지 나정만은 그날 용산 현장으로 크레인을 몰고 한강대교를 건너다가 과적 단속에 걸렸을 뿐이다. 도로법 54조에 의하면 43통 이상의 차량은 강동대교를 제외한 다른 한강 위의 다리는 건널 수가 없는데, 나정만은 한강대교를 건너다 공익근무요원들에게 잡힌 것이다. 나정만은 한동안 실랑이를 벌이다가 "언제 현장에서 우리 벌금 책임져준 적 있냐"는 회사 사장의 말에 차를 돌린다.

나정만의 가장 큰 잘못이 있다면, 그것은 고통 받는 자들에 대한 철저한 무관심에서 찾아야 할 것이다. 그는 현장 답사 때도 철거민들과 "에이, 어디 눈을 마주쳐요?"(56)라는 말처럼, 관심 갖기를 거부했다. 또한 "제가 뭘요? 저는 그분들하고 아무 상관 없는 사람이에요. 제가 뭐 그쪽에 땅이 있습니까, 건물이 있습니까? 전 그냥 사장 말 잘 듣고, 처자식 굶기지 않으려고 해 뜨면 현장에 나가고, 해 지면 퇴근하는, 뭐 그런 평범한 사람인데…… 내가 그 사람들한테 뭔 잘못을 해요……(60)"라는 말처럼, 용산과 자신을 철저하게 분리시켜 생각했다.

소설가가 나정만을 심문하는 것은 그대로 소설가 자신에게도 돌아간다.[1] 나정만은 작품의 후반부로 갈수록 날카롭게 자신의 죄를 묻는 소

---

1 나정만이 용산과 관련해 느끼는 죄의식은 "에이…… 그건 말씀이 좀 그러네요…… 아니, 꼭 우리가 안 가서 그 사람들이 죽은 것처럼 말씀하시니까…… 허허, 이거 참…… 그렇죠, 그럼 애초에 경찰들이 미리 길을 터주든가, 아님 오후부터 미리 대기를 시키든가, 뭐, 그렇게 일을 진행했어야죠. 그게 맞지 않나요? 아까 그 말씀대로라면 우릴 막아선 공익놈들도 죄가 있는 거고, 건설회사 상무인가 부장인가 하는 놈도 죄가 있는 거고, 도로법 54조도 죄가 있는 거고, 거기 있거나 거기 없거나 다 죄가 있는 거 아닙니까?"(60)라는 나정만의 항변처럼, 한국 사회를 살아가는 모든 사람들에게 해당하는

설가는 과연 용산참사의 책임으로부터 자유로울 수 있는지 심문한다. "아까는 나한테 뭐 죄책감을 느끼네 마네 떠들어대더니…… 당신은 그 얘길 왜 쓰려고 하는데?"(63)라거나 "거기 있었던 사람들을 만났어야지, 거기에 갔던 크레인 기사를 만났어야지, 왜 나를 찾아왔냐"(68)고 묻는 장면에서 이를 확인할 수 있다. 그리고는 아무런 말도 하지 않는 소설가에게 "그러니까 형씨도 나랑 비슷한 거 아니냐구요? 안타까운 건 안타까운 거고, 무서운 건 무서운 거 아니냐고요?"(69)라며, "그래서 나를 찾아 온 거죠?"(69)고 되묻는다. 소설가 역시 용산의 죄의식으로부터 자유롭지 않은 존재임을 나정만은 날카롭게 파악하고 있었던 것이다.

여기까지 읽는다면 2009년 1월 20일 새벽 잠적한 나정만을 비난해야 할 것이다. 나정만이 그날 잠적하지 않고 용산 현장에 투입되었다면, 경찰특공대 제대장의 증언대로 피해자가 발생하지 않거나 그 수가 줄었을 것이기 때문이다. 그러나 이것은 심각한 착시 현상이 아닐까? 만약 나정만을 제외한 다른 한 명의 크레인 기사마저 그 새벽에 잠적했다면, 아예 경찰의 진압작전 자체가 불가능했을 수도 있기 때문이다. 이러한 가능성을 고려한다면, 나정만의 잠적(?)은 새롭게 평가될 가능성이 존재하게 된다. 만약 나정만이 자신의 판단에 따라 잠적한 것이라면, 그 행동은 결과가 아닌 동기만을 고려한 칸트적인 의미에서의 윤리적인 것이라고 말할 수도 있기 때문이다.

그리고 보면 이러한 가능성 역시 이 작품은 열어 두고 있다. 이 작품에서 나정만은 서술자 역할을 떠맡고 있지만, 그리해서 독자들의 독서 경험에 심대한 영향을 미치고 있지만, 과연 믿을 만한 서술자인지에 대해서는 끊임없이 의문을 제기하도록 만들기 때문이다. 그는 술자리가 길어지자 카고 운전하던 시절 쌀 운반과 관련해 누명을 쓴 것이 아

것이기도 하다.

니라 실제로 자신이 쌀가마를 빼돌렸다는 말을 하고, 자동차 판매원 시절에도 고객의 돈을 횡령했다고 고백한다. 이러한 거짓말은 나정만 이 용산참사와 관련해서도 뭔가 허위진술을 하고 있다는 추측을 가능 하게 한다.[2] 혹 그날 새벽 나정만은 자신의 뜻에 따라 잠적한 것은 아 니었을까? 그러한 윤리적 결단을 통해서만이 공동체의 행복은 지켜질 수 있지 않을까? 이기호의 「나정만 씨의 살짝 아래로 굽은 봄」은 이러 한 질문을 특유의 유머러스한 문체와 분위기를 통해 '살짝' 던지고 있 는 작품이다.

---

[2]  물론 이러한 거짓말은 오히려 나정만의 인격을 의심하게 하는 것들이다. 그러나 나정 만이 자신의 안전과 이익에 극도로 민감한 사람이라는 것을 생각한다면, 이러한 고백 자체가 자신의 의도적 잠적을 감추기 위한 하나의 위장막일지도 모른다는 추측을 가 능케 한다.

4
부

# 한국문학과 로컬리티
# ―인천을 중심으로

# 한국 근대소설에 나타난 인천

강경애 · 현덕 · 오정희를 중심으로

## 1. 들어가는 말

인천을 하나의 통일된 인상으로 묘사한다는 것은 불가능하다. 그것
은 이제 한국을 넘어 세계의 메트로폴리스가 되어버린 도시가 갖게 마
련인 복잡성 때문이기도 하지만, 인천만이 지닌 혼종성과 잡종성 때문
이기도 하다. 이러한 혼종성과 잡종성은 식민지, 분단, 전쟁, 산업화로
이어지는 과정에서 인천이 겪은 엄청난 속도의 변화 때문이라고 할 수
있다. 인천의 어느 골목 어느 마을을 가보아도 몇 십 년은커녕 10년 전
모습 그대로인 곳은 찾아보기 힘들 정도이다. 100미터 달리기 선수가
전력질주라도 하는 모양새로 앞만 보고 힘차게 달려온 것이 바로 인천
이다. 그리하여 단일한 모습의 인천은 어디에도 존재하지 않는다. 더
군다나 바다와 육지, 노동과 자본, 도심과 변두리, 국제도시와 산동네,
유원지와 공단 등의 다양성까지 아우르는 것이 인천이라고 한다면, 인
천은 그야말로 거대한 잡종이라고 밖에는 달리 표현할 길이 없다.

한국 근대소설에서도 인천의 얼굴은 실로 다양하게 나타난다. 인천

이 한국문학사에서 주요한 배경으로 등장한 것은 근대에 들어오면서 부터이다. 1883년 개항과 더불어 인천은 한국을 대표하는 근대적인 도시로 변모하였고, 이러한 상황은 자연스럽게 인천을 한국 근대문학사의 중심적인 장소로 만들었다. 강경애의 『인간문제』와 현덕의 「남생이」로부터 오정희의 「중국인 거리」와 한남규의 『바닷가 소년』, 조세희의 『난장이가 쏘아올린 작은 공』과 1980년대 정화진과 방현석의 노동 소설에 이르기까지 인천은 한국 근대문학의 핵심적인 현장이었음에 분명하다. 이 글에서는 한국 근대소설에 나타난 대표적인 인천의 얼굴 세 가지를 살펴보고자 한다.

## 2. 강경애

강경애(1906~1944)의 『인간문제』는 1934년 8월 1일부터 같은 해 12월 22일까지 『동아일보』에 연재된 장편소설이다. 식민지 시기 조선 현실을 반영한 소설로서 『인간문제』와 어깨를 나란히 할 수 있는 작품으로는 염상섭의 「삼대」, 채만식의 「탁류」, 이기영의 「고향」, 한설야의 「황혼」 정도를 꼽을 수 있을 뿐이다. 더군다나 그 서사가 담고 있는 문제의식의 폭과 깊이를 고려한다면, 강경애의 『인간문제』는 한국근대사의 걸작이라 불러 무방할 것이다. 이러한 성취의 한복판에 식민지적 근대화의 한 상징으로서 인천이 놓여 있다는 것을 아는 이는 그리 흔하지 않다. 강경애의 『인간문제』는 한국소설사에서 가장 정밀하고 의미 있게 인천을 다룬 사례이다.

강경애의 『인간문제』에서 근본적인 인간문제는 인간 생존의 문제이고, 그것은 인간 노동을 둘러싼 생산관계의 문제로서 나타난다. 이러한 문제의식은 인천을 다룸에 있어서도 마찬가지이다. 이 작품은 인천을 다루었으되, 그것은 어디까지나 인천을 둘러싼 노동과 생산관계의 문제를 중심으로 해서이다. 인간의 문제를 근본과 지엽으로 나눈다는 것 자체가 오늘의 시각에서는 구식으로 보이기도 하지만, 강경애가 지닌 문제의식의 시대적 진정성만큼은 높이 살만하다.

『인간문제』의 공간적 배경은 농촌(황해도 용연)과 도시로 나뉘어 있고, 도시는 다시 서울과 인천으로 나뉘어져 있다. 1회부터 56회까지는 용연, 57회부터 68회까지는 서울, 69회부터 76회까지는 용연, 77회부터 81회까지는 서울, 82회부터 89회까지는 인천, 90회부터 91회까지는 서울, 92회부터 111회까지는 인천, 112회부터 115회까지는 서울, 116회부터 120회까지는 인천으로 되어 있다. 전체적인 서사의 흐름을 정리한다면, 용연에서 출발한 서사는 서울을 거쳐 인천에서 종결된다고 말할 수 있다. 이 작품은 노동자의 각성 과정을 그리고 있는데, 용연이라는 농촌 공간이 민초들의 즉자적 상태를 그렸다면, 인천은 깨어 있는 노동자들의 대자적 의식을 바탕으로 했다고 말할 수 있다.

그중에서도 인천에서 겪는 고통은 본격적인 임노동을 둘러싼 자본주의 사회의 근본 문제에서 비롯된다. 이러한 과정에서 노동자들은 자연스럽게 각성된 인간들로 새롭게 태어나는데, 이러한 과정이 강경애의 『인간문제』에는 비교적 자연스럽게 이루어지고 있다. 일본인 공장주와 감독의 횡포 등이 그들을 필연적으로 사회의식에 눈 뜬 각성한 노동자로 만들어 내는 것이다. 이 작품에서는 식민지 시기 억압의 가장 큰 근원이라고 할 수 있는 일제의 존재 역시 여러 가지 방식을 통해 드러내고 있다.

『인간문제』가 인천을 배경으로 하면서, 가장 중요하게 삼는 장소는 바로 대동방적이다. 대동방적 공장은 일본 동양방적 인천공장을 모델로 하였다. 만석정 매립지에 소재한 공장은 1933년 말에 완공, 이듬해부터 조업을 시작했다.[1] 강경애는 이 공장의 소재지를 '만석정(萬石町, 현 만석동)'에서 '천석정'으로, 이름은 '동양방적'에서 '대동방적'으로 변형했다. 1882년 일본 근대산업의 아버지로 일컬어지는 시부자와 에이이치에 의해 창립된 오사카 보세키(大阪紡績)를 모체로 하는 동양방적은 만주사변 이후 일본 독점 자본의 식민지 진출 물결 속에 인천 공장을 신축했던 것이다. 주로 군복을 비롯한 군수품과 관수용품 공급을 겨냥한 저급 면직물의 대량 공급에 이바지한 동양방적은 해방 이후에도 한국의 대표적인 방직공장으로 자리 잡았으니, 1978년 노조 탄압을 둘러싼 여공들의 투쟁으로 유명한 동일방직이 그 후신이다.[2]

강경애는 식민지 조선의 가장 산업화 된 도시로서 인천을 선택하고 있다. 그리고 그 속에서 식민지의 고통과 모순을 꿰뚫어 나갈 수 있는 희미한 가능성이라도 열어 놓고자 안간힘을 썼다. 인천은 식민지 시기는 물론이고 해방 이후에도 조국 근대화의 동력으로서, 한국을 대표하는 공업도시로서의 면모를 보여주었다. 그리하여 조세희의 「난장이가 쏘아올린 작은 공」이나 방현석, 정화진의 소설에서 인천은 중요한 공업의 도시, 노동자의 도시로 그려지고는 했다. 이러한 소설들의 기원은 분명 강경애의 『인간문제』에 놓여 있다. 인천(문학)의 과거를 배우고, 인천(문학)의 현재를 정시하며, 인천(문학)의 미래를 그려보기 위해서는 몇 번이고 다시 되돌아볼 수 없는 작품이 바로 강경애의 『인간문제』이다.

---

1  이상경, 『강경애』, 건국대 출판부, 1997, 122쪽.
2  최원식, 「『인간문제』, 사회주의리얼리즘의 성과와 한계」, 『인간문제』, 문학과지성사, 2006, 404쪽.

## 3. 현덕

현덕의 「남생이」는 1938년 『조선일보』 신춘문예 당선작으로서, 인천 문학을 떠올릴 때 늘 거론되는 작품이다. 그런데 흥미로운 것은 이 작품에서 인천에 해당하는 공간묘사는 소설 전체에 걸쳐 찾아보기 힘들다는 것이다. 또한 현덕 본인도 이 작품이 인천을 배경으로 했다고 밝힌 바가 전혀 없다. 작품에서 비교적 분명하게 인천을 연상시킬 수 있는 부분은 시작 부분의 첫 단락이다. 그것을 옮겨보면 다음과 같다.

> 호두형으로 조그만 항구 한쪽 끝을 향해 머리를 들고 앉은 언덕, 그 서남면 일대는 물미가 밋밋한 비탈을 감아 내리며, 거적문 토담집이 악착스럽게 닥지닥지 붙었다. 거의 방 하나에 부엌이 한 칸, 마당이라 것이 곧 길이 되고, 대문이자 방문이다. 개미집 같은 길이 이리 굽고 저리 굽은 군데군데 꺼먼 잿더미가 쌓이고, 무시로 매캐한 가루를 날린다. 깨어진 사기요강이 굴러 있는 토담 양지쪽에 누더기가 널려 한종일 퍼덕인다. (61)

그러나 「남생이」의 배경이 인천의 해안가라는 것은 그의 생애를 비춰볼 때 부인하기 힘든 엄연한 사실이다. 서울 삼청동에서 태어난 현덕이 인천과 인연을 맺게 된 직접적인 이유는 불우했던 유년의 가정형편으로 인해 자주 몸을 의탁했던 당숙의 집이 인천에 있었기 때문이다. 조부대에는 권세와 부귀가 대단했던 집안이지만, 현덕의 부친 현동철은 사업을 명목으로 가산을 모두 탕진해버린다. 부친은 패가한 호화 자제의 전형이어서, 사대주의요, 투기적이요, 또 극히 호인이며 낙천가이어서 자기는 매사에 실패를 거듭하면서도 사업을 꿈꾸며 경향으로 돌고 가사엔 불고하였다. 그 사이 이리저리 집을 옮긴 횟수가 이

십여 회, 살림을 그만두고 식구가 각자도생으로 헤어지길 수삼회였다고 한다. 그럴 때마다 현덕은 조부나 당숙의 집으로 돌며 몸을 붙였다. 현덕은 대부 공립 보통학교에 다닌 것을 시작으로, 성인이 되어서도 당숙의 집에 자주 머물렀다. 현덕이 신춘문예에 당선되었을 때, 기록되어 있는 주소 역시도 당숙의 집으로 되어 있다. 당숙 현동순은 대부도와 남양주 일대에 땅이 많았고, 인천에서 미곡상을 관리하는 객주를 하고 있었다. 동순의 부친 성택도 인천에서 상해 등을 오가는 상선무역을 했으니, 인천을 통해 해외를 드나들던 현홍택과 더불어 이 집안은 인천과 긴밀한 연고를 맺고 있는 셈이다. 현동순은 문창, 무창 두 아들을 두었다. 무창이 인천공립보통학교(현재의 창영초등학교)로 전학할 때 대부에서 인천으로 이사하는데, 용강정(龍岡町 : 현재의 화평동)에 방이 7~8개 딸린 큰집이었다. 현덕이 『조선일보』 신춘문예로 등단할 당시의 주소(인천 용강정 78번지)는 바로 이 집을 가리킨다. 현덕은 대부도 당숙 집에서 보통 학교를 다니고 서울 집으로 옮겨 고보를 다닌 후에도 한동안은 인천 당숙의 집을 오가며 생활했다.[3]

「신춘현상문예입선자약력」(『조선일보』, 1938.1.7)에는 현덕의 주소가 仁川 龍岡町 7 / 1번지로 되어 있고, 「신진작가좌담회」(『조광』, 1939.1)에서 「남생이」가 인천에 있을 때 조선일보 신춘문예모집이란 사고를 보고 자신의 역량을 시험해보기 위해 창작한 것이라고 발언하고 있다. 이로 미루어 볼 때, 현덕의 소설가로서의 등단작인 「남생이」와 「층」의 배경은 인천 해안의 빈민굴이라고 볼 수밖에 없다. 안회남은 "朴泰遠氏는 京城市內의 淸溪川 川邊風景을 맡고 「남생이」作者 玄德氏는 仁川海岸의 貧民 生活을 차지해도 괜찮흘 것"[4]이라고 하여, 「남생이」의 무대가 인천 해안의 빈민촌임을 말한 바 있다.

---

3 졸고, 「현덕의 생애와 소설 연구」, 『관악어문연구』 29권, 2004.12, 487~512쪽.
4 「현문단의 최고수준」, 『조선일보』, 1938.2.6.

현덕의 소설 중에서 인천을 배경으로 한 소설로는 「남생이」와 「층」이다. 「층」은 사팔뜨기이며 다리병신인 거지 계집아이가 부잣집 아들을 짝사랑하는 이야기이다. 그런데 이 작품은 여러 가지 측면에서 「남생이」와 유사한 면을 보이고 있다. 소녀의 집은 "남향해 바다를 내려다보고 안젓는 언덕위 토막집이 닥지닥지 부튼"[5] 동네로 「남생이」와 일치하며, 이곳에서 살게 된 이유도 「남생이」와 마찬가지로 시골서 도저히 살 수가 없어 나온 것이다. 더군다나 소녀는 늙은 할머니와 병든 아버지의 생계를 구걸로 꾸려 나가야 하는 비참한 상태이다. 이것은 농촌에서 소작을 다 떼이고 도시로 나왔으나 아버지는 병이 들어 죽고, 어머니는 다른 남자와 살림을 차려 나간 노마의 처지와 거의 흡사하다.

「남생이」와 「층」의 아동들은 가정과 학교 모두로부터 소외되어 있다. 「남생이」에서 노마의 아버지는 중병이 들어 가장의 역할을 전혀 하지 못한다. 가장의 몫은 고스란히 어머니가 짊어지게 되는데, 그녀는 항구의 들병이가 되어 이미 도덕적으로 회복할 수 없는 상태로까지 전락하고 만다. 그녀는 오히려 자신의 부정을 어쩔 수 없이 목격하게 되는 노마에게 화를 내고, 경우에 따라서는 아들을 모른척 할 정도이다. 이미 어머니로서의 역할은 포기한 것이다. 이런 상황에서 "노마에게 학생모자 하나를 사주겠다고 벼르"는 아버지의 꿈은 실현 불가능하다. 이처럼 가정과 학교, 모두로부터 소외된 노마는 어른들의 세계에 무방비로 노출되어 있다. 그곳은 이미 정감어린 세계와는 거리가 먼 어머니, 털보, 바가지의 온갖 비루한 욕망과 애욕이 들끓는 타락한 세상이다. 「층」의 사팔뜨기이며 다리 병신인 거지 계집아이 역시 늙은 할머니와 병든 아버지의 생계를 구걸로 꾸려 나가야 한다는 처지에서 볼 때, 「남생이」의 노마와 상황은 크게 다르지 않다.

---

5    「층」, 『조선일보』, 1938.6.17.

현덕의 「남생이」를 읽고서 한번쯤 울어보지 않은 사람은 드물 것이다. 이때의 울음은 싸구려 감상과 어지러운 통속에서 비롯되는 눈물이 아니다. 그것은 인간 심성의 가장 깊은 곳에 존재하는 맑은 영혼과 그 무엇과도 비교할 수 없이 무겁게 가라앉은 시대의 어둠이 만나 맺혀진 것이다. 물론 인천 해안가의 빈곤한 바닷 내음을 경험한 사람이 흘리는 눈물 속에 담긴 소금기는 그렇지 않은 사람의 눈물에 담긴 소금기보다 진할 것임에 분명하다. 그럼에도 우리는 「남생이」의 눈물이 인천만의 눈물이라고 해서는 안 된다. 그것은 한국 보편의, 아니 세계 보편의 눈물이기 때문이다. 그렇다면 현덕의 「남생이」야말로 진정한 인천 문학의 한 가능성임에 분명하다.


## 4. 오정희


1979년에 창작된 오정희의 「중국인 거리」만큼 구체적인 인천의 거리와 풍물이 작품 속에 상세히 반영된 소설은 찾아보기 힘들다. 박태원의 「소설가 구보씨의 일일」은 1930년대 서울 거리를 거의 완벽하게 재현하여, 작품에 나오는 대로 약도를 그리면 그것이 그대로 서울 중심가의 약도가 될 정도였다. 오정희의 「중국인 거리」 역시 작품에 나오는 풍물들이 1950년대 중국인 거리를 그대로 가져다 놓은 느낌을 준다. 제분 공장, 공원, 장군의 동상, 중국인 상점, 화차, 저탄장, 항만 등이 눈에 잡히듯 생생하다. 특히 중국인들의 모습은 이 작품에서 비교적 세심하게 표현되어 있다. 이 작품은 1950년대 인천에 대한 풍속사적 자료로서도 그 의미가 뚜렷하다.

오정희의 「중국인 거리」는 한국전쟁 직후의 중국인 거리에서 아홉 살 때부터 열세 살 때까지 살았던 한 소녀의 성장 체험을 들려준다. 소녀의 가족은 가난한 피난민이다. 소녀는 가족과 함께 해안촌으로도 불리는 중국인 거리로 이사를 온다. 도시에 대한 소녀의 기대와는 달리, 그곳은 같은 모양의 목조 이층집들이 늘어선 초라하고 지저분한 곳이다. 역의 저탄장에서 날아오는 석탄가루 때문에 빨래도 말릴 수 없고 이상한 냄새가 대기에 가득하다. 그리고 전쟁의 상처가 남은 곳이었고, 가난이 삶을 야만스럽게 만드는 곳이다.

이 작품은 전쟁과 성장을 핵심적인 의미소로 하여 구성되어 있다. 중국인 거리를 지배하는 분위기와 정서는 빈곤에 따른 어두움과 피폐함이다. 이것은 기본적으로 전쟁에서 비롯된다. 주인공이 이곳까지 흘러온 이유부터가 한국전쟁 때문이고, 중국인 거리에 빈민촌이 형성된 것도 전쟁 때문이다. 또한 중국인 거리를 차지하는 외국인은 중국인과 미군들인데, 미군들은 모두 전쟁 때문에 이곳에 머물게 된 것이다. 거리에는 전쟁의 흔적으로 드문드문 포격에 무너진 건물의 형해가 널려 있고, 시의 동쪽 공설운동장에서는 공산국가를 규탄하는 궐기대회가 열린다. '나'의 집만 제외하고는 적산 가옥 모두가 양갈보에게 세를 주었을 정도로 미군 상대의 매춘은 널리 퍼져 있다. 실제로 전쟁 직후의 인천은 외지인들이 몰려와 빈민촌을 형성했고 미군 부대가 주둔했다. 특히 집세가 싸고 지저분한 중국인 거리는 중국인들뿐만 아니라 양공주와 난민들이 뒤섞여 사는 빈민촌이었다.

다음으로 이 작품은 성장소설의 외양을 보인다. 중국인 거리에서는 아이들조차 세상의 추악함에 그대로 노출된다. 9살짜리 소녀도 제분공장에서 밀을 훔쳐 먹고, 화차에서 석탄을 훔쳐서 상인들에게 판다. 동요 대신 어른들의 노래를 능청스럽게 부르고, 양공주의 생활을 동경하기도 하며, 어른들을 골려 먹기도 한다. 아기가 여자의 벌거벗은 두

다리 사이에서 비명을 지르며 나온다는 것도 일찌감치 안다. 소녀는 중국인 거리에서 너무 빨리 영악한 어른이 되어 버린 것이다.

　이 작품에서 어른이 된다는 것은 두 개의 죽음과 함께 이루어진다. 첫 번째는 앞에서도 살펴본 매기 언니의 끔찍한 죽음이다. 또 하나는 할머니의 죽음이다. 소녀의 성장은 새로운 성(性)의 세계로 나아가는 일이기도 하다. 그것은 이 작품에서 시종일관 신비하게 묘사되는 중국인 남자의 야릇한 눈길을 통해 은은하지만 집중적으로 드러난다. 중국인 남자가 모호하고 신비스러운 만큼, 소녀에게 성은 어둡고 혐오스럽고 비밀스러운 것, 그러면서도 매혹적인 무엇인가로 다가온다. 중국인 남자로부터 몰래 선물을 받은 날, 소녀의 어머니는 동생을 난산했고, 소녀는 막막함과 막연함 속에서 초경(初經)을 경험한다. 오정희의 「중국인 거리」는 한국전쟁 직후 해안촌이라고도 불린 중국인 거리의 풍경을 세밀하게 그려내면서도, 동시에 그 거리가 지닌 역사·사회적 의미까지 짚어내고 있다. 더군다나 이 작품은 구체적인 사실에 기초해 있으면서도, 그 사실들이 미학적으로 정련된 것이기에 더욱 소중하다.


## 5. 결론


　그동안의 한국소설에서 인천이 어떻게 형상화되었는가를 살피는 자리에서, 이 글은 강경애의 『인간문제』, 현덕의 「남생이」, 오정희의 「중국인 거리」를 살펴보았다. 세 작품은 모두 인천의 고유한 한 측면을 날카롭게 작품화하는데 성공하고 있다. 강경애가 한국을 대표하는 공업도시로서의 인천이 지닌 성격을 사회적·정치적 상상력에 바탕

해 서사화했다면, 현덕은 인간 영혼의 순수성과 시대적 어둠의 부정성
이 부딪치며 내는 파열음을 보편성의 차원에서 문학화하는데 성공하
였다. 오정희는 그 어떤 소설보다 인천과 관련한 디테일의 정확성을
확보하면서도, 그것이 미시적 풍속사가 아닌 미학적 감동에 기초한 문
학사가 될 수 있는 하나의 가능성을 열어 주었다.

그러나 여기서 멈출 수는 없다. 이제 인천문학은 새로운 세계를 향
해 나아가야 한다. 그러한 가능성 중의 하나가 '인천은 세계다'라는 명
제의 소설화일지도 모른다. 이와 관련하여 인천은 이미 충분한 경험과
자산을 가지고 있다. 개항을 통해 발전한 인천은 태생부터가 국제도시
이기 때문이다. 1910년 인천의 인구 31,011명 중 일본인은 13,315명, 중
국인 2,806명, 기타 외국인 70명 등 총 16,191명으로, 인천 전체 인구 가
운데 외국인이 차지하는 비율은 52%를 넘었다고 한다.[6] 인천은 일찍
부터 세계로 나아갈 혹은 나아가야 할 발판을 마련하고 있었던 것이
다. 시인 박팔양은 1928년에 이미 「인천항」이라는 시를 통해, '인천은
세계다'라는 명제를 훌륭하게 시로 표현하는데 성공하고 있다.

> 조선의 서편항구 제물포부두
> 세관의 기는 바닷바람에 퍼덕거린다
> 젖빛 하늘, 푸른 물결 조수 내음새
> 오오 잊을 수 없는 이 항구의 정경이여
>
> 상해로 가는 배가 떠난다.
> 저음의 기적, 그 여운을 길게 남기고

---

6  이준한·전영우, 『인천인구사』, 인천학연구원, 2008. 오늘날에도 그 비율을 줄었지
    만 인천은 대표적으로 외국인들이 많이 거주하는 도시이다. 인천 거주 외국인의 인구
    는 49,253명으로 전체 인구 대비 외국인 비중이 전국에서 세 번째로 많은 도시이다(신
    성희, 『인천시 다문화 분포의 공간적 특성에 관한 연구』, 인천발전연구원, 2009).

유랑과 추방과 방명의
많은 목숨을 싣고 떠나는 배다.

어제는 Hongkong, 오늘은 Chemulpo, 또 내일은 Yokohama로
세계를 유랑하는 코스모폴리턴
모자 삐딱하게 쓰고 이 부두에 발을 나릴제,

축항 카페에로부터는
술 취한 불란서 수병의 노래
"오! 말세이유! 말세이유!"
멀리 두고 와 잊을 수 없는 고향의 노래를 부른다.

부두에 산같이 쌓인 짐을
이리저리 옮기는 노동자들
당신네들 고향은 어데시오?
"우리는 경상도" "우리는 산동성"
대답은 그것뿐으로 족하다.

월미도와 영종도 그 사이로
물결을 헤치며 나가는 배의
높디높은 마스트 위로 부는 바람
共同丸의 깃발이 저렇게 퍼덕거린다.

오 제물포! 제물포!
잊을 수 없는 이 항구의 정경이여.

— 「인천항」 시 전문

박팔양의 이 시에는 경상도 사내와 산동성 사내가 함께 짐을 나르고, 카페에서는 향수로 가득찬 불란서 수병의 노랫소리가 들린다. 제물포 부두를 이용하는 사람은 중국인도 일본인도 그렇다고 한국인도 아닌, "어제는 Hongkong, 오늘은 Chemulpo, 또 내일은 Yokohama로 / 세계를 유랑하는 코즈모폴리턴"이다. 이 시가 더욱 흥미로운 것은 제물포를 떠나는 배가 "유랑과 추방과 망명의 많은 목숨"을 싣고 떠난다는 것이다. 이 시는 단순하게 인천의 이국적인 풍경을 담고 있는 것에서 그치는 것이 아니라 '유랑과 추방과 망명'이라는 단어가 강하게 환기시키는 현실의 아픔을 은근하게 강조하고 있다. 인천이 지닌 이러한 국제적 면모는 일찍이 박팔양에 의해 날카롭게 파악된 것이다. 국가 단위의 문학을 넘어서 새로운 차원의 문학이 요망되는 이때, 인천은 이제 새로운 문학의 전위가 될 준비를 이미 오래전부터 착실하게 해왔다. 이제 인천문학은 새로운 가능성을 향해 나아가야 할 것이다.

# 세상을 끌어안고도 남는 넉넉한 품

### 인천의 문학 현장 1 : 김진초

## 1. 우리 곁에 있는 진정한 아름다움

소설가 김진초는 1997년 『한국소설』로 등단하여 이미 세 권의 소설
집과 한 권의 장편소설을 출판한 역량 있는 작가이다. 이러한 사실만
으로도 그녀의 부지런함은 증명되는 것이지만, 진정 작가로서의 김진
초가 지닌 성실함을 엿볼 수 있는 것은 이 작품집에 실린 소설들 그 자
체이다. 그녀의 소설은 대부분 주변의 평범한 일상을 배경으로 하고
있다. 그것은 무료한 오후에 케이블 채널로 외화를 보는 거실일 수도
있고(「이태리 영화」), 오랜만의 동창회 자리일 수도 있고(「마포, 포인세티
아」), 도시의 그렇고 그런 원룸일 수도 있고(「옆방이 조용하다」), 수많은
사람들이 물방울 같은 만남을 거듭하는 편의점(「우산은 편의점에 있다」)
일 수도 있다. 그의 소설 속 주인공들 역시 기구한 내면과 인생사의 소
유자일지언정 범부(凡夫)의 희로애락을 벗어나지 못하는 마음 고운 이
들이다. 김진초는 고추밭에서 잠자리채로 잠자리를 잡는 어린애의 놀
라운 집중력과 순심으로, 그 범부들의 평범한 일상 속에서 비범한 의

미들을 조심스럽게 건져 올리고 있다.

작가로서의 소명의식에 불타는 그녀에게는 아무리 사소한 일상의 기미라도 분명 놓칠 수 없는 예술혼의 발로이다. 이로 인해 그의 예리하고도 따뜻한 손길을 거치면 홍밋거리로나 여기는 내시의 삶이 온갖 꽃으로 피어나고, 냉장고에서 썩어가던 전복이 소통불능의 세상에 균열을 일으키는 전복죽으로 끓어오르며, 흔하디 흔한 크리스마스카드의 포인세티아가 타인을 위한 자기희생의 이미지로 부활하는 것이다. 이번 소설집에 실린 소설들에는 모두 이러한 마법이 펼쳐지고 있는데, 김진초는 어린 시절 별 것 아닌 재료로 매끼 밥상을 풍요로운 성찬으로 바꿔놓던 어머니의 마술을 지금 원고지 위에서 펼치고 있는 것인지도 모른다.


## 2. 성숙한 여성의 형식


김진초는 소설에 관한 새로운 명제를 우리에게 던져주고 있다. 루카치의 말투를 흉내 내자면, 그것은 '소설이란 성숙한 여성의 형식'이라는 어구로 정리할 수 있을 것이다. 이번 소설집에 실린 열편의 소설 중 「우산은 편의점에 있다」, 「이태리 영화」, 「데와 마따 하루꼬」, 「옆방이 조용하다」, 「걸음 심기」는 모두 중년의 여성이 주인공인 1인칭 소설이다. 이들 작품에서 가정주부가 주인공과 화자로 설정된 것은 직접적으로 작품의 핵심적인 성격에 연결되어 있다. 이들 작품은 가정주부가 일상 속에서 겪는, 혹은 가정주부만이 알고 느낄 수 있는 이야기들을 들려주고 있다. "내 편이 아니라 남의 편이라 남편인 거야", "남자에게 버는 재주만 있다면 여자는 숨기는 재주가 있다", "주부에게, 특히 전업주부에게, 집이 아닌 바깥에서의 노동은 아무리 힘들어도 휴식이며, 일터인 집안에서의 휴식은 놀아도 노동이다" 같은 문장은, 세월과 경험만이 가능케 하는 것이라 하지 않을 수 없다.

「우산은 편의점에 있다」는 이제 막 걸음마를 뗀 아이를 빗속의 교통사고로 잃은 어머니가 비만 오면 폭음을 하는 이야기이다. 자식 잃은 어미의 아픔은, 얼굴 한번 보지 못하고 육손이 아들을 저 세상으로 떠나보내야 했던 큰아버지의 아픔과 연결되어 더 큰 울림을 주고 있다. 「데와 마따 하루꼬」의 '나'는 형사인 남편이 여관 주인과 눈이 맞아 간통죄로 옥살이까지 하고, 모든 재산을 거덜내어 삶의 막장까지 내몰린 여성이다. 이들 작품에서도 여성만의 섬세한 의식과 삶의 고달픔이 느껴지지만, 직접적으로 여성의 문제를 형상화하고 있는 것은 「이태리 영화」와 「걸음 심기」이다.

「이태리 영화」는 '빵과 튤립'이라는 영화 속의 로살바라는 여성과 현실 속의 '나'의 삶이 병치되어 전개되고 있다. 로살바는 가정에서 없는 사람이나 마찬가지이다. 남편과 아이들에게 "그녀는 언제나 존재하지만 존재감이 없는 존재였던 것"이다. 이러한 로살바의 삶은 고속도로에서 당한 위험한 일을 남편에게 이야기해봤자 지청구나 듣는 '나'의 삶에 다름 아니다. 작가는 로살바의 삶과 '나'의 삶의 관련성을 보여주기 위해 세심한 배려를 하고 있다. 집을 나온 로살바가 향한 곳과 '나'가 점심이면 산소주와 함께 약간의 여유를 누리는 곳이 모두 베네치아이며, 로살바가 페르난도와 춤을 추는 장면에서 '나' 역시 잠시 사교춤 교습소에 다녔던 일을 떠올리는 장면 등이 그 세심함의 예이다. 그러나 결론에서 '나'는 로살바와 갈라진다. 로살바가 빵 대신 튤립을 택했다면, '나'는 튤립 대신 빵을 택하기 때문이다. 그것은 "제 몸을 내주고 온갖 맛이 잔치를 벌이는 종말"을 맞는 물텀벙이의 삶을 택한 것이기도 하다.

이번 소설집에 실린 소설들이 보여주는 음식에 대한 예민한 감각 역시 여성에 대한 깊이 있는 천착과 긴밀하게 관련되어 있는 것으로 보인다. 작품 내에서 차지하는 비중의 차이는 있지만, 여기에 실린 열편의 소설 중 음식이 나오지 않는 소설은 단 한 편도 없다. 이때의 음식은 요즈음의 소설에서 현대사회를 상징하기 위한 기호로서 등장하는 인스턴트 음식과는 거리가 멀어도 한참 멀다.

그것은 큰아버지에게 차려 드리는 온갖 푸성귀로 가득한 저녁상이자 가족을 위해 준비한 주부의 물텀벙이 요리이고, 모두에게 버림받은 동생을 위해 "언니가 끓여주는 칼칼한 청국장"이다. 소설 「사이다」에 나오는 사이다가 보여주듯이, 김진초가 보여주는 음식은 사이다는 사이다이데, 동전 몇 개만 있으면 손쉽게 구할 수 있는 공산품으로서의 사이다가 아니라 설탕, 레몬, 이스트를 페트병 속에 넣고 일정 시간 기다려야 맛볼 수 있는 사이다인 것이다. 그것은 사랑과 관심 속에서만 맛을 낼 수 있는 음식이다. 「데와 마따 하루꼬」에서 '나'가 하루꼬에게 비벼주는 비빔밥처럼 그 음식은 "고추장과 참기름만 넣"은 것일지도 모르지만, 세상의 모든 시름과 고통을 버무린 별미임에는 틀림없다.

## 3. 성적 이분법을 넘어선 진정한 인간

이번 소설집의 절창을 들자면, 「내시, 완자씨」이다. 이 소설은 우선 내시라는 소재 자체만으로도 우리 문학사에 하나의 충격이 될 것이다. 과문한 탓인지는 몰라도, 본격적으로 내시를 주인공으로 삼은 문학작품을 이제까지 읽어본 적이 없다. 문학을 넘어서서 다른 예술 장르에서도 사정은 마찬가지인 것으로 보인다. 간드러진 음성으로 종종 걸음을 치는 고정화된 성격으로서의 내시를 사극에서나 간간이 보아왔을 뿐이다. 그러나 내시처럼 인간의 고뇌를 육화한 존재 역시 쉽게 찾을 수 없다는 것을 생각한다면, 늦게나마 김진초가 내시의 운명에 주목했다는 것은 상당히 의미 있는 일이라고 하지 않을 수 없다. 그러나 이 소설이 진정으로 감동적인 것은 단순히 소재가 주는 충격에서 기인하는 것이라기보다는 완자씨가 보여주는 삶의 방식 자체에서 비롯된다.

이 작품에서 완자씨는 모든 표상에서 벗어난 존재이다. 완자씨의 할아버지 때만 해도, 내시란 "거세된 남성, 궁정에서 봉사하는 사람, 이 두 가지 의미를 다 가졌던" 호시절을 보낼 수 있었지만, 아버지 세대와 완자씨 세대만 해도 내시란 성적으로뿐만 아니라 다른 사회적 장(場) 속에서도 온전한 위치를 가질 수 없기 때문이다. 아버지가 완자씨에 의해 "남자도 여자도, 어린아이도 어른도, 선인도 악인도 아니었던 아버지"라고 규정되는 것이나 "완자씨는 자신이 사내라는 사실을 가끔 잊었다. 늙은이라는 것도 잊었다"고 말하는 것은 어찌 보면 당연한 일이다. 내시란 사극(기억) 속에서만 존재할 뿐, 현실적인 인물로 존재할 수는 없기에, 어떠한 표상으로부터도 벗어난 존재라고 하지 않을 수 없다. 마을회관에서 술심부름에 국수 털털이 끓여내는 일이나 하며, 동네 모든 사람들에게 '씨'라고 불리는 완자씨란, 동네사람 "아무도 완자씨를 눈여겨보지 않았다"는 문장처럼 표상의 담벽 밖에 놓여 있는 것이다.

「내시 완자씨」는 이번 소설집 전체와 90년대 이후 집중적으로 발표된 페미니즘 소설에 대해서 일종의 균형추 역할을 하고 있다. 그동안 숱하게 발표된 페미니즘 소설은 도덕적 관점에 의해 재단된 남성과 여성이라는 이분법을 바탕으로 한 것들이 대부분이었다. 이번 소설집의 많은 소설도 얼핏 보면 그러한 이분법 속에서 남성과 여성의 문제를 사유하는 것으로 볼 수도 있다. 그런데 이 작품에서 아궁이에서 타오르는 불길을 보며 "나는 언제 한 번 무람없이 뜨거웠던 적이 있었던가? 수컷이었던 적이 있었던가?"라고 말하는 '내시, 완자씨'란 이미 남녀의 이분법을 벗어난 존재이다. 또한 이 소설에서 유일하게 갈등을 형성하는 완자씨와 어머니(엄밀히 말하자면, 아버지의 부인)의 관계는 그동안의 페미니즘적 관점으로는 도저히 설명할 수 없는 보다 근원적인 관점에서의 인간이해에서만 성립할 수 있는 인간관계이다.

그런 완자씨가 자신의 유일한 재산인 땅을 마을회관 부지로 내놓는다. 젊은 이장은 완자씨의 유골을 마을회관의 화단에 뿌리며, 다음처럼 말한다. 이제 완자씨는 온갖 꽃으로 피어나 자신의 삶을 완성하는 것이다.

젊은 이장이 고개를 들어 달을 향해 중얼거린다. 완자 아저씨. 살아생전에는 들어오지 못하셨지만 이제 아저씨는 마을회관 화단에 영원히 입주하신 거예요. 그리고 아저씨는 내일부터 꽃이 될 거예요. 분꽃, 맨드라미, 봉숭아, 백일홍, 금잔화, 채송화…… 하여튼 온갖 꽃이란 꽃은 다 심을 테니 아저씨는 온갖 표정과 향기를 다 가지세요. 남자로 태어나서 온전한 남자로 못 사셨으니 이 꽃밭에선 여한 없이 온갖 꽃으로 다 살아 보세요. 회관에서 도란도란 얘기소리 웃음소리 흘러나오면 은은한 향기로 참여하는 것 잊지 마시고요.

이번 소설집에서 음식만큼이나 빈번하게 등장하는 또 하나의 소재가 바로 꽃이다. 로살바가 근무하며 오랜만에 인간으로서의 자신을 회복하는 장소도 바로 꽃집이며, 마지막 페르난도가 로살바를 찾아올 때 그의 손에 들려 있는 것도 튤립인 것이다. 이때의 꽃은 찬란함이나 화려함으로 빛나는 꽃과는 성격이 다른, 굳이 비교하자면 「국화 옆에서」

에 나오는 누님 같이 생긴 꽃이라고 할 수 있다. 그것은 모든 고뇌와 삶의 번민들을 속으로 삭여낸 자만이 피어낼 수 있는 성질의 꽃이다. 「마포, 포인세티아」에 등장하는 꽃을 감싸 안는 보조적인 자리에 존재하기 때문에 꽃보다 아름다울 수 있는 존재가 김진초 소설의 꽃이라고 할 수 있다. 꽃보다 아름다운 꽃받침, 그것이야말로 김진초가 원고지 위에 혼신의 힘을 기울여 피워내고 있는 꽃의 정체인 것이다.


## 4. 바리데기의 후예들


이번 소설집을 읽는 내내 「바리데기 공주」 이야기가 뇌리를 떠나지 않았다. 그 누구도 범접할 수 없는 초월적 존재로서 우리 민족 누구나의 가슴 심층에 존재하는 그녀, 바리데기 말이다. 이름 그대로 버림받은 한갓 어린애에 불과했던 바리데기가 영원의 존재가 될 수 있었던 것은 자신의 운명에 대한 형언할 수 없는 사랑 때문이 아니었을까? 자신의 뜻과는 상관없는 태어남에 의해 버림을 받아서도, 목숨을 내놓아야 할지도 모를 임무를 부여받았을 때도, 무장신선을 만나 아들 일곱을 낳아주고 온갖 고생을 할 때도, 그녀는 묵묵히 자신에게 주어진 길을 걸어갔던 것이다. 김진초 소설의 인물들은 바리데기의 후손들이라 불러 모자라지 않는다.

김진초 소설의 인물들은 자신의 의사와는 상관없이 비극적인 운명에 던져진 존재들이다. 어린 시절의 우연한 사건으로 성불구자가 된 사람(「내시, 완자씨」)이나, 빗속에서 아이를 교통사고로 잃은 어머니나(「우산은 편의점에 있다」), 살이 끼어 어쩔 수 없는 사건 속에 연루되는 여자(「겨울

하우스」), 모르는 사이에 형제를 동시에 사랑하게 된 하루꼬나(「데와 마따 하루꼬」), 남편이 삼정승을 지낸 명문가의 후손이지만 노름빚으로 반병 신이 되어 버린 옆집 여자(「옆방이 조용하다」)나, 어느 날 중풍이 들어 반 신불수가 된 가정주부(「걸음 심기」) 등이 모두 그러한 인물들이다. 이들 중 어느 하나도 자신의 잘못이나 과오로 인해 그러한 고통 속에 던져진 이는 없다. 그토록 거부하고자 하지만 오이디푸스가 속절없이 '애비를 죽이고, 애미와 결혼'하는 인류 최악의 죄를 향해 걸어가듯이, 이들 역 시도 자신의 뜻과는 무관하게 비극 속에 던져진 것일 뿐이다.

이러한 비극적 상황에 맞서 주인공들은 절망하거나 자포자기의 나 락으로 떨어지지 않는다. 그 안에서 그들은 남들이 흉내 낼 수 없는 자 기들만의 세계를 만들어 내고 있다. 김진초의 소설 결말은 대개 일상 으로의 복귀로 끝난다. 가정으로 다시 돌아오거나, 아내와 함께 기도 원에 갈 것을 결심하거나, 이제 오르막만이 남은 인생길을 다시 걸어 갈 것을 결심하는 것으로 끝나는 것이다. 이것은 현실에 대한 맹목적 인 순종이나 타협을 나타내는 것이 아니라 자신들이 맞닥뜨린 고통스 런 운명에 당당하게 맞서는 자세라고 할 수 있다. 이때의 행복한 결말 을 값싼 예술작품에서 그러하듯이, 모든 갈등이나 문제들을 덮어버리 는 연막쯤으로 생각해서는 안 된다. 김진초가 보여주는 행복한 결말 즉, 비루한 일상의 승인은 그 모든 더러움을 껴안는 바다와 같은 웅숭 깊은 정신의 깊이에서 비롯되는 것이기 때문이다.

김진초의 소설에 악인이 등장하지 않는 것도 같은 맥락에서 생각할 수 있다. 아무리 작은 물줄기라도 다 품어 아는 것이 바다라면, 김진초 의 문학이 품어 안을 수 없는 인간군상이란 처음부터 존재할 수 없는 것이다. 이번 소설집에서 가장 인상 깊은 악인이라 할 수 있는 「내시, 완자씨」의 어머니 역시 정상인으로서 불구와 함께 평생을 살아야 했던 가련한 연인으로, 「옆방은 조용하다」의 아침마다 남편에게 쌍욕을 해대는 여자도 사실은 이 세상 최고의 덕담을 하는 연인으로 새롭게 조명된다. 세상 전체를 웅숭깊게 감싸 안는 따뜻한 시선 속에 연민을 불러일으키는 인간은 있을지언정, 증오를 불러일으키는 인간이란 없다.

그 어떤 인간도 미워하지 않는, 세상 전체를 감싸 안는 따뜻한 그의 시선은 특유의 서술방식으로 나타나기도 한다. 그의 작품 속 서술자는 너무나도 친절하다. 조금이라도 애매한 부분이 있을 경우에는 직접 작품 속에 등장하여, 그 의미를 해석해 주기 때문이다. "마지막 세대인 완자씨를 끝으로 제3의 성 내시는 지상에서 사라질 터"(「내시, 완자씨」), "빵과 튤립이라면 현실과 그 건너편을 얘기하는 것이렷다"(「이태리 영화」), "기쁘게 먹히고 싶었지만 그 또한 허락하지 않는 신세가 서글퍼, 다시는 자신의 가시를 보여주기 싫어 보랏빛 노을로 서둘러 저물어 버린 것은 아닐까"(「슬픈 가시」), "쓰발노마는 하반신 마비 남편에게 독설이 아닌 덕담이었다"(「옆방이 조용하다」) 등을 예로 들 수 있다. 이러한 서술자의 특징은 세상 전체를 끌어안고자 하는 작가의 기본적인 세계관에서 비롯한 배려이기도 하지만, 때로는 독자가 추측하고 오해하고 헛소리 할 자유를 빼앗는 것이기도 하다. 어머니의 세밀한 관심이 자식에게는 때로 부담스러운 관심이 되기도 하는 것처럼 말이다.


## 5. 진정한 처음을 위하여


김진초의 소설은 재미있다. 이 재미는 지극히 평범해 보이는 사람들 속에 감추어진 기구한 삶의 이력과 미묘한 내면을 엿볼 때 느끼는 재미라고 할 수 있다. 90년대에 등단한 김진초는 비의에 가득 찬 개인의 내면에 대한 관심을 가진다는 점에서, 동시대 작가들과 일정한 세대적 공감대를 형성한 다초의 소설에 등장하는 개인들의 삶의 내력은 어느 하나 평범하거나 다른 작가의 도장이 깊이 새겨진 흔적을 찾아보기 힘든 것들이다. 작가는 참신한 소재를 특유의 손목 힘과 능숙함으로 사유의 진경으로 끌어올리고 있는 것이다.

소설을 창작하기 위해 세상을 상대로 싸움을 벌임에 있어, 김진초는 자신이 서야 할 자리를 너무나 잘 아는 노련한 작가이다. 그 자리란 바로 중년 여성의 원숙할 대로 원숙한 세계관과 감성에 기초한 자리라고 할 수 있다. 이 자리에서 김진초는 '소설이란 성숙한 여성의 형식'이라는 새로운 명제를 우리 문학사에 제출하고 있다. 여기서 멈추지 않고, 김진초는 모든 인간을 끌어안는 드넓은 자리를 향하여 나아가고 있다. 그것은 오래전부터 우리 가슴 밑바닥에 흐르고 있었지만, 아직까지 제대로 된 임자를 만나지 못해 방치된 채로 놓여 있었던 세계이다. 성별을 비롯한 모든 분별과 차별을 뛰어넘는 인간 일반을 향한 무한한 사랑으로 가득한 그 세계를 향해 김진초는 힘차게 나아가고 있는 것이다. 작가가 앞으로 보여줄 고투를 숨죽여 기다려 보지 않을 수 없다.

# 경계에서 세상 보기

### 인천의 문학 현장 2 : 이목연

## 1. 낭만적 충동

이목연의 소설은 낭만적 충동으로 가득하다. 그리하여 주요 인물들은 이곳을 그리도 끈질기게 떠나고자 한다. 그녀의 소설은 지극히 평범한 우리 일상을 그 배경으로 하는 경우가 대부분이다. 그러나 뛰어난 솜씨로 원고지 위에 새겨놓은 생활의 주름에 넋이 나가서는 안 된다. 비록 소설의 배경이 익숙한 일상을 배경으로 하더라도, 그녀의 소설이 겨냥하는 것은 저 먼 곳이다. 그리하여 그녀의 소설이 펼쳐놓는 일상의 익숙함에 속지 말라. 그것은 필경 달을 가리키는 손가락에 지나지 않을진저. 눈 밝은 이들은 그 손가락의 끝을 따라간 저 먼 곳에 있는 달을 응시할 수 있어야만 한다.

그 떠남의 주체로 가장 많이 등장하는 것이 바로 어머니들이다. 어머니들은 지치지도 않고 끝없이 집을 나선다. 「인천에 가고 싶다」는 가출한 어머니 밑에 남겨진 아이들의 이야기이고, 「향이 타는 동안」의 '나' 역시 폭력 남편이 사는 속세의 가정을 등지고 산사에 머물고 있다.

「달개비」에서도 "언젠가는 떠날 것만 같던 며느리"는 집안이 망하고 자식이 화상을 입자 기어이 집을 나가 버린다. 「아나콘다를 기다리며」에서 주인공의 어머니 역시 "자식을 버려둔 채 다른 남자를 따라나선"다. 「조분도」에서도 남편의 술주정과 폭력을 받아오던 어머니는 소아마비인 아들과 딸을 두고 집을 나간다. 『꽁치를 굽는다』의 여자도 자의는 아니지만, 자식들을 모두 중국에 남겨두고 한국에 나와 있다. "이젠 아이들을 생각해도 여자의 가슴엔 물이 돌지 않는" 상태이다. 이목연의 소설에는 「인천에 가고 싶다」의 기식이 형 말마따나, "무슨 일이 있어도 참고 견디며 자식 곁에 있어 주는 사람들"로서의 "더 지독한 상황에서도 떠도는 남편 기다리면서 평생을 살던 여자들" 즉, 어머니는 존재하지 않는다. 그녀들은 "자신의 삶을 찾아 떠난"(「인천에 가고 싶다」) 것이다.

「웅녀」는 그녀들이 왜 그렇게 떠나려고 하는지, 그 이유를 밝힌다는 점에서 이 소설집의 기원과도 같은 작품이다. 모두 8장으로 이루어진 이 소설에서 홀수 장은 큰딸의 시각으로 짝수 장은 어머니의 시각으로 소설이 전개된다. 서로를 이해하지 못 하던 둘은, 마지막에 이르러 이해와 공감에 이르게 된다. 그것은 서로가 '웅녀'라는 공동운명체임을 깨달은 결과이다. 어머니는 평생 뜸을 뜨며 돈과는 무관한 삶을 살아온 남편을 대신해 새우젓을 팔며 생계를 꾸린다. 그녀는 살기 위해, 가족을 건사하기 위해 억세져야만 했다. 스트레스 해소법으로는 시장 통에서의 멱살드잡이고, 믿는 것이라고는 항아리에 몰래 보관해온 젖내 나는 돈 뿐이다. 딸은 돈만 알고 품위도 없는 엄마가 싫어, 정확하게는 엄마 같은 삶을 사는 것이 싫어 엄마 곁을 떠나 일찌감치 시집을 간다. 그러나 딸의 삶 역시 엄마와 크게 다르지 않다. 입사 동기와 결혼했지만, 경기가 어려워지자 사내 커플이라는 이유로 퇴출당하고, 남편은 친구의 회사에서 부사장까지 되었지만 경리를 보던 아가씨와 회사

돈을 빼돌려 도망을 친다. 그 뒤처리와 가족은 고스란히 그녀의 몫으로 남고, 딸은 그제야 엄마와 엄마의 삶을 끌어안는다. 이 두 여인 이외에 뜸을 뜨러 온 한 명의 여인이 있다. 그녀는 자신을 의심하는 남편에게 복수를 하기 위해 뜸을 뜨는 여인이다. 이 소설에서 뜸을 뜨는 행위는 "여자는 사람도 아닌 세상"에서, 여자가 사람이 되기 위해 거쳐야 하는 하나의 제의이다. 이 사회의 여자들은 모두 마늘과 쑥을 고통스럽게 받아들여야만 인간이 될 수 있는 웅녀의 후예들인 것이다. 이처럼 반만 년이라는 시간이 지났음에도 이 땅에 사는 웅'녀'의 삶에는 변화가 없다.

이번 소설집에는 그러한 웅녀의 운명을 그야말로 온몸으로 감내하는 전통적인 모성도 등장한다. 그것이 「웅녀」에서의 새우젓 파는 어머니이고, 「달개비」에서의 산음네이다. 산음네는 대지에 깊이 뿌리박고 살아남은 생명력 강한 달개비를 체화(體化) 한 존재이다. 젊은 시절에는 오직 땅을 자기 것으로 만드는 보람으로, 늙어서는 그 땅이 남에게 넘어가는 안타까움을 견뎌내는 슬픔으로 한 생을 견뎌낸다. 그녀는 이목연 소설로는 드물게 온몸에 화상을 입은 손자를 끝까지 보살필 정도의 헌신적인 어머니로서 살아간다. 모든 욕망의 매개물이었던 땅마저 모두 잃고 손자와 살아가는 그녀는 마지막까지 "뿌리까정 뽑아버린 달개비도 저렇게 다시 피는데……"라는 다짐을 한다. 그러나 웅녀로서의 운명을 감내한 자들이, 모두 노인이라는 것은 이러한 삶의 방식이 시효가 지난 것에 불과함을 드러낸다.

이목연의 소설에서 떠남이 젠더적 의미망 속에서만 머무는 것은 아니다. 그것은 좀 더 근원적이고 보편적인 차원으로 확장된다. 「낙타가 시풀」에서 '나'의 남편은 우루무치 여행을 마치고 집으로 돌아오던 날, "기다리지 말고 돌아가시오. 이제 나를 그만 놓아 주길 바라오. 미안하오"라는 짧은 글을 남기고 사라진다. 남편의 실종은 아내에게 전혀 의

외의 일이지만, 남편은 할 수 없이 입 안 가득 낙타가시 풀을 머금고 자기만의 사막을 건너던 낙타였음이 드러난다. 사람들은 가시가 가득한 낙타가시 풀을 낙타가 좋아해서 먹는다고 생각하지만, 사막에는 그 풀 밖에 없기에 낙타는 할 수 없이 "가시에 찔려 입 안에 피가 고여도 저 풀을 먹으며 사막을 오"갔던 것이다. 남편 역시 사업이 어려웠지만 아내가 운영하는 놀이방의 후원비를 건네주고, 그것으로 아내는 공공기관과 관청에서 감사패를 받아오는 식의 삶을 살아왔다.

「나비目 나방科」에서도 '나'가 지난밤에 우연히 만난 여인의 남편이 어디론가 떠나간다. 곧이어 그 여인마저도 남편을 찾아 어딘가로 떠나버린다. 성실한 샐러리맨인 '나'는 우연히 한 여자를 만나고, 그녀로부터 나비와 나방의 차이점을 아느냐는 질문을 받는다. 그녀와 그녀의 남편은 대학 졸업 이후 취업에 실패해 원하지 않는 대학원생이 된다. 남편은 비슷한 모습인데도 누군가에 의해서 "넌 나비다" 혹은 "넌 나방이다" 하는 구분에 따라 살아야 하는 삶에 불만을 토로하다가, 자신의 뜻과는 무관한 세상의 잣대에 의해 "나비의 이름을 얻을 수 없는 주행성나방 밖에는 될 수가 없는" 현실에 절망하여 사라진 것이다.

「조분도」에서는 "사막"과도 같은 현실을 벗어날 수 있는 이상향으로서 '조분도'라는 섬이 등장한다. 어린 시절 알코올 중독에 가정 폭력을 휘둘렀던 아버지와 남편에게 당한 폭력을 소아마비 아들에게 그대로 행사하던 어머니, 그 어머니의 가출과 뒤이은 동생의 자살이라는 상처를 지니고 있는 '나'는 삶의 힘든 순간마다 조분도를 떠올린다. 그녀는 "어머니의 가출에도, 동생의 죽음에도, 행려병자로 떠돌던 아버지의 실종에도 흔들리지 않고 오직 작은 섬 하나를 키우며 살아온" 것이다. "엄마의 이름인 조분이와의 유사성 때문에 그 지명이 눈에 띄었는지도 모른다" 혹은 "엄마가 보고 싶을 때면 덩달아 떠오르던 섬에 대한 그리움"이라는 말에서처럼, 조분도는 어린 시절 가출한 엄마를 드러내는 기호이다. 지금은 조분도를 사고 싶어 한다. 그 섬은 돈과 자신밖에 모르는 정현 같은 인간은 "죽었다 깨도 넘보지 못할 깨끗하고 성스러운 나만의 섬"이자 "인간 세상에서 사랑 받지 못한 엄마와 세철을 위해 그곳엔 어떤 폭력도 들여놓지 않을 작정"인 곳이다.

이처럼 어딘가로 떠나고자 하는 충동이 이번 소설집에는 중핵으로 자리 잡고 있다. 그러한 충동과 그것에 온몸을 맡긴 자들의 삶은 이 작품에서 긍정적으로 인식된다. 그것은 향 하나가 타는 그 짧은 시간 동안, 산사에서 조용하게 살다 간 스님을 그리는 내용의 「향을 타는 동안」에서 선명하게 나타난다. 이 소설 속에서 스님은 여자 주인공에게 있어 일종의 이상적 자아이다. 그는 "눈웃음으로도 콧소리로도 안 되는 사내"로서, '나'의 "존경"을 불러일으킨다. 스님은 그녀가 폭력 남편으로부터 받은 상처를 치유해 주고, 그녀를 다시 천진하게 만들어준다. 스님은 더 이상은 견딜 수 없는 힘에 와락 품에 안긴 '나'를 향해 "보살, 우리 이다음 세상에선 도반으로 만나세"라고 말하는 경지의 인물이다.

현실에 대한 비루한 집착을 버린 충동은 이처럼 아름다운 풍경을 낳기도 하지만, 그것은 때로 완전한 무에 이르는 파멸적 결과를 낳기도 한다. 「아나콘다를 기다리다」는 그러한 충동의 무서운 에너지를 날 것 그대로 드러낸 작품이다. 아나콘다는 중생대의 생물로 태초의 형태를 유지한 채 아마존의 정글에서 살고 있는 파충류이다. 아나콘다는 문명의 때가 묻기 이전, 자연스러운 인간의 모습을 상징한다. 아나콘다는 현재 우리 안에도 엄연하게 존재하고 있다. '나'는 주기적으로 황체 호르몬에 의하여 문명의 상징적 규범이 만들어 놓은 모습을 잃고는 한다.

나아가 그러한 아나콘다로 상징되는 자연의 모습이야말로 현대 문명의 대안적 가치를 지닌 것으로까지 격상된다. 아나콘다는 물리쳐야할 대상이 아니라 기다려야 할 대상인 것이다. '나'와 유일하게 통하는 상대인 영재는 "우리 단순해지자. 먼 옛날 조상들처럼. 서로 소유하려

하지 말고"라고 이야기한다. 이 작품에서는 현대사회의 여러 문제점도 인간들이 자연으로서의 고유한 본성을 버렸기 때문이라고 주장한다. 현대문명이란 아나콘다를 철저하게 억압한 바탕 위에 건설된 거대한 억압의 구조물이다. 아나콘다를 향한 기다림이 순일하면 순일할수록, 현실에서 그녀가 설 좌표는 점점 좁아진다. 밥줄이 끊길 지도 모르는 판에 사흘이나 휴강을 하며 술만을 퍼마시던 그녀는 "나무들처럼 단순하게" 살기를 열망하기까지 한다. 당연한 수순으로 그녀는 작품의 마지막에 "말들이 존재하지 않는 세상"을 향해, "넓고 따듯한 혼돈의 문"을 연다.

이목연의 소설에서는 젠더적 모순, 물질 만능의 세태, 가정 폭력 외에도 그들을 떠나게 하는 이유가 다양한 방식으로 드러난다. 「나비目나방科」에서는 아포리즘의 형태로 나타나고 있다. 날아다니는 '그 무엇'에 대한 정확한 명칭은 '나방'도 '나비'도 아닌 '그 무엇'이어야 할 것이다. 그럼에도 부당한 기준에 의하여 누군가는 '나방'이나 '나비'라는 명칭을 얻고, 그것은 하나의 굴레가 되어 삶을 구속 하게 된다. 그 이름, 혹은 굴레로부터 자유로운 곳은 주인공들이 도달하고자 하는 하나의 지향점이다. 그 지향점은 「아나콘다를 기다리다」에서 수십만 년 전 과거로 구체화된다. 현재의 인간들은 "시간 안에 갇혀서, 기계의 노예가 되어서, 콘크리트더미 속에 묻혀서, 말없이 다른 사람과 교통하는 법을 잊어버"린 왜소한 존재들에 불과하다

그러나 「아나콘다를 기다리다」에서도 나왔듯이, 아무리 문제가 많은 '지금-이곳'일지라도 이곳을 훌훌 털어버리고 떠난다는 것이 가능할까? 질문을 바꾸자면 「낙타가시풀」의 남편은 말도 통하지 않는 우루무치에서 과연 생존이나 할 수 있을까? '지금-이곳'에 대한 안티테제로서의 '먼-저곳'은 유의미하겠지만, 진테제로서의 '먼-저곳'도 유의미할 수 있겠냐는 의문이 남는 것이다. 결국 떠남이란 다시 돌아오기

위해서, 이곳에 더 깊이 뿌리박기 위해서가 아니겠는가? 이목연은 이에 대해서도 충분히 고려하고 있는 것 같다.

「鳥糞島」에서는 그것이 암시적으로 드러나고 있다. 앞에서도 살펴보았듯이, 그토록 숭고한 이 섬의 이름이 하필이면 '새똥의 섬'이라는 鳥糞島라니 말이다. 혹 이러한 명명법은 작품의 마지막에 뜬금없이 등장하는 '개', '병신 같은 새끼들'과도 관련된 것은 아닐까? '먼-저곳'도 결국에는 이곳과 다르지 않음을. 환상은 환상으로서 유의미할 뿐임을 드러내는 장면으로 읽히는 것이다.


## 2. 유사가족의 탄생


이처럼 이곳에 대한 치열한 문제의식과 그에 바탕한 떠남의 상상력이 이번 소설집을 촘촘하게 채우고 있다. 나아가 그 떠남이 지니는 한계에까지 날카로운 시선을 던지고 있다. 그리하여 그러한 떠남은 일탈이 아닌 구체적 대안으로서 돌아오기도 하는데, 이번 소설집에서는 유사가족(pseudo-family)이라는 형태를 통해서이다. 유사가족은 핏줄로 연결되지도 않았으며 동시에 전통적인 부-모-자의 가족형태를 지니지도 않지만, 주의 깊고 한결 같은 애정의 분위기 속에서 서로에게 배려를 베푸는 가족과 같은 공동체라고 정의내릴 수 있다. 이번 소설집의 대부분에서 전통적인 의미의 모성이 부재하지만, 모성적 태도(mothering)가 드러나는 것은 유사가족의 관계 속에서이다. 「인천에 가고 싶다」에서 '나'와 사촌의 관계가 대표적이다. 또한 구체화되지는 않았지만 「조분도」에서 보이는 세영과 정현의 관계, 『꽁치를 굽는다』에서 예고된 여자, 남편, 사내의 관계를 들 수 있다.

이목연 소설에서 전통적 의미의 가족은 더 이상 소통과 교감의 장소로서 기능하지 못 한다. 「인천에 가고 싶다」가 대표적이다. 이 작품에서 '나'는 미혼모의 자식으로 태어났으나 자신의 인생을 찾으려는 어머니의 가출로 인해 혼자 버려진다. '나'는 외삼촌의 집에서 살고 있는데, 외숙모 역시 가출하고 새로운 외숙모가 들어와 있다. 이 가정은 '캡스 경비구역'으로 표상되는 물질적 가치는 충분하지만, 정신적인 가치가 결핍되어 있다. 그곳에는 단지 "자신이 낳아야 할 아이에게 더 이상 복잡한 호적을 물려줄 수 없"어 조카를 입양해 갈 누군가를 찾는 사람들이 살고 있을 뿐이다. 가출을 밥 먹듯이 하는 사촌에게도 가족은 굴레이자 고통이다. 나중 '나'가 입양되어 간 집도 마찬가지이다. 그곳에서 '나'는 이성준이 아닌 김성준이 되지만, 사실 그는 새로운 부모들이 교통사고로 잃어버린 아이 최민식이 되어야만 한다. 새로운 부모들의 사랑이 지극하면 지극할수록, 그의 정체성은 더욱 더 부정당하는 아이러니한 상황에 처하는 것이다. 이러한 관계를 만드는 공간은 차라리 지옥이라 부르는 것이 적합할 것이다.

이러한 상황에서 '나'와 사촌인 '그'는 따뜻한 공감과 배려의 관계를 만들어나간다. 사촌을 굳이 '그'라고 호칭하는 것에서 알 수 있듯이, 둘의 관계는 전통적인 가족의 형상과는 거리가 멀다. '나'와 '그'는 현대의 비정한 가정에 던져진 아이들이라는 점에서 한 몸이다. '나'보다 열 살이 많은 '그'이지만, "그는 오히려 나보다 더 그의 엄마를 그리워하고 있"다. 그리하여 "나는 그를 미워하면서도 사랑했다. 그를 닮고 싶"어 한다. '나'에게 '그'는 엄마가 되기도 하는데, 엄마와 살았던 인천에 데려다 준다며 함께 버스를 탔을 때, '나'는 '그'의 품에서 "아련한 엄마의 냄새"를 맡는다.

「조분도」에서 세영은 돈을 받고서 일종의 가정관리사로 정현과 살지만, 마지막에는 사랑하는 사람과의 이별이라는 상처를 공유한 두 사람이 서로를 이해하게 된다. 정현은 오직 돈 버는 것에만 신경을 쓴 사람으로서, 돈만 많이 번다면 가정도 아내도 무사할 거라고 생각했다. 그는 돈을 버느라 생기는 잉여를 풀기 위해 "집안 물건을 부수고, 욕을 하고"는 했다. 결국 아내는 아이와 함께 집을 나갔고, 결국에는 시골의 한 총각과 재혼을 하게 된다. 아내의 재혼식장에서 돌아오는 길에 정현은 세영에게 조분도를 사는데 돈을 보태겠다는 말을 한다. 정현은 이제 비로소 "악착같이 돈을 벌어야 할 이유가 없어"진 것이다. 그렇게 새로운 하나의 인간은 탄생하고, 그 인간은 조분도를 매개로 새로운 관계를 만들려 하고 있다.

『꽁치를 굽는다』 역시 유사 가족의 탄생을 예고하는 작품이다. 조선 족 동포인 여자는 사고가 난 남편을 찾아 한국에 들어온다. 그녀는 한국 국적을 얻기 위해 언어장애가 있는 사내와 거짓으로 부부생활을 한다. 사내는 그녀에게 유별난 집착을 보이고, 자신의 품 안에 그녀를 담고 싶은 욕망에 시달린다. 그녀는 사내 몰래 남편을 돌보는 일도 게을리 하지 않는다. 다쳤지만 치료조차 제대로 받지 못하는 남편이나, 그 잘난 국적을 얻기 위해 거짓 결혼까지 하고 돈까지 사기당하는 여자나, 형에게도 버림받다시피 하는 사내나, 이 사회의 소외되고 버림받은 하위주체라는 측면에서는 유사하다. "세상을 움직이게 하는 건 역시 돈 뿐"인 사회에서 그들은 그렇게 사회의 한 구석으로 몰려간다. "죽더라도 고향으로 가서 함께 죽자"는 남편과 "정에 주려하던 아들"이 떠오를 정도로 그녀에게 집착하는 심성 고운 사내 사이에서 그녀는 어떻게 해야 할 것인가? 그 해결책이 기발하다. "두 사내 모두 꽁치구이를 좋아하지 않는가"라는 마지막 문장이 나타내듯이, 그것은 두 사내를 모두 버리지 않고 포용한 채 살아가는 방식이다. 『아내가 결혼했다』의 이목 연식 버전(version)이라 할 수 있을 터인데, 그것은 되바라지지 않고 꽁치 구이 냄새처럼 구수하다. 이러한 새로운 연대의 공간은 그들이 모두 "어차피 서로 도와야만 살 수 있는 사람들"이라는 공동운명체이기에 가능한 것이다.


## 3. 행복한 작가


곳간이 빈 것과 써야 할 것이 빈 것 중에서 작가에게 더한 고통은 무엇일까? 아마도 후자 쪽이 아닐까? 그런 의미에서 이목연은 행복한 작가이다. 그녀의 소설에는 산해진미와도 같은 진귀한 이야기들이 넘쳐난다. 달개비의 질긴 생명력(「달개비」), 아나콘다의 유구한 역사(「아나콘다를 기다리며」), 종견의 인생유전(「갑종이」), 나방과 나비의 생물학적 관계(「나비목 나비과」), 낙타와 낙타가시 풀의 생태(「낙타가시풀」), 쑥뜸의 효능(「웅녀」) 등이 대표적이다. 더욱 중요한 것은 그 소재들이 정보로 나열되는 데에 그치는 것이 아니라, 인생의 비의를 길어 올리는 두레박으로서 기능한다는 점이다. 두레박을 두레박으로, 도구를 도구로 볼 줄 아는 분별력이야말로, 그녀의 지적인 태도가 싸구려 현학으로 떨어지지 않으면서 감동의 큰 공명을 자아낼 수 있는 힘이 된다.

그녀는 지금—이곳의 본질적인 문제를 작가적 예지로 날카롭게 찍어 올리며, 그러한 날카로움에 비례하는 강렬함으로 저 먼 곳에 대한 그리움을 원고지 위에 수놓고 있다. 이곳에 대한 사랑과 먼 곳에 대한 그리움이 창조적 긴장을 유지하여 나타난 것이, 바로 유사가족이라는 하나의 대안공간이다. 그러나 대부분의 작품들에서 그것은 상상력의 가장 원형적인 차원에서 아주 짙게 옹그려진 하나의 점으로 읽는 이의 머리를 울린다. 그녀는 이제 그 날카로움에 더해 인내를, 강렬함에 더해 구체를 보태려 하고 있다.

# 세상을 바라보는 두 가지 시선

인천의 문학 현장 3 : 홍인기 · 조혁신

## 1. 다가올 문학의 전위로서의 지역 문단

근대란 민족국가의 단위에서 움직이는 중앙집권적인 시스템의 시대라고 할 수 있다. 정치든 경제든 문화든 모든 것은 하나의 중심을 형성하고, 그것으로부터 반주변과 주변의 엄격한 위계가 성립되는 것이다. 문학도 그러한 중앙집권적인 시스템으로부터 예외는 아니다. 소위 우리나라를 대표한다는 중앙 문단과 중앙 문예지들이 있고, 각 지역에는 그 지역을 대표하는 문인들과 문예지들이 있다. 이러한 시스템은 놀라운 효율성을 발휘하기도 하지만, 동전의 뒷면처럼 획일과 억압의 성격을 지니기도 한다. 이러한 획일성이 제도 차원에서만 존재하는 것이 아니라, 다양성을 생명으로 하는 문학의 미학적 특질에까지 영향을 미친다면 문제는 심각해진다.

만약 전국 단위의 커다란 이슈나 문제들(예를 들어 나라 찾기, 나라 만들기, 산업화, 민주화 등)이 있다면 집중화된 시스템도 별다른 문제가 없겠지만, 그러한 거대담론이 무너지고 미시적인 삶의 문제들이 전면에 떠오를 때, 그러한 시스템은 문화 예술의 영역에서 장점보다는 단점을 더욱 많이 불러올 수밖에 없기 때문이다. '근대 문학의 종언'을 말할 수 있는 이유 중의 하나로는 탈중앙집중화 되어 가는 사회적 변화와는 달리 중앙집중화 된 시스템에 머무르려는 문학장의 관성도 들 수 있을 것이다.

따라서 새로운 시대의 지역 문학은, 삶에 직접적인 영향을 끼치는 공동체의 문제와 독특한 지역적 감성을 작품화시키는 예술의 전위라고 말할 수도 있을 것이다. 전국 단위의 사회적 이슈나 문학 이념이 사라진 시대에, 인간들의 삶은 지역과 같은 소규모 공동체에 의해 더 큰 영향을 받을 수밖에 없을 것이고, 이러한 문제들에 발 빠르게 대응할 수 있는 것은 그 지역의 공기를 숨 쉬는 지역 문인들이기 때문이다. 이러한 의미에서 오늘 검토하려고 하는 홍인기의 『숲의 기억』(작가들, 2007), 조혁신의 『뒤집기 한판』(작가들, 2007)은 무척이나 소중한 작품들이다.

이들 작품은 정도의 차이는 있지만 모두 인천을 중요한 배경으로 등장시키고 있다. 특히 위 두 작가의 작품에서 돋보이는 것은 시점의 효과적인 활용이다. 소설이 하나의 문학장르로서 지닌 본질적 특징 중의 하나는 중개된 이야기라는 점이다. 소설에는 반드시 인물이나 사건을 보고 전달해주는 존재가 있으며, 이로 인해 소설만의 고유한 미학적 특질이 탄생하는 것이다. 그리하여 시점이나 화자의 문제는 소설에 있어 본질적인 문제이며, 이의 효과적인 활용은 소설의 문학적 성취를 결정하는 요소 중의 하나라고 할 수 있다. 특히 초점화의 문제는 시점의 여러 요소 중에서도, 각각의 소설이 지닌 고유한 특징과 의미를 짚어낼 수 있는 핵심적인 요소이다. 초점화(focalization)는 주네트가 기존의 시점 이론이 '누가 말 하는가'와 '누가 보는가'를 혼동했다고 비판하면서, '누가 보는가'에 해당하는 개념[1]으로 제안한 것이다. 리몬 케넌

---

1 주네트는 서술자가 등장인물보다 많이 알고 더 이야기하는 '무초점화(zero focalization)', 서술자가 등장인물이 아는 것만을 말하는 '내적 초점화(internal focalization)',

역시 주네트의 연장선상에서 스토리는 반드시 화자의 것은 아니지만 화자에 의해 언표화되는 일종의 프리즘, 관점(perspective), 또는 시각 (angle of vision)의 중재를 통하여 텍스트 속에서 제시되는데, 이때의 중재를 초점화라고 불렀다.[2] 이 글에서는 두 작가의 작품 중 작가의 본질적 특징을 보여주면서도, 초점화에 있어 높은 성취를 보이고 있는 작품들을 중심으로 그 특성을 살펴보고자 한다.

## 2. 삶을 튜닝하는 힘

홍인기의 『숲의 기억』에 실린 소설들은 세 가지 계열로 선명하게 구분된다. 첫 번째 계열로는 위기에 처한 가족관계를 그리고 있는 「금」, 「숲의 기억」, 「튜닝」, 「섬」 등이 있으며, 두 번째 계열에는 예술가들의 타락한 모습을 그린 「H」, 「타락」 등의 작품들이 있다. 마지막으로 인간 사육프로젝트와 인간개체복제기술이 일반화되어 디스토피아가 된 미래의 모습을 그린 SF가 있다.

이러한 구분은 사실상 무의미한 것일 수도 있다. 홍인기에게 중요한 것은 근대소설의 정통이라 할 수 있는 리얼리즘의 정신이다. 그것은 현실에 대한 정확한 재현과 그에 기초한 더 나은 사회에 대한 전망을 추구하는 문학정신이라고 말할 수 있다. 그가 그려내고 있는 가족관계는

---

서술자가 등장인물이 알고 있는 것보다 적게 말하는 '외적 초점화'(external focali-zation)로 유형을 구분하였다. 그는 내적 초점화를 다시 고정적(fixed) 초점화, 가변적(variable) 초점화, 복수(multiple) 초점화로 나누고 있다(G. Genette, Narrative Discourse, trans. Jane. E. Lewin, New York : Cornell Univ. press, 1980, pp. 189~194).
2   S. 리먼 캐넌, 최상규 역, 『소설의 시학』, 문학과지성사, 1985, 109쪽.

어디까지나 2000년대의 암울한 사회적 풍경을 가장 잘 나타내는 하나의 사회적 장으로서 그려지고 있을 뿐이다. 그가 예술가들을 다루고 있을 때도, 그것은 정통적인 예술가소설에서처럼 교환원리가 사회의 구석구석을 지배하는 자본주의 사회에서 진정한 가치를 추구하는 예술가의 내적인 고독과 방황을 그리는데 초점을 두는 것이 아니다. 그의 초점은 예술가의 타락한 일상이며, 그것을 가능케 하는 사회의 타락이다. 심지어 미래의 디스토피아를 그리는 경우에도 핵심은, 자유로운 상상력으로 새로운 세상을 꿈꾸는 데 있는 것이 아니라 현재를 향해 날카로운 경고를 하는 데에 있다. 통칭하여 말하건대 홍인기는 소설을 통해 이 시대의 성실한 증언자이자 고발자가 되고자 하는 것이다.

똑같은 가정 내의 비극을 다루면서도 보통의 여성작가와 다른 홍인기의 특성이 드러나는 작품은 「튜닝」이다. 그 차이는 초점화자의 설정에서 비롯되는데, 이 작품의 초점자는 바로 남성인 것이다. 어린 시절 보육원에서 함께 지냈던 여자와 결혼하게 된 '나'는 거듭된 사업실패로 아내와 사이가 벌어진다. 경제문제로 아내는 직업을 얻게 되었고, 그 이후에는 "밖의 일에 치중할수록 집안일에 소홀해지는 것, 일과 중 사소한 전화통화에서 받는 낯섦, 보이지 않게 늘어가는 늦은 귀가 횟수, 그리고 부주의하게 매달고 들어오는 취기"가 파국의 연쇄반응처럼 이어진다. 이에 나는 아내를 구타하기 시작하고, 이러한 상황은 결국 결별로 이어지게 된다. 객관적인 사실만 본다면 남편의 일방적인 잘못이지만, 남편을 바로 초점자로 활용함으로써 남편이 지닌 일말의 진실이 독자에게 전달되는 것이다. 여성 작가들이 보통 여성 초점자를 통해 여성의 고유한 심리적 기미를 드러내는데 일가를 이루었다면, 홍인기는 남성 초점자를 내세워 남성의 고통과 번민을 효과적으로 그려내고 있는 것이다. 이처럼 똑같은 가족 내의 문제를 다루는 경우라 할지라도 누구의 시각으로 그것을 바라보느냐에 따라 소설은 이처럼 판이한 결과를 보여준다.

작품은 '나'의 아버지가 그러했듯이 아이를 보육원에 맡기고 자살을 감행하는 것으로 끝난다. 그러나 마지막 순간 아내는 "산이가전화햇어요바닷가거기군요돌아오세요저에게도당신뿐이에요전언제나당신곁에있어요당신은하고싶은일을하세요시를써도좋아요나머지는제가채울게요"(86)라는 문자를 보낸다. 자식까지 남겨두고 떠났던 아내가 보내는 문자로서는 너무나 갑작스럽고 어색하다. 이런 식의 결말은 삶에 대한 긍정이라기보다는 차라리 삶에 대한 무시에 가까울 수도 있다.

「평일」은 화자의 어조가 특이한 작품이다. 이 작품은 슈탄젤의 용어로 말하자면 인물시각적 서술상황으로 되어 있고, 주네트의 용어로 말하자면 화물차 운전을 하는 양씨가 초점자로 등장하는 내적 초점화의 방식으로 되어 있다. 그런데 초점자를 통해 보고 의식한 것을 전달하는 화자의 문장이 '입니다' 혹은 '습니다'식의 종결형으로 되어 있는 것이다. 이것은 '었다'나 '다'로 끝나는 일반적인 근대소설의 문체와는 다른 것이라고 할 수 있다. 이러한 존경의 어조는 어디에서 비롯되는가? 작품을 읽으면 해답은 주어지는데, 그것은 바로 초점자인 양씨를 향한 화자의 존경에서 비롯된다. 자식에게도 버림 받은 노인이 불쌍해 평소 운임의 반도 받지 않는 등의 선행을 하는 '착한 사람 양씨'에 대한 경외의 마음이, '습니다'식의 문체로 나타나고 있는 것이다. 이러한 문체는 인간의 따뜻한 인간성을 긍정하는 소설의 전체적인 주제와 잘 어울린다고 볼 수 있다.

## 3. 송림동 8번지가 쓴 소설들

조혁신의『뒤집기 한판』을 읽고 있으면, 조혁신이 인천의 낙후된 마을 중 하나인 송림동 8번지에 대하여 소설을 쓴다기보다는 송림동 8번지가 조혁신의 손을 빌어 자신을 쓴다고 느껴질 정도이다. '송림동 8번지'가 거의 모든 소설(6편의 소설 중「뒤집기 한판」을 제외한 모든 소설)의 배경으로 등장하고 있는 것이다. 강원도를 창작의 토대로 삼았던 김유정, 충청도를 배경으로 삼았던 이문구, 제주도에 창작의 젖줄을 대고 있던 현기영 등이 있었지만, 번지라는 작은 행정단위를 이토록 집요하게 탐구하는 사례는 우리 문학사에서 드문 경우일 것이다.

송림동 8번지가 작가를 빌어 말하고자 하는 것은, 이 시대에도 중요한 한 축으로 사회를 구성하는 도시빈민들에 대해서이다. 다른 하나는 그럼에도 아니 그러하기에 지니고 있는 맑고 따뜻한 인간성에 대한 것이다. 조혁신의 소설은 인물을 중심으로 작품이 짜여 있는 경우가 많은데, 그것은 작가의 긍정적인 성격에 대한 큰 관심을 반영해 주는 것이다. 정직과 성실을 삶으로써 보여주는「구만길 씨의 하루」에 나오는 이발사 구만길,「사노라면」에 나오는 분식집 주인 한기준 등은 작가가 추구하는 이상적인 인간상에 해당한다. 이러한 인간들에 대한 애정은「호황기」의 구의원같은 탐욕과 어리석음에 빠진 인간을 향한 조롱과 분노로 이어지기도 한다.

이 작품집에서 조혁신의 문학세계를 가장 잘 보여주는 작품은「부처산 똥 8번지」라고 할 수 있다. 10살의 소년이 초점화자로 등장하는 1인칭 소설인 이 작품은, 소년 화자를 내세워 성인 화자를 내세웠을 때와 다른 독특한 미학적 효과를 내고 있다. 또한 조혁신이 그리는 인물들의 따뜻하고 밝은 마음을 생각할 때, 그들이 성인일지라도 그들의 마음은 동심과 다르지 않기에 이 소설 속 주인공 '나'는 통칭하여 조혁신적 주인공을 대표하는 인물이라고 볼 수도 있을 것이다.

작가의 일반적인 작품이 그러하듯이 이 작품도 간단하고 명료한 구성으로 되어 있다. 선생님이 내주신 "동네 유래를 알아오라는 숙제"(14)를 해결하는 과정이 바로 이 소설의 서사인 것이다. 그 해결의 과정은 곧 소년 인물들이 자신들의 삶과 환경의 본질에 다가가는 과정이기도 하다. 그들이 깨달은 자신들의 삶이란, 작품의 마지막에 드러난 성장이 가져올 우울한 미래에의 예감 즉, "우리는 나이를 하루 더 먹을 것이고 똥바가지 아저씨는 거꾸로 나이를 하루만큼 까먹을 것이었다. 망할 놈의 눈물이 왜 자꾸 솟아나는지. 나는 목구멍으로 껄떡껄떡 넘어오는 울음을 참으려고 이를 악물었다"(47)는 문장들로 정리되어 나타난다. 이들은 어른이 된다는 것에 대하여 울음을 흘리는 데, 이것은 어떤 이유일까? 그것은 그들이 벗어날 수 없는 가난의 굴레에 갇혀 있기 때문이다. '나'나 일남이에게 성장이란 이 소설을 통해 묘사되고 있는 "개를 때려잡고 손에 피를 묻히는 아버지나 어머니 같은, 술집에서 술시중을 드는 갑숙이 누나 같은, 병이 들어 꼼짝도 못하는 일남이 아버지 같은 어른"(34)이 되는 것을 의미하는 것이다. 성장이 곧 슬픔이 되는 아이들의 삶이란, 아무리 따뜻한 서정과 이미지로 차 있더라도 근본적으로 비극적일 수밖에 없는 것이다.

결국 송림동이라는 우아한 이름의 유래를 발견할 수 없었던 두 명의 소년들은 다음과 같은 해결방법을 내놓는다. 그것은 작가의 전망이라고 볼 수 있을 터인데, 그것이 소년화자의 인식과 눈높이에 맞춰져 있는 것인지는 곰곰이 고민해 볼 문제이다.

"바보야. 길을 잃고 헤매던 어린양을 구한 것처럼 우리는 정원 안에 갇힌 나무를 구해내서 이곳 언덕에 심어놓은 거야. 나무는 이제 참세상을 바라

볼 수 있게 되었어. 부잣집 정원이 아닌 우리들의 세상을 말야. 비록 초라한 세상이지만 나무는 비로소 자신의 고향을 찾은 거야."

"하지만 나무가 찾은 고향이 너무 초라하지 않니? 온통 가난한 산동네뿐인데 말야."

"우리는 부자동네에서 살고 싶어 하지만 막상 부자동네에서 살라고 하면 살 수 없어. 우리의 친구가 돼 줄 수 있는 가난한 아이들이 없기 때문이야. 그래서 우리는 산동네 아이들과 어울리는 거야. 나무도 마찬가지야. 나무의 고향은 원래 산동네였으니까." (46)

동네 이름 송림동과 관련된 소나무 한 그루도 발견할 수 없었던 산동네의 소년들이, 부잣집에 있는 소나무를 바깥으로 옮겨 심는 행위는 비교적 선명한 사회적 시각의 우의적 표현이라 할 수 있다. 이 대목에서 소년들이 산동네에 옮겨놓은 소나무는 가진 자들이 독점한 재화로서 그려지고 있다. 그리고 이 소년들은 부자들과 살 수는 없으며, 가난한 아이들과만 어울릴 수 있다고 말한다. 소년 초점자와 화자를 내세우고 있지만, 조혁신의 「부처산 똥8번지」는 부자와 빈자라는 선명한 이분법에 기초한 작가의 뚜렷한 사회경제적 입장이 드러난 작품이라고 할 수 있다.


## 4. 진정한 지역문학의 조건


탈근대를 맞이하는 지금의 시대적 상황에서 문학 역시 민족국가 단위 일색의 모습을 탈피하여 세계문학과 지역문학으로서의 성격이 보다 강조될 것이다. 무엇보다 탈중앙집중화 되어 가는 사회적 분위기에 발맞추어 지역문학의 중요성은 더욱 커질 수밖에 없다. 그러나 지역에서 지역을 소재로 창작한다고 해서 무조건 새로운 시대의 전위적 역할을 수행하는 것은 아니다. 무엇보다도 삶에 직접적인 영향을 끼치는 공동체의 문제와 독특한 지역적 감성을 작품화시킬 때만이 예술의 전위적 역할은 가능하기 때문이다. 전국 단위의 사회적 이슈나 문학 이념이 사라진 시대에, 인간들의 삶은 지역과 같은 소규모 공동체에 의해 더 큰 영향을 받을 수밖에 없다. 이러한 상황이라면, 그동안 약점으로 인식되어 왔던 지역 문인들의 변두리적 위치는 오히려 무엇과도 바꿀 수 없는 장점이 될 수 있으리라 확신한다. 이때 주의할 점은 이들이 관심 갖는 지역의 문제가 특수성에 함몰되어서는 안 되고, 보편적인 삶과 세계에 대한 문제로 확장되어야 한다는 점이다. 이 글에서 살펴본 홍인기와 조혁신은 인천 지역에서 정력적으로 활동하는 작가들이다. 그들은 모두 리얼리즘적 정신과 창작방법을 보여주고 있다. 그러나 강조점은 조금 다르다. 홍인기가 보다 보편적인 문제에 치중했다면, 조혁신은 인천이라는 특수성에 보다 초점을 맞추고 있다. 조혁신의 특수성이 좀 더 예각화되는 동시에 홍인기의 보편성이 좀 더 개성을 보여줄 수 있을 때, 지역문학은 비로소 새로운 시대의 예술적 전위가 될 수 있을 것이다.

# 경계를 넘어, 세계를 향해

### 아시아 · 아프리카 · 라틴아메리카 문학 심포지엄 '알라' 참관기

## 1. 비서구 여성작가들의 목소리

아시아 · 아프리카 · 라틴아메리카 문학포럼과 한국문학번역원이
주최한 아시아 · 아프리카 · 라틴아메리카 문학 심포지엄 '경계를 넘어
서'가 2009년 10월 29일부터 30일 양일간에 걸쳐 인천 아트플랫폼에서
열렸다. 이번 문학심포지엄은 서구 중심의 세계화에 반대하여 모든 국
가와 지구인이 평등한 목소리를 내는 진정한 '세계문학'의 가능성을 모
색하는 비서구 작가들과 지식인들의 연대를 모색하는 자리였다. 이러
한 뜻 깊은 문학행사가 인천을 대표하는 복합문화예술공간인 인천아
트플랫폼에서 열렸다는 것은 인천이 차지하는 국제 도시적 위상을 증
명하는 즐거운 일이 아닐 수 없다.

10월 29일에 개최된 Part1 '비서구 여성작가들의 목소리'는 비서구 여
성작가를 대표하는 한국의 박완서, 팔레스타인의 사하르 칼리파(소설가,
Sahar Khalifeh), 아르헨티나의 루이사 발렌수엘라(소설가, Luiza Valenzuela),
남아프리카공화국의 신디웨 마고나(소설가, Sindiwe Magona)의 발표와 방

청객 질문으로 진행되었다. 100여 명이 넘는 청중이 참석한 가운데 진행된 이날 행사는 시종일관 뜨겁고 진지한 분위기에서 이루어졌다. 아시아 아프리카 라틴아메리카라는 각 대륙을 대표하는 네 명의 여성작가는 20세기를 살아왔고 21세기를 살아가는 비서구 작가이자 여성으로서의 삶을 진솔하게 고백하여 큰 감동을 주었다.

박완서는 「내가 믿는 이야기의 힘」에서 고작 맹장염으로 아버지를 잃어야 했던 전근대의 무지와 야만, 20세기의 어마어마한 폭력을 견디게 해주었던 문학의 힘을 조용하지만 울림이 큰 목소리로 들려주었다. 사하르 칼리파는 「'진실'을 말한다는 것」에서 진실의 존재가능성과 탐색가능성에 대한 여러 질문을 통해 우리 인간들은, 저마다 차이를 지니고, 처한 입장이 다르고, 제한된 영역과 시각을 가졌음에도 불구하고, "모든 사람을 향한 사랑과 모든 사람을 위한 자유"라는 진실을 공유한다고 결론내렸다. 그녀는 오늘날 불구대천의 원수가 된 미국(이스라엘 포함)과 이슬람근본주의자들의 오랜 인연을 소개하여 방청객을 놀라게도 해주었다. 루이사 발렌수엘라는 다소 이론적인 글 「반역하는 말」에서 여성적인 글쓰기와 여성 언어의 가능성과 의의를 치밀하게 탐구하고 있다. 여성작가에게는 "영웅이 존재하지 않고, 흑백이 분명히 구분되지도 않"으며, 그로 인해 "유머가 뒤섞이고 분비물이 아무에게나 튈 수 있는 그 애매모호한 지대를" 파헤치는 능력이 남성작가보다 훨씬 뛰어나다는 것이다. 여성의 언어는 남성의 언어보다 훨씬 위협적이라는 주장이었다. 아프리카에서 온 신디웨 마고나는 「경계를 넘어서」에서 특히 여성이 겪는 억압과 불평등에 초점을 맞춘 글을 발표했다. 이러한 젠더적 불평등은 앞의 세 여성작가의 글에도 자연스럽게 녹아들어 있었던 특징이다. 그녀는 남아프리카에서 한 해에 55,000건의 강간 사건이 경찰에 보고되고, 여성들이 여섯 시간에 한 명꼴로 배우자에 의해 살해된다는 통계를 제시했는데, 이러한 통계는 그녀가 여성의 고통에 주목할 수밖에 없는 이유를 잘 뒷받침해 주었다.

각 대륙을 대표하는 네 작가는 모두 인종적, 계급적, 젠더적 차별이라는 이중 삼중의 억압에 처해 있는 여성들의 삶과 그것을 글로써 풀어내는 여성작가로서의 힘겹지만 보람찬 삶을 설득력 있게 전달해 주었다. 동시에 네 작가 모두 젠더적 차별이 나아지고 있는 현재의 상황과 이러한 경향이 더욱 가속화될 미래에 대한 긍정적인 인식을 드러내었다. 이러한 여성 작가들의 존재는 '경계를 넘어' 새로운 문학과 새로운 세상을 향한 가장 중요한 인류적 자산임에 틀림없다.


## 2. 세계화와 문학


### 1) 문제제기

10월 30일에 개최된 Part2 '세계화와 문학'은 토론회 형식으로 진행되었다. 필리핀에서 온 아센조 제네이아브 람파사(문학박사, 시인, 소설가, 번역가, 마닐라 데라살 대학 교수, Asenjo Genevieve Lampasa)가 기조발표를 하고, 한국의 이경재(문학평론가)가 네 가지 어젠다를 제시하였다. 이를 바탕으로 팔레스타인의 사하르 칼리파(소설가, Sahar Khalifeh), 아르헨티나의 루이사 발렌수엘라(소설가, Luiza Valenzuela), 남아프리카공화국의 신디웨 마고나(소설가, Sindiwe Magona), 손홍규(소설가), 신용목(시인), 천운영(소설가) 등이 패널로 참여한 가운데, 세 시간여의 열띤 토론이 진행되었다. 이경재가 제출한 어젠다를 요약하면 다음과 같다.

(1) 문학은 미적-윤리적-정치적 쇄신을 통해 우리 삶과 세계 곳곳의 가지가지 억압에 대하여 해방을 기획하는 언어 행위이다. 이를 위해서 가장 중요한 것이 문학의 자율성과 창작의 자유이다. 이러한 문학의 기본적인 조건을 가장 크게 위협하는 것은 전지구적 단위로 움직이는 자본일 것이다. 오늘날 작품의 창작과 유통은 경제적인 효율의 명목하에 그 자율성이 현저하게 위협받고 있다. 세계자본주의가 문학을 시장경제 체제 속으로 종속화하며 현대의 대중매체가 문학의 경제 예속성을 강화하고 이에 따라 문학은 상품으로 전락화됨으로써 문학의 자율성이 근본적으로 파괴되지 않을 수 없게 된다는 것이다. 모든 것의 완전한 상품화와 시장화의 현상을 동반하는 지구화가 창조적이고 살아있는 삶의 영역을 자기 영토로 삼아온 문학의 전통적인 입지를 위협할 가능성이 높은 것이다. 전지구적 자본의 파상적인 공세 앞에서 창작의 자유와 문학의 자율성을 지켜낼 수 있는 방안은 무엇인가?

(2) 세계화는 몇몇 문화의 경우 고유 언어의 파괴를 가져왔다. 세계화 시대를 맞이하여 다언어적 글쓰기가 시대적 필연이며 바람직한 방향이라는 논의도 있다. 작가는 모국어 안에서 자유로울지 모르지만 그 작가가 내놓은 작품은 그렇지 않을 수 있다. 영어를 매개로 하지 않을 때, 전 세계 독자와 소통한다는 것은 거의 불가능한 일이다. 이와 관련해 영어와 영문학, 유럽문학의 영향력은 매우 크다고 할 수 있다. 이런 현상이 지속될 때, 미국화가 아닌 진정한 의미의 세계화는 요원한 일일 수밖에 없다. 그렇다고 해서 서구의 세계주의적 오만에 대한 저항이 동양이나 개별 민족국가의 자체적 가치에 대한 퇴행적인 옹호로 이어져서는 안 될 것이다. 이처럼 복잡한 상황에서 유럽문학으로부터의 탈중심화는 어떻게 시작할 수 있을까?

(3) 오랫동안 문학이 권력의 억압 때문에 고난을 겪었다면, 이제는 자본주의 대중문화 사회의 시장이라는 검열에 직면하고 있다. 20세기

후반기의 30여 년간 군부 독재의 억압과 검열에 시달리던 한국 작가들이 1990년대 이후로는 자본의 횡포와 시장의 검열에 위축되고 있다. 소수의 엘리트 독자층이 읽는 순수문학 작품은 위축되는 반면, 대중의 취미에 영합하는 통속물들이 시장을 지배하고 있다. 시장이라는 검열 때문에 대중적 성공을 거둘 수 있는 통속문학이 출판과 서적 시장을 독점한다면, 고급문화는 종언을 고하고 대중문화만 남게 되지 않을까 우려된다.

나아가 문화의 핵심기반을 이루는 매체는 이제 인쇄문화에서 디지털 문화로 이전해가고 있다. 디지털 문화는 새로운 문학 장르를 만들어낼 것이고 그에 따라 우리는 지금까지의 문학이라는 개념을 다시 한 번 재고해야 할 것이다. 그렇게 되면 우리는 디지털 문화에 의해 도입된 새로운 것을 이제 본질적으로 문학적인 것으로 바라보아야 할지도 모른다. 대중문화의 독주와 디지털 문화의 전면화라는 근본적인 변화 속에서 문학은 어떠한 준비를 해나갈 것인가?

(4) 문학뿐만 아니라 전 세계의 지적인 담론 일반이, 서구 중심의 담론으로부터 일방적인 영향을 받고 있는 상황이다. 최근 서구 학계의 관심이 작품보다 이론들에 치우쳐 있으며, 지배적인 주류 학계에서 생산된 이론들은 무서운 기세로 비서구 국가들이라든가 제3세계의 문학 연구 풍토에 절대적인 지배력을 행사한다. 서구의 주류 학계는 비교적 작은 규모의 사회 집단이 보이는 상호 관계에 초점을 맞추고 있다. 인종적 정체성 연구, 포스트식민주의적 연구, 지역 연구 등등에 관한 이론적 접근들이 소수 집단의 편에 서서 다양성과 배타적 차이점을 강조하고 있는 것이다. 이런 이론들이 평등과 해방을 향한 민주적 충동에 의해 추진되고 있기는 하지만, 결과적으로는 오히려 자본이나 국가와 같은 지배 집단에게 유리한 것은 아닌지 모르겠다. 그렇다고 서구 담론을 무조건 배척하는 것은 가능하지도 않고 현명한 일도 아닐 것이다.

서구 담론을 맹종해서도 안 되지만 그렇다고 그것을 민족 고유성 혹은 주체성의 이름으로 단순히 거부하는 것만으로는 풀리지 않는다는 사실이 이미 서구가 우리 속에 깊숙이 개입해 있는 현 국면의 복합성이기 때문이다. 지적인 담론 일반에서 심화되고 있는 서구 중심주의를 극복할 수 있는 방안이 무엇인지 여러 작가들의 고견을 듣고 싶다.


## 2) 토론

이어진 토론은 개별 작가와 개별 국가의 특수한 상황과 인식이 맞부딪치는 사유의 격전장이었다. 역시 세계문학에 대한 토론은 결코 가벼운 주제가 아니었다. 토론이 진행될수록 문제가 선명해진다기 보다는 근원적인 문제의식을 향해 되돌아오는 양상을 보여주었다. 그러나 본래 문학이란 해답을 제시하는 것이라기보다는 질문을 던지는 것에 그 권능과 의의가 있을 것이다. 그렇다면 이번 토론이 제시한 여러 가지 물음들은 세계문학에 대한 사유를 전개시키는 출발점이 될 것임에 분명하다. 작가들의 토론은 격조 있고 적절한 비유와 상징들로 가득해, 토론회가 한 편의 문학작품을 연상시키기도 했다.

첫 번째는 현재 절대적인 영향력을 발휘하고 있는 영어 사용이라는 문제를 중심으로 해서 이루어졌다. 사하르 칼리파(소설가, Sahar Khalifeh), 루이사 발렌수엘라(소설가, Luiza Valenzuela), 신디웨 마고나(소설가, Sindiwe Magona) 등은 세계공용어로서의 영어가 가진 긍정적인 가능성에 주목할 필요가 있다는 견해를 제시했다. 영어의 사용으로 더 많은 독자들과 만날 수 있으며, 오늘날과 같은 문학심포지엄도 가능하다는 것이다. 사하르 칼리파는 컴퓨터를 미국에서 개발했다고 해서 우리가 컴퓨터를 사용하지 않아야 할 이유는 없다는 비유를 들며, 적극적으로 영어를 활용할 것을 강조했다. 이와 달리 방청객 중 팔레스타인에서 온 한 기자는 아랍어가 급속하게 그 영향력과 지위를 상실하고, 영어가 그 자리를 채우고 있는 팔레스타인의 경우를 이야기하며, 영어 사용이 가져올 부정적 가능성을 우려했다. 시인 신용목은 얼마 전 논란이 된 영어공용화와 같은 식의 우리말 죽이기는 반대하지만, 자연스럽게 우리 생활에 들어온 영어의 사용을 부정하고 싶지는 않다는 견해를 제시했다. 우리말 속에 녹아든 영어 속에는 이미 우리의 고유한 영혼이 실려 있다는 입장인 것이다.

아르헨티나에서 온 루이사 발렌수엘라 역시 아이러니한 방식으로 작가에게 있어 모국어가 가지는 중요성을 강조했다. 자신이 작가로서의 명성을 얻은 것은 뉴욕에 머물 때였으며, 그 시절은 매우 행복했다고 한다. 뉴욕 생활을 하며 자연스럽게 영어 실력도 늘어 갔는데, 어느 순간부터 꿈속에서도 영어로 말하는 자신을 발견했다는 것이다. 그 순간 그녀는 비로소 모국어를 잃어버리지 않기 위해서, 자신이 아르헨티나로 돌아갈 시기가 되었음을 깨달았다고 한다. 이유는 작가에게 모국어는 결코 잊어버리거나 소홀히 할 수 없는 대상이기 때문이라고 힘주어 말했다. 필리핀에서 온 아센조 제네이아브 람파사는 3개 언어를 사용하는 자신의 입장을 소개하며, 언어의 사용은 양자택일적인 것이어서는 안 되며, 경우에 따라 각각의 언어를 효과적으로 사용하면 된다는 입장을 피력했다. 영어가 가진 효용과 모국어가 가진 당위를 적절하게 조화시켜서 사용해야 한다는 입장인 것이다. 모든 참석자들이 영어로 인해 다양한 언어가 사라지는 일은 막아야 한다는 점에서는 의견의 일치를 보였다.

다음으로는 진정한 세계문학은 어떤 방식으로 존재할 수 있는지에 대하여 논의했다. 소설가 천운영은 자신이 독일에 가서 겪었던 독서토론회 경험으로 이야기를 시작했다. 그곳의 사람들은 작품의 문학성 자체보다는 한국만의 고유한 풍습에 큰 관심을 보였다는 것이다. 그리고 자신이 여기 모인 외국 작가들에게 관심을 갖는 이유 역시 각 작가들이 선보이는 각 나라의 고유한 세계에 관심이 있기 때문이라고 말했다. 결국 그녀는 '가장 한국적인 것이 세계적인 것이다'는 명제를 제시한 것이라고 할 수 있는데, 이러한 주장은 우리 안에 내면화 된 오리엔탈리즘의 표현이 아닐까 하는 우려가 들었다.

시인 신용목은 종이비행기의 비유를 들며 이야기를 시작했다. 우리가 종이를 접어 비행기를 만들면, 그 매끈한 외양에 모두가 반하지만 정작 그것은 목적한 지점에 정확히 날아가지 못한다는 것이다. 그에 반해 종이를 구겨서 던지면, 그 외양은 추하더라도 그것은 멀리 목적한 곳까지 날아갈 가능성이 높다는 것이다. 그것처럼 멋지게 잘빠진 문학이 아니라 지금 이곳의 문제를 있는 그대로 보여준 정직한 문학이 세계 곳곳의 사람들에게 더욱 잘 전달될 수 있을 것이라는 의견을 제시했다. 가장 특수한 것이 가장 세계적인 것이라는 주장이었다.

소설가 손홍규도 이와 비슷한 의견을 피력했다. 손홍규는 도서관에 가면 외국문학의 80%를 차지하는 책은 영미권의 책이고, 아시아, 아프리카, 라틴 아메리카의 책들은 거의 찾아볼 수 없는 현실을 이야기했다. 전 세계 문학시장의 상황 역시 이와 다르지 않으며, 이는 반드시 개선되어야 한다는 것이다. 또한 전 세계인의 문학적 소통이 지난한 과제만은 아니라는 입장을, 특유의 입담으로 전해 주었다. 그 역시 결론은 신용목과 비슷하게, 지구인 모두의 시각과 관심이 포함된 세계 문학을 위해서는 각각의 사회가 지닌 문제에 천착한 작품의 창작이 절실히 요구된다고 주장하였다.

이경재는 우선 우리가 흔히 말하는 세계화를 엄밀하게 구별해 볼 것을 주장했다. 같은 세계화라 하더라도 미국화의 다른 이름인 경제적 세계화와 예술 국제주의를 보장하는 문화적 세계화가 상반된 지향을 가지고 있다는 것이다. 이때 지향해야 할 것은 문화적 세계화이며, 이러한 세계화는 전체주의적 세계화에 대항하는 몇 안 되는 거점으로서의 세계문학, 그런 저항 가운데 인간과 사회에 대한 통찰과 사회체제를 움직이는 근본원리에 대한 해석으로까지 나아가는 세계문학을 통해 가능하다고 주장했다. 세계문학의 구체적인 방법론으로는 단일화되어 가는 세계에서 여전히 존재하는 제3세계의 특수성이나, 제1세계든 어디든 지역들에서 일어나는 반지구화적인 운동이나 정서 등을 작품적 성과로 이룩해내어야 할 것을 제시했다.

## 3. 세계문학을 향한 소중한 첫걸음

아시아, 아프리카, 라틴아메리카의 작가들이 한국적 모던의 상징인 인천에 모여, 진정한 세계문학의 가능성을 모색한 이틀간의 문학축제는 이렇게 끝이 났다. 처음에는 서로 다른 피부색만큼이나 다양한 체험과 의견들이 개진되었지만, 많은 시간이 지날수록 그 안에서 차이점만큼이나 중요한 보편성들을 발견해낼 수 있었다. 오늘날 전 세계의 문학은 그 현실이 복잡해진 만큼이나 지극히 복잡다단해졌다. 이틀간의 만남에서 중요한 논점이 되었던 젠더, 언어 사용, 세계 문학의 존재방식에 대한 문제 등을 하나의 담론이나 시선으로 정의내리는 것은 사실상 불가능하다. 참석한 문학인들은 그동안 자신들이 성취해 온 개성적인 작품의 세계만큼이나, 고유한 자기만의 문학적 입장을 보였다. 그러한 사정을 감안하더라도, 심포지엄의 막바지에는 나름의 의견수렴을 보일 수 있었다. 문학은 인간을 억압하는 모든 것들에 대한 저항

이어야 한다는 것, 모국어를 지켜나가는 동시에 소통의 수단으로서 영어를 활용해야 한다는 점, 개개 작가가 발 딛고 선 구체적 현실에 충실함으로써 세계적 보편성에 도달해야 한다는 것 등을 서로가 기본적인 문학적 원칙으로서 확인할 수 있었다.

어떤 측면에서 이번 심포지엄은 전 세계 문학인의 소통과 진정한 세계문학을 성취하기 위한, 비서구 문학인들의 간절한 몸짓에 머문 것으로 보일 수도 있다. 그러나 모든 시작은 포즈에서 시작할 수밖에 없다. 모든 시작은 본래 단순하며 한 가지 이치를 말할 뿐이기 때문이다. 성숙과 완성을 이루어내고, 그 과정을 지켜보는 일이야말로 우리에게 주어진 하나의 과제일 것이다.

# 5부

# 비평의 현장

# 한국 근대문학이 일본에서 읽고 배운 것

김윤식, 『내가 읽고 만난 일본』(그린비, 2012)

김윤식은 『내가 읽고 만난 일본』(그린비, 2012)의 머리말에서 "언젠가 군도 기진맥진해서, 귀향할 때 사람들이 혹시 빈 바랑을 열어 보라고 하지 않을까. 군은 거기서 몇 장의 그림을 꺼내 유서를 펼치듯 보여 주면 되지 않겠는가"(9)라고 말하고 있다. 김윤식 선생님을 존경해온 사람이라면, 여기에 쓰인 '유서'라는 말에 한동안 시선이 머물 수밖에 없을 것이다. 그렇다. 이 머리말을 그대로 믿는다면, 『내가 읽고 만난 일본』은 김윤식에게 있어 일종의 '유서'에 해당하는 뜻 깊은 저서이다. 김윤식은 1970년과 1980년 두 차례에 걸쳐 일본에 가서 수학한 경력을 지니고 있는데, 『내가 읽고 만난 일본』은 김윤식이 그동안 보고, 읽고, 느끼고, 생각한 일본에 대한 결산서라고 말할 수 있다.

저자가 일본에서 읽고 만난 대표적인 인물은 게오르그 루카치, 고바야시 히데오, 에토 준, 모리 아리마사, 루스 베네딕트, 리처드 H. 미첼이다. 1970년 처음 일본에 유학했을 때, 김윤식은 도쿄대학 정문 앞의 서점에서 루카치의 『소설의 이론(Literatursoziologie)』를 발견하였다. 루카치와의 만남을 통해 김윤식은 '소설사=인류사'라는 생각을 하나의 믿음으로 만들 수 있었다. 문학이란 정치 그것처럼 역사적 산물이며

"따라서 남아의 일대 사업일 수 있다"(64)는 인식이 바로 그것이다. 루카치와의 만남은 김윤식에게 두 가지 의미를 지닌다. 첫 번째는 검게 그을린 도쿄대의 야스다 강당으로 상징되는 당시 일본의 정치적 분위기를 상징하는 존재이고, 두 번째는 마르크스가 원천적으로 차단된 당시 한국의 지성계가 진보적 문학이념과 만날 수 있었던 하나의 우회로를 의미한다고 말할 수 있다. 루카치와의 만남이 저자의 프로문학 연구로 연결되었음은 주지의 사실이다. 또한 난해하기로 소문난 『소설의 이론』은 "이론이자 동시에 시였고 소설이자 동시에 이론"(86)으로 김윤식에게 다가왔고, 이후 저자는 "내가 쓰는 모든 것이 그대로 작품이기를 소망"(86)하게 된다.

두 번째로 만난 인물은 일본 문예비평의 시조라고 할 수 있는 고바야시 히데오이다. 고바야시 히데오로부터 김윤식은 비평 역시 엄연한 표현이고 예술이어야 한다는 것, 따라서 시나 소설처럼 순수창작이지 주장, 해석, 설명 따위와는 다르다는 것을 배운다. 비평이란 역사나 세계를 초월한 이론을 내세우거나 그 의미를 캐는 것이 아니고 어디까지나 섬세하고 정교한 감수성(육체, 내면)에 기울어진 영역이라는 것이다. 고바야시 히데오에게 문학자란 자기가 생각하는 바를 문장으로 번역하는 자가 아니라 "문장을 씀으로 말미암아 비로소 자기를 아는 인간"(127)이기에, "이 작품의 겨눈 바는 매우 심각한 것이나 표현이 빈곤하다"(140)는 식의 문장은 성립할 수 없다. 고바야시 히데오는 일관되게 "사상과 표현의 동시성"(149)을 주장한 것이다. 작품 해명이 아닌 자기 신념의 표현으로 비평을 생각했으며, 비평은 고바야시 히데오에게 늘 실제문제 즉, "쓰다 보면 그것이 시나 소설 형식을 도저히 취할 수 없는 그런 것"(222)이었다는 설명이다.

이러한 고바야시 히데오의 비평에 견줄 만한 한국의 비평가로 김윤식은 조연현을 들고 있다. 조연현 역시 "비평이 시나 소설과 동일한 창조적인 행위 곧, 그 자신의 표현으로서의 독자적 형식"(182)이라고 파악했다는 것이다. 김윤식은 자신이 고바야시 히데오라는 늪에 빠져 죽지 않기 위해서는 연기력이 필요했으며, "카프연구(『한국 근대문예비평사 연구』, 1973)에 나아갈 때 내 연기력은 루카치에 있었고, 『염상섭 연구』(1987)에 돌진해 갈 때는 마루야마에 있었다"(227)는 이색적인 고백을 덧붙이고 있다.

　에토 준에게서는 진짜 글이란 "목숨을 건 글쓰기"(7) 즉, "필사적인 글쓰기"(307)라는 것을 배웠다. 에토 준은 삶의 허무와의 싸움에서 오직 유일한 무기로 "글쓰기"(307)만을 선택했던 것이다. 글쓰기만이 전부였기에 자식의 대리물이었던 강아지도 아내도 글쓰기를 위한 도구이자 대상 그 이하도 이상도 아니었다는 것. 정확히 말하자면 "글쓰기가 아내였고 개"(346)였다는 것이다. 글쓰기가 이토록 절대적인 의미를 지니고 있었기에, 더 이상 글을 쓸 수 없을 때 스스로 삶을 끝낸 것은 어찌 보면 당연한 수순이다. 에토 준은 20여 년간 지속된 월평을 통하여 일본(일본문학)의 무의식에는 근친상간 콤플렉스가 있으며, 이로부터 벗어나기 위해서는 타자로서의 국가, 아비의 부활이 필요했다고 주장한다. 이러한 주장마저도 사마천에 의거하여 "우수유사(憂愁幽思), '궁핍 속에 뜻을 편다'"(268)를 평생의 비평적 신조로 삼았던 에토 준의 절박함에 비한다면 사소한 것이라고 김윤식은 말하고 싶은 것인지 모른다.

　김윤식이 1차 유학을 통해 게오르그 루카치, 고바야시 히데오, 에토 준을 만났다면 두 번째 유학에서는 당시 유행하던 모리 아리마사를 만난다. 모리 아리마사는 손꼽히는 명문가의 자제로 도쿄대 교수였지만, 그 모든 기득권을 포기한 채 파리에 정착한다. 이러한 행로는 자유에의 갈망이자 자신에게 주어진 운명에의 거부라고 의미를 부여할 수 있다. '일본인 부인과의 이혼－프랑스인 부인과의 재혼－프랑스 부인과의 이혼'은 '일본과의 결별, 프랑스와의 만남, 다시 프랑스와의 결별'에 해당되며, 이를 통해 모리 아리마사는 일본도 프랑스도 아닌 모리 아리마사라는 고유성을 발견했던 것이다.

모리 아리마사는 릴케를 통해 "감각에서 시작해서 생기는 것이 체험이고, 이것이 또 시간 속에서 경험으로 변질된 곳에 비로소 참된 사색의 원점이 가능하다는 것"(766)을 배웠다고 이야기된다. '감각 → 체험 → 경험 → 사색'의 구도가 성립하는데, 이러한 구도야말로 김윤식의 작가론을 지탱하는 기본 바탕이 아닐까? 김윤식이 작가론을 쓸 때 그토록 강조하는 감각은 모리 아리마사로부터 배운 것이 분명하다. 『이광수와 그의 시대』를 집필할 당시 하루 20매의 글쓰기 리듬을 되찾기 위해서 오래도록 홍지동 산장과 봉선사로 내달렸던 노력 모두가 사색의 원점으로 기능하는 '감각'을 찾기 위한 노력에 해당하는 것이다.

김윤식은 1차 유학에서 돌아온 직후 오인석과 『국화와 칼』을 공역해서 1974년 2월 출판하였다. 이 책은 일본 관련 도서로는 고전에 속하는 책으로 2008년 4월까지 5판을 거듭하며 총 84쇄를 기록하였다. 김윤식이 관심을 갖는 것은 이 책을 고전으로 만든 요소의 정체이다. 마거릿 미드에 따르면 루스 베네딕트는 남편과 결혼생활이 원만하지 못했는데, 가장 큰 이유는 아이를 낳지 못했기 때문이라고 한다. 루스 베네딕트가 인류학자가 된 계기 역시 아이 없는 공허한 결혼생활을 극복하기 위해서였다. 루스 베네딕트는 『국화와 칼』은 물론이고 그 이후의 저서에서도 육아방식에 대해 민감한 의식을 보였고 이를 바탕으로 중요한 학문적 성과를 산출했다. 육아방식에 대한 강렬하고도 날카로운 포착은 "아이에 대한 꿈, 그리움이 비원으로 저만치 놓여"(543) 있는 여성의 눈에만 가능했다는 것이 김윤식의 설명이다. 여성이기에 제 때 정교수도 학과장도 될 수 없었으나 그렇다고 해서 여성만의 기쁨일 수도 있는 아이도 갖지 못했다는 것. 이 외로움이, 그리움(悲)이 '고전' 『국화와 칼』을 낳았다는 것이다.

리처드 H. 미첼의『일제하의 사상통제』는 2차 유학 당시 도쿄대 서점에 있던 도쿄대 법과대학 대학원 세미나 교재인 *Thought Control in Prewar Japan*을 번역한 것이다. 일제시기를 연구한 시각은 크게 세 가지로 나누어 볼 수 있다. 일제로 말미암아 피해를 입은 자가 경험한 갖가지 억압형태에 대한 연구, 마루야마 마사오처럼 서구적 지성과 방법론으로 일제를 비판한 연구, 식민지 경영자인 제국 일본의 입장에서 바라본 사상운동에 대한 연구가 그것이다. 미첼의 저서는 이 중 마지막에 연관된 시야를 김윤식에게 가져다주었다. 미첼의『일제하의 사상통제』를 통해 김윤식은 실증주의에 치중한『한국 근대문예비평사연구』를 넘어서, 사상사적 방면으로 열린 지평 위에 선『한국 근대문학사상사』를 쓸 수 있었다고 고백한다. 일본에서 정립된 전향과 법체계의 관계항이 식민지인 조선에도 그대로 적용되었는바,『한국 근대문학사상사』는 조선과 일본의 공통점과 차이점을 드러내는데 초점을 맞춘 저서이다. 이 연구를 통하여 김윤식은 자신을 매료케 한 헝가리 비평가 루카치의 '동화적 황금시대'의 세계관을 비판할 힘도 가질 수 있었다고 덧붙인다.

이상의 정리를 통해 알 수 있듯이, 김윤식이라는 거인의 지적 세계 속에는 일본으로부터 읽고 만난 것들이 상당 부분을 차지하고 있다. 헌책방에서 만난 사회주의 문예이론의 대가 게오르그 루카치, '사상과 표현의 동시성'을 주장한 고바야시 히데오, '목숨을 건 글쓰기'를 보여준 에토 준, '감각–체험–경험–사색'의 관계항을 알려준 모리 아리마사 등의 비평 세계는 다름 아닌 김윤식의 것이기도 하다. 그리하여 김윤식이 읽고 만난 '일본'을 통해 독자들은 김윤식을 읽고 만나는 즐거운 체험에 빠지는 사치를 누릴 수도 있다.

여기서 드는 의문 하나. 과연 김윤식만 일본을 읽고 만난 것일까? 반대의 경우 즉, 일본 역시 김윤식을 읽고 만난 것은 아니었을까? 달리 말하자면 김윤식에 의해 비로소 일본은 새롭게 발견된 것은 아니었을까? 이를테면 다음과 같은 대목에서 일본은 오직 김윤식에 의해서만 발견될 수 있었다는 확신이 든다.

이 자리에서 나는 고백하지 않을 수 없다. 아기가 없어 강아지를 키우며 자기 소외를 극복한 에토 준, 아이가 없음에도 조금도 자기 소외 없이 밀고 간 다나베 하지메를 늘 염두에 두었음이다. 자살한 에토와 루스 베네딕트에겐 애처로움이 물결처럼 나를 에워싸는 것이었다. 이 애처로움의 물결, 그것이 나의 것일 수도 있는 것일까. 이런 망상에서 나는 자유로울 수 없었는데, 내 '영혼의 거울'이 자주 흐려졌음에서 오는 망상이었을까. 요컨대 나의 그리움(悲)이었을까. (549~550)

결국 두 번이나 일본에 가서 김윤식이 찾고자 했던 것은 자신의 초상이었다. "자기와 조금은 비슷했던 아이들이 이곳에 와서 헤매었다는 역사적 사실이 궁금했던 것"(762)이다. '자기와 조금은 비슷했던 아이들'의 대표적인 존재는 춘원 이광수이다. 김윤식에게 이광수의 존재는, 에토 준에게 나쓰메 소세키와 대응되는 존재라고 말할 수 있다. 이광수나 나쓰메 소세키는 모두 문명개화 즉, 근대를 애타게 찾아 헤맨 선구자적 존재들이다.[1] 김윤식은 오랜 세월이 지난 지금 "그들은 과연 무엇을 얻고 또 잃었을까"(762)라는 물음을 던지고, "자기를 찾자마자 동시에 자기를 잃었다는"(763) 결론을 내린다. "아이는 이 순간 자기의 운명의 모습을 언뜻 보았소. 자기를 찾아 나서면 그럴수록, 갈 길을 찾아 헤매면 그럴수록 자기는 사라지고 방황할 수밖에 없다는 것."(763) 그리고 이것

---

[1] '이광수(한국)=나쓰메 소세키(일본)'의 구도를 설정하는 이상 한국 문학의 종속성과 타율성을 이야기할 수밖에 없을 것이다. 오히려 나쓰메 소세키에 대응되는 한국문학의 대표적 존재로는 염상섭을 설정하는 것이 타당하다고 판단된다. 그럴 때만이 한국 문학과 일본문학의 정당한 관계 설정이 가능할 것이다.

은 "인류사의 숙명"(763)이라는 깨달음이다. '자기를 찾을수록 자기는 사라질 수밖에 없다는 것', 과연 이것이 인류사의 숙명인지 아니면 식민지 지식인의 숙명인지는 더욱 정밀한 탐구가 필요할 것이다.

이 글의 시작에서 '나'는 머리말에 있는 유서라는 말에 이끌려 이 글을 쓰게 되었다고 말한 바 있다. 그 유서에 해당하는 말은 "'살고 쓰고 사랑했다'(스탕달의 묘비명)라 하나, 아이에겐 여기서 '사랑했다'만을 빼야 맞소"(768)일 것이다. 오직 읽고 씀으로써만 존재할 수 있었던 아이, 자신의 본 모습을 찾고자 바다를 몇 번이나 건너야 했던 아이, 그 아이는 이제 한국 근대문학이라는 거대한 바다의 등대가 되어, 또 다른 아이들의 작은 조각배를 언제까지나 비춰줄 것이다.

# 지구적 세계문학을 위한 첫 번째 발걸음

김재용, 『세계문학으로서의 아시아 문학』(글누림, 2012)

『세계문학으로서의 아시아 문학』(글누림, 2012)에서 김재용이 지향하는 '지구적 세계문학'은 '구미 중심의 세계문학'을 극복하고 새롭게 만들어 나가고자 하는 세계문학의 모습이다. 지구적 세계문학을 지향하는 것은 200여 년간 지속된 제국주의를 청산하고 정신적 독립을 이루려는 문학적 노력에 해당한다. 지구적 세계문학으로 나아가기 위해서는 두 가지 인식적환이 필요하다. 하나는 기존의 세계문학의 정전이 갖는 유럽중심주의를 분석하고 비판하는 것이며, 다른 하나는 비서구 문학의 상호 소통과 새로운 지구적 보편성의 확립을 위해서 비서구 작가들의 작품을 읽고 그 속에서 새로운 담론들을 만들어 내는 것이다. 김재용의 노작 『세계문학으로서의 아시아 문학』은 후자의 작업에 해당한다.

지난 세기 아시아의 수많은 지식인과 문인들은 현란한 구미의 공업화와 그 결과들이 빚어낸 새로운 제도들을 목격하면서 한편으로는 그것을 닮아가려고 노력하면서, 한편으로는 그것에 오염되지 않은 순수한 과거의 세계를 동경하였다. 전자가 구미 오리엔탈리즘이라면 후자는 구미의 오리엔탈리즘에 대한 대응으로 나온 아시아 오리엔탈리즘(내셔널리즘과 반서방주의)이라고 할 수 있다. 김재용은 이 두 가지 모두를 극복하고 새로운 지구적 보편성을 찾아야 한다고 주장하며, 이러한 노력의 선구적 사례로 아시아를 대표하는 여섯 명의 문인들을 살펴보았다.

아시아를 남아시아, 동남아시아, 서아시아로 나누어 살펴보고 있는 『세계문학으로서의 아시아 문학』에서, 남아시아를 대표하는 작가로는 라빈드라나트 타고르와 로힌턴 미스트리가 등장한다. 타고르는 러일전쟁 이후 확산된 동서문명론에 자극을 받아 독특한 반제국주의론을 형성하였다. 타고르가 중국과 일본의 지식인과 연대하려고 노력하였던 행적들에서 구미 제국주의에 대한 비판과 아시아의 연대를 위한 노력을 읽을 수 있다. 동시에 내셔널리즘을 옹호하면서도 서구의 공업화를 일체 부정하였던 간디와 달리 타고르는 제국주의를 비판하면서도 내셔널리즘과 힌두부흥주의에 대해서 비판적이었다. 타고르는 모방된 오리엔탈리즘과 전도된 오리엔탈리즘이 표면적으로는 구미 제국주의에 대해 비판적인 것처럼 보이지만 내면적으로는 구미 제국주의의 회로 안에 갇혀 있다는 점을 직시하였던 것이다.

구미의 식민지에서 벗어난 국가들은 국민국가를 모델로 하여 새로운 국가를 만드는 과정에서 내셔널리즘과 민주주의 사이의 긴장이란 새로운 사태를 맞이한다. 로힌턴 미스트리는 독립 이후 내셔널리즘화되고 있는 인도에 대해 가장 신랄한 비판을 가하는 작가이다. 미스트리는 인도의 소수종족인 파르시 출신으로서, 민주주의를 위협하는 인도의 내셔널리즘을 내부에서 가장 치열하게 비판한다. 독립 이전의 타고르와 독립 이후의 로힌턴 미스트리는 모방된 오리엔탈리즘으로서의 내셔널리즘이 궁극적으로 구미 제국주의의 이데올로기인 오리엔탈리즘의 자장에서 크게 벗어난 것이 아님을 잘 알고 있었던 것이다.

동남아시아는 구미 오리엔탈리즘과 아시아 오리엔탈리즘의 충돌을 직접 경험하였기에 이 속에서 살아온 작가들은 첨예한 문제의식을 갖을 수밖에 없었다. 서구 및 일본의 제국주의와 내셔널리즘화가 저지르는 폭력에 대해 근본적으로 비판을 행한 이가 인도네시아의 프라무댜 아난타 투르이다. 그는 '부루 4부작'을 통해 수하르토가 보여준 국가 폭력의 연원을 역사적으로 탐구한다. 제국주의자들(네덜란드와 일본)의 침략 이후 이들에게 순응하면서 배운 것이 강자에 대한 복종이었고, 그 결과 자기긍정과 자율성에 기초한 민주주의는 자리를 잡을 수 없었다는 것이다. 프라무댜 아난타 투르 역시 구미 오리엔탈리즘을 비판하는 동시에 이에 대한 대응으로서 등장한 전도된 오리엔탈리즘으로서의 반서방주의에 대해서도 비판적이다.

동남아 국가들이 대부분 구제국주의의 식민지였던 것과 달리 필리핀은 19세기 말부터 미국의 지배하에 있었다. 신제국주의의 지배를 받았던 필리핀인들은 제국주의에서 벗어나기가 더욱 어려우며, 시오닐 호세의 고민은 이러한 역사적 처지에서 시작되었다. 스페인으로부터 오랜 기간 식민지 지배를 받았기에 미국은 억압자이기보다는 해방자로 인식되었고, 같은 이유로 필리핀인들에게 일본은 해방자가 아니라 점령자의 모습으로만 받아들여졌다. 시오닐 호세가 가장 고민하는 것은 2차 대전 이후에도 여전히 외세에 협력하였던 이들이 기회주의적으로 변신하여 지배 권력을 유지하는 것이다. 이러한 필리핀의 상황 속에서 역사 발전의 새로운 주체를 상정하는 것은 여간 어려운 일이 아니다.

서아시아를 대표하는 지역으로는 아직도 구미 제국주의의 억압에서 벗어나지 못하고 있는 팔레스타인이 다루어진다. 추방으로서의 유랑 생활을 오래 한 다르위시는 이스라엘 점령 후에 고향을 떠나야 했던 사람들이 겪는 고통뿐만 아니라 이스라엘 치하에서 살아가면서 이스라엘의 폭력에 시달려야 하는 사람들의 고통에 대해서 노래하였다. 또한 자신의 정체성을 지키려는 다르위시의 초기 시들은 나라와 고향을 잃은 사람들이 느끼는 향수로 이어진다. 이스라엘이 망각을 요구할 때 기억의 언어를 통하여 정체성을 더욱 강화시켜 나가는 작업인 것이다. 동시에 다르위시는 이 작업이 정체성의 바다에 빠질 위험성도 인식하고 있다. 1990년 이후에는 서정서사시를 통해 그동안 이스라엘에 의해 일방적으로 전수되고 해석된 가나안 지역의 역사와 신화를 깨뜨리고자 시도한다. 현재의 힘에 의지하여 과거를 일방적으로 해석하는 내셔널리즘의 틀에서 벗어나 과거를 그 당시의 공존 자체에 의거하여 보고자 하는 열망의 표현이다. 1995년에 발표한 시집 『낯선 여인의 침대』에 이르면 정체성의 정치학에서 벗어나 타인을 발견하고 마침내 내셔널리즘을 넘어서는 해방을 모색하는 경향을 보여주기도 한다. 내셔널리즘이 아닌 방식으로 제국주의를 비판할 수 있는 지적 거점을 마련한 것이 야말로 다르위시의 시가 현대 아시아문학에 남긴 큰 유산이다.

사하르 칼리파는 페미니즘의 차원에서 오리엔탈리즘과 반서방주의로서의 아시아 오리엔탈리즘과 내셔널리즘의 위험성을 동시에 비판한다. 구미 오리엔탈리즘은 문명화의 이름하에 야만의 상태에 있는 아랍 여성들을 구하겠다고 나선 반면 아시아 오리엔탈리즘의 한 형태인 이슬람부흥주의는 전통의 이름으로 서구의 타락으로부터 아랍 여성들을 보호한다고 자처한다. 『유산』(1997)이 지니는 여성주의적 새로움은 팔레스타인 반제국주의 운동이 갖는 가부장적 억압에 대한 신랄한 비판이다. 그 비판은 두 가지 태도에 집중되는데, 첫 번째는 반제국주의 저항운동의 좌절을 여성에 대한 탐닉으로 대신하면서 여성을 대상화하는 태도이고 두 번째는 여성의 목소리를 억압하면서 남성이 여성을 대신하려고 하는 태도이다. 『고귀한 가문 출신』(2009)은 하마스로 대표되는 이슬람부흥주의에 대한 반응이라고 할 수 있다. 사하르 칼리파 문학의 특징은 자신의 여성 문학적 시각을 반제국주의 태도와 항상 결부시켜 이해하려고 한다는 점이다.

김재용의 『세계문학으로서의 아시아 문학』은 체계가 뚜렷한 저서이다. 19세기 중반 이후 탄생한 구미 오리엔탈리즘에 대한 아시아 지식인과 문인들의 반응을 집중적으로 다루고 있다. 대다수의 지식인과 문인들은 구미오리엔탈리즘을 모방하는 내셔널리즘의 길을 가거나 구미가 걷는 길이 내장한 폭력을 간파하고 구미 오리엔탈리즘을 전도시키는 반서방주의의 길을 걸었다. 자신들의 사유 전통을 다시 불러와 역사적 조건에서 부흥시킨다면 인류에게 새로운 광명을 줄 것이라고 믿었던 것이다. 이 책에서 다룬 여섯 명의 작가는 현란한 구미의 매력과 고요한 전통의 매력 모두를 거부하고 다른 길을 모색하였던 자들이다. 이들은 내셔널리즘의 길을 걸었을 때와 반서방주의의 길을 걸었을 때의 폭력을 깨닫고, 새로운 길을 모색했던 것이다. 이처럼 김재용은 철저하게 구미 제국주의(구미 오리엔탈리즘)에 대타적인 방식을 택하고 있다. 일단 구미 제국주의를 설정하고, 그에 대한 대응이라는 측면에서 아시아문학을 규정짓고 있는 것이다. 물론 저자가 관심을 기울인 여섯 명의 작가는 모두 서구 오리엔탈리즘에 대한 단순한 순응(동일시)이나 반항(반동일시)을 넘어서 새로운 길(비동일시)을 모색한 문인들이다. 그럼에도 대타적인 태도는 저자의 의도와는 무관하게 구미 오리엔탈리즘을 중심에 놓고 아시아 문학을 성찰할 수밖에 없는 즉, 아시아 문학을 타자화 하는 아이러니한 결과를 낳을 수도 있다. 이와 관련해 저자가 반복해서 사용하는 '아시아 오리엔탈리즘', '전도된 오리엔탈리즘', '모방된 오리엔탈리즘'이라는 용어 역시 서구의 오리엔탈리즘을 염두에 두었을 때만 가능한 수사적 표현은 아닌지 의문이 든다.

　　다음으로 내셔널리즘과 민족주의를 구분하는 저자의 시각도 검토해볼 필요가 있다. 논의의 출발점으로 한국현대문학을 검토하면서, 저자는 신채호가 구미와 일본의 제국주의를 비판하는 동시에 동양주의가 억압의 이데올로기일 수 있음을 간파했다고 설명한다. 그리하여 신채호는 제국주의를 비판하면서 그 대안으로 "내셔널리즘(국민주의)이 아니라 민족주의"(48)를 내세웠다고 주장한다. 신채호는 민족과 민족주의는 국민과 국민주의와는 다르다는 것을 의식하면서 사용했다는 것이다. 이 대목에서 '과연 국민주의와 민족주의를 구분할 수 있는 것인지?'라는 즉, '내셔널리즘은 국민주의로만 번역할 수 있는 것인지?' 달리 표현하자면 '민족주의는 내셔널리즘이 아닌지?'라는 의문이 든다.

그러나 김재용의 『세계문학으로서의 아시아문학』이 보여준 성과와 의의에 비교하자면 이상의 의문은 그야말로 사소한 투정에 불과하다. 이 책은 진정으로 자유롭고 평등한 세계(문학)를 만들기 위한 장도의 시작이다. 이 작업은 한 개인이 감당하기에는 너무나 벅찬 작업이 아닐 수 없다. 이것은 아시아 아프리카 라틴아메리카 문학포럼(AALA) 등에서 주도적인 역할을 해온 정열의 인간 김재용만이 감당할 수 있었던 일임에 분명하다. 김재용의 이번 저서는 진정으로 평등하고 해방적인 세계(문학)를 고민하는 전 세계 지식인과 문인들의 책장에 꽂힐 고전으로 영원히 기억될 것이다.

# 머무르지 않는 논리의 힘

## 방민호論

## 1. 국문학계의 멀티 플레이어

평론가 방민호는 문학에 대한 열정으로 가득하다. 그가 남긴 저서들만 살펴보아도 그의 맹렬한 에너지에 압도당하지 않기는 힘들다. 인터넷 서점에 들어가 방민호라는 이름 석 자를 써넣으면, 엄청난 숫자의 저서와 편서가 검색된다. 거기에는 본업에 해당하는 연구서와 평론집은 물론이고, 정치평론집까지 포함되어 있다. 평론집으로는 『비평의 도그마를 넘어』(창비, 2000), 『납함 아래의 침묵』(소명출판, 2001), 『문명의 감각』(향연, 2003), 『행인의 독법』(예옥, 2005), 『감각과 언어의 크레바스』(서정시학, 2007)가, 연구서로는 『채만식과 조선적 근대문학의 구상』(소명출판, 2001), 『한국 전후문학과 세대』(향연, 2003), 『일제 말기 한국문학의 담론과 텍스트』(예옥, 2011)가 검색된다.[1] 이외에 시집 『나는 당신이 하고 싶은 말을 하고』(실천문학사, 2010)와 산문집 『명주』(생각의나무, 2003), 근대

---

1  이 글은 평론집과 연구서를 집중적으로 살펴보고자 한다. 앞으로 인용을 할 경우에는 책이름과 쪽수만 기록하기로 한다.

문학 연구와 관련해 의미 있는 편저로『모던수필』(향연, 2003),『꽃을 잃고 나는 쓴다』(북폴리오, 2004),『구보 씨의 얼굴』(북폴리오, 2004),『환상소설첩』—근대편(향연, 2004),『환상소설첩』—동시대편(향연, 2004),『악마의 사랑』(향연, 2005) 등을 확인할 수 있다.

더욱 놀라운 점은 이러한 비평 활동이 그의 평론집 소제목(『행인의 독법』1부)처럼 '머무르지 않는 논리'를 보여준다는 점이다. 하나의 완고한 도그마를 상황에 맞추어 그때그때 적용하는 방식이 아니라, 늘 새로운 문학관을 형성해가는 그의 비평적 모습은 감히 한국문학사의 한 이채로움이라 불러도 과언이 아니다. 이 글은 여러 가지 제약으로 봉우리를 진정 빛나게 하는 풀 한 포기 꽃 한 송이에까지는 관심을 기울이지 못한 채, 봉우리의 대략적인 모양 정도를 스케치하는 정도에 머물 것이다.


## 2. 리얼리즘의 갱신


방민호는 진보적 문학관을 선명하게 드러내며 1994년부터 본격적인 비평 활동을 시작하였다. 방민호의 등단평론인 「현실을 바라보는 세 개의 논리」의 마지막 단락은 다음과 같은 주문으로 끝난다.

이제 민족문학인들도 90년대 중반의 현실을 직시할 때가 된 것 같다. '기나긴' 격변의 와중에서도 우리 사회는 나아진 것이 없음이 쓰디쓴 진실이 아닐까. 일말의 기대를 갖게 했던 민주적 개혁은 후퇴 일로에 있고 인간적 삶의 정의와 가치는 땅에 떨어지고 있다. 진보적 이념의 막대한 평가절하

속에서도 민족의 삶의 조건은 나아지지 않는다. 이 모든 것들은 그들에게
한층 적극적인 문학적 분투를 요구한다. (29)

위의 인용에서 우리는 정치와 문학을 거의 직선적으로 연결시키는
날선 열정을 읽어낼 수 있다. 이 시기 방민호에게 문학평론이란 이토
록 정치적인 것이었다. 등단 다음해에 제출한 장정일론 「그를 믿어야
할 것인가」에서 장정일의 알레고리적 기법이나 불가지론을 비판하는
대목 등에서 나타나는 그의 리얼리스트로서의 면모는 가히 강철 같다
는 비유가 모자라지 않는다.

이러한 완고한 리얼리스트로서의 모습은 그의 평론활동 전체를 놓
고 보자면, 하나의 출발점에 해당한다기보다는 하나의 도착점에 가깝
다는 인상을 준다.[2] 첫 번째 평론집의 제목인 '비평의 도그마를 넘어'가
잘 보여주듯이, 방민호는 일정한 집단이나 문학적 이념을 절대시하는
태도와는 처음부터 거리를 두고 있기 때문이다.

1996년에 발표한 평론 「리얼리즘의 비판적 재인식」에서부터 방민호
는 "리얼리즘론의 계통이 추구하는 본질과 전체로의 지향성을 보존하
는 새로운 관점을 모색"(『비평의 도그마를 넘어』, 93)하는 동시에 반영론,
총체성론, 전형론에 기반을 둔 당파적 리얼리즘에 대한 부정적 태도를
보인다. 대신 방민호는 과거와 구별되는 새로운 리얼리즘의 방법으로
'사실적 진실성'이라는 척도의 완화된 적용을 주장하고 있다. '사실'은
방법론적 자유를 배제해버리는 척도로서가 아니라, 방법론적 자유를

---

2  이와 관련해 「최근 소설과 비평의 독법에 관하여」라는 글에서 "나는 착륙하려는 비행
기 고도를 낮추는 듯한 방법으로, 1989년부터 몇 단계에 걸쳐 문학 쪽으로 하강을 시
도함으로써 어느 순간 마침내 문학이라는 것으로 '귀환'했노라고 내심 안도하기까지
한 것이 지난 몇 년간의 나의 내면"(『행인의 독법』, 126)이라고 고백하는 대목은 예사
롭지 않다. 무엇으로부터의 하강인지는 명시되지 않았지만, 이러한 고백이 『제국기
계 비판』의 저자 조정환을 이야기하면서 등장한다는 것 등을 고려할 때, 이 하강의 출
발지는 변혁에의 의지임을 짐작할 수 있다.

통해 그려진 세계가 정녕 더 깊은 객관적 진실에 도달했는가를 가늠하는, 상대적으로 안정된 척도로서 기능해야만 한다는 것이다. "리얼리즘을 방법적 자유 속에서 획득하는 것, 이것은 작가의 창조성을 옹호하는 일이자 오늘의 리얼리즘을 가능케 하는 일"(101)이라는 주장이다.[3]

나아가 방민호는 두 번째 평론집에서부터 민족문학이라는 범주가 지닌 한계에 대하여 다음의 인용문처럼 조심스럽게 문제제기를 하고 있다.

> 바람직한 문학의 이름은 민족문학이라는, 집단을 표상하는 관형어로 수식되는 이름은 아닐 수도 있을 듯하다. 그것은 '내'가 '나' 아닌 모든 전존재를 응시하는, 그리고 '나' 자신마저 해부코자 하는 문학일 것이며, 동시에 그럼으로써 '나'와 '나' 아닌 모든 전존재를 사랑하고 수용코자 하는 문학일 것이다. 그것은 '대문자'로 쓰인 문학 외에 다른 것이 아니지 않을까.
> —『납함 아래의 침묵』, 65~66쪽

리얼리즘과 관련해 방민호의 비평이 돋보이는 대목은 '부정적 의존'의 방법과는 거리가 멀다는 점이다. 즉 "80년대 리얼리즘 문학이 의의를 지닐 수 있었던 부분에 대해서는 침묵한 채, 그 한계적 측면에만 부분적으로 주목하면서 그것을 자기존립의 근거로 삼"(『납함 아래의 침묵』, 499)는 것이 아니라, 1980년대 리얼리즘의 한계와 의의를 충분히 인식한 바탕 위에서 새로운 가능성을 모색한다는 점이다. 이것은 한 비평가가 지닌 진정성의 문제이자 전통의 바탕 위에 새로운 문학을 창조해

---

3 이와 같은 입장은 「낡은 리얼리즘과 새로운 리얼리즘」에서 "다시 말해 리얼리즘의 요체는 현실을 반영하는 그 자체에 있지 않다. 현실을 묘사하는 기존의 담론, 작품을 참조하거나 그것에 맞서면서 더 새롭거나 깊은 현실관을 제시하고, 세상에 아직 알려지지 않은 담론이 세상에 의해 공유되도록 노력하는 데 있다"(『납함 아래의 침묵』, 505~509)고 주장하는 대목에서도 확인된다.

나갈 수 있는 가능성의 문제이기도 하다.

『행인의 독법』에 이르러서는 리얼리즘과는 상반되는 것으로 인식되어 오던 환상에까지 큰 관심을 기울이고 있다. 이러한 환상에 대한 관심 역시 "지금 나의 리얼리즘은 미메시스 즉, 현실의 모방적 재현에 국한되지 않을 뿐만 아니라 환상이라는 미지의 영역까지 수용하며 그럼으로써 현실을 더욱 풍부하게 드러낸다"(『행인의 독법』, 39)는 말에서 알 수 있듯이, 리얼리즘의 연속선상에 놓여 있다. "환상은 우리의 리얼리티 인식을 심문하고 새로운 리얼리티 발견의 가능성을 심화, 확장시키는 매개 역할"(『행인의 독법』, 41)을 한다는 것이다. 당파성이나 전형 개념에 기초를 둔 리얼리즘 개념에 관한 회의에서 시작해 환상과 환상 문학의 가능성을 인정하는 방향으로 논의가 발전되었음을 확인할 수 있다.

이러한 환상에 대한 관심을 바탕으로 방민호는 정론성을 중심으로 한 '단선적이고 변증법적인 부정 및 종합의 근대문학사'에 대한 재인식에까지 이르는 모습을 보여주고 있다. "이인직—이광수—동인지 시대—신경향파 및 카프—구인회"(『행인의 독법』, 15)로 이어지는 흐름에 "육체, 욕망, 꿈, 자의식, 초월 의지와 같은 주제들"(『행인의 독법』, 20)을 효과적으로 담아내는 기법이자 정신으로서의 환상 또는 환상적인 문학을 중요한 흐름으로 포함시켜야 한다는 것이다. 이러한 작업의 구체적인 성과는 근대의 대표적인 환상 소설들을 가려 뽑은 『환상소설첩』—근대편(향연, 2004), 『환상소설첩』—동시대편(향연, 2004), 『악마의 사랑』(향연, 2005) 등을 통해 확인해 볼 수 있다.

## 3. 문명 비평의 길

리얼리즘의 창조적 갱신이라는 문제와 더불어 방민호가 자신의 비평 방향으로 삼고 있는 것은 문명 비평이다. 2000년대 문단의 중요한 이슈였던 문학 권력과 문학 권력 비판을 넘어선 비평의 길로 제시하는 것이 바로 문명 비평이다. 그런데 그의 비평세계를 일별하다보면 문명 비평이라는 말은 비단 최근에 등장한 것만은 아니다. 그는 이미 두 번째 평론집에서 무엇보다 백낙청 비평의 참된 가치는 그 "문명비평적 성격"(『납함 아래의 침묵』, 66)에서 찾을 수 있다고 말한 바 있다. 백낙청은 단순한 문학연구자나 문학평론가에 머물려 하지 않았고 처음부터 근대문명 전체를 대상으로 사유하는, 이상적 사유인의 태도를 견지하려 했다는 것이다. 이러한 작업은 "미래를 구상하고 설계하는 철학인의 작업"(『납함 아래의 침묵』, 66)이기도 하다. 최재서가 1937년 「현대비평의 성격」에서 "현대가 위기에 직면하여 판단적 직능을 확보하려 하는 데에 현대비평의 성격이 그 동기를 가진다"(『납함 아래의 침묵』, 92)고 발언한 것도 문명비평의 맥락에서 일찌감치 인용된 바 있다. 요컨대 방민호는 90년대 비평의 문제점을 집중적으로 진단하며 다음과 같은 대안을 이미 제시했던 것이다.

> 오래 전에 시효가 만기된 개성이나 내면성의 신화를 안고 잡지를 비롯한 연속간행물의 숲을 헤매일 것이 아니라 그와 떨어진 고독한 자리에서 문명과 현실의 문제를 수리(受理)하는 방식을, 심해를 탐사하듯 더듬어 가는 것이 필요하다. (…중략…) 제도와 체제의 권외에 독자적으로 수립된 긴 사유의 공간, 이것이 '납함'으로 유실된 '비평의 고도'를 회복시켜줄 수도 있으리라.
>
> —『납함 아래의 침묵』, 106~107쪽

이러한 문명 비평에 대한 입장은 '문학권력과 문학권력 비판을 넘어서'라는 부제가 붙은 『문명의 감각』(향연, 2003)에서 한층 정교화된다. 이것은 무엇보다 김기림이라는 문학적 전통에 대한 숙고를 통해서 이루어진 것이다. 김기림은 문명 비평의 길을 개척해 나간 문명 비평가로서, 근대 한국사를 동양이라는 문명사적인 맥락에서 파악하면서 조선의 독자적인 활로를 개척하려 하였다. 동양과 서양의 현재를 종합적으로 지양하는 문명의 새로운 구상을 통해 천황제 파시즘에 대항한 것이다. 임화가 일본의 대동아주의에 함몰되는 길을 우회 또는 회피하기 위한 전략으로 조선 신문학이라는 범주의 설정 및 그 정체성 탐구로 나아갔다면, 김기림은 대동아주의라는 주류 문명론에 대해 그 자신의 독자적 문명론을 개진하는 방법으로 시대를 헤쳐 나가고자 한 것이다. 방민호는 전범이 되는 여러 비평가들의 논의를 신중하게 검토하고, 작금의 전지구적 상황을 조밀하게 분석한 후 문명비평이 나아가야 할 길을 다음과 같이 정리하고 있다.

> 한국의 비평은 한국 사회는 어디로 가야 하는가를 묻는, 문명에 대한 감각을 보여줄 필요에 직면해 있다. 지금까지처럼 미국을 중심으로 한 서구 및 일본 문화를 이식하는 것으로 시종할 것인가. 근대 일본의 제국주의화가 낳은 지정학적 개념인 '동아시아'에 이념적 가치를 투사함으로써 오리엔탈리즘에 옥시덴탈리즘으로 대응할 것인가. 전자도 후자도 아닌 제3의 시점을 획득해 갈 것인가. 이것은 정치, 사회적 판단의 문제이자 한국인의 삶을 전반적으로 새롭게 조율해 줄 원리에 대한 첨예한 문화적 주제이기도 하다.
> ─『문명의 감각』, 26쪽

이제 문학 비평은 한국 사회의 현실을 깊이 있게 드러내는 문제와 더불어 문명의 문제를 함께 고민하지 않으면 안 되는 이중의 과제 앞에 서

게 된 것이다. 문명비평에 대한 방민호의 입장은 여전히 확고하다.[4]

여기서 한 가지 우려가 발생할 수도 있다. 문명 비평이 문학의 예술성을 소홀히 한 채 지나치게 정론적으로 흐를 수도 있지 않느냐는 우려이다. 그러나 가장 최근에 나온 시평론집인 『감각과 언어의 크레바스』는 이러한 우려가 하나의 기우에 지나지 않음을 잘 깨우쳐준다. "처음 비평을 할 때는 그것이 언어 행위라는 자의식이 내게는 충분히 못했던 것 같다"(6)는 고백으로 시작되는 머리말에서, 자신의 비평관이 비평을 시대에 반응하는 일종의 "정신적 행위"(6)로 이해하는 것에서 점차 "문학이 곧 언어적 구성물이라는 사실"(6)을 중시하는 방향으로 변해 왔다고 이야기한다. 실제로 '언어로서의 문학'이라는 방민호의 비평관은 『감각과 언어의 크레바스』라는 시평론집의 여러 평문을 떠받치는 든든한 주춧돌이 되고 있다. 이러한 감각과 비평관이 동반된 것이기에 방민호가 추구하는 문명 비평이 예술로서의 품격을 잃지 않을 것이라는 믿음을 준다.


## 4. 한국 문학의 정체성을 찾아서


김윤식과 백낙청의 비평은 방민호에게 무척이나 중요한 하나의 준거점이다. 그것은 김윤식론인 「숙명과 그 극복이라는 문제」가 첫 번째 평론집인 『비평의 도그마를 넘어』와 세 번째 평론집인 『문명의 감

---

[4] 『행인의 독법』 머리말에서도 "문명비평이야말로 우리 비평이 지향해야 할 것이라는 생각은 지금도 변함이 없"(5)으며, "『행인의 독법』은 이러한 문명비평적 시각에 바탕하여 한국문학의 의미와 가치를 새롭게 파악하고자 하는 시도를 담고 있"(5)다고 주장한다.

각』에 중복 수록되고 있는 사실에서도 확인할 수 있다. 이 글에서 방민호는 김윤식 문학의 기원이 "낯선 외부를 향한 동경"(『비평의 도그마를 넘어』, 131)라 이야기하며, "일본과 서양 문학에의 지향이 그의 세대 문학인들 대부분에게와 마찬가지로 그에게도 일종의 숙명적 힘을 행사"(『비평의 도그마를 넘어』, 132)한다고 주장한다. 이 글에서 김윤식의 대표적인 업적인 1970년대의 카프 연구, 1980년대의 염상섭 연구, 1990년대의 김동리 연구는 두 번에 걸친 유학과 그것을 전후로 한, 일본의 인문학적 관심을 수용함으로써 가능했다는 의견을 조심스럽게 제기한다. 방민호는 치밀한 이 평문을 통하여 "일본적인 것이 그의 생리적 감각에 달라붙어 있고, 그리하여 한국 근대문학의 정체성을 확인하고자 했던 연구가 오히려 이식문학론 같은 임화의 견해를 도리어 확인해주는 것이 되고 있는지도 모른다는, 그 뿌리깊은 불안"(『비평의 도그마를 넘어』, 151)을 끝내 떨쳐내지 못하고 있다.

나아가 백낙청까지를 포함하여 이들 세대는 일제하 식민지 시대에 유년기를 보냈고, 초등학교에 들어가는 그 어름에 해방이 되었으나 이는 곧 제1세계의 변방으로 수직적으로 귀속됨을 의미하였으므로 "식민지성이라는 문제, 또 그것의 극복이라는 문제는 그들의 운명적 화두일 수밖에 없었다"(『납함 아래의 침묵』, 38)고 이야기한다. 방민호가 판단할 때, 식민지성의 극복이라는 것과 관련해 백낙청은 모범적인 경우에 해당한다. 백낙청은 보편의 지를 추구하면서도 언제나 한국적 상황과 한국문학의 현실에 관한 긴장을 늦추지 않았고, 그로써 그의 논리는 실천적이고 창조적일 수 있었으며, 이러한 성과는 "식민지 과정을 경유한 사회의 문학이 독자적인 가치를 유지하고 발전시켜 세계문학의 당당한 일부로 되는 방법을 지속적으로 모색한"(『납함 아래의 침묵』, 61) 결과이기 때문이다.

방민호가 김윤식과 백낙청의 비평에 관심을 갖는 이유는 "이들이 내가 관심을 갖고 있는 어떤 주제에 대해 매우 대척적인 위치를 점하고 있"(『납함 아래의 침묵』, 38)기 때문이다. 이때 방민호가 가진 관심은 '한국 근대문학의 고유한 정체성 탐구와 획득'으로 정리할 수 있다. 이러한 문제의식은 여러 가지 체험을 통해 형성되었으며, 그중의 하나는 다음의 인용문에 잘 나타나 있다.

> 나는 한국 소설의 아이덴티티 따위는 염두에 두지 않고 리얼리즘이 어떻다, 모더니즘이 어떻다 하는 따위의 서양 이론에 기대어 한국의 소설 현상을 분석하고 검토하는 공부에 한동안 열중해 있었다.
> 이러한 나의 공부 방법은 1997년 초겨울에 열흘 정도 일본 여행을 하게 된 시기를 전후로 해서 균열이 생기기 시작했다. 한국의 현대 소설을 공부하는 사람으로서 가장 중요한 역할은 '한국 현대소설'이라는 현상의 고유성을 해명하는 일에 있음을 깨닫게 되었다.
>
> —『행인의 독법』, 155쪽

위의 인용문에서는 '열흘 정도의 일본 여행'이라고 표현되어 있지만, 이 일본 여행은 1997년 2월 일본국제교류기금의 초청으로 일본 순회 강연을 다녀온 일을 말한다. 이 순회강연을 통하여 짧은 시간이지만 방민호는 일본의 잘 정돈된 문화(문학)적 전통을 느낄 수 있었고, 상대적으로 덜 명료하게 정리된 한국 문학의 정체성을 규명하고자 하는 학자적 분발심을 갖게 된 것이다.

이러한 분발심의 결과가 바로 방민호의 박사논문인 『채만식과 조선적 근대문학의 구상』(소명출판, 2001)이다. 이 저서의 목표는 채만식이 "조선적인 독자·독특한 형식과 내용을 가진 근대 문학의 수립을 꿈꾸었던 문학인"(6)이었음을 밝히는데 있었다고 말할 수 있다. 제목에도 들어가 있는 '조선적 근대문학의 구상'은 채만식에게 해당하는 말인 동시에 방민호 자신에게 해당하는 말이기도 하다. 채만식 이외에도 한국 근대문학의 고유한 정체성을 추구한 모범적인 사례로서 들고 있는 존재는 임화이다. 임화는 진영 테제로 요약되는 좌파 비평의 한계를 끝까지 타파하지는 못했으나 1930년대 중반 이후에는 마르크시즘과는 다른 비평적 기준으로서 서구 및 일본 문학과 변별되는 조선 문학의 아이덴티티라는 탈식민주의적 척도를 구상하고 이를 그 자신의 비평에 도입했다는 것이다. 이러한 시각이 집약된 산물이 바로 그 유명한 조선 신문학사 연구이다. 1930년대 중반 이후 1940년대 전반기까지의 임화는 "주체적 시각으로의 전회"(『문명의 감각』, 110)를 보여준 모범적 사례이다. 방민호의 평론이 최근에 올수록 연구자의 색채를 많이 드러내는 것 역시 한국문학의 고유성에 대한 탐구와 무관하지 않은 것으로 판단된다.

## 5. 방민호 비평의 현재성

서두에서 말했듯이 방민호는 문학에 대한 열정으로 가득한 평론가이며, 그 끊임없이 샘솟는 열정은 규모 있는 문학적 성과를 일구어내었다. 그러한 규모를 이 글은 '리얼리즘의 갱신', '문명 비평의 길', '한국 문학의 정체성을 찾아서'라는 세 가지 키워드로 더듬어 보았다. 이 글이 방민호가 그동안 평론가로서 보여 온 지성과 열성을 훼손하지 않았기만을 조심스럽게 바랄 뿐이다. 사회적 관심으로부터 문학이 점점 멀어지는 지금, 또한 세계화라는 미명으로 또 다른 식민지성이 더욱 심화되는 이 시기에 방민호가 제시한 비평의 세 가지 핵심 명제는 그 유효성이 여전히 존재한다고 할 수 있다. 그의 그 뜨거운 열정이 앞으로도 식지 않기를 순심으로 기원해 본다.

# 종언에 응전하는 젊은 비평의 현주소

### 함돈균 · 복도훈을 중심으로

## 1. 역사적 사건으로서의 비평

　　　　　　　　　－함돈균『얼굴 없는 노래』(문학과지성사, 2009)

　우리 시대와 우리 시대 문학의 "근본 기분"인 니힐리즘은『얼굴 없는 노래』의 중핵이다. 함돈균은 우리 시가 나아갈 방향성을 "아이러니에 전제되어 있는 삶에 대한 모종의 불신감을 전면화하고 대문자 역사 자체를 유유히 폐기할 때, 그리고 어떤 종류의 유토피아니즘에도 의지하지 않으면서 삶의 모든 가능한 방향성을 적극적으로 긍정하는 니힐리즘의 층위"에서 사유하고 있다. '2000년대 중후반의 문학과 혁명'이라는 부제가 붙어 있는「이 시대의 혁명, 이 시대의 니힐리즘」에서도 함돈균은 "지금 여기, 한국 문학의 주변을 유령처럼 배회하고 있는 '니힐리즘'이 있다"고 단언한다. 지금의 시와 소설들은 니힐리즘을 "개인의 철학적 무기로 삼아 '신 없는 세계'에 자신의 법을 세우고, 길의 흔적이 사라진 사막 위에 자신만의 창조적 길을 냄으로써 삶을 긍정적으로 쇄신하려고 애쓴다"는 것이다. 니힐리즘을 2000년대 문학의 주조로 파악하는 것은 「모더니티와 니힐리즘의 시학」에서도 발견된다. 김수영 이후는 "니힐리즘 미학의 도래라는 현상"으로 압축된다.

가장 최근에 쓰인 「사건적 진리로서의 혁명」에서도 함돈균은 시민적 공통감각과 무관한 채 불투명한 심연을 거느린 안티고네의 목소리에서 문학의 이상형을 찾고 있다. 안티고네의 목소리는 삶의 자리에서 비롯하여 문학으로 옮겨온 재현적인 말의 세계가 아니라, 도리어 그 목소리를 통해 삶의 자리에 부재하는 것들을 밝히고, 시민적 언어의 공허까지도 폭로하는 낯선 말의 세계라는 것이다. 새로운 윤리적-정치적 기획의 단초가 될 수도 있는 안티고네의 목소리가 부정과 폭로의 니힐리즘적 원천으로서 수용되고 있다. 그리하여 "모든 혁명은 궁극적으로 미래완료적"이며, 모든 혁명은 완결될 수 없는 운동의 도정에만 존재하게 된다.

현대철학에 조금이라도 관심 있는 사람이라면 눈치 챘겠지만, 수많은 사상가와 이론가의 은하 속에서 함돈균이 가장 큰 영향을 받은 이는 니체다. 그는 에필로그에서 니체를 머리로 배웠을 뿐만 아니라 몸으로 살아냈음을 고백하고 있다. 그는 허무의 근저에 개입함으로써 현실을 초극하려는 능동적 니힐리즘에 크게 기대고 있다. 현존하는 질서와 가치로부터 벗어나는 존재의 적극적인 창조원리가 될 때, 니힐리즘은 거대하고도 풍부한 활력을 삶과 세계에 방출한다. 그러나 잊지 말아야 할 것은 이러한 니힐리즘이 만성적인 환멸의 상태를 촉진해 정신적 활력을 쇠퇴시키고, 목적과 가치의 추구를 불가능하게 만드는 소모적인 상태로 전화될 가능성 역시 크다는 점이다. 더군다나 오늘의 자본과 권력은 먹성은 물론이고 맷집까지 더할 나위 없이 좋다. 부정과 탈주는 지금 이 시대의 불온한 서자가 아니라 언제든지 자본과 권력이 길들일 수 있는 어엿한 적자들이다.

문학평론가 정홍수는 "70년대산 2000년대발" 비평가를 논하면서, "이들 세대는 한국문학이 비평의 역사를 쓴 이래 이론적으로 가장 단단히 무장한 세대가 될 준비를 하고 있었고, 그것이 이들 세대의 진정성이었다"라고 말한 바 있다. 이러한 평가는 함돈균에게도 온전히 해당된다. 얼핏 보아도 마르크스, 프로이트, 르페브르, 고진, 김인환, 아감벤, 랑씨에르 등 경향과 시대를 뛰어넘는 70여 명의 사상가 이름을 발견할 수 있다. 그렇다고 함돈균이 이론에만 전적으로 의존하는 기계적인 비평가는 아니다. 본격적인 작가론을 묶어놓은 3부에서는 텍스트의 속살을 차분하게 음미할 줄 아는 섬세한 감수성을 유감없이 발휘하고 있다.

　　『얼굴 없는 노래』는 이론에 대한 관심 외에도 한국문학사를 일이관지하는 간단하지만 명료한 문학사적 시야를 바탕에 깔고 있다. 「우리의 포스트모던적 모던─미적 모더니티와 시적 아이러니에 관한 에세이」에서 그는 임화와 이상의 문학이 모더니티 안에 머문 '다른 모더니티'라고 본다. 임화가 맑시즘에 의해 모더니티에 포섭되었다면, 이상은 "수학/과학의 기호"를 통해 모더니티에 포섭되었다는 것이다. 이와 달리 김수영은 '시적 아이러니'를 방법론으로 삼아 모더니티로부터 벗어날 수 있는 가능성을 보여준 것으로 파악된다. 특히 방현석의 「겨울 미포만」에 나오는 "집단으로 행동하고 실천으로 검증하는 노동자의 집단주의"를 포함하여 "마르크스적 모더니티"에 대한 함돈균의 비판은 자못 통렬하다. 「역사와 계급 의식, 리얼리즘의 깃발을 들고 일어서다」는 신채호의 「용과 용의 대격전」부터 시작해 방현석의 「새벽출정」까지를 다룸으로써, "역사와 계급의식을 바탕으로 진행되어온 한국 리얼리즘 소설사"가 오늘날에는 시효가 지난 담론임을 역설적으로 드러내고 있다. 나아가 "목적론적 이성주의, 기술주의와 생산력 중심주의, 대문자 역사와 유토피아니즘, 인간주의"와 같은 모더니티의 유산은 함돈균에게 세금까지 치러가며 떠안아야 할 유산이 아니다.

함돈균의 경쾌하고 일목요연한 지도를 따라가다 보면 몇 가지 의문이 계속해서 머리에 남는다. 첫 번째는 한국의 마르크스적 모더니티를 대표한다는 임화에 대한 평가다. 함돈균은 임화가 "지적 식민주의"에 빠졌다고 할 만큼 마르크스적 모더니티라는 시대 인식의 지도를 맹신했다고 본다. 그러나 임화가 1930년대 중·후반과 해방 직후에 보여준 세계적 보편성을 포회한 민족적 특수성에 대한 인식은, 한국문학사에서 그 이전에도 이후에도 유례를 찾기 힘들 만큼 가장 심화된 주체적 사유의 하나라고 볼 수도 있다. 또한 "마르크스적 모더니티"와 "부르주아 모더니티"가 많은 측면을 공유하지만, 두 가지를 같은 층위에 놓고 사유할 수는 없다. 주지하다시피 지난 세기 전자는 후자에 대한 가장 설득력 있는 현실적 대안이기도 했기 때문이다. 마지막으로 모더니티의 유산들을 폐기한 후의 세상은 무엇이며, 과연 그 속에서 우리는 신명나게 춤출 수 있을지에 대하여 진지하게 묻지 않을 수 없다.

비평이 결국 분석과 해석을 통해 작품의 미적−윤리적−정치적 의의를 자리매김하는 것이라 할 때, 함돈균은 분석보다는 해석에 큰 관심을 기울이고 있다. 이론에 대한 박학은 텍스트에 대한 분석보다는 개별 텍스트를 여타의 지적 담론과 연결시키는 해석에 대한 열정으로 이끈다. 프롤로그에서부터 그는 비평은 텍스트에 대한 사후적 주석이 결코 아니며, "잠재태로 존재하는 텍스트의 가능성을 현실태로 바꾸는 해석학적 기투를 통해 이러한 일들에 개입하는 '사건'의 장이 되어야 할 것"이라고 힘주어 말한다. 이처럼 그가 관심 갖는 것은 해석적 실천이며, 세상에 대한 개입이다. 『얼굴 없는 노래』는 이론에 대한 천착, 비평적 자의식의 일관성, 텍스트에 대한 진득한 애정 등으로 "텍스트에 대한 주석으로서의 비평"이 아닌 "역사적 사건으로서의 비평"은 어떤 얼굴인지를 비교적 뚜렷하게 보여주고 있다. 그러나 나는 '역사적 사건으로서의 비평'이 지닌 얼굴에 나타난 진지하고 아름다운 표정까지 볼 수 있기를 염치없게도 열망한다. 경쾌하지도 세련되지도 못한 표정을 지닌 그 얼굴에 2000년대 문학을 넘어선 새로운 가능성이 있다고 믿기 때문이다.


## 2. 종언과 비평의 진정성
　　　　　　　　ー복도훈 평론집 『눈먼 자의 초상』(문학동네, 2010)


　복도훈(卜道勳)은 비평적 사유를 진지전과 유격전으로 나눈 바 있다. 이런 구분에 따를 때, 그는 개념과 이론을 통해 텍스트의 예민한 모서리를 재빨리 치고 나가는 유격전에서 더 많은 전과를 올린다. 복도훈의 평론을 읽는 일은 작품이나 작가의 의미를 따지고, 그로부터 가치를 찾아내 문학사에 자리매김하는 것 같은 고전적 이상에 머물지 않는다. 부분적으로는 작가론, 작품론으로서의 성격을 지니면서도 그 모두를 합친 것 이상의 사고실험을 보여주기 때문이다. 이론에 대한 박람강기는 평론가 복도훈의 장점은 될지언정, 서구 이론에 대한 강박 등의 레테르를 붙여 비판할 대상은 아니다. 문학작품만의 고유한 가치와 의미라는 것이 상상적 실체에 불과하며, 비평이란 작품을 매개로 수많은 텍스트들을 교차시켜 의미를 만들어낼 수밖에 없기 때문이다. 문제는 이론의 정확한 이해와 그것이 창출해내는 담론효과의 유효성이다.
　복도훈의 『눈먼 자의 초상』은 첫 평론집이 갖게 마련인 각오와 결기를 뛰어넘는 비장한 파토스를 곳곳에서 내뿜고 있다. 이러한 비장함은 여기 실린 글들이 죽음과의 대면 속에서 씌어졌기 때문이다. 죽음보다 사람을 비장하게 만드는 것은 흔하지 않다. "나는 끝에서 시작했다"(5)는 책머리의 선언으로 시작되는 이 평론집에는 끝, 종언, 종말, 죽음 등의 단어가 씨처럼 곳곳에 박혀 있다. 이러한 종언을 대표하는 문학적 형상이 '언데드(undead)'이다. 언데드는 "자신이 속한 현실의 총체에 포함될 수 없고 자신이 이미 포함된 집합에 소속될 수 없는 예외의 형상"(119)이다. 이것은 국민의 한계는 물론이고 휴머니티의 한계형상을 나타내기도 한다. 나아가 언데드는 오늘의 문학과 시대의 본질을 드러내는 기표로서도 존재한다. 언데드는 '문학 없는 문학', '허구를 해체하는 허구', '인간이기를 포기한 인간', '언어가 아닌 목소리' 등의 어구를 통해 그 적용범위가 더욱 넓어진다. 이러한 형용모순적인 어구들은 해체와 생성의 두 가지 의미작용을 동시에 지향한다. 신세계를 먼저 본 자의 확신으로, 그는 우선 그동안의 문학, 인간, 현실을 뒤집고 부수고 조각낸다. 안타깝게도 새로운 생성과 관련해 그는 조곤조곤한 보여줌보다는 우레와 같은 말하기를 선택하고 있다. 지금의 현실 역시 절망의 극한이기는 마찬가지인데, 비상사태가 예외가 아닌 상례가 되었다는 인식은 거의 모든 평론의 기본전제다. 그가 상대하는 첫 번째 죽음의 대상은 문학이다. 지금의 한국문학은 "이른바 뱀파이어나 좀비 같은 것은 혹시 아닐까"라는 의문을 불러일으키며 "죽었으나 되살아나고, 살아 있는 것 같지만 죽어 있"(5)는 존재다. 문학의 죽음이라는 테제에 대한 성찰과 대응은 복도훈 비평의 핵심이다. 그는 문학의 종언론에 맞서 지금의 한국문학이 충분히 다양한 성과와 문학적 가치를 지니고 있다는 관점을 고수한다. 이를 위해 복도훈은 '이전 문학과 다른 2000년대 문학의 변별성 정립 ─ 동시대 문학에 대한 옹호 ─ 근대 문학의 종언 테제에 대한 비판'이라는 비평적 전략을 보여준다.

동시대 문학에 대한 애정이 낳는 엄청난 성과(650쪽이라는 엄청난 분량이 직접적으로 증명하듯이)에도 불구하고, 이전 문학과의 변별성 찾기라는 신념이 가끔 과도하게 드러나는 경우가 있다. 일례로 축생, 시체, 자동인형 즉, "인간이 헐벗은 상태로, 부정성의 원초적 상태로 되돌아갔을 때의 주체에 대한 고유한 형상들"(252)이 지금의 한국문학을 이전 시기와 변별 짓는 중핵인지에 대해서는 의문이다. 조금만 생각해보아도, 비인(非人)을 깃발처럼 흔들던 장용학(張龍鶴), 자신의 문학을 목석(木石)의 노래이자 울음이며 절규라고 말했던 손창섭(孫昌涉) 등이 대표하는 전후세대의 문학을 오래전에 지나왔기 때문이다. 또한 복도훈은 책머리에서 "지금 누가 그(백민석 — 인용자)와 그의 소설을 기억하고 있는가!"(8)라고 자신 있게 한탄하며, 백민석 문학이 자신의 중요한 비평적 거점임을 밝히고 있다. 하지만 90년대와 2000년대 초의 비평담론에서 백민석만큼 많이 발화된 작가도 흔치 않다. 또한 백민석이 보이는 과잉의 열정은 '권력에 대한 병리적 저항'의 양식으로 이전에도 충분히 의미 부여되지 않았던가? 가라타니의 종언론을 꼼꼼하게 따진 후, 새로운 문학의 미래가 지난날의 문학에 대한 우울증적 집착이나 문학과의 결별선언이 아니라 "문학의 덧없음과 사소함, 우연성을 끝까지 긍정하는 일"(115)이라고 할 때도, 90년대 비평담론과의 차이점은 뚜렷하게 찾기 힘들다.

복도훈은 때로 가라타니 고진(柄谷行人)이 종언을 선언한 근대 문학의 '인식적 도덕적 가능성'을 지금의 한국문학에서도 찾을 수 있다고 주장한다. 오락이 아닌 인식론과 윤리학의 짐을 감당하는 문학도 존재한다는 것이다. 탈국가적 상상력, 이산, 환대라는 개념으로 설명할 수 있는 김연수(金衍洙) 최인석(崔仁碩) 전성태(全成太)의 소설들이, 여전히 "미학적인 만큼이나 윤리적인 것을, 판단력만큼이나 실천이성"(177)을 담지하고 있는 예다. 소통과 연대를 위한 윤리와 관련해, 복도훈은 매우 정치하고 의미 있는 논의를 펼친다. 치밀한 이론적 검토를 거친 후, "동정이 공포와 같아지는 순간, 그리고 공포가 동정으로 반전되는 그 순간"이 바로 "문학이 윤리적일 수 있는 순간"(261)이라는 것이다. 공포와 동정을 포개놓는 새로운 공감의 방식은 무조건적인 환대나 맹목적인 공감에 기초한 윤리보다 한 단계 진전된 논의임이 분명하다.

복도훈이 스스로와 이 시대의 문학을 "자신의 두 눈을 찌른 후 어둠 속을 응시하면서 정처 없는 방랑을 떠나게 된 오이디푸스"(7)라 칭하는 것은 근대 문학과 구별되는 근대 이후의 문학적 성격을 강조하기 위해서다. '눈먼 자'는 눈이 멀었기에 오히려 근대를 상징하는 눈으로는 볼 수 없는 그 종말의 증후적 실체를 볼 수 있는 자이기도 하다. 육신의 눈을 감은 결과 그는 근대가 만들어놓은 여러 개념과 의미들을 해체하며 새로운 가능성을 응시하는데 성공하고 있다. 언어가 아닌 목소리, 인간이 아닌 축생·시체·자동인형, 문학이 아닌 문학 등이 그것이다. 그의 지칠 줄 모르는 열정과 예리한 지성을 통해 이러한 형상과 개념들이 지금의 세상 '너머'에 있음을 이 역작은 성공적으로 보여주고 있다. 그러나 이쯤에서 놓치지 말아야 할 것은 그 새로운 형상들이 지금의 '이전'일 수도 있다는 것이다. 복도훈과는 무관한 이야기겠지만, '눈으로 세상 보기에 절망한 자'가 선택한 눈 멂이 아니라 '한 번도 눈 떠본 적 없는 자'의 눈 멂이라면 그것은 여간 낭패가 아니다. 복도훈은 이러한 우려가 하나의 우스개에 불과함을 증명해낼, 종언의 시대를 살아가는 이 시대 비평의 진정성과 가능성의 상징임을 믿는다.

# 종말을 기도하는 자의 손목 자르기

**사사키 아타루, 『잘라라, 기도하는 그 손을』(송태욱 역, 자음과모음, 2012)**

사사키 아타루의 『잘라라, 기도하는 그 손을』(송태욱 역, 자음과모음, 2012)은 강렬한 제목으로 눈길을 잡아끈다. 이 책의 제목은 "그 저열하고 나쁜 피로 물든 종말론에 계속 기도를 한다면 그것도 괜찮습니다. 열심히 손을 모아 계속 기도할 뿐만 아니라 스스로 솔선하여 혼자 멋대로 끝내 주십시오. 다만 다른 사람을 끌어들이지 않도록 하고요"(224)라는 말에 압축되어 있듯이 종말론에 대한 강렬한 부정의 의지를 드러낸 것이다. 이때의 종말은 '문학'과 '세상'의 종말이라는 두 가지 대상을 향하고 있다.

먼저 사사키 아타루는 세상을 뒤흔드는 문학의 힘에 대해 이야기한다. 그는 '읽고 쓰는 것'이야말로 혁명이라고 주장한다. "텍스트를 읽고, 다시 읽고, 쓰고, 다시 쓰고, 번역하고, 천명하는 것"(104)이야말로 혁명의 본질이며 이 과정에서 폭력이 나타난다 하더라도 그 폭력은 텍스트를 뒷받침하기 위한 이차적인 수단에 불과하다는 것이다. "읽고 쓰고 노래하는 것. 혁명은 거기에서만 일어납니다"(139)라는 문장이야

말로 이 저서를 관통하는 정언명령이며, 독자들이 이 정언명령에 동의
할 때까지 멈추지 않겠다는 자세로 사사키 아타루는 계속해서 이 명제
를 반복한다. 사사키 아타루에게 있어 문학이란 세상을 변혁시키는 원
동력으로서 혁명의 일차적인 조건이다. 루터의 종교개혁도 성서를 읽
고 번역하는 과정을 근간으로 하여 이루어졌고,[1] 고뇌하는 무함마드를
일깨운 것도 '읽어라'와 '쓰라'는 신의 계시였으며 근대의 원형을 이룬
중세 해석자 혁명 또한 문자를 통한 법의 정보화를 통해 완성되었다.

이때 사사키 아타루가 이야기하는 문학에는 시, 소설, 희곡 등 언어
예술로서의 문학뿐만 아니라 읽고 쓰는 모든 일련의 행위 즉, 문자로
이루어지는 모든 행위가 포함된다. 이 책에서 문학은 '언어예술 작품
으로서의 문학(literature)'이 아니라 literature의 어원인 라틴어 littera에
어울리는 문헌이나 서지 일반을 의미한다.

우리는 문학의 종언에 대한 무수한 이야기들을 들어왔다. 이들은 자
신과 인류 전체를 동일시한다는 점에서 일종의 나르시스트들로 보이
기도 한다. 문학종언론자들의 자못 비장한 결별의 선언에서, '나에게
문학은 의미가 없다'는 담담한 고백은 어느 순간 '인류에게 문학은 의
미가 없다'는 거대한 선언으로 전환된다. 이 과정에서 그 다종다양한
'인류'가 '나'의 거울상으로 전락하고 있음을 지적하는 것은 불필요하
다. 사사키 아타루는 이러한 종언론자들이 라캉이 말한 절대적인 향락
을 추구하는 자들이라고 말한다.

나아가 사사키 아타루는 세상의 종말을 말하는 자들도 강력하게 비

---

1 특히 마르틴 루터의 종교대혁명에 대해 이야기하는 2장이 박진감 넘친다. 마르틴 루
터에게서 시작된 종교대혁명의 본질은 "성서를 읽는 운동"(70)이라고 단언한다. 루터
는 다만 성서를 읽었고, "이 세계의 질서에는 아무런 근거도 없다는 것을. 성서에는
교황이 높은 사람이라는 따위의 이야기는 쓰여 있지 않"(78)다는 것을 발견한 것이다.
루터는 누구보다 열심히 읽었기에, 그렇게 믿을 수밖에 없었고, 나아가 "그렇게 할 수
밖에 없었다는 것"(81)이다.

판한다.[2] 최근 한국 지성계에 큰 영향을 끼치고 있는 아감벤을 대표적인 종말론자로 언급한다. 자신이 살고 있는 이 시대가 결정적인 종말이며 시작이라는 사고도 종말론이며, 이러한 입장은 옴진리교나 나치와도 기본적인 입장을 함께 한다는 것이다.[3] 사사키 아타루는 오히려 베케트나 제임스 조이스와 같이 현대문학의 대표적인 문학가는 "자신이 살고 있는 동안 뭔가 결정적인 몰락이나 종언이 일어나주지 않으면 곤란하다는 유치한 사고에 대한 투쟁"(167)으로 일관한 자들이라고 주장한다.

이 책의 중요한 특징 중의 하나는 간단치 않은 학구적 내용을 담고 있으면서도 주석과 참고문헌을 철저하게 배제하고 있다는 점이다. 이러한 형식은 이 저서가 기존의 사상과 대화를 나누기보다는 자기주장에 치중했다는 인상을 준다. 더군다나 사사키 아타루는 "읽거나 쓰거나 하는 일을 거의 혼자 해왔다"(16)며, "누구의 부하도 되지 않았고 누구도 부하로 두지 않았다"(16)고 당차게 선언까지 하고 있다. 그러나 조금이라도 일본현대사상에 관심을 가진 사람이라면, 이 책만큼 일본의 사상사적 맥락과 긴밀하게 연결된 저서도 없음을 대번에 알 수 있다.

사사키 아타루는 서두에서 현재 일본의 지적 영역에는 세 종류의 지식인이 있다고 말한다. 한 가지에 대해 모든 것을 알고 있다는 환상에 집착하는 전문가, 모든 것에 대해 모든 것을 알고 있고 또 그렇게 말할 수 있다는 환상에 빠진 비평가, 그리고 비평가와 전문가의 연장선상에

---

2  사사키 아타루는 어떠한 종교도 지금의 종말론과는 거리가 멀다고 주장한다. 불교는 기적과 최종 해탈자를 거부했으며, 예수는 종말의 그날과 그 시간을 아무도 모른다고 말했으며, 무함마드는 자기 이후에도 무려 12만 4,000명의 선지자가 남아 있다고 예언했다는 것이다.
3  옴진리교의 핵심은 "너는 죽는다, 반드시 죽는다, 절대 죽는다. 죽음은 피할 수 없다"(154)고 말한다는 것이다. 나아가 옴진리교 안에는 "자신의 죽음과 이 세계 전체의 절대적인 죽음을, 즉 세계의 멸망을 일치시키고 싶다는 욕망"(156)이 놓여 있다. 나치 역시 자신과 세계를 일격에 동시에 죽이는 것, 즉 "자신의 죽음의 순간과 모든 타자, 모든 세계의 죽음의 순간과 일치시키는"(158) 것을 꿈꾸었다. '하나인 자신의 죽음이 모든 세계의 죽음과 일치하는 것'을 라캉은 절대적 향락이라 불렀다.

서 새로운 전문 분야를 만들어버린 제3의 유형이 그것이다. 사사키 아타루는 이러한 환상이 라캉이 가장 비참한 향락이라고 말한 팔루스적 향락과 맞닿아 있다고 설명한다. 자신을 하나의 우뚝 솟은 전체의 모습으로 제시하려는 이 향락 속에서, 각각의 주체는 최악의 방식으로 자폐된 채 그 닫힌 세계 안에서 뭐든지 설명할 수 있다는 전지전능함의 착각에 빠진다는 것이다. 지금 일본의 사상계에서는 '비평가인가, 전문가인가, 혹은 새로움 신세대를 멋대로 휘두르는 비평과 전문성의 최악의 결탁인가?'라는 빈약하고 왜소한 선택지 밖에 남아 있지 않은 것으로 보인다고 한탄한다.

　위에서 말한 세 가지 유형은 사사키 아타루 이전의 일본 지성계를 대표하는 지식인상을 연상시키기에 모자람이 없다. 전문가가 미시적인 영역에서의 정밀성을 자랑하는 전형적인 일본 강단의 지식인들을 의미한다면, 비평가는 오랫동안 일본 사상계를 지배해 온 가라타니 고진과 아사다 아키라를, 제3의 유형은 2000년대 오타쿠계 하위문화를 득의의 영역으로 개척한 아즈마 히로키와 맞닿아 있다고 볼 수 있다.

　『잘라라, 기도하는 그 손을』은 '그리고 380만 년의 영원'이라는 제목을 가진 5장에 이르러 갑자기 긴장감을 잃어버린다. 이전까지 역사적 사례를 가져와 치밀하게 종말론에 대응하던 사사키 아타루는 5장에서는 영원에 맞먹는 시간을 가져와 종말론에 대응하는 새로운 모습을 보인다. 생물 종의 평균 수명은 400만 년인데 호모사피엔스 이래로 인간의 역사가 20만 년이니 앞으로 380만 년의 무구한 시간이 남아 있다든가, 처음 문자를 사용하기 시작한 때는 고작 20만 년의 40분의 1인 5,000년 전이며 그 짧은 시간 동안 인류가 이룩한 문학적 성과를 볼 때 앞으로 문학이 가진 가능성은 무궁무진하다고 주장하는 대목이 대표적이다.

　앞서 읽고 쓰는 모든 일련의 행위로서의 문학(littera)을 이야기하던 사사키 아타루는 마지막 장에서 언어예술로서의 문학(literature)에 대한 의견도 언급한다. 현재까지의 발굴 자료를 근거로 했을 때 회화, 미술이라 부를 수 있는 것은 7만 5,000년 전에 등장했지만, 문학의 역사는 아무리 길게 잡아도 5,000년에 불과한 어찌 보면 이상할 정도로 젊은 예술이라는 것이다. 이렇듯 문학은 두 살 배기 어린아이에 불과하다는 점에서, 또한 문맹이 대부분인 과거에도 문학은 화려하게 꽃피었다는 점에서 앞으로도 자신의 독자적인 영역을 지키며 인류의 역사와 영원히 함께하리라는 것이다.

이러한 우주적 혹은 인류학적 시야는 말할 수 없는 후련함을 주지만, 사사키 아타루가 비판한 종언론들이 담지하고 있는 나름의 역사의식을 모두 무화시켜 버린다. 그리하여 각각의 시대와 그 시대마다 번성한 종언론들이 지니고 있는 각각의 사회 문화적 맥락이 거세되어 버리는 것이다. 인류에게 남은 380만 년의 시간은 각기 다른 문제로 몸부림치는 구체적이며 개별적인 시공이 아니라 균질화 된 평균적인 시공으로 획일화된다. 사사키 아타루의 말처럼 세계가 멸망하지 않는다 해도 앞으로 우리가 맞닥뜨릴 미래는 이전의 모든 사례에 부합할 것이라고 낙관할 근거는 사실상 없다. 미래에 우리가 살아갈 시공이 현재처럼 법과 교리, 철학이 '문자'를 통해 보급되는 사회가 아닐지도 모르는 일 아닌가? 여기에 이르러 아타루가 강박적으로 강조하는 '아무것도 끝나지 않는다'는 선언은 사실상 '아무것도 변하지 않는다'는 선언으로 변환되는 것은 아닌지 의심스럽다.

이와 관련해 일본 사상계의 기본적인 풍토를 짚어볼 필요가 있다. 가라타니 고진은 일본 특유의 비역사성을 지적하며, 그것의 주요한 원인으로 천황제를 든다. 일본에서는 역사가 전개되지 않은 채 지속될 뿐이며, 설사 뭔가 새로운 것이 일어나고 있는 것처럼 보인다 해도 똑같은 '무=장소' 안에 머문다는 것이다. 현대를 19세기와 잇닿아 있다고 본 하스미 시게히코의 생각은 물론이고, 1990년대 가장 정력적인 활동을 보인 후쿠다 가즈야의 생각에서도 '변치 않는 것'에 대한 강조를 얼마든지 발견할 수 있다. 하스미 시게히코와 후쿠다 가즈야는 모두 "역사에는 '종언'도 없고 '단절'도 없으며 오로지 '지속'이 있을 뿐이며, 따라서 '사물은 그렇게 간단히 변하지 않으며 사실 변하지 않았다'는 의미의 말을 하고 있기 때문[4]이다. 사사키 아타루의 『잘라라, 기도하는 그 손을』의 5장이 보여주는 갑작스런 영원에 대한 강조 역시 이러한 일본의 사상적 전통 속에서 음미해 볼 필요가 있다.

---

**4** 사사키 아쓰시, 송태욱 역, 『현대일본사상』, 을유문화사, 2010, 170쪽. 이러한 비역사성을 일본의 본질적인 것으로 논하는 사람으로는 미술평론가인 사와라기 노이를 또한 들 수 있다. 그는 일본의 비역사성을 '나쁜 장소'라는 말로 비판한다. '나쁜 장소'란 1980년대에 가라타니 고진이나 아사다 아키라가 비판했던 '지속'이나 '자연=생성', 그리고 1990년대에 들어서 후쿠다 가즈야가 가라타니와 아사다의 인식을 긍정적인 의미로 전도시켜 주장한 '일본이라는 공무'에 대한 또 다른 표현인 것이다(위의 책, 217~218쪽).

# 한국 현대시와 말년성(lateness)의 양상
### 허만하 · 고은 · 신경림 · 오규원을 중심으로

## 1. 혼돈의 말년성

한국 근대문학은 청춘의 양식이었다. 그것은 근대 문학적 전통의 미약함에서도 기인하는 것이지만, 한국의 근대라는 것이 늘 새로운 출발의 모습이었던 것과 관련된다. 안정감과는 거리가 먼 역동성이 한국 근대문학을 추동한 기본적인 동력이었던 것이다. 우리 문학의 주요한 작품들도 청춘의 감각과 인식에 의하여 뒷받침된 경우가 대부분이었다. 말년성(末年性, lateness)이 문제가 된다는 것은, 역설적으로 한국 근대문학의 성숙과 발전을 반증하는 것이기도 하다. 특히 이러한 말년성은 인생의 후반기에 접어든 시인들의 최근작들을 통해 그 형상이 비교적 뚜렷하게 드러난다. 이는 죽음의식과 밀접한 관련을 지닐 수밖에 없는 시 장르의 본질적 특성에서 비롯되는 것이다. 이 글은 허만하(『야생의 꽃』, 솔, 2006), 고은(『부끄러움 가득』, 시학, 2006), 신경림(『낙타』, 창비, 2008), 오규원(『두두』, 문학과지성사, 2008)의 최근 시집을 대상으로 해서 그들의 시에 나타난 말년성의 특징을 어설프게나마 더듬어보고자 한다.

말년의 작품에서 우리가 흔히 연상하는 것은 평생에 걸친 미적 실험과 노력의 완성 내지는 종합이다. 이러한 말년성은 렘브란트와 마티스, 바흐와 바그너에게서 확인할 수 있다. 이때 이들의 작품은 세계관적 차원에서의 성숙과 해결의 징표일 뿐만 아니라 기법적인 차원에서의 완성과 조화의 징표이기도 하다. 우리가 대가라고 부르는 예술가들의 후기 작품들에서 발견하는 것은 이러한 성숙함에서 오는 정신적이며 동시에 기법적인 차원의 안정감이다. 노년의 특징으로 간주되는 조화, 화해, 포용, 관용, 종합의 몸짓은 그 안정감의 기원이자 결과이다. 이러한 조화와 완성으로서의 말년성은 허만하의 시에서 발견할 수 있다.

최근에 나온 『야생의 꽃』은 금욕적인 평온함과 향기로운 원숙함이 성취한 지고의 경지를 보여준다. 허만하는 시력 50여 년을 결산하는 시선집에 수록된 「詩에 관한 단상」에서 "자아와 세계의 만남이 이루어지는 터전이 시다. 이 터전에서 자아의 무한확대와 세계의 내면화가 이루어진다"[1]고 말한 바 있다. 자아와 세계의 만남이라는 전통적인 서정시의 근원적 미학 원리가 재천명되고 있는 것이다. 이러한 시 안에서는 '자아의 무한확대와 세계의 내면화'가 이루어짐으로써 자아와 세계는 한 몸이 되어 새로운 인식과 감동의 지평을 펼쳐 보인다. 다음에 인용한 시는 이러한 시인의 고유한 시세계가 최근에 와서 어떤 모습으로 완성되어 가고 있는지를 실증한다.

바위의 하루는 만 년이다. 내 몸속에는 미량의 규소(硅素)가 있다. 고기 비늘처럼 단정하게 겹친 지층에 흩어져 있는 솥뚜껑만 한 신의 발자국들.

---

1 『허만하 시선집』, 솔, 2005, 158쪽.

옴팍하게 파인 발자국을 밟고 나는 내가 바위와 동기인 것을 지열처럼 느 낀다. 내 혈관을 흐르고 있는 고생대의 노을과 바위의 구성 비율은 거의 같 다. 나는 숨 쉬는 산수유 열매빛 철분을 혈액 속에 가진다. 펄펄 끓는 지구 의 혈액이 거대한 양치류 숲을 불태우고 맨드라미 씨앗만 한 화산재 머금 은 자욱한 연기가 하늘을 가리는 때 불의 김을 내뿜는 진흙에 묻힌 공룡 무 리가 지상에 남긴 절규의 발자국. 살아남은 최후의 공룡이 바라보았던 노 을을 지금의 내가 본다. 내가 밟고 있는 이 지점이 절멸한 최후의 한 마리 가 언덕처럼 누웠던 자리다. 야생의 석류꽃보다 깨끗한 노을이 물비늘에 묻어나는 상족암 바닷가에서 나는 틀림없이 바위와 동기다.

—「同氣의 바위」 시 전문

"나는 내가 바위와 동기인 것을 지열처럼 느낀다. 내 혈관을 흐르고 있는 고생대의 노을과 바위의 구성 비율은 거의 같다"며 "나는 틀림없 이 바위와 동기다"라고 선언할 때, 자아와 세계의 동일화는 고생대라는 시간의 벽까지 허물어버린다. 이번 시집에서 가장 특징적인 것은 시인 이 자아와 세계 사이에 긋는 수직의 선이다. "시가 수평과 수직의 관계 라면 / 세계는 전체와 부분의 관계다"(「보림사 돌담에 기대어」—부분 인용) 라고 말하고 있는데, 이때 수직의 관계란 이번 시집에 수시로 나타나는 원시적인 시간과의 소통과 교감을 통해 구현되고 있다. 이 수직의 선을 통해 자아는 무한대의 공간으로 뻗어 나가며 비로소 완전한 세계와의 동화에 성공한다. "나무는 지금 잔잔한 초록색 불길이 타오르고 있는 석탄기의 시간을 살고 있다"(「한 그루 겨울나무를 위한 에튀드」, —부분 인용), "수선화는 살아 있는 흙의 역사를 몸으로 기억한다"(「花式圖의 역사」— 부분 인용), "물의 순도. 아득한 시원부터 목숨이 탯줄같이 몸에 감고 있 는 순결한 물길"(「땀을 흘리는 돌」—부분 인용)이라고 말할 때, 그 수직의 선은 구체적인 모습을 드러낸다.

그러한 무한한 과거로의 시간은 "지구에 최초의 인간이 출현하기 이전의 / 야생의 숲으로 돌아가야 할 때다"(「산이 일곱 가지 빛깔로 물들 때」 — 부분 인용)에서 확인할 수 있듯이, 우리가 회복해야 할 절대의 시간이다. 허만하는 수직의 선을 통하여 자신의 관념적 서정시가 가닿은 종합의 한 계면을 분명하게 보여주고 있다.

허만하의 시에서 발견할 수 있는 조화와 완성으로서의 말년성은 오늘의 한국시에서는 오히려 예외적인 모습이다. 이것은 지혜로움에 가장 가까운 존재로 여겨지던 유교 문화의 노년이 사라지고, 자본의 무한경쟁 속에서 걸림돌로 취급될 수밖에 없는 근대의 노년이 처한 사회적 상황에서 비롯되는 것으로 볼 수 있다. 고령화 사회가 심화될수록 노인들의 위기감은 더욱 커질 수밖에 없다. 얼마 전 일본에서 의료보험제도 개악에 대한 노인들의 불만이 극단적으로 분출된 것은 그러한 위기감의 사례라고 할 수 있다. 근대 사회에서 노인은 권위와 그 문화가 소유한 지적인 수준의 최고치가 아니라, 공동체의 환영받지 못한 이방인일 수도 있는 것이다. 덧보태 늘어가는 나이와 악화되는 건강은 그 자체만으로도 견디기 힘든 실존적 고통일 수도 있지 않겠는가?

에드워드 사이드가 제시하는 말년성은 이러한 근대적 성격에서 비롯되는 말년성에 한층 가깝다. 그에게 말년성은 망명의 형식으로서, 비타협, 난국, 풀리지 않은 모순을 드러낸다. 말년성의 특징을 갖는 예술가들은 모두 화해하지 않는다는 공통점을 보인다. 아도르노가 그토록 강조한 "화해불가능성" 즉, 영원히 풀리지 않는 내적 대립을 사이드는 말년성 속에서 발견해내고 있는 것이다. 그리고 이를 작품의 본질적 성격으로 하는 작품들에 '말년의 양식'이라는 명칭을 붙이고 있다.[2] 균열과 모순을 있는 그대로 드러내고, 파국과 죽음의 그림자를 드리우

---

2 　에드워드 사이드, 장호연 역, 『말년의 양식에 관하여』, 마티, 2008.

는 것을 핵심으로 하는 말년성 속에는, 기존의 사회 질서는 물론이고 지금까지 자신의 예술을 지탱시켜 온 낯익은 예술적 기법과도 교감하기를 포기하고, 모순적이고 소외된 관계를 새롭게 맺으려는 날 선 실험의식이 깃들어 있다. 오늘 이 시점에서 정작 주목해 보아야 할 것은 위에서 살펴본 두 가지 말년성 사이에서 위태롭게 흔들리는 혼돈의 말년성들이라고 할 수 있다.

## 2. 흔들림에서 비롯된 차가운 에너지

시인 고은의 지칠 줄 모르는 에너지는 이번 시집에서도 여전히 가득하다. 그럼에도 이전과 달라진 것은 그 에너지의 출처이다. 이제 더 이상 그 뜨거움은 시대의 소명과 대의에서만 오지 않는다. 그것은 공허함과 끝내 충족될 수 없는 근원적 허무의 검은 아가리에서 슬그머니 다가오기도 한다. 그리하여 이전과는 다른 차가운 에너지로 냉각된 새로운 시들이 적지 않게 발견된다.

고은 시인이 민족과 통일을 이야기했을 때, 일례로 "北漢女人아 내가 콜레라로 / 그대의 살 속에 들어가 / 그대와 함께 죽어서 / 무덤 하나로 우리나라의 흙을 이루리라"(「休戰線 언저리에서」,─시 전문, 『文義마을에 가서』, 민음사, 1974)라고 말했을 때, 그의 목소리는 흡사 접신한 무녀의 것 마냥 떨리고 갈라졌다. "죽어도 나에게는 죽음이 없습니다. 이 나라가 죽음입니다"(「臨終」─부분 인용, 『入山』, 민음사, 1977)라고 외칠 때, 그의 조국애는 죽음도 뛰어넘는 절대적인 무엇이다. 이때 조국과 통일은 죽음마저도 관장하는 하나의 종교이자 신성이 된다. 최근 시집 『부끄러움 가득』에서도 민족과 통일을 이야기할 때 그의 목소리는 여전히 떨리고 커진다. 「북한」은 "언제까지"고 시인의 "현재"이기에, 시인은 "오늘밤도 나는 백년 지진의 여진餘震으로 덜덜덜 떨고 있다"(「북한」 -부분 인용)고 고백한다. 장시 「다시 백두산에서」나 「미인송」에서는 북한을 포함한 우리의 국토를 노래하고 있으며, 이때 시인의 목소리는 한껏 고양되어 있다.

이처럼 변치 않는 민족애로 가득한 시인이지만, 죽음이라는 문제는 그도 결코 외면할 수 없는 문제로 이번 시집의 큰 자리를 차지하고 있다. 그렇다면 죽음은 시인의 이토록 우렁찬 목소리에 작은 균열이라도 낼 수 있을까? 죽음 앞에서 시인은 그저 담담할 뿐이다. 그것은 죽음이 철저한 유물론적 차원에서 파악되고 있기 때문이다. 고은에게 죽음이란 자연적 현상 이상일 수 없다. "막 숨 거둔 사람의 얼굴 고요타 / 그 얼굴 기슭 / 아직 남아 있는 숨 꼬리 / 고요타 // 애통 사절"(「숨」-시 전문)이라고 말할 때, 죽음은 생명 활동의 종결과 그로 인한 휴식으로서 현상될 뿐이다. "오로지 풍뎅이 주검 / 거미줄과 걸린 나비 주검 / 그러면 된다 / 더 무슨 휘황찬란한 죽음이리오 / 나는 별이 아니다 / 그렇게 빛나는 죽음이야 / 나의 것이 아니다"(「한 해 한두 번」-부분 인용)라고 말할 때 역시 고은에게 죽음이란 '풍뎅이'나 '나비'의 죽음과 별반 다르지 않다.

이번 시집의 새로움은 그가 자신을 지탱해 온 강력한 정체성을 의심하며 '나'를 새롭게 발견하고자 몸부림칠 때 발견된다. 이전에 시인은 자신의 생각이 남과 같다는 사실에 큰 기쁨을 느꼈다. "지금 내가 생각하고 있는 것은 / 세계의 어디선가 / 누가 생각했던 것 / 울지 마라"라며 "얼마나 기쁜 일인가 / 이 세계에서 / 이 세계의 어디에서 / 나는 수많은 나로 이루어졌다 / 얼마나 기쁜 일인가 / 나는 수많은 남과 남으로 이루어졌다 / 울지 마라"(「어떤 기쁨」-부분 인용, 『아직 가지 않은 길』, 현대문학사, 1993)라고 말할 때, '세상의 수많은 남'은 또 다른 나여서, 이때 무한대로 확장된 자아는 시인에게 안정감과 "기쁨"을 선사하기에 충분한 것이었다. 그런데 이번 시집에서는 같은 모티브를 바탕으로 하고 있으면서, 그것을 바라보는 시인의 인식태도와 정서는 사뭇 달라진 모습을 보여준다.

내가 한 말
이미 누가 한 말이었다

한 팔 휘두르며
내가 외쳐댄 말
이미 누가 한 말이었다

산꼭대기에서 내려다보았다

도대체 나의 말은
어디 있느냐

내 울음조차도 누구의 울음이었다 철두철미 나는 없다
— 「만장봉에서」 시 전문

시인은 그토록 많은 말을 뱉어 놓고서는 "도대체 나의 말은 어디 있느냐"며 안절부절못하고 있다. 울음조차 누구의 울음이냐며, "철두철미 나는 없다"며 절규하고 있다. 「어떤 기쁨」에서 누군가의 생각이란 결국 나의 생각으로 수렴되는 것이었으며, 그로 인해 누군가의 생각이란 나를 두렵게 하기는커녕 기쁘게 하는 것이었다. 그러나 이 시에서

나는 나의 말을 찾고 있다. 이 시에서 "누가 한 말", "누구의 울음"은 "나의 말", "내 울음"과는 무관한 진정한 타자성의 경지에 이르고 있는 것이다. 이러한 발견이 『부끄러움 가득』의 곳곳에 드러나며, 그러한 발견으로 인해 시인은 자신을 버텨 온 자아동일성에 의문과 회의를 품은 채 불안해하고 있다.

그것은 시인을 지탱하는 절대적 좌표에의 균열을 드러내는 것이기도 하다. 시인은 "오늘 나에게는 절도 없다 사당도 없다 // 나는 아무것도 믿지 않는다"(「긍정」, – 부분 인용)고 고백하기도 한다. 때로는 "나는 어디에 있을까? / 가버린 이데올로기에?갈보집에?선유도에?은파유원지에?아니 케이프타운에?"(「확인」, – 부분 인용)라는 직접적인 의문으로 표현되기도 한다. 나는 자신의 고유한 특성이라고 생각한 "가당치도 않은 신명들 / 순전히 아버지의 것이던가"(「아버지」, – 부분 인용)라고 말한다. 그렇다고 아버지와의 연속성을 통해 존재의 안정을 꾀하는 전통적인 방식에 시인이 머무는 것은 아니다. 곧 이어 "나는 또 내가 아니다 / 아버지인가"라며, 또 하나의 의문이 남겨지고 있기 때문이다.

「수하」라는 시에서는 그동안 사회학적 상상력의 극단을 보여준 시인의 또 다른 변모가 보여 주목된다.

나는 8 · 15이다

나는 6 · 25이다

나는 4 · 19이다

나는 5 · 18이다

나는 6·15이다

정지!수하?나는 밤새워 짓고땡이다 네가 붙인 번호이다

— 「수하(誰何)」 시 전문

수하란 상대편의 정체를 식별하기 어려울 때 경계하는 자세로 상대편의 정체나 아군끼리 약속한 암호를 확인하는 일이다. 나를 5·18이나 6·15라는 역사적 사건이 표상하는 대타자와 동일시함으로써 정체성을 확인하는 것이야말로 고은이 보여준 기본적인 세계인식의 특성 아니었던가? 그런데 마지막 연에서 갑자기 시인은 "짓고땡"이라는 상스러운 도박용어를 가져와 자신을 규정짓고 있다. 그리고는 위엣 열거한 그 숭고하기까지 한 숫자들이 단지 "네가 붙인 번호"라고 말한다. 이러한 변신, 단절에서 우리는 고은 시인이 처한 어떤 경계의 지점을 발견하게 된다.

이러한 존재론적 성찰은 시에 대한 새로운 깨달음으로 연결된다. 시인은 "요컨대 시의 본체는 불효막심 불충의 대역부도일 터 / 오호라 고립무원의 무사승 이것일 터 / 저 무논 개구리 울음소리들에게 / 무슨 놈의 어버이리요"(「무사승(無師僧)」—부분 인용)라고 외치고 있다. 이때 시인은 스승도 없이 떠도는 탁발승과 같이, 자신이 어떠한 가치나 이념에 의해서도 좌우되지 않는 단독자적인 존재임을 선언하게 된다. 그리고 시 역시 본질에 있어서는 그러함을 말하고 있다. 이러한 선언은 고은 시인의 단단한 개인적·시적 편력 끝에 얻어진 것이기에 더욱더 큰 울림을 지닐 수밖에 없다.

## 3. 비움과 채움의 부정 변증법

신경림의 『낙타』는 긴장의 힘에 의해 유지된다고 해도 과언이 아니다. 그 긴장은 비움과 채움, 달관과 집중, 자부와 후회 사이에서 발생한다. 그러한 긴장과 모순을 해결하지 않고 끝까지 유지하는 데에 이번 시집의 특징이 있다. 반대 방향으로 팽팽하게 맞서는 두 힘을 긴장 속에 묶어 둘 수 있는 것은, 오만한 태도를 버리고 오류 가능성을 부끄러워하지 않으며 노년과 정신적 망명으로 인해 신중한 확신을 얻은 예술가가 가진 성숙함에서 비롯된다.

이번 신경림의 시집에서 가장 먼저 눈에 띄는 것은 말년의 삶이 맞부딪치게 되는 죽음과의 대면을 실감의 차원에서 정색하고 다룬다는 점이다. 그는 결코 죽음을 두려워하거나 저 먼 곳에 감금해 두려 하지 않는다. 그는 오히려 지상의 삶을 커다란 구속이자 굴레로 여겨, 다른 삶으로의 이행을 즐겁게 받아들이려 한다. 그것은 「눈」에서 "내 몸이 이 세상에 머물기를 끝내는 날 / 나는 전속력으로 달려 나갈 테다 / 나를 가두고 있던 내 몸으로부터 / 어둡고 갑갑한 감옥으로부터"(부분 인용)와 같은 맹렬한 속도감을 낳기도 한다. 이러한 죽음을 향한 맹렬한 속도감은 지금의 삶에 대한 피로감에서 기인한다. 「고목을 보며」에서 시인은 "내 몸의 상처들은 / 왜 이렇게 흉하고 추하기만 할까"(부분 인용)라는 쓸쓸한 목소리를 내고 있다.

시인은 지상에서 자신을 지탱해 온 것들을 이제 그만 버리고 싶어 한다. 아니 자신을 비우고 싶어 한다. 「버리고 싶은 유산」에서 이러한 욕망은 직접적으로 나타난다. 시 속에서 시인이 버리고자 하는 "소도구"는 세상을 보는 시인의 기본적인 시각과 방법론에 해당한다. 그러한 배낭 속 소도구에 의하여 걸러진 세상은 더 이상 새로운 것일 수 없다. 이것들을 버리겠다고 시인은 선언하고 있는 것이다.

> 나는 문득 나의 이 소도구들이 싫어진다.
> 60년대, 70년대의 내 핏발선 눈이 싫고
> 80년대의 내 새된 목소리가 싫어진다.
> 버려야겠다, 몽땅 버려야겠다, 그래서
> 강물에 나가 주머니와 배낭을 말끔히 비우는데,
> 어쩌라! 돌아와 보면 그 소도구들은
> 그냥 들어 있으니, 나를 비웃으면서
>
> ─「버리고 싶은 유산」 부분 인용

　그런데 신경림의 이번 시집에서 가장 인상적인 것은 그러한 비움의 욕망 옆에는 지상의 것에 대한 애착이 그림자처럼 그 존재를 드러낸다는 점이다. 모든 것을 비워버리고 싶은 욕망은 「허공」에서 "내 발자국 끝나는 곳에서", "새파란 허공에 / 새 한 마리 해맑은 실루엣으로 찍"(부분 인용)한 것과 달리 "해맑기는커녕 검고 칙칙한 얼룩이 되어 / 누더기로 허공에 남을까"(부분 인용) 하는 두려움을 낳는다.
　'몽땅 버려버리기'에 이 지상은 여전히 흉하고 추한 상처들로 가득하다. 이 시집의 많은 시들은 여전히 시인의 무뎌지지 않은 사회학적 상상력을 통한 현실의 구체적인 상처들을 형상화하는 데에 바쳐져 있다. 그 범위는 터키와 히말라야와 아메리카와 몽고를 포괄하는 것으로 더욱 넓어지고 더욱 깊어졌다. 이전과 다른 것은 시인의 시선 속에 초월자에 대한 원망과 아쉬움 섞인 한탄이 섞여 있다는 점이다. "아, 막달라 마리아조차!"(「아, 막달라 마리아조차!」─부분 인용) 세상의 고통을 듣지 못하는 것은 아닌가 하는 의심, "하느님은 알지만 빨리 말하시지 않는다"(「하느님은 알지만 빨리 말하시지 않는다」─부분 인용)는 목사의 설교에 대한 의문, "그러나 무얼 하랴, 그분한테 세상을 바로 고칠 의지도 뜻도 없는 데야"(「그분은 저 높은 데서」, −부분 인용)에 나타난 원망 등이 그것이다.

이뿐만이 아니다. 지상의 기억마저 시인의 발목을 잡는다. 그것은 유년의 시간들을 회억할 때 특히 그러하다. 「즐거운 나의 집」에서 시인은 오이디푸스 구조의 한 일원으로 서게 되었을 때, 말할 수 없는 안정감과 평화를 느낀다. "사랑방과 건넌방과 헛간과 안방을 오가면서 / 철없는 아이가 되어 딱지를 치고 구슬장난을 하면서 / 난 더없이 행복하다, 이 그림 속에서"(부분 인용)라고 나긋하지만 떨리는 목소리로 고백하고 있는 것이다. 「그 집이 아름답다」에서도 "젊은 날의 꿈"은 "허망해서 아름답다"고 이야기된다.

신경림의 최근 시집 『낙타』에서 가장 빛나는 작품들은 세상으로부터 벗어나고자 하는 초월의 욕망과 세속으로 들어가고자 하는 참여의 욕망이 만들어 내는 팽팽한 긴장감에 의하여 만들어진 시들이다. 표제시이기도 한 「낙타」를 보자.

> 낙타를 타고 가리라, 저승길은
> 별과 달과 해와
> 모래밖에 본 일이 없는 낙타를 타고.
> 세상사 물으면 짐짓, 아무것도 못 본 체
> 손 저어 대답하면서,
> 슬픔도 아픔도 까맣게 잊었다는 듯.
> 누군가 있어 다시 세상에 나가란다면
> 낙타가 되어 가겠다 대답하리라.
> 별과 달과 해와
> 모래만 보고 살다가,
> 돌아올 때는 세상에서 가장

어리석은 사람 하나 등에 업고 오겠노라고.
무슨 재미로 세상을 살았는지도 모르는
가장 가엾은 사람 하나 골라
길동무 되어서.

—「낙타」 시 전문

이 시에서 시인은 비움을 향한 열망에 빠져 있다. 시 속의 사막은 오
직 별과 달과 해와 모래만이 가득한 생의 모든 소음과 찌꺼기로부터
자유로운 곳이다. 시인은 그렇게 텅 빈 충만함으로 이 생을 마감하고
싶어 한다. 모든 거추장스러운 것들을 비워내고 순수한 알몸뚱이 하나
로 "저승길" 즉, 죽음과 대면하고자 하는 것이다. 시인은 이제 아예 인
간으로서의 굴레마저 벗어버린 채 낙타가 되겠다고 말한다. 완전한 탈
각의 무한자유를 사막과 낙타의 고독한 적막을 빌어 표현하고 있다.
그러나 시는 또 한 번의 반전을 준비하고 있다. 그 낙타의 등에 올라있
는 "가장 가엾은 사람 하나"의 존재가 그것이다. 낙타는 모든 장식과
잉여를 버렸으나 끝내 길동무 하나를 등 위에 남겨두고 있다. 이 낙타
의 터벅거리는 진중한 호흡 속에 신경림 시인의 말년성이 뚜렷하게 그
모습을 드러내고 있다.

이러한 긴장감은 「폐도」라는 작품에서 "한쪽은 햇살이 눈부시고 /
한쪽엔 찬비가 뿌리는 / 무너진 성과 집 사이의 무성한 잡초 속을 / 걸
어가는, / 이것이 내가 요즈음 / 하루걸러 꾸는 꿈이다"(부분 인용)라는
구체적인 이미지를 얻는다. 이를 통해 그는 어떠한 거짓 화해로부터도
벗어난다. 손쉬운 화해란 진정한 화해일 수 없는 것이다. 「나와 세상
사이에는」에 나타난 강의 이미지에서도 이러한 대립과 긴장의 지속은
다시 한 번 확인할 수 있다. 나와 세상 사이에는 "먼 세상과 나를 하나
로 잇는" 동시에 "가까운 세상과 나를 둘로 가르는 강물이"(부분 인용) 놓

여 있는 것이다. 「귀로에」에서는 직접적으로 "세상은 즐겁고 서러워 살 만하다"(부분 인용)는 노을의 속삭임을 듣게 된다. 그에게 삶이란 세상이란 '즐거움'과 '서러움'의 종합이라 부를만 하다. 이러한 양가적 인식은 「아름다운 저 두 손」에서는 "부끄러운 저 두 손이 / 아름다운 저 두 손이"(부분 인용)라고, 「그녀의 삶」에서는 "행복했을 게다, 아니 불행했을 게다"(부분 인용)라고 표현되고 있다.

## 4. 파편으로 존재하는 총체성의 작은 우주들

오규원은 사이드가 말한, 망명으로서의 말년성에 가장 가까운 모습을 보여준다. 그러한 말년성은 자아와 세계 사이, 언어와 대상 사이에서 발생하는 분열과 파국에 대하여 노래할 때 오롯하게 그 구체를 드러낸다. 오규원의 유고시집 『두두』에 실린 작품들은 지나치다 싶을 만큼 소박하고 단순하다. 이전의 그 처절하기까지 했던 극단의 실험들을 생각한다면, 이 작품들은 미완성이라는 느낌을 줄 정도이다. 그것은 비단 형태적인 문제에 그치는 것이 아니다. 그의 시에는 어떠한 잉여도 남아 있지 않다. 그것은 시의 정서에도 해당하는 말로서, 흡사 그의 시들은 감정의 최소 소비를 목적으로 하는 것처럼 보일 정도이다. 이번 시집에서는 어떠한 사상이나 정서의 물기도 찾기 힘들다. 그리하여 시들은 얼핏 보기에 평온함에 잠겨 있는 것처럼 보인다. 그러나 그 속을 조금만 찬찬히 살펴보면, 시의 내밀한 안쪽에는 평온함이 아니라 무심함이 흐르고 있다. 그것은 감정의 물기를 최대한 증발시켰을 때 남는, 앙상한 정서의 뼈대다. 이로써 『두두』는 그가 오래전부터 주장해 온 '날이미지詩'의 완성에 이르고 있다. 그는 날이미지시를 다음과 같이 정리한 바 있다.

> 나는 나(주체) 중심의 관점을 버리고, 시적 수사도 은유적 언어체계를 주변부로 돌리고 환유적 언어체계를 중심부에 놓았다. 그리고 관념(관념어)을 배제하고, 언어가 존재의 현상 그 자체가 되도록 했다. 그리고 현상 그 자체가 된 언어를, 즉 사변화되거나 개념화되기 전의 현상화된 언어를 '날이미지'라고 하고, 날이미지로 된 시를 '날이미지시'라고 이름 붙였다.[3]

이러한 날이미지시의 특징은 작품의 제목에서부터 분명하게 나타난다. 모두 50편의 시 중에서 '—와—'라는 식의 제목을 가지고 있는 시는 30편이다. '—와—'라는 제목으로 되어 있는 시들은 철저하게 인접성에 의한 결합과 접속을 특징으로 하는 환유적 특징을 지니고 있다. 이러한 의식의 운동은 그도 언급한 바 있는 위대한 선지식 조주(趙州)의 언어를 닮아 있다. 무언가를 설명하는 것이 아니라 단지 보여주기만 하려는 것이 이번 시집에 실린 시들의 특징이다. 각각의 시들이 그려낸 세상은 일정한 관념과 의미로 환원되거나 구성되는 것이 아니라 언제나 '현상적 사실'로서 남아 있다.

이번 시집에는 인간이 극히 배제된 채, 자연물이 자주 등장한다. 인간이 등장하더라도 그것은 자연화 된 인간으로서이다. 인간과 자연 사이에 위계나 구분을 설정하는 것 자체가 불가능한 지경이다. 「아이와 강」에서 강가에 있는 아이는 단지 강과 길 사이에 있을 뿐이다. 「여름」에서 쪼그리고 앉아 잡목림 사이에서 소변을 보는 젊은 여자는, 숲 속에 사는 젊은 암컷으로 바꾸어도 상관없는 존재로서 존재할 뿐이다. 그들 사이

---

3  오규원, 『날이미지와 시』, 문학과지성사, 2005, 7쪽.

에 유기적인 감응의 관계는 성립되지 않는다. 그저 있을 뿐이다. 오규원의 유고 시집들이 보여주는 세계는 전체로부터 떨어져 나온 총체성의 파편이 아니라, 파편으로 존재하는 총체성의 작은 우주들이다. 그리해서 그것들은 어떠한 거짓 화해도 거부한 채 그저 그렇게 존재한다.

> 바위 옆에는 바위가
> 자기 몸에 속하지 않는다고
> 몸 밖에 내놓은
> 층층나무
> 한 그루가 있습니다
> 붉나무도
> 한 그루 있습니다
>
> —「층층나무와 길」, 시 전문

바위와 층층나무의 분리가 "몸 밖에 내놓은"이라는 이미지를 통해 독자에게 각인되고 있다. 층층나무나 붉나무 모두 "있을" 뿐이다. 이러한 특징은 분리해서 생각할 수 없는 '빛과 그림자'의 관계에서, 그림자만이 오롯하게 자신의 고유성을 드러내는 모습으로까지 나타난다.

> 외딴 집이 자기 그림자를 길게 깔아놓고 있다
> 햇빛은 그림자 안으로 들어가지 않고
> 밖으로 조심조심 떨어지고 있다
> 바람도 그림자를 밀고 가지 않고 그냥 지나간다
> 그림자 한쪽 위로 굴러가던 낙엽들도 몸에 묻은
> 그림자를 제자리에 두고 간다
>
> —「빛과 그림자」, 시 전문

오규원의 시들은 이제 자아의 동일성마저도 해체되는 지경에 이른다. 순수한 바라봄의 세계에서는 나라는 것도 단지 수십조의 세포가 만들어 내는 여러 기관들로 이루어진 사물에 불과하다. 그리하여 시인은 "길 위의 돌멩이 하나 / 무심하게 발이 차네"라고 관(觀)하며, 돌멩이가 운동이 정지된 후에야 비로소 "그 순간 / 내 발 아프네"(「풀과 돌멩이」 —부분 인용)라고 감(感)할 수 있다. 이번 시집에 자주 등장하는 집배원(「한낮」, 「여름」, 「처서」)은 이러한 단독자의 세계를 강조하는 역설적인 장치라 볼 수 있다. 이 시집의 마지막에 놓여 있는 「마흔여덟 통의 사랑편지와 다른 한 통의 사랑편지」에 등장하는 모든 편지에는 "우체국 소인이 찍히지 않은 / 우표가 붙어 있"다.

이번 시집은 시의 장르적 본질이라 할 수 있는 세계와 자아의 동일화마저도 무너뜨리는 극점을 보여준다. 이 지점에서야 '서시'라는 부제가 붙은 「그대와 산」이 보이는 혼융무애의 성격이 비로소 뚜렷하게 설명된다. 시인은 "그대 몸이 열리면 거기 산이 있어 해가 솟아오르리라, 계곡의 물이 더 깊게 하리라, 밤이 오고 별이 몸을 태워 아침을 맞이하리라"(시 전문)라고 노래하는데, 그대의 몸 안에 있는 산과 해와 계곡은 결코 주체의 사상과 정서에 물들어버린 대상화된 산과 해와 계곡이 아니다. 그것은 주체의 몸 안에 있으나, 여전히 그대로인 산과 해와 계곡이다. 「겨울 a」와 「겨울 b」라는 시에서 한 겨울의 숲 속 짐승들과 시인이 유사한 행위를 하더라도 그것은 우주적 전체성에서 비롯된 조응이 아니라, 다만 우연적인 하나의 동시적 사건에 불과하다. 그것은 짐승과 시인의 행위 사이를 가르는 그 틈을 통해 생생하게 환기되고 있다. 이러한 경지에 이르기까지 오규원은 목숨을 건 시작의 고행을 계속해 왔던 것이라 할 수 있다.

오규원의 마지막 시집에 실린 시들은 일종의 퇴행이다. 그리고 그 퇴행은 하나의 부정인 동시에 창조이다. 그 퇴행은 부정성(negativity)에 다름 아니기 때문이다. 어떤 도식에도 들어맞지 않으며 손쉬운 화해나 해결은 생각할 수조차 없다. 오규원은 화해 불가능한 요소들을 계속 분리된 채로 놓아두고 있다. 모든 거짓 화해를 거부한 채로 말이다. 이러한 측면에서 『두두』에 실린 시들은 '주관이자 객관'이라 말할 수 있다. 아도르노는 『음악에 대한 에세이』에서 "객관은 파열된 풍경이고, 주관은 그 속에서 활활 타올라 홀로 생명을 부여받는 빛이다. 그는 이들의 조화로운 종합을 끌어내지 않는다. 분열의 원동력으로서 그는 이들을 시간 속에 풀어헤쳐둔다. 아마도 영원히 이들을 그 상태로 보존해두기 위함이다. 예술의 역사에서 말년의 작품은 파국이다"라고 말한 바 있다. 오규원이 다다른 지점을 이해하는 데 참고하기에 모자라지 않은 설명이다. 상황이 이러하다면, 이상에서 살펴본 시인들의 말년성은 한국문학이 도달한 사유의 진경이라 보아 무방할 것이다.